Hinter dem Pseudonym Ed McBain verbirgt sich der weltbekannte Schriftsteller Evan Hunter. Er wurde 1926 in New York geboren, schloß sein Studium mit dem Bachelor of Arts ab und war als Lehrer an einer Berufsschule und als Mitarbeiter literarischer Agenturen tätig. 1953 erschien sein erster Roman »Saat der Gewalt«, der ihm literarischen Ruhm eintrug. Unter dem Namen Ed McBain wurde er als Autor von über 40 Kriminalromanen und Thrillern bekannt. Der amerikanische Krimi-Kritiker Anthony Boucher hat ihn den oft kopierten, nie erreichten »Meister des Polizeiromans« genannt.

Von Ed McBain sind außerdem
als Knaur-Taschenbücher erschienen:

*»Desperados der Freiheit«* (Band 682)
*»Rumpelstilzchen«* (Band 1095)
*»Die Schöne und das Scheusal«* (Band 1338)
*»Hitze«* (Band 4950)
*»Kalt bis ans Herz«* (Band 4959)

Deutsche Erstausgabe

Titel der Originalausgabe »Lightning«

Umschlaggestaltung Adolf Bachmann, Reischach
Umschlagillustration Brigitte Schneider
Satz Hieronymus Mühlberger GmbH, Augsburg
Druck und Bindung Elsnerdruck, Berlin
Printed in Germany 5 4 3 2 1
ISBN 3-426-01358-4

# Ed McBain:
# Der Blitz schlägt zweimal zu

Roman

Aus dem Amerikanischen von Wolfdietrich Müller

Knaur

ISBN 3-426-01358-4 880

*Für Ruth und Basil Levin*

Die Figuren und Orte dieses Romans sind frei erfunden.
Die polizeilichen Ermittlungsmethoden entsprechen der tatsächlichen Praxis.

## 1.

Detective Richard Genero hatte etwas gegen Nachteinsätze. In Wirklichkeit war es die nächtliche Stadt, die ihm Angst machte. Es gab alle möglichen Dinge, die einem Menschen in dieser Stadt passieren konnten, sobald die Sonne untergegangen war. Auch wenn der Mensch zufällig Polizist war, konnte ihm einiges passieren. Er kannte eine ganze Menge Polizisten, denen nachts die unmöglichsten Dinge passiert waren. Irgendwie passierten die Dinge, die Polizisten so passieren, häufiger nachts als bei Tag. Das war eine der geheiligten Lehren, die er aus der Arbeit bei der Polizei gezogen hatte, und er hatte sich daraus eine Regel zurechtgemacht, und die Regel lautete: *Geh nie bei Nacht hinaus,* eine Regel, die man unmöglich befolgen konnte, wenn man nicht wollte, daß einen die Herren Kollegen für einen Hosenscheißer hielten.

Einmal, als Genero noch Streifendienst tat, machte er in einer kalten Dezembernacht seine Runde. Er sah ein Licht in einem Kellergeschoß brennen, und als guter Polizist ging er hinunter, um nachzusehen. Er fand einen toten Bengel mit blauem Gesicht und einem Strick um den Hals. Das war so eins von den Dingen, die ihm nachts passiert waren. Ein andermal – ha, das war nicht einmal *nachts* gewesen, das war am Tag gewesen; sogar am hellichten Tag konnten Polizisten manches erleben. Er hatte seine Runde gemacht, es regnete, erinnerte er sich, und er hatte jemanden von der Bushaltestelle wegrennen sehen, und als er die Tasche aufhob, die diese Person auf dem Bürgersteig stehengelassen hatte, war eine menschliche *Hand* darin gewesen! Die *Hand* eines Menschen! Am Handgelenk abgeschnitten und in einer Flugtasche auf dem Bürgersteig stehengelassen! Junge, was einem Polizisten so passieren konnte, bei Tag oder bei Nacht. In Generos Vorstellung war man in dieser Stadt nie sicher, ganz egal, *wann* man hinausging.

Er fühlte sich nur wenig sicherer mit Carella neben sich.

Die zwei Männer waren nachts hinausgegangen, weil sie einen »Wiegenraub« untersuchten, und das Opfer arbeitete als Nachtwächter auf einer Baustelle. Genero hatte lange gebraucht, bis er gelernt hatte, daß ein »Wiegenräuber« nicht etwa einer war, der herumging und Wiegen stahl, in denen Säuglinge schliefen. Eine »Wiege« war, im hiesigen Einbrecherjargon, eine Wohnung. Ein »Wiegenräuber« war jemand, der in Wohnungen einbrach, und das geschah im allgemeinen am hellichten Tag, wenn die meisten Wohnungen leer waren; das letzte, was ein Einbrecher wollte oder brauchen konnte, war, daß er bei einer alten Frau hereinspazierte, die gleich wie am Spieß zu schreien begann. Deshalb gingen Einbrecher, die sich Bürogebäude vornahmen, nachts hinein, wenn alle von der Arbeit schon nach Hause gegangen waren, und im allgemeinen gingen sie erst hinein, wenn auch die Putzfrau fertig war. Das war eine sichere Regel, die gewitzte Einbrecher befolgten: *Geh immer rein, wenn keiner da ist.*

Der Einbrecher in diesem speziellen Fall war um zwei Uhr mittags in die Wohnung eingedrungen und zog gerade seelenruhig den Stecker des Fernsehapparates im Wohnzimmer heraus, als völlig überraschend ein Typ im Schlafanzug aus dem Schlafzimmer hereinkam und sagte: »Was zum Henker machen Sie denn hier!« Der Typ entpuppte sich als Nachtwächter, der nachts arbeitete und tagsüber schlief, und der Einbrecher rannte um sein Leben. Carella und Genero waren heute nacht hier auf der Baustelle, um dem Wächter ein paar Fahndungsbilder zu zeigen, auch wenn eine sichere Regel, die Polizisten befolgen sollten, lautete: *Geh nie bei Nacht hinaus,* nicht einmal, wenn man mit Carella geht. Carella war nicht Superman. Er war auch nicht Batman.

Carella war etwas über oder etwas unter einsachtzig; Genero konnte Körpergrößen nicht so gut einschätzen. Er vermutete, daß Carella um die hundertsechzig Pfund wog, aber beim Gewicht war er auch nicht so gut. Carella hatte braune Augen, schräg wie ein Chinese, und er bewegte sich wie ein Baseballspieler. Sein Haar war nur wenig heller als seine Augen, und er trug nie einen Hut. Genero war bei den schlimmsten Regenschauern mit ihm unterwegs gewesen, und immer war Carella barhäuptig herumgelaufen, als wüßte er nicht, daß man sich so eine Erkältung holen konnte. Genero war es angenehm, wenn er mit Carella eingeteilt war, weil er dachte, Carella sei ein Mann, auf den man zählen konnte, wenn etwas in der Luft lag. Allein der *Gedanke,* daß etwas passieren könnte, machte Genero nervös, aber er dachte nicht, daß in dieser Nacht etwas passieren würde, weil es schon drei Uhr morgens war, als sie dem Einbruchsopfer die Paßbilder gezeigt hatten, und er stellte sich vor,

sie würden in das Dienstzimmer zurückgehen, sich eine Tasse Kaffee und ein paar Spritzkuchen gönnen, ein bißchen Papierkram erledigen und auf die Tagschicht warten, die um Viertel vor acht kam. Die Nacht war fast lind für Oktober.
Genero kam vor Carella aus der Baustelle, weil er meinte, er hätte Ratten hin und her sausen gehört, als sie um den Rand der Baugrube herumgingen, und wenn es etwas gab, was er noch mehr als Spinnen verabscheute, dann waren es Ratten. Besonders nachts. Sogar in einer milden Oktobernacht wie dieser. Er atmete tief die Herbstluft ein und war froh, daß er raus war aus dem eingefriedeten Bereich mit den hohen Erdhügeln und den offenen gähnenden Löchern und den Stahlträgern, die überall herumlagen, über die ein Mann in der Dunkelheit stolpern und sein Genick brechen und von Ratten aufgefressen werden konnte.
Die Baustelle nahm eine ganze Straßenseite ein, und auf der anderen Seite gab es nur leerstehende Häuser. Wenn in diesem Viertel ein Hausbesitzer es satt hatte, Steuern zu bezahlen, ließ er das Gebäude einfach leerstehen. Die verlassene Reihe von leeren Mietshäusern gegenüber der Baustelle sah im Mondlicht aus wie ein rußverschmiertes Gespenst. Genero bekam bei dem Anblick eine Gänsehaut. Er wäre jede Wette eingegangen, daß es Tausende von Ratten in diesen leerstehenden Häusern gab, die aus den Fenstern, schwarz wie leere Augenhöhlen, auf ihn herunterstarrten. Er holte eine Schachtel Zigaretten aus der Jackettasche – es war so mild, daß man ohne Mantel gehen konnte – und er war gerade dabei, sich eine anzuzünden, als er zufällig die Straße hinaufblickte.
Carella kam eben durch das Tor im Zaun hinter ihm.
Was Genero zu sehen glaubte, war eine Person, die an einem Laternenpfahl hing.
Die Person war an das Ende eines langen dicken Stricks gebunden. Die Person hing herunter und drehte sich leise in der stillen Oktoberluft.
Das Streichholz verbrannte Generos Finger. Er ließ es fallen, gerade als Carella den Körper am Ende des Stricks sah. Genero wollte weglaufen. Er war nicht gern der Mann, der tote Körper oder auch nur *Teile* von toten Körpern entdeckte; Genero hatte eine starke Abneigung gegen Leichen. Er blinzelte, weil er noch nie einen Körper so hatte hängen sehen, höchstens in Western, und er stellte sich vor, wenn er blinzelte, könnte das Bild verschwinden. Nicht einmal der Junge im Keller hatte wie dieser hier gehangen, er hatte eigentlich

*gar nicht* gehangen, wenn man es genau betrachtete, sondern irgendwie nach vorn gebeugt auf dem Bett gelegen, um den Hals einen Strick, dessen Ende an dem vergitterten Kellerfenster festgeknotet war. Als Genero die Augen wieder aufschlug, rannte Carella auf den Laternenpfahl zu, und der Körper hing immer noch dort, baumelte in der Luft, drehte sich, als hätte ein Bürgeraufgebot einen Viehdieb gefunden und an Ort und Stelle aufgeknüpft.
Nur war das hier nicht Utah.
Das hier war die große schlimme Stadt.

»Was zum Teufel *ist* das denn?« sagte Monroe. »Der Wilde Westen?« Er sah zu dem hängenden Körper hoch. Sein Partner sah ebenfalls nach oben, indem er seine Augen mit der Hand vor dem Licht der Natriumdampflampe am Ende des Laternenpfahls schützte. Man hatte erst letzten Monat aufgrund der Theorie, daß helle Beleuchtung Verbrechen verhinderte, in diesem Teil der Stadt Natriumdampflampen installiert. Und jetzt hing eine Leiche am Laternenpfahl.
»Die Französische Revolution«, sagte Monoghan, »genau das ist es.«
»Die Französische Revolution, das war, wie sie die Köpfe abgeschnitten haben«, sagte Monroe.
»Aufgehängt haben sie auch«, sagte Monoghan.
Die zwei Männer trugen beide trotz des ungewöhnlichen Herbstwetters Mäntel. Die Mäntel waren schwarz. Es war fast zwingend für Polizisten von der Mordkommission in dieser Stadt, in Schwarz zu gehen. Es war Sitte. Es war nicht Sitte bei den Polizisten von der Mordkommission, perlgraue Filzhüte zu tragen, aber Monoghan und Monroe hatten beide solche Hüte auf, die modische Krempe fesch nach unten gebogen. Genero sah erfreut, daß sie Hüte trugen. Seine Mutter hatte ihn ermahnt, immer einen Hut zu tragen, auch an den heißesten Tagen, *besonders* an den heißesten Tagen, damit man keinen Sonnenstich bekam. Heute war es nicht besonders heiß gewesen, bloß ungewöhnlich mild für Oktober, aber Genero trug jedenfalls einen Hut. Man konnte nie vorsichtig genug sein.
»Bei euch hier oben wird gelyncht, hm?« sagte Monoghan zu Carella.
»Klar, wir haben jeden Scheiß hier oben«, sagte Carella.
Er sah zu der Leiche hoch, die sich langsam am Ende des Strickes drehte. Wie immer, aber nur den winzigsten Bruchteil einer Sekunde lang, spürte er einen scharfen stechenden Schmerz hinter seinen Augen. *Der Verschleiß*, dachte er.

»Ihr habt die Französische Revolution hier oben«, sagte Monoghan.
»Ihr habt den Wilden Westen hier oben«, sagte Monroe.
Sie standen beide auf der Straße, die Hände in ihren Manteltaschen und schauten zu der Leiche hoch.
»Hübsches weißes Höschen«, sagte Monoghan, der unter ihren Rock sah.
Der eine Schuh des toten Mädchens war auf das Pflaster gefallen. Ein purpurroter hochhackiger Schuh, die gleiche Farbe wie ihre Bluse. Ihr Rock hatte die Farbe von Weizen, die Farbe ihres Haares. Ihr Schlüpfer war weiß, wie Monroe schon bemerkt hatte. Sie hing baumelnd über den Detectives, drehte sich langsam am Ende des Strickes, mit dem purpurroten Schuh an dem einen Fuß.
»Wie alt sieht sie aus, was meinst du?« fragte Monoghan.
»Schwer zu sagen von hier aus«, sagte Monroe.
»Schneiden wir sie ab«, meinte Monoghan.
»Nein«, sagte Carella. »Nicht bis der Arzt hier ist.«
»Und die Knipser«, sagte Genero.
Er meinte das Fotografenteam. Die Männer standen unter dem Laternenpfahl und schauten zu dem toten Mädchen hoch. Eine Menschenmenge hatte sich versammelt. Es war jetzt 3.15 Uhr morgens, und trotzdem hatte sich eine Menschenmenge versammelt, war aus den Seitenstraßen auf diese verlassene Straße mit ihren leerstehenden Häusern und der Baustelle gesickert. Zu jeder Tages- oder Nachtstunde waren Menschen wach in dieser Stadt. Genero dachte, es sei wie eine Verschwörung, daß so viele tags oder nachts wach waren. Die vier Streifenpolizisten, die in zwei verschiedenen Funkstreifenwagen geantwortet hatten, als Carella den 10-29 durchgegeben hatte, stellten eilends Absperrungen auf und versuchten, die Menge zurückzuhalten. Einer in der Menge meinte, es sei gar kein richtiges Mädchen, das da hing. Er erklärte, es sei eine Puppe oder so. Wahrscheinlich drehten sie einen Film oder so. Eine Fernsehshow. Sie drehten ständig Filme und Fernsehshows in dieser Stadt. Es sei eine sehr fotogene Stadt. Das Mädchen drehte sich immerzu am Ende des Strickes.
»Wie hängt man jemand in einer Straße mitten in der Stadt auf«, sagte Monroe, »ohne daß einen jemand sieht?«
Carella fragte sich das gleiche.
»Vielleicht hat sie sich *selbst* aufgehangen«, sagte Monoghan.
»Und wo ist dann die Leiter oder sonst was?« fragte Monroe.
»Hier oben im Siebenundachtzigsten«, sagte Monoghan, »könnte sie

sich aufgehangen haben, und jemand könnte die Leiter *gestohlen* haben.«

»Jedenfalls heißt es *aufgehängt*«, sagte Monroe.

»Was meinst du, es heißt aufgehängt?«, fragte Monoghan.

»Wenn eine Person sich aufhängt, sagt man, sie hat sich aufgehängt. Nicht aufgehangen.«

»Wer hat dir das gesagt?«

»Gehört zur Allgemeinbildung.«

»Gehängt?«

»Richtig.«

»Das klingt nicht richtig. Gehängt.«

»Es ist trotzdem richtig.«

»Also wenn du im Supermarkt ein Stück Frischfleisch kaufst«, sagte Monoghan, »dann verlangst du es doch nicht gut abgehängt, du sagst gut abgehangen.«

»Das ist was völlig andres«, sagte Monroe, »wir reden hier über was völlig andres.«

»Wenn du deinen Anzug vom Haken nimmst, sagst du doch nicht, du hast deinen Anzug *abgehangen*«, sagte Monoghan. »Du sagst, ich habe meinen Anzug abgehängt.«

»Das ist auch wieder was andres«, sagte Monroe.

»Wieso ist das was andres?«

»Es ist anders, weil, wenn du jemand *aufhängst*, die Person *aufgehängt* worden ist, sie ist nicht *aufgehangen*.«

Genero wußte nicht, wer von beiden recht hatte, aber das Gespräch machte ihm Spaß. Carella umkreiste den Laternenpfahl, barhäuptig, und sah auf den Bürgersteig und die Straße. Genero fragte sich, was Carella zu finden hoffte. Da war bloß der übliche Mist in der Gosse – Zigarettenkippen, Kaugummipapier, zerdrückte Pappbecher und noch mehr so Dreck. Der Abfall der Stadt.

»Also was tun wir hier?« fragte Monoghan. »Die ganze Nacht rumstehen und auf den Arzt warten?« Er sah auf die Uhr. »Um wieviel Uhr hast du das durchgegeben, Carella?«

»Drei-null-sechs«, sagte Carella.

»Und wieviel Sekunden?« fragte Monroe, und Monoghan prustete los.

Genero sah auf seine Uhr. »Vor zwölf Minuten«, sagte er.

»Wo bleibt dann der Arzt?« fragte Monoghan.

Ein Mann in der Menge trat kühn vor die Absperrung, als einer der Streifenpolizisten ihm den Rücken kehrte. Er ging auf die Detectives zu, die in einer Gruppe unter dem Laternenpfahl zusammenstanden. Er war offenbar zum Sprecher der Schaulustigen ernannt worden. Er setzte die höfliche respektvolle Miene auf, die die meisten Bürger dieser Stadt zur Schau trugen, wenn sie Polizisten um Auskünfte baten.

»Entschuldigen Sie, Sir«, sagte er zu Monoghan, »aber können Sie mir sagen, was hier passiert ist?«

»Verpiß dich«, sagte Monoghan höflich.

»Gehen Sie hinter die Absperrung da«, sagte Monroe.

»Ist die Dame tot?« fragte der Mann.

»Nein, sie lernt fliegen«, sagte Monoghan.

»Sie hat ein Sicherungsseil um und lernt fliegen«, sagte Monroe.

»Sie wird jeden Augenblick anfangen, mit den Armen zu flattern«, sagte Monoghan.

»Gehen Sie hinter die Absperrung dort, und dann können Sie ihr zusehen«, sagte Monroe.

Der Mann sah zu dem toten Mädchen hoch, das sich am Ende des Strickes drehte. Er glaubte nicht, daß das Mädchen fliegen lernte. Aber er ging jedenfalls hinter die Absperrung zurück und berichtete den andern, was man ihm gerade mitgeteilt hatte.

»Hast du früher schon mal einen gehabt, der sich aufgehangen hat?« fragte Monoghan Carella.

»*Gehängt*«, sagte Monroe.

»Wenig Selbstmorde durch Erhängen«, sagte Carella. »Wenigstens nicht von der Sorte.«

»Für ein richtiges Erhängen braucht man eine gute Fallhöhe«, sagte Monroe. »Die meisten Selbstmörder, die sich erhängen, steigen auf einen Stuhl, legen sich den Strick um den Hals und springen dann vom Stuhl. So *erhängt* man sich nicht, man *erstickt*. Man braucht eine gute Fallhöhe zum Erhängen.«

»Warum das?« fragte Genero. Es interessierte ihn. Seine Mutter hatte ihm geraten, immer aufmerksam zuzuhören, weil man auf diese Art etwas lernte.

»Weil beim *richtigen* Erhängen, also das ist so, der Strick . . . der Knoten da oben . . .«

»Ordentlicher Henkerknoten da oben«, sagte Monoghan, der nach oben blickte.

»Beim Fall haut der Knoten hinten an den Hals des Kerls, und er bricht sein Genick, so geht das. Aber man muß richtig fallen, zwei Meter oder mehr, andernfalls erwürgt das Seil den Kerl einfach. Es gibt ja eine Menge Amateure, die versuchen, sich zu erhängen, und sie ersticken einfach. Wenn so ein Typ sich selbst umbringen will, sollte er lernen, wie man es richtig macht.«

»Ich hatte einmal einen Selbstmord, der hat sich selbst ein Messer ins Herz gestochen«, sagte Monoghan.

»So?« sagte Monroe.

»Ich sag ja nur.«

»Klar, man erlebt alles mögliche«, sagte Genero und versuchte dabei, sich weltläufig und erfahren anzuhören.

»Worauf du dich verlassen kannst, Junge«, sagte Monoghan und stimmte ernst zu.

»Da ist der Arzt«, sagte Monroe.

»Wird auch Zeit«, sagte Monoghan und warf noch einmal einen Blick auf die Uhr.

Der Assistenzpolizeiarzt war ein Mann namens Paul Blaney. Er war bei einer nächtlichen Pokerrunde gewesen, als er zum Tatort gerufen wurde. Er war wütend, weil er gerade mit einem Full house, drei Königen und zweimal die Drei, dagesessen hatte, als das Telefon klingelte. Er hatte darauf bestanden, sein Blatt aufzulegen, und er hatte den Einsatz an vier Buben verloren. Blaney war ein gedrungener Mann mit einem struppigen schwarzen Schnurrbart, Augen, die bei einer bestimmten Beleuchtung violett aussahen, und einem kahlen Kopf, der unter den Natriumdampflampen sehr glänzte. Er grüßte die Männer barsch und sah dann zu dem hängenden Mädchen hoch.

»So, und was soll ich jetzt tun?« sagte er. »Den Laternenpfahl raufklettern?«

»Ich hab euch ja gesagt, wir hätten sie abschneiden sollen«, sagte Monoghan.

»Wir warten besser auf die Jungs vom Labor«, sagte Carella.

»Warum?«

»Sie wollen sich vielleicht den Strick ansehen.«

»Schon mal einen Fall gehabt, wo Fingerabdrücke auf einem *Strick* waren?« fragte Monoghan.

»Nein, aber ...«

»Dann schneiden wir sie ab.«

Blaney wirkte unentschlossen. Er warf einen Blick auf das tote Mädchen. Er sah Carella an.

»Die wissen vielleicht, was für ein Knoten das ist«, sagte Carella.

»Es ist ein *Henker*knoten«, sagte Monoghan. »Sieht man doch, daß

es ein Henkerknoten ist. Gehst du denn nie ins Kino? Siehst du dir nie was im Fernsehen an?«
»Ich habe den um den Pfosten gemeint. Den, der um den Pfosten geschlungen ist. Das *andere* Ende des Strickes.«
Blaney sah auf seine Uhr.
»Ich habe Poker gespielt«, sagte er.
Das Team von der Spurensicherung traf zehn Minuten später ein. Inzwischen waren drei weitere Funkstreifenwagen am Tatort, und der Krankenwagen vom Mercy General war vorgefahren. Die Menschenansammlung hinter der Absperrung war angeschwollen. Alle warteten darauf, daß sie das tote Mädchen abschnitten. Sie wollten sehen, ob sie wirklich tot war oder ob es sich um einen Film handelte, den sie hier drehten. Keiner von den Leuten in der Menge hatte jemals einen Menschen von einem Laternenpfahl hängen sehen. Die meisten von ihnen hatten noch *nirgends* einen Menschen hängen sehen. Das Mädchen hing immer noch da, und es sah schon so aus, als sei es echt, und es sah auch so aus, als sei sie tot. Die Jungs vom Fotografenteam machten Aufnahmen von dem hängenden Mädchen und dem Bereich um den Laternenpfahl und dem um den Pfahl geschlungenen und geknoteten Strick. Die Labortechniker berieten sich kurz mit Carella, und es wurde für ratsam erachtet, den Knoten, so wie er geknüpft war, zu erhalten, anstatt ihn aufzuknoten, um das Mädchen herunterzulassen: Sie wollten sich den Knoten im Labor gern gründlicher vornehmen. Es wurde beschlossen, daß sie das Mädchen schließlich doch abschneiden würden.
Monoghan stolzierte herum und nickte selbstgerecht, die Hände in den Hosentaschen; genau das hatte er die ganze Zeit vorgeschlagen. Der Wagen vom Rettungsdienst war inzwischen eingetroffen, und ein Sergeant klinkte die Leiter an der Seite des Wagens aus und fragte einen von der Spurensicherung, wo er den Strick durchgeschnitten haben wollte, und der zeigte auf eine Stelle ungefähr in der Mitte zwischen dem Henkerknoten hinter dem Hals des Mädchens und dem Knoten, wo der Strick am Laternenpfahl festgebunden war. Die Polizisten vom Rettungsdienst breiteten ein Sprungnetz unter dem hängenden Mädchen aus, und der Sergeant stieg die Leiter hinauf und trennte den Strick mit einer Bolzenschere durch.
Das Mädchen fiel ins Netz.
Die Menge hinter der Absperrung spendete laut Beifall.

Blaney untersuchte das Mädchen, erklärte es für tot und wagte die Ansicht zu äußern, daß die Todesursache – vorbehaltlich einer Autopsie – ein Bruch der Halswirbel sei.
Es war kurz nach vier Uhr morgens, als der Krankenwagen sie zum Leichenschauhaus abtransportierte.

Das erste Mal war immer am einfachsten.
Dabei spielte ein absolutes Überraschungsmoment eine Rolle, keine von diesen Frauen dachte jemals, so etwas könne ihr passieren, auch hier in dieser Stadt, wo sie bestimmt wußten, daß es ein alltäglicher Vorfall war. Er mußte sie bloß aus einem Hinterhalt anfallen, ihnen das Messer zeigen, und sie wurden butterweich.
Die anderen Male waren schwierig, sehr schwierig.
Da gehörte eine Menge Geduld dazu.
Manche unter ihnen trauten sich nicht einmal mehr aus ihrer Wohnung nach dem ersten Mal, so entsetzt waren sie von dem, was ihnen passiert war, solche Angst hatten sie, es könnte noch einmal passieren. Nach ein paar Wochen, manchmal auch erst nach einem Monat, kamen sie wieder heraus, im allgemeinen von ihrem Mann oder einem Freund begleitet und nie bei Nacht, sie fürchteten sich immer noch, bei Nacht auszugehen. Man mußte geduldig sein.
Und man mußte den Kalender beachten.
Endlich kamen sie, nach jenem ersten Mal, über den Schock weg, und sie wagten sich wieder allein in die nächtliche Stadt hinaus, und er wartete natürlich, er wartete auf sie, und die Überraschung war diesmal noch vollkommener, der Blitz konnte doch wohl nicht *zweimal* einschlagen, oder? Ha, gewiß konnte er. Und er tat es. Und beim zweitenmal, falls sie ihn wieder erkannten, und manche erkannten ihn, beim zweitenmal flehten sie ihn gewöhnlich an, daß er es ihnen nicht noch einmal antun solle, sie, die ihren Willen *jedem* aufzwingen würden, wenn man sie gewähren ließe, sie bettelten ihn an, er möge *seinen* Willen nicht *ihnen* aufzwingen, was für eine Ironie. Keine von ihnen wußte, daß er auf den Kalender achtete oder daß seine Überfälle zeitlich exakt berechnet waren.
Nach dem zweiten Mal wurden sie zitternde Nervenbündel. Einige von ihnen zogen in andere Stadtviertel um oder verließen überhaupt die Stadt. Andere gingen auf lange Urlaube. Wieder andere kippten vor Schreck aus den Sandalen, wenn ein Auto drei Straßen weiter hupte. Sie begannen sich für hilflose Opfer eines unerklärlichen Bösen zu halten, das sie unter allen Frauen in dieser Stadt als

Ziel auserkoren hatte. Eine von ihnen heuerte einen Leibwächter an. Aber die andern – tja, man kommt über vieles hinweg, man lebt so weiter wie bisher. Man verbringt einige Stunden außerhalb der Wohnung während des Tages, bewegt sich nie zu weit von zu Hause fort, und schließlich dehnt man die Zeit draußen aus und erweitert den Bereich seiner Ausflüge, und es dauert nicht lange und man ist wieder bei dem angelangt, was man für normal hielt, obwohl man nachts immer noch ängstlich ist und sich nach Einbruch der Dunkelheit immer von Freunden oder Verwandten begleiten läßt. Bis man schließlich allmählich denkt, man sei wieder sicher, es läge alles hinter einem, und wenn bei den ersten Malen, die man allein bei Nacht ausgeht, nichts passiert, stellt man sich vor, das gehöre nun alles der Vergangenheit an, es war zweimal passiert, ja, aber es konnte in einer Million Jahren nicht noch einmal passieren. Aber man wußte nicht, daß er auf den Kalender achtete, und es *würde* wieder passieren, weil er sehr geduldig war, er hatte unvorstellbar viel Zeit.

Das dritte Mal – eine von ihnen hatte sich gegen ihn gewehrt, als hinge ihr Leben davon ab, nicht noch einmal Gewalt angetan zu bekommen. Er hatte diese eine geschnitten. Hatte sie über das Gesicht geschnitten, und ihr Schreien hatte aufgehört, und sie hatte sich ihm gefügt, wimmernd und blutend. Das dritte Mal – eine von ihnen hatte ihm übertrieben hohe Geldsummen versprochen, wenn er sie nur in Ruhe ließe. Er hatte mit ihr gemacht, was er gewollt hatte, und dann war er eine Woche später wieder zu ihr gekommen, diesmal in ihre Wohnung, weil er wußte, daß sie allein lebte, und er hatte es ihr ein viertes Mal angetan, sie war die eine, die er insgesamt viermal erwischt hatte. Es wurde fast unmöglich, den Plan nach dem dritten Mal auszuführen, weil sie bis dahin wußten, daß sie nicht zufällig ausgesuchte Opfer waren, sie wußten, daß jemand gezielt hinter *ihnen* her war und daß es, wenn es dreimal geschehen war, vier- oder fünf- oder ein dutzendmal passieren konnte, daß er nicht abzuhalten war von dem, was immer er wollte, wann immer er wollte.

Alles, was er tun mußte, war geduldig bleiben.

Immer den Kalender im Auge behalten.

Immer die Daten abhaken.

Nur einmal war er beim erstenmal rundum erfolgreich gewesen.

Er war ihr hinterher gefolgt. Er wußte, wohin sie ging. Er wußte, es war ihm gelungen. Er hatte sie danach in Ruhe gelassen, außer daß

er sie beobachtet hatte, und er wußte später ganz sicher, daß sie gezwungen gewesen war, genau das zu tun, was er für sie die ganze Zeit geplant hatte, und eine süße Welle des Triumphs hatte ihn überspült, als er sie einen Monat später wieder sah und von fern beobachtete und wußte, daß sein Plan entwicklungsfähig und solide war und immer wieder gelingen konnte.
Die Frau heute nacht hieß Mary Hollings.
Er hatte sie zweimal vergewaltigt.
Er hatte sie zum erstenmal im Juni vergewaltigt. Am zehnten Juni, um genau zu sein, eine Freitagnacht, er hatte das Datum auf seinem Kalender festgehalten. Sie war spät einkaufen gewesen, und sie trug eine Tragetasche voll mit eingewickelten Schachteln, als er sie vom Bürgersteig weg in den Durchgang zerrte. Er hatte ihr das Messer gezeigt, es an ihre Kehle gehalten, und sie hatte sich ohne einen Laut gefügt, während die eingewickelten Schachteln auf dem Pflaster verstreut neben der zerrissenen Tragetasche lagen. Sie war eine der wenigen, die sich durch die erste Erfahrung nicht einschüchtern lassen wollten. Sie war eine Woche darauf wieder auf der Straße draußen, allein, bei Nacht. Vorsichtig, gewiß. Sie war nicht dumm. Aber sie bekämpfte ihre Angst, indem sie Tapferkeit vorspielte, sah ganz klar, was geschehen war, lehnte es ab, sich davon beherrschen zu lassen, entschlossen, ihr Leben zu leben, wie sie es getan hatte, bevor er aufgetreten war.
Er vergewaltigte sie wieder am sechzehnten Tag im September, ein Freitag wie beim erstenmal. Er vergewaltigte sie keine sechs Straßen von der Stelle entfernt, wo er sie beim erstenmal überfallen hatte. Sie war mit einer Freundin ins Kino gegangen, in die frühe Vorstellung. Das Kino war um halb zehn, Viertel vor zehn ausgewesen. Sie hatte ihre Freundin nach Hause begleitet und war losmarschiert, die Straße hinauf auf die hellen Lichter am Stem zu, als er sie geschnappt hatte. Wieder hatte sie keinen Laut von sich gegeben. Aber diesmal hatte sie Angst gehabt. Diesmal hatte sie hemmungslos gezittert, als er ihr Höschen mit dem Messer aufgeschlitzt und es ihr verpaßt hatte.
Der sechzehnte September war drei Wochen her.
Er hatte sie in den vergangenen drei Wochen beobachtet, wann immer er konnte. Bemerkt, daß sie bei Tag nie allein irgendwo hinging, wenn nicht viele Menschen in der Nähe waren. Überhaupt *nie* bei Nacht ausging, wenn sie nicht von einem Mann, manchmal zwei Männern, begleitet wurde. Er konnte sagen, einfach vom Beob-

achten her, daß sie immer noch nervös war, sogar *mit* Begleitern, die sie beschützten, sich ständig umsah, die Straße überquerte, wenn ein Mann aus der anderen Richtung auf sie zukam, sehr vorsichtig, sehr aufmerksam, entschlossen, dies nicht noch einmal mit sich geschehen zu lassen.
Letzten Samstag war er ihr in die Innenstadt zur Polizeizentrale gefolgt. Er vermutete, daß sie dort hinging, um weitere Einzelheiten über das, was ihr schon zweimal passiert war, anzugeben. Er folgte ihr, als sie dort herauskam, und war überrascht, als sie eine Waffenhandlung betrat und dem Mann drinnen ein Papier zeigte und dann begann, die Pistolen zu betrachten, die der Mann unter dem Ladentisch vorholte. Sie war wegen eines Waffenscheins in die Polizeizentrale gegangen! Sie kaufte eine Waffe! Er lächelte, als sie den Kauf tätigte. Er wußte, sie würde bald wieder auf der Straße sein, wieder bei Nacht, wieder allein, diesmal mit einer Pistole in der Handtasche, im Glauben, sie sei sicher vor ihm.
Aber er irrte sich.
Die letzte Woche hatte sie sich nicht aus ihrer Wohnung gerührt. Die nächtliche Stadt hatte sie wahrhaft untergekriegt, sie wagte es nicht mehr, allein hinauszugehen, nicht einmal mit Begleitschutz, nicht einmal mit einer Pistole in ihrer Handtasche. Sie ging kein Risiko ein. Der Kalender rückte weiter. Die Woche flog nur so vorbei, und der siebte Oktober kam sehr schnell. Er wußte, wenn er sie wieder erwischen wollte, würde er in ihre Wohnung gehen müssen, so wie er es bei der einzigen gemacht hatte, die er viermal erwischt hatte.
Heute war der siebte Oktober, der siebte war endlich gekommen; eine gute Zeit, auch wenn noch kaum der siebte war, es war ja erst Viertel vor fünf am Morgen. Heute würde sie zum drittenmal die Wohnung verlassen. Noch einmal oder zweimal danach, und er hätte sie, es sei denn, sie würde in die Äußere Mongolei ziehen.
Heute würde er sie in ihrem eigenen Bett kriegen.

## 2.

Eine Polizistin begleitete Mary Hollings zum Mercy General, wo keine drei Stunden vorher die Leiche des nicht identifizierten erhängten Opfers zur Autopsie ins Leichenschauhaus gebracht worden war. Die Polizistin hieß Hester Fein. Sie war eine pummelige

Frau von der Größe und dem Umfang eines untersetzten Ringers, achtundzwanzig Jahre alt und immer noch von Akne befallen, ein unscheinbarer gedrungener Feuerhydrant von Frau, die – wie viele ihrer männlichen Kollegen – glaubte, daß keine vergewaltigt wurde, wenn sie es nicht herausforderte, besonders nicht dreimal innerhalb von fünf Monaten; sie hatte vorher auf der Wache erfahren, daß dies das dritte Mal war, daß Mary Hollings vergewaltigt worden war. Hester Feins einziger großer Ehrgeiz im Leben war, eine .375er Magnum zu tragen, was die Polizeibehörde in dieser Stadt nicht erlaubte. Sie dachte hin und wieder daran, sich nach Houston, Texas, versetzen zu lassen. Dort draußen wußten sie, was für eine Art von Waffe eine Polizeibeamtin brauchte, um sich selbst zu schützen.

Die Plastikschachtel war 9 cm breit, 16,5 cm lang und 2,5 cm hoch, mit einem Deckel, der sich öffnen ließ, indem man zwei kleine Plastikknöpfe in entgegengesetzte Richtungen drehte. Über den Deckel und die Seite der Schachtel, in einer Ecke, war ein schmaler Streifen geklebt, auf den die Worte »Sicherheitsverschluß zum Öffnen aufschneiden« gedruckt waren. Auf den Deckel geklebt war ein Etikett, das die Schachtel und ihren Inhalt als JOHNSON BEWEISAUFNAHME VERGEWALTIGUNG bezeichnete. Die Schwester fragte Hester, welche Nummer der Fall hatte. Hester sagte es ihr, und sie füllte den dafür vorgesehenen Platz auf dem Etikett aus. Sie fragte Mary Hollings nach ihrem Namen und schrieb ihn dann in die Spalte »Name«. Sie fragte Hester, welche Straftat vorlag. Hester sagte undeutlich »Vergewaltigung«, obwohl sie nicht für fünf Minuten daran glaubte. Die Schwester füllte die Spalten »Datum des Vorfalls« und »Zeit« auf dem Etikett aus. Sie unterschrieb mit ihrem Namen bei »Untersuchender Beamter« und schrieb als Ort Mercy General Hospital hin. Sie schnitt das Siegel auf dem Kästchen mit einem Skalpell auf.

Das Kästchen enthielt einen hölzernen Schaber für einen Abstrich, einen Objekthalter mit zwei Objektträgern, einen Plastikkamm, einen Schamhaaraufnehmer, einen weißen gummierten Umschlag, bezeichnet »A« Ausgekämmte Haare, einen weißen gummierten Umschlag, bezeichnet »B« Standard, einen Samenflüssigkeits-Reagenzpack, der aus einem Plastiktütchen mit einem weißen Baumwolltupfer und einem blauen Reagenzstreifen bestand, ein Anleitungsheftchen und zwei rote Aufkleber, die in Weiß mit den Worten beschriftet waren:

EVIDENCE

WARNING !!
POLICE SEAL

DO NOT
REMOVE

Die Schwester, die die Tests durchführte, war mit dem Anleitungsheftchen vertraut. Mary Hollings auch.
Mary zitterte, als sie auf den Untersuchungstisch stieg und ihren zerrissenen Schlüpfer auszog. Die Schwester versicherte ihr, daß es nicht weh tun würde, und Mary sagte irgend etwas Zusammenhangloses als Antwort, dann steckte sie ihre Füße in die Schlaufen und seufzte tief und verzweifelt. Mit dem hölzernen Schaber nahm die Schwester zwei Scheidenabstriche und präparierte die Objektträger, ließ sie an der Luft trocknen, wie auf dem Objekthalter geraten wurde, und schob sie dann wieder in den kleinen Plastikbehälter. Sie schrieb Marys Namen wieder in die Spalte »Person« auf dem Objekthalter, trug das Datum ein und dann ihren eigenen Namen in die Spalte »Durch« und legte den Halter in die offene Plastikschachtel. Sie trat auf den Fußhebel eines Abfalleimers und ließ den gebrauchten Schaber hineinfallen.
»Wir brauchen diesen Schlüpfer noch«, sagte Hester.
»Bitte?« sagte die Schwester.
»Als Beweisstück«, sagte Hester.
»Na, dafür sind *Sie* zuständig«, sagte die Schwester.
»Allerdings«, sagte Hester, hob den Schlüpfer auf und steckte ihn in einen Umschlag für Beweismaterial. Der Schlüpfer war schwarz und mit schwarzer Spitze besetzt, was Hesters Mutmaßung bekräftigte, daß keine Frau vergewaltigt wurde, wenn sie es nicht herausforderte.
Die gedruckte Aufschrift auf dem »Schamhaar«-Umschlag war purpurrot. Sie verlangte dieselbe Auskunft wie das Etikett auf der Schachtel selbst. Die Schwester füllte es aus, indem sie vom Etikett auf der Schachtel abschrieb, dann machte sie den Umschlag auf und hielt ihn unter Marys Scheide. Sie zog den Plastikkamm mehrere Male durch Marys Schamhaar und ließ alle losen Haare in den offenen Umschlag fallen. Sie steckte den Kamm in denselben Umschlag wie die Haare, dann versiegelte sie den Umschlag und legte ihn in die Plastikschachtel neben den Objekthalter.

Da möglicherweise noch einige lose Schamhaare in Marys Schamgegend hängengeblieben waren, nahm die Schwester jetzt den Schamhaaraufnehmer, zog den durchsichtigen Plastikschutzstreifen von dem schmalen Stück Haftsubstanz und klopfte mit der haftenden Fläche die ganze Schamgegend ab. Sie schloß die weiße Plastikhülle über der Haftfläche, füllte dieselben Angaben noch einmal aus und legte den Aufnehmer wieder in die Schachtel. Sie warf den durchsichtigen Plastikstreifen in den Abfalleimer zu dem gebrauchten Schaber. Mary zitterte immer noch.
»Wir brauchen eine Probe von Ihrem Schamhaar«, sagte die Schwester. »Wollen Sie es selbst machen oder soll ich?«
Mary nickte.
»Was nun?« sagte die Schwester.
Mary schüttelte den Kopf.
»Soll ich es machen, ja?«
Mary nickte wieder.
Der zweite »Schamhaar«-Umschlag war blau beschriftet. Er unterschied sich von dem ersten nur darin, daß der eine mit »A« und »Ausgekämmte Haare« beschriftet war, während auf dem andern »B« und »Standard« stand. Beide verlangten dieselben Angaben zum Fall, die die Schwester eintrug, bevor sie fest eine Handvoll Haare in Marys Schamgegend packte. Es war wichtig, daß die Haare nicht abgeschnitten wurden; sie riß schnell einige zehn oder zwanzig davon aus (Mary zog kurz und heftig die Luft ein) und legte sie dann in den Umschlag und versiegelte ihn.
»Fast fertig«, sagte sie.
Mary nickte.
Hester Fein sah zu.
Die Schwester machte das Plastiktütchen mit dem Etikett »Samenflüssigkeits-Reagenz« auf. Sie holte den kleinen blauen Streifen aus der Tüte. Sie tränkte den Baumwolltupfer mit destilliertem Wasser, wischte mit dem Baumwolltupfer über und um Marys Genitalbereich und sagte dann: »Wollen Sie, daß ich den Test hier mache, oder wollen Sie ihn im Labor vornehmen?«
»Hat mir keiner was gesagt«, sagte Hester.
»Könnte es genausogut selbst machen, dann ist es erledigt«, sagte die Schwester.
»Von mir aus«, sagte Hester.
Die Schwester öffnete den blauen Streifen, indem sie ihn auseinanderriß und das aktive saure Phosphatasepapier freilegte. Sie drückte

das Papier einige Sekunden lang auf den feuchten Baumwolltupfer. Sie nahm das Papier und betrachtete es.

»Was sagt Ihnen das?« fragte Hester.

»Mutmaßliches Vorhandensein von Samen verursacht eine sofortige farbliche Veränderung auf dem Papier.«

»Was für eine Farbe?« fragte Hester.

»Da ist sie schon«, sagte die Schwester, während das Papier sich dunkel purpurrot verfärbte, was genau der Farbe der Druckschrift auf dem sauren Phosphatasestreifen entsprach.

»Und was bedeutet das?« sagte Hester.

»Positiv für Samen«, sagte die Schwester und steckte den Baumwolltupfer und den Streifen in das Plastiktütchen. »Sie werden es im Labor genauer untersuchen wollen, aber das reicht fürs erste. Danke, das war's«, sagte sie zu Mary, »Sie waren ein sehr guter Patient.«

Alles war wieder in der Schachtel. Sie schloß den Deckel, nahm die zwei roten Polizeisiegel, zog den Schutzstreifen ab, sagte zu Hester, »Sie sehen, wie ich es versiegele«, und dann gab sie ihr die versiegelte Schachtel und warf das Heftchen mit der Gebrauchsanweisung in den Abfalleimer. »Sie können jetzt gehen«, sagte sie zu Mary.

»Wohin?« sagte Mary.

»Wieder auf die Wache«, sagte Hester. »Wir haben einen Detective vom Sexualverbrechen kommen lassen.«

Mary setzte sich auf.

»Ich . . .«

Sie sah sich verwirrt um.

»Ja, was ist?« sagte die Schwester.

»Mein Schlüpfer«, sagte sie. »Wo ist mein Schlüpfer?«

»Ich habe ihn hier als Beweisstück«, sagte Hester.

»Ich brauche meinen Schlüpfer«, sagte Mary.

Hester sah die Schwester an. Widerstrebend reichte sie Mary den braunen Umschlag für Beweismaterial. Während Mary den zerrissenen Schlüpfer anzog, flüsterte Hester der Schwester zu: »Jetzt, wo das Kind in den Brunnen gefallen ist.«

Mary schien es nicht zu hören.

Im Dienstzimmer des 87. Polizeireviers war es relativ ruhig, aber es war ja auch erst acht Uhr früh, als der Detective von der Abteilung für Sexualverbrechen eintraf. Die Friedhofsschicht war schon abgelöst worden, und Genero war so schnell er konnte nach Hause gerannt und hatte es Carella überlassen, die Berichte über nächtliche Ruhestörer fertig zu tippen, während die ablösenden Detectives von der Tagschicht ihren gewohnten Kaffee tranken, bevor sie sich an die Arbeit machten.

Die vier ablösenden Detectives waren Cotton Hawes, Bert Kling, Meyer Meyer und Arthur Brown, aber Brown und Meyer hatten nur kurz hereingeschaut und waren sofort wieder hinausgegangen, um das Opfer eines bewaffneten Raubüberfalls zu verhören. Hawes und Kling waren an Klings Schreibtisch – Kling dahinter auf einem Stuhl, Hawes saß halb auf einer Ecke, halb lehnte er sich an, beide Männer tranken Kaffee aus Pappbechern –, als der Detective vom Sexualverbrechen hereinkam.

»An wen kann ich mich wegen Mary Hollings wenden?« fragte sie.

Hawes drehte sich nach der Gitterschranke zu. Die Frau, die dort stand, war vielleicht vierunddreißig Jahre alt, eine dunkeläugige Brünette, die eine Brille trug, einen Trenchcoat, der über einem blauen Kleid offenstand, und blaue Schuhe mit halbhohen Absätzen. Eine blaue lederne Handtasche lag auf ihrer Hüfte auf, und ihre Hand ruhte darauf.

»Ist das die Vergewaltigung?« fragte Hawes.

Die Frau nickte und machte die Tür in der Schranke auf. »Ich bin Annie Rawles«, sagte sie und ging hinüber, wo die beiden Männer saßen. An seinem eigenen Schreibtisch hob Carella den Kopf und tippte dann weiter. »Habt ihr noch was von dem Kaffee hier?« fragte sie.

»Cotton Hawes«, sagte Hawes und streckte seine Hand aus.

Annie nahm sie mit einem festen Druck und sah ihm gerade in die Augen. Er war einssiebenundachtzig oder einsneunzig, schätzte sie, hundertachtzig Pfund plus minus, blauäugig und rothaarig, mit einer weißen Strähne im Haar über seiner linken Schläfe, sah aus, als habe ihn ein Blitz getroffen oder so. Hawles dachte, er hätte nichts dagegen, mit Anne Rawles ins Bett zu gehen. Er mochte diese Schlanken mit den kleinen Titten und ohne Hüften. Müßig fragte er sich, ob sie wohl einen höheren Dienstgrad hatte als er.

»Bert Kling«, sagte Kling und nickte.

Gut aussehendes Grüppchen von Knaben hier oben, dachte Annie. Der eine, der sich gerade als Kling vorgestellt hatte, war fast genauso groß und genauso breitschultrig wie Hawes, mit blondem Haar und Augen, die sie für haselnußbraun oder so ähnlich ansah, und dem offenen Gesichtsausdruck eines Farmerjungen. Selbst der eine, der

in der anderen Ecke des Zimmers über einer Schreibmaschine hing, sah gut aus, mit einem chinesischen Anflug – aber er trug einen Ehering an seiner linken Hand.
»Habt ihr die Anzeige aufgenommen?« sagte Annie.
»Das war O'Brien, er ist schon weg«, sagte Hawes.
»Ich hole Ihnen den Kaffee«, sagte Kling. »Wie möchten Sie ihn?«
»Mit viel Milch und einem Stück Zucker.«
Kling steuerte das Schreibzimmer am andern Ende des Flurs an. Carella tippte immer noch.
»Wo ist das Opfer?« fragte Annie.
»Eine Polizistin hat sie ins Mercy General gebracht«, sagte Hawes.
»Haben wir uns nicht schon mal getroffen?« fragte Annie.
»Ich glaube nicht«, sagte Hawes und lächelte. »Ich wüßte es noch.«
»Ich dachte, wir hätten uns hier oben mal getroffen. Ihr habt ganz schön viele Vergewaltigungen, hm?«
»Uns reicht es«, sagte Hawes.
»Wie viele?« fragte Annie.
»Sie meinen, in der Woche? Im Monat?«
»Jährlich«, sagte Annie.
»Ich müßte in den Akten nachsehen.«
»In der ganzen Stadt hatten wir letztes Jahr ungefähr dreitausendfünfhundert«, sagte Annie. »Die Landeszahl war nahe an achtundsiebzigtausend.«
Kling kam mit ihrem Kaffee.
»Eine Freundin von mir arbeitet bei der Sondereinheit«, sagte er. »Spielt oft den Lockvogel und so.«
»Ja?« sagte Annie. »Wie heißt sie?«
»Eileen Burke.«
»Ah, klar«, sagte Annie, »ich habe sie dort gesehen. Große Rothaarige? Grüne Augen?«
»Das ist sie.«
»Hübsches Mädchen«, sagte Annie, und Kling strahlte. »Auch eine gute Polizistin, habe ich gehört.«
Er hatte Eileen eine »Freundin« genannt. Neuerdings eine Umschreibung für »Geliebte«, auch wenn ein Polizist es sagte.
Den Blonden kannst du dir abschminken, dachte Annie.
Die Tür in der hölzernen Schranke ging auf, und Hester Fein führte Mary Hollings in das Dienstzimmer. Hester sah sich suchend nach O'Brien um, stellte fest, daß er schon weg war und schien einen Augenblick verwirrt.

»Wer kriegt das?« fragte sie und hielt die Schachtel mit den Laborproben hoch.
»Ich nehme es«, sagte Annie.
Hester schaute sie an.
»Detective First/Grade, Annie Rawles«, sagte Annie. »Sexualverbrechen.«
Sie *hat* einen höheren Dienstgrad, dachte Hawes.
»Ich habe es ausgefüllt, wo ich soll«, sagte Hester und deutete auf das Etikett auf der Schachtel. Unter der Überschrift DURCHLAUF waren drei kurze identische Angaben zu vervollständigen. Nach »Erhalten von« hatte Hester eingetragen Hillary Baskin, gepr. Krankenschwester, Mercy General. Nach »Durch« hatte sie eingetragen: Hester Fein, Polizeibeamtin, und danach ihre Dienstnummer. Nach »Datum« hatte sie eingetragen: 7. Oktober, und nach »Zeit« hatte sie eingetragen: 7.31 und das gedruckte »vorm.« eingekreist. Annie füllte in derselben Reihenfolge die erbetenen Angaben aus und bestätigte damit, daß *sie* die Schachtel erhalten hatte.
»Kann ich ungestört irgendwo mit Miss Hollings sprechen?« fragte sie Hawes.
»Das Vernehmungszimmer ist dort hinten im Flur«, sagte Hawes. »Ich zeig's Ihnen.«
»Möchten Sie einen Kaffee, Miss Hollings?« fragte Annie.
Mary schüttelte den Kopf. Beide folgten sie Hawes durch die Gitterschranke auf den Korridor draußen. Hester stand noch herum, als hoffte sie, daß entweder Kling oder Carella auch *ihr* einen Kaffee anbieten würde. Als keiner von beiden Anstalten machte, ging sie weg.
Im Vernehmungszimmer sagte Annie freundlich: »Ich brauche zuerst ein paar Routineauskünfte, wenn es Ihnen nichts ausmacht.«
Mary Hollings sagte nichts.
»Darf ich bitte Ihren vollständigen Namen haben?«
»Mary Hollings.«
»Kein zweiter Vorname?«
Mary schüttelte den Kopf.
»Ihre Adresse bitte?«
»1840 Laramie Crescent.«
»Wohnungsnummer?«
»12 C.«
»Ihr Alter bitte?«
»Siebenunddreißig.«

»Ledig? Verheiratet? Geschieden?«
»Geschieden.«
»Ihre Größe bitte?«
»Einssiebzig.«
»Gewicht?«
»Hundertvierundzwanzig.«
Annie hob den Kopf.
»Rotes Haar«, sagte sie und notierte es auf dem Aufnahmeformular, »Augen blau«. Sie kreuzte das Kästchen »Weiß« auf dem Formular an, überflog mechanisch den Rest des Blattes und sah dann wieder auf. »Können Sie mir erzählen, was passiert ist, Miss Hollings?«
»Derselbe Mann«, sagte Mary.
»Was?« fragte Annie.
»Derselbe Mann. Derselbe wie bei den beiden andern Malen.«
Annie sah sie an.
»Das ist das *dritte* Mal, daß Sie vergewaltigt wurden?« fragte sie erstaunt.
Mary nickte.
»Und es war *derselbe* Mann, jedesmal?«
Mary nickte wieder.
»Sie *erkannten* ihn als denselben Mann wieder?«
»Ja.«
»*Kennen* Sie diesen Mann?«
»Nein.«
»Aber Sie sind sicher, daß es derselbe Mann war?«
»Ja.«
»Können Sie mir eine Beschreibung von ihm geben?« sagte Annie und holte einen Block aus ihrer Tasche.
»Das habe ich schon getan«, sagte Mary. *»Zweimal.«*
Ärger stieg in ihr hoch. Annie erkannte den Ärger, sie hatte es schon hundertmal gesehen. Zuerst der Schock, gefärbt noch von der nachwirkenden Angst, und dann der Ärger. Jetzt noch verstärkt, weil Mary Hollings das schon zweimal durchgemacht hatte.
»Dann kann ich mir eine Beschreibung aus den Akten besorgen«, sagte Annie. »Waren die letzten beiden Vorfälle in diesem Revier?«
»Ja, in diesem Revier.«
»Dann will ich Sie nicht noch einmal mit einer Beschreibung quälen, sicher geben die Akten . . .«
»Ja«, sagte Mary.
»Möchten Sie mir erzählen, was geschehen ist?« fragte sie.

Mary sagte nichts.
»Miss Hollings?«
Sie sagte immer noch nichts.
»Ich möchte Ihnen gern helfen«, sagte Annie freundlich.
Mary nickte.
»Können Sie mir sagen, wann und wo das passiert ist?«
»In meiner Wohnung«, sagte Mary.
»Er kam in Ihre Wohnung?«
»Ja.«
»Wissen Sie, wie er hereinkam?«
»Nein.«
»War die Tür abgeschlossen?«
»Ja.«
»Gibt es eine Feuerleiter?«
»Ja.«
»Könnte er durch das Notausgangsfenster hereingekommen sein?«
»Ich weiß nicht, *wie* er hereinkam. Ich habe geschlafen.«
»Und das war in der 1840 Laramie Crescent, Wohnung 12 C?«
»Ja.«
»Haben Sie dort einen Pförtner?«
»Nein.«
»Oder eine andere Art von Sicherheitsvorkehrungen?«
»Nein.«
»Hat er etwas aus Ihrer Wohnung mitgenommen?«
»Nein.« Mary zögerte. »Er hatte es auf *mich* abgesehen.«
»Sie sagen, Sie schliefen . . .«
»Ja.«
»Können Sie mir sagen, was Sie anhatten?«
»Wieso ist das wichtig?«
»Wir brauchen die Wäsche, die Sie trugen, als er . . .«
»Ich hatte ein langes altmodisches Nachthemd und einen Schlüpfer an.« Sie zögerte. »Jede Nacht seit dem ersten Mal gehe ich . . . gehe ich im Schlüpfer schlafen.«
»Die ersten beiden Vorfälle . . . passierten die auch in Ihrer Wohnung?«
»Nein. Auf der Straße.«
»Dann ist das das erste Mal, daß er in Ihrer Wohnung war?«
»Ja.«
»Und Sie sind sicher, es ist derselbe Mann?«
»Ganz sicher.«

»Könnten wir den Schlüpfer und das Nachthemd haben, die Sie anhatten? Das Labor will wohl ...«
»Ich habe den Schlüpfer an.«
»Jetzt, meinen Sie?«
»Ja.«
»Denselben, den Sie trugen, als er Sie überfiel?«
»Ja. Ich ... ich habe einfach ein Kleid übergezogen ... ich bin in meine Schuhe geschlupft ...«
»Wann war das?«
»Gleich als er weg war.«
»Können Sie mir sagen, um wieviel Uhr das war?«
»Kurz bevor ich die Polizei anrief.«
»Ja, und um wieviel Uhr war das, Miss Hollings?«
»Kurz vor sieben Uhr.«
»Um wieviel Uhr kam er in Ihre Wohnung, erinnern Sie sich daran?«
»Es muß kurz nach fünf gewesen sein.«
»Dann war er fast zwei Stunden bei Ihnen.«
»Ja.« Sie nickte. »Ja.«
»Wann merkten Sie, daß er da war, Miss Hollings?«
»Ich hörte ein Geräusch, ich machte die Augen auf ... und er war da. Er war über mir, bevor ich ...«
Sie schloß die Augen. Sie schüttelte den Kopf.
Annie wußte, daß die nächsten Fragen, die sie stellen würde, die heiklen waren, sie wußte, daß die meisten Opfer an diesen Fragen Anstoß nahmen. Aber das neue Strafgesetz des Staates definierte schwere Vergewaltigungen als vorliegend, »Wenn ein Mann den Geschlechtsverkehr mit einer Frau ausübt: 1. Durch gewaltsamen Zwang ODER 2. Die nicht in der Lage ist, einzuwilligen, weil sie körperlich hilflos ist ODER 3. Die weniger als elf Jahre alt ist«, und die Fragen mußten gestellt werden.
Die neue Definition war in keinerlei Hinsicht eine Verbesserung gegenüber der alten, welche bisher einen Vergewaltiger definiert hatte als »Eine Person, die einen Akt des Geschlechtsverkehrs mit einer Frau vollzieht, die nicht seine Ehefrau ist, gegen ihren Willen und ohne ihre Einwilligung«. Sowohl das alte als auch das neue Gesetz ließen es völlig korrekt erscheinen, daß man die eigene Frau vergewaltigte, da eine ergänzende Bestimmung des neuen Gesetzes »Frau« als »jede weibliche Person, die mit dem Täter nicht verheiratet ist«, definierte. Das alte Gesetz hatte ausgeführt »Wenn ihr

Widerstand gewaltsam überwunden wird oder wenn sie aus Angst vor schwerem körperlichen Schaden keinen Widerstand leistet und sie berechtigten Grund hat zu der Annahme, daß ihr solcher Schaden zugefügt werden wird«. Eine ergänzende Bestimmung des neuen Gesetzes definierte »gewaltsamen Zwang« als »körperliche Gewalt, die ernsthaften Widerstand überwindet oder eine Drohung, ausgesprochen oder angedeutet, die eine Person in Angst vor sofortigem Tod oder schwerer körperlicher Verletzung versetzt«. In beiden Gesetzen hatte das Opfer die Beweislast zu tragen. Inzwischen waren fast achtundsiebzigtausend Vergewaltigungen in diesem Land im vergangenen Jahr angezeigt worden, und hart arbeitende Detectives wie Annie Rawles mußten Frauen, denen gerade Gewalt angetan worden war, brutale Fragen stellen.
Sie holte tief Luft.
»Wenn Sie sagen, er war ›über‹ Ihnen . . .«
»Er war auf dem Bett, er war über mir.«
»Hat auf Ihnen gelegen, meinen Sie?«
»Nein. Er hat rittlings auf mir gesessen.«
»Sie haben ein Geräusch gehört, das Sie geweckt hat . . .«
»Ja.«
». . . und haben ihn über sich gesehen, rittlings über sich.«
»Ja.«
»Was haben Sie gemacht?«
»Ich habe nach dem . . . ich habe *versucht* . . . nach dem N-n-nachttisch zu greifen. Ich habe eine Pistole in meiner Nachttischschublade, ich habe versucht, sie zu holen.«
»Haben Sie eine Lizenz für die Pistole?«
»Ja.«
»Sie haben versucht, die Pistole . . .«
»Ja. Aber er hat mein Handgelenk gepackt.«
»Welches Handgelenk?«
»Das rechte.«
»Ihre linke Hand war frei?«
»Ja.«
»Haben Sie versucht, sich zu verteidigen mit der linken . . .«
»Nein.«
»Sie haben nicht nach ihm geschlagen oder . . .?«
»Nein. Er hatte ein *Messer*!«
Okay, dachte Annie. Ein Messer. Gewaltsamer Zwang, wenn *überhaupt*, dann war es das.

»Was für eine Art von Messer?« fragte sie sofort.
»Dasselbe Messer, das er die letzten beiden Male hatte.«
»Ja, und was für eins?«
»Ein Springfedermesser.«
»Können Sie mir sagen, wie lang die Klinge war?«
»Ich *weiß* nicht, wie lang die verdammte Klinge war, es war ein *Messer*!« fuhr Mary auf.
»Hat er Sie mit dem Messer bedroht?«
»Er hat gesagt, er würde mich aufschlitzen, wenn ich einen Laut von mir gäbe.«
»Waren das genau seine Worte?«
»Wenn ich schreien würde, wenn ich einen Mucks von mir gäbe, ich weiß nicht genau, was er gesagt hat.«
Drohung, ausgesprochen oder angedeutet, dachte Annie, Angst vor sofortigem Tod oder schwerer körperlicher Verletzung.
»Was kam dann?« fragte sie.
»Er ... hat mein Nachthemd hochgehoben.«
»Haben Sie sich gewehrt?«
»Er hatte die Messerspitze an meiner Kehle.«
»Das Messer an Ihre Kehle gehalten?«
»Ja. Bis ...«
»Ja?«
»Er ... als mein ... mein Nachthemd oben war ... hat er ... hat er das Messer zwischen meine Beine gehalten. Er hat gesagt, er würde das Messer in meine ... meine ... in mich *hinein*stecken, wenn ich ... wenn ich auch n-n-nur ein Sterbenswörtchen s-sagte. Er ... er ... hat meinen Schlüpfer mit dem Messer zerrissen ... mit dem Messer aufgeschlitzt ... und ... und ... dann hat er ... hat er es getan.«
Annie holte noch einmal tief Luft.
»Er war zwei Stunden lang da, sagen Sie.«
»Er h-h-hat es immer wieder getan, immer *wieder*.«
»Hat er überhaupt etwas gesagt in der ganzen Zeit? Etwas, das uns die Identifi ...«
»Nein.«
»Nicht zufällig seinen Namen erwähnt ...«
»Nein.«
»Oder woher er kommt oder ...«
»Nein.«
»Überhaupt nichts?«

»Nichts. Nicht solange er . . . er mich . . .«
»Er hat Sie *vergewaltigt*, Miss Hollings«, sagte Annie. »Sprechen Sie es nur aus. Das verdammte Schwein hat Sie *vergewaltigt*.«
»Ja«, sagte Mary.
»Und er hat nichts gesagt?«
»Nicht während er mich . . . vergewaltigt hat.«
»Miss Hollings, ich muß diese nächste Frage stellen. Hat er Sie zu irgendeinem *abartigen* Geschlechtsverkehr gezwungen?«
Sie zitierte aus dem Strafgesetz, das schwere Sodomie definierte, ein weiteres Schwerverbrechen, strafbar mit einer Höchststrafe von fünfundzwanzig Jahren Gefängnis. Falls sie ihn jemals erwischten und ihn der Vergewaltigung und des Analverkehrs überführen konnten, würde er den Rest seines Lebens hinter . . .
»Nein«, sagte Mary.
Annie nickte. Einfache schwere Vergewaltigung. Fünfundzwanzig Jahre, wenn er die Höchststrafe bekäme. Drei Jahre, wenn er einen milden Richter hätte. Wieder draußen auf den Straßen nach einem Jahr, wenn er sich im Gefängnis gut führte.
»B-bevor er gegangen ist«, sagte Mary, »da . . .«
»Ja?«
»Er . . . hat gesagt . . .«
»Was hat er gesagt, Miss Hollings?«
»Er . . .«
Mary schlug ihre Hände vors Gesicht.
»Bitte, was hat er gesagt?«
»Er hat g-g-gesagt . . . ›Ich komme wieder‹.«
Annie sah sie an.
»Er hat gegrinst«, sagte Mary.

## 3.

Die gefütterte Versandtasche kam am Dienstag morgen, dem 11. Oktober, mit der Paketpost. Sie war an das 87. Polizeirevier adressiert und wurde von Sergeant Dave Murchison zusammen mit der anderen Morgenpost am Annahmeschalter entgegengenommen. Murchison betrachtete das Päckchen mißtrauisch und hielt es dann an sein Ohr, ob es vielleicht tickte. Heutzutage konnte man nie wissen, ob nicht eine Bombe in einem Paket ohne Absenderangabe war.

Er hörte nichts ticken, was natürlich so gut wie nichts bedeutete. Neuerdings konnte man Sprengsätze zusammenbasteln, die überhaupt nicht tickten. Er fragte sich, ob er das Sprengkommando alarmieren sollte; er käme sich natürlich ganz schön bescheuert vor, wenn die sich den ganzen Weg machten und dann entdeckten, daß eine Schachtel Pralinen oder so was in dem Päckchen war. Murchison war allerdings schon lange Polizist, und er wußte, daß es eines der obersten Gesetze des Überlebens in der Polizeibehörde war, seine Flanken zu sichern. Er nahm den Telefonhörer ab und wählte direkt Captain Fricks Büro durch.

Es gab hundertsechsundachtzig Polizisten und sechzehn Detectives in Zivil, die im Siebenundachtzigsten arbeiteten, und Captain Frick führte das Kommando über alle. Die meisten von ihnen glaubten, Frick habe das Pensionsalter schon überschritten, wenn nicht an Jahren, so doch zumindest geistig. Es gab welche, die soweit gingen, zu sagen, Frick sei *non compos mentis* und nicht in der Lage, morgens allein seine Schnürsenkel zuzubinden, geschweige denn Entscheidungen zu treffen, die sehr leicht die sehr realen lebensgefährlichen Situationen berühren konnten, mit denen diese Männer auf den Straßen des Reviers täglich konfrontiert wurden. Frick hatte weißes Haar. Sein Haar war schon seit ewigen Zeiten weiß. Er glaubte, es ergänze das Blau seiner Uniform. Er konnte sich nicht vorstellen, sich in einem Job zu halten, der ihn zwingen würde, etwas anderes als die blaue Uniform zu tragen, die so großartig sein weißes Haar ergänzte. Die goldene Tresse ebenfalls; er war verliebt in die goldene Tresse auf seiner Uniform. Er war gern Polizist. Er hatte es nicht gern, wenn ein diensttuender Sergeant ihm erzählte, ein verdächtig aussehendes Päckchen sei gerade mit der Morgenpost gekommen.

»Was wollen Sie mit verdächtig sagen?« fragte er Murchison.

»Kein Absender darauf«, sagte Murchison.

»Wo ist es abgestempelt?« fragte Frick.

»Calm's Point.«

»Das ist nicht in diesem Revier«, sagte Frick.

»Nein, Sir, ist es nicht.«

»Schicken Sie es zurück«, sagte Frick. »Ich will damit nichts zu schaffen haben.«

»Und wohin zurückschicken, Sir?« fragte Murchison.

»Nach Calm's Point.«

»*Wohin* in Calm's Point? Es steht kein Absender darauf.«

»Schicken Sie es an die Post zurück«, sagte Frick. »Sollen die sich den Kopf zerbrechen.«
»Angenommen, es geht hoch?« sagte Murchison.
»Warum sollte es hochgehen?«
»Angenommen, es ist eine Bombe darin? Angenommen, wir schikken es an die Post zurück, und es geht hoch und tötet hundert Postbeamte? Wie würden wir *dann* dastehen?« fragte Murchison.
»Was wollen Sie also tun?« fragte Frick. Er betrachtete seine Schuhe und meinte, er müsse sie putzen lassen. In seiner Mittagspause wollte er sie bei dem Friseur an der Ecke Culver und Sechste putzen lassen.
»Das frage ich *Sie*«, sagte Murchison. »Was ich tun soll.«
Verantwortung, dachte Frick, immer Verantwortung. Die Flügel decken, dachte er. Für den Fall, daß später von den höheren Rängen geschossen wird. Man konnte nie wissen, wann der Druck von der Zentrale kommen würde. Er schlug ein wie der Blitz.
»Was empfehlen Sie, Sergeant?« fragte er.
»Ich frage nach Ihrer Empfehlung, Sir«, sagte Murchison.
»Würden Sie vorschlagen, wir holen das Sprengkommando?« fragte Frick.
»Ist das Ihr Vorschlag, Sir?« fragte Murchison.
»Das ist doch eigentlich eine reine Routinesache«, sagte Frick. »Ich bin sicher, Sie sind in der Lage, das zu erledigen.«
»Ja, Sir, auf welche Weise soll ich es erledigen, Sir?«
Beide Männer waren außerordentlich geschickt in der Flügeldekkung. Es schien, als wären sie in einer Sackgasse gelandet.
Frick überlegte, wie er vage einen Befehl formulieren könnte, der nicht klänge wie ein Befehl. Murchison saß da und hoffte, Frick würde nicht *ihn* auffordern, das verflixte Päckchen zu öffnen. Auch wenn keine Bombe darin war – wenn man diese gefütterten Versandtaschen aufmachte, fiel aller möglicher Dreck, der wie gehackter Asbest aussah, auf den Schreibtisch oder die saubere blaue Hose. Er wollte dieses Päckchen nicht aufmachen. Er saß da und fragte sich, wie er Frick überlisten könnte, ihm genau die Weisungen zu geben, die ihm dieses verdammte Ding vom Tisch schafften, bevor es ihm um die Ohren flog.
»Tun Sie, was Sie für richtig halten«, sagte Frick.
»Ja, Sir, ich schicke es in Ihr Büro«, sagte Murchison.
»Nein!« rief Frick sofort. »Schicken Sie mir bloß keine Bombe ins Büro!«

»Wo soll ich es *dann* hinschicken?« sagte Murchison.
»Ich habe es Ihnen doch gesagt. Zurück an die Post.«
»Ja, Sir, ist das ein Befehl, Sir? Und wenn es später auf der Post explodiert?«
»Es wird nicht explodieren, wenn das Sprengkommando es *zuerst* ansieht«, sagte Frick und merkte gleich darauf, daß er ausgetrickst worden war.
»Danke, Sir«, sagte Murchison, »ich rufe das Sprengkommando.«
Frick legte auf und dachte, falls keine Bombe in dem Päckchen wäre, würden die Jungs vom Sprengkommando monatelang Witze darüber reißen – das feige 87. Revier ruft das Sprengkommando, wenn es ein Päckchen ohne Absender bekommt. Er wünschte fast, es *wäre* eine Bombe in dem verdammten Päckchen. Er wünschte fast, sie würde explodieren, bevor das Sprengkommando ankäme.
Es war keine Bombe in dem Päckchen.
Die Jungs vom Sprengkommando lachten, als sie die Wache verließen. Kopfschüttelnd sah Frick ihnen von seinem Fenster im oberen Stock nach und hoffte, in den nächsten paar Wochen keinem Beamten von der Zentrale über den Weg zu laufen.
Es steckte eine Damenhandtasche in der Versandtasche.
Die Handtasche enthielt ein kleines Päckchen Kleenex-Taschentücher, einen Kamm mit Stiel, eine Puderdose, ein Päckchen Wrigley's Spearmint-Kaugummi, ein Scheckbuch, einen kleinen Spiralblock, einen Kugelschreiber, einen Lippenstift, eine Sonnenbrille und eine Brieftasche. Keine Schlüssel. Den Detectives kam das eigenartig vor. Keine Schlüssel. Die Brieftasche enthielt vier Zehndollarscheine, einen Fünfdollarschein und zwei Eindollarscheine. Die Brieftasche enthielt auch einen Studentenausweis von der Ramsey University, der die Adresse des Mädchens hier in der Stadt angab. Der Name des Mädchens, wie er auf dem Ausweis stand, war Marcia Schaffer. Ein Foto war zwischen die Plastikschutzschicht des Ausweises eingeschweißt.
Das Mädchen lächelte auf dem Foto.
Sie lächelte nicht auf den Fotos, die das Fotografenteam am Tatort der Erhängung vom Freitagmorgen, dem 7. Oktober, aufgenommen hatte.
Davon abgesehen waren die Fotos im Grunde genommen identisch.

Kling und Carella saßen über den Fotos, als Meyer in das Dienstzimmer spazierte. Sie taten so, als würden sie ihn nicht kennen. Der Grund war, daß Meyer eine Perücke trug.

»Ja, Sir, was kann ich für Sie tun?« fragte Carella und hob den Kopf.
»Ach, laßt«, sagte Meyer und wollte sich durch die Schwingtür in der Schranke schieben.
Kling sprang sofort auf die Füße und stürzte auf die Schranke zu.
»Entschuldigen Sie, Sir«, sagte er, »das hier ist Sperrgebiet.«
»Würden Sie bitte Ihr Anliegen vortragen, Sir?« sagte Carella.
Meyer rückte weiter ins Dienstzimmer vor.
Kling riß seine Pistole aus dem Schulterhalfter.
»Bleiben Sie auf der Stelle stehen, Sir!« schrie er.
Carella hatte seine Pistole schon in der Hand. »Tragen Sie Ihr Anliegen vor, Sir!« rief er, indem er vortrat.
»Ich bin's«, sagte Meyer. »Laßt die Mätzchen, ja?«
»*Wer* ist ich, Sir?« sagte Kling. »Sagen Sie verdammt noch mal, was Sie wollen!«
»Mein Anliegen ist, oberschlauen Polypen in die Ärsche zu treten«, sagte Meyer und ging an seinen Schreibtisch.
»Das ist ja *Meyer*!« sagte Carella mit gespielter Überraschung.
»Mich laust der Affe!« sagte Kling.
»Du hast *Haare!*« sagte Carella.
»Spaß beiseite«, sagte Meyer. »Was ist schon groß dran? Ein Mann kauft ein Haarteil, und schon ist es ein Grund zur Heiterkeit.«
»Lachen wir?« fragte Kling.
»Siehst du uns lachen?« fragte Carella.
»Ist es *echtes* Haar?« fragte Kling.
»Ja, es ist echtes Haar«, sagte Meyer gereizt.
»Mann, du hast uns ganz schön reingelegt«, sagte Carella.
»Echtes Haar von wo?« fragte Kling.
»Woher soll ich wissen, von wo? Es gibt Leute, die ihr Haar verkaufen, und dann macht man Haarteile daraus.«
»Ist es Jungfernhaar?« fragte Kling.
»Ist es Kopfhaar oder Schamhaar?« fragte Carella.
»Einen Scheiß muß man sich hier anhören«, sagte Meyer und schüttelte den Kopf.
»Ich meine, er sieht wunderschön aus«, sagte Kling zu Carella.
»Ich meine, er sieht allerliebst aus«, sagte Carella.
»Geht denn dieser Scheiß den ganzen Morgen weiter?« sagte Meyer seufzend. »Nichts Besseres hier zu tun? Ich dachte, ihr hättet letzte Woche hier einen Mord gehabt. Verhaftet doch ein paar Penner.«
»Er ist hinreißend, wenn er wütend wird«, sagte Kling.

»Diese blitzenden blauen Augen«, sagte Carella.
»Und diese krausen braunen Locken«, sagte Kling.
»Sie sind nicht kraus«, sagte Meyer.
»Wieviel hat es gekostet?« fragte Kling.
»Geht dich nichts an«, sagte Meyer.
»Schamhaar von einer Jungfrau muß ein Vermögen kosten«, sagte Carella.
»Schwierig dranzukommen«, sagte Kling.
»Was meint denn Sarah dazu, daß du einen Staubwedel auf dem Kopf hast?« fragte Carella, und er und Kling brachen in Lachen aus.
»Furchtbar witzig«, sagte Meyer. »Der typische geschmacklose Bürohumor. Ein Mann kauft ein Haarteil . . .«
»Wer sitzt denn da auf meinem Stuhl?« dröhnte eine Stimme über die Schranke weg, und Arthur Brown trat in das Dienstzimmer. Brown hatte die Farbe, die sein Nachname vermuten ließ, braun, ein Detective von einsfünfundneunzig und zweihundert Pfund, der jetzt einen erstaunten Ausdruck auf seinem schönen Gesicht hatte. »So was, ich glaube gar, das ist Goldlöckchen«, sagte er und machte große Augen. »Hol uns ein bißchen Haferbrei«, sagte er zu Kling. »Was für süße Löckchen du hast, Goldlöckchen.«
»Das Lied hab' ich auch schon mal gehört«, sagte Meyer.
Brown pirschte sich an Meyers Schreibtisch heran. Er ging auf Zehenspitzen um den Tisch herum und beäugte das Haarteil. Meyer würdigte ihn keines Blickes.
»Beißt es?« fragte Brown.
»Er hat es in einer Tierhandlung geliehen«, sagte Kling.
»Ha-ha«, sagte Meyer.
»Sieht aus, als hätte ein Vogel auf deinem Kopf genistet«, sagte Brown.
»Ha-ha«, sagte Meyer.
»Kämmst du es oder schüttelst du es einfach aus?« fragte Brown.
»Ihr Schlauberger«, sagte Meyer kopfschüttelnd.
Den ganzen Morgen hatte ihm davor gegraut, hier hereinzukommen. Er wußte schon, was ihn hier erwartete, wenn er aufkreuzen und ein Haarteil tragen würde. Er wäre lieber einem Bankräuber mit einer abgesägten Schrotflinte gegenübergetreten als diesen Klugscheißern im Dienstzimmer. Er machte sich geschäftig an die Durchsicht der Zettel an der Merkspindel. Er lechzte nach einer

Zigarette, aber er hatte seiner Tochter versprochen, das Rauchen aufzugeben.
»Was hat es denn mit dem Sprengkommando hier auf sich?« fragte Brown.
Gut, dachte Meyer. Sie kommen von meinem verfluchten Toupet ab.
»Falscher Alarm«, sagte Carella. »Du solltest es geflochten tragen«, sagte er zu Meyer.
Meyer stöhnte.
»Also, was war los?« fragte Brown.
»Du kannst es dir auf deinem Kopf hochtoupieren, wenn du zum Ball des Gouverneurs gehst«, sagte Kling.
»Antisemiten«, sagte Meyer und lachte mit, als die andern Männer lachten.
»Hält der Gouverneur wieder einen seiner Bälle?« fragte Brown, und alle lachten wieder.
»Hast du das Bild gesehen?« fragte Carella.
»Was für ein Bild?« fragte Brown.
»Es war eine Handtasche, keine Bombe«, sagte Kling. »Irgend jemand hat uns die Handtasche des erhängten Mädchens geschickt.«
»Und der will uns nicht verarschen?« sagte Brown.
»Ihr Bild ist auf dem Ausweis«, sagte Carella.
Die Männer sahen sich gegenseitig an.
Sie dachten alle genau das gleiche. Sie dachten, wer auch immer dieses Mädchen an einen Laternenpfahl gehängt hatte, *wollte*, daß sie sie identifizierten. Sie waren in den vergangenen drei Tagen durch die ganze Stadt gerannt und hatten versucht, sie zu identifizieren, damit sie einen Punkt hätten, wo sie ansetzen könnten. Jetzt hatte ihnen einer die Arbeit leichtgemacht. Denn er hatte ihnen die Handtasche des toten Mädchens mit dem Ausweis darin geschickt.
Sie konnten sich nur eine einzige Person auf der Welt denken, die jemals auf die Idee käme, den Polizisten hier oben die Sache leichtzumachen. Oder scheinbar leicht. Keiner von ihnen wollte seinen Namen aussprechen. Aber sie dachten alle, der war es.
»Vielleicht hat jemand die Handtasche gefunden«, sagte Brown.
»In der Zeitung über sie gelesen, gemeint, er schickt uns die Tasche rüber.«
»Wollte nicht in was hineingezogen werden.«
»In dieser Stadt will keiner in was hineingezogen werden.«

»Kann sein«, sagte Carella.
Aber sie dachten immer noch, daß es der Taube war.

Der Arzt, der die Autopsie im Auftrag des amtlichen Leichenbeschauers durchführte, hatte mit Blaneys ursprünglicher Diagnose am Tatort übereingestimmt, ließ sich aber ausführlicher dazu aus: Der Tod war nicht nur durch Verrenkung und Bruch der oberen Halswirbel verursacht worden, sondern auch durch eine Quetschung des Rückenmarks, typisch für das, was bei einer gesetzlichen Hinrichtung durch den Strang geschieht. Aber der Bericht nannte weiter eine geschätzte Todeszeit, die acht Stunden *früher* war als der Augenblick, in dem Carella und Genero aus dem Baugelände getreten waren und das Opfer am Laternenpfahl baumelnd gefunden hatten.
Telefonisch mit Carella verbunden äußerte der Mann vom Leichenbeschaueramt die Ansicht, daß das Opfer woanders getötet – entweder durch das angezeigte Erhängen oder aber durch körperliche Gewalt, die ausreichte, um die Wirbel zu brechen und das Rückenmark zu quetschen – und dann an den Ort, wo man es entdeckt hatte, gebracht worden war. Der Mann vom Leichenbeschaueramt vermied es vorsichtig, vom »Tatort« zu sprechen. Seiner Meinung nach war der *wirkliche* Tatort nicht diese verlassene Straße mit ihren leerstehenden Gebäuden und ihren klaffenden Baugruben. Das schien sich mit dem zu decken, was Carella ohnehin dachte. Weder er noch Genero hatte irgendwen irgendwo hängen sehen, als sie hineingegangen waren, um mit dem Nachtwächter zu sprechen.
Die Adresse auf dem Ausweis des toten Mädchens untermauerte noch die Vermutung, daß sie irgendwo anders getötet und erst später in das glückliche Siebenundachtzigste transportiert worden war. Das Mädchen wohnte in einem Appartementhaus gut vier Meilen westlich vom Zuständigkeitsbereich des Reviers, in einem Teil der Stadt, in dem sich das geschäftige Zentrum der Textilverarbeitung befand. Cloak City, Mantelstadt, unter welchem Namen die Gegend allgemein und von alters her bekannt war, beherbergte in ihrem Kern die Betriebe und Ausstellungsräume, die das ganze Land und in der Tat viele Länder der nichtkommunistischen Welt mit Konfektionsbekleidung belieferten. Aber in den Straßen nördlich der Fabriken waren die Mietshäuser abgebrochen worden, und an ihrer Stelle waren Hochhäuser mit Luxuswohnungen und teuren Restaurants wie Pilze aus dem Boden geschossen und hatten eine vornehme Atmosphäre geschaffen. Diese wiederum hatte Leute aus dem Showgeschäft ange-

zogen, die lieber in der Nähe des Theaterdistrikts wohnten und ihre neue Nachbarschaft nicht mehr *Cloak* City, sondern fröhlich *Coke* City, Kokainstadt, nannten.
Weder Carella noch Hawes – mit dem er an diesem Dienstag morgen eingeteilt war, weil Genero glücklicherweise bei Gericht gegen einen Hot-Dog-Verkäufer aussagte, den er festgenommen hatte, weil er ohne Lizenz auf der Straße verkauft hatte – wußte, ob die Schätzungen über den blühenden Kokainhandel in diesem Bezirk stichhaltig waren oder nicht. Was sie anging, so hatten sie genug eigene Probleme in Uptown, von denen sie eines an diesem Morgen hierher gebracht hatte. Es war einer jener funkelnden, klaren Tage, mit denen der Oktober die Bürger dieser Stadt häufig verwöhnte. Beide Männer waren froh, aus dem Dienstzimmer draußen zu sein. An Tagen wie diesem konnte man nicht anders, als sich wieder bis über beide Ohren in diese Stadt zu verlieben.
Das tote Mädchen – deren Ausweis ein Alter von fast einundzwanzig angab – hatte in einem von den alten übriggebliebenen Häusern der Umgebung gewohnt, einem fünfstöckigen roten Backsteingebäude, das von Ruß und Schmutz von Jahrhunderten bedeckt war. Ohne Mäntel und Hüte stiegen Carella und Hawes die vordere Freitreppe hinauf und läuteten beim Hausverwalter.
»Was hältst du von Meyers Perücke?« fragte Carella.
»Was für eine Perücke? Willst du mich aufziehen?«
»Hast du sie nicht gesehen?«
»Nein. Er hat eine Perücke?«
»Ja.«
»Weißt du, warum der Indianer einen Hut gekauft hat?« fragte Hawes, und die Haustür ging auf.
Das Mädchen, das da stand, war drei Meter groß. Oder wenigstens schien sie drei Meter groß zu sein. Beide Detectives mußten zu ihr aufschauen, und sie waren beide keine Knirpse. Sie war zwanzig Jahre alt, schätzte Carella, vielleicht einundzwanzig, mit kurzem braunem Haar, strahlenden blauen Augen und einem Wolfsgesicht. Sie hatte Bluejeans und ein Sweatshirt von der Ramsey University an und trug eine Segeltuchbüchertasche, auf die das Wort BÜCHERTASCHE aufgedruckt war.
»Polizei«, sagte Carella und zeigte ihr seine Dienstmarke »Wir suchen den Verwalter.«
»Wir haben keinen Verwalter«, sagte das Mädchen.
»Wir haben gerade bei ›Verwalter‹ geläutet«, sagte Hawes.

»Daß es eine *Klingel* des Verwalters gibt«, sagte das Mädchen, indem es sich an Hawes wandte, »heißt noch lange nicht, daß es einen *Verwalter* gibt.« Hawes hatte das Gefühl, daß sie meinte, er sei zu klein für sie. Und zu alt. Und wahrscheinlich zu doof. Er zuckte fast mit den Achseln. »Es gibt jetzt schon seit fast einem Jahr keinen Verwalter mehr in diesem Haus«, sagte das Mädchen. Und dann, weil die Leute in dieser Stadt nichts lieber tun, als es den Bullen zu stecken, wann immer es geht, fügte sie hinzu: »Vielleicht haben wir deshalb so viele Einbrüche hier.«

»Das hier ist nicht unser Bezirk«, wehrte Hawes ab.

»Was machen Sie dann hier?« fragte das Mädchen.

»Wohnen Sie hier, Miss?« fragte Carella.

»Natürlich wohne ich hier«, sagte sie. »Was glauben Sie denn, was ich hier mache? Lebensmittel abliefern?«

»Kennen Sie eine Mieterin namens Marcia Schaffer?«

»Klar. Hören Sie, sie wohnt in der 3 A, Sie können sie persönlich sprechen, okay? Ich bin gerade im Weggehen, ich komme zu spät in die Vorlesung.«

»Wann haben Sie sie zuletzt gesehen?« fragte Carella.

»Donnerstag an der Uni.«

»Ramsey?« fragte Hawes, der das Sweatshirt betrachtete.

»Geistreiche Folgerung«, sagte das Mädchen.

»Sind Sie zusammen an der Uni gewesen?«

»Noch ein Punkt für Sie.«

»Wie lange kennen Sie sie?« fragte Carella.

»Seit meinem ersten Jahr. Ich bin jetzt im zweiten. Wir sind *beide* im zweiten.«

»Stammt sie von hier? Aus der Stadt?«

»Nein. Irgendeine Kleinstadt in Kansas, Buffalo Dung, Kansas.«

»Und Sie?« fragte Hawes.

»Genau hier geboren und aufgewachsen.«

»So hören Sie sich an.«

»Bin ich auch stolz drauf«, sagte sie.

»Was hat sie letzten Donnerstag getragen? Als Sie sie gesehen haben?«

»Einen Trainingsanzug. Warum? Wir sind beide in der Laufmannschaft.«

»Um welche Zeit war das?«

»Beim Training, ungefähr vier Uhr nachmittags. Warum?«

»Haben Sie sie irgendwann danach noch gesehen?«

»Wir sind zusammen mit der U-Bahn nach Hause gefahren. Hören Sie, was . . .?«

»Haben Sie sie irgendwann noch danach gesehen? Irgendwann Donnerstag abend?«

»Nein.«

»Gesehn, wie sie das Haus irgendwann am Donnerstag abend verlassen hat?«

»Nein.«

»In welcher Wohnung wohnen *Sie*?«

»3 B, auf demselben Flur direkt gegenüber von ihr.«

»Und Sie sagen, sie hat in 3 A gewohnt?«

Plötzlich fiel ihr die Vergangenheitsform auf.

»Sie wohnt dort immer noch«, sagte sie.

»Haben Sie am Donnerstag abend irgendwen vor ihrer Wohnung gesehen oder gehört? Irgendwen, der an ihre Tür geklopft hat? Irgendwen . . .«

»Nein.« Ihre Augen wurden schmal. »Warum stellen Sie diese Fragen?«

Carella holte tief Luft. »Marcia Schaffer ist tot«, sagte er.

»Machen Sie keine Witze«, sagte das Mädchen.

Beide Detectives sahen sie an.

»Marcia ist nicht tot«, sagte sie.

Sie sahen sie immer noch an.

»Machen Sie keine Witze«, sagte sie noch einmal.

»Können Sie mir *Ihren* Namen sagen, Miss?« fragte Carella.

»Jenny Compton«, sagte sie und gleich darauf: »Aber Marcia ist nicht tot, Sie haben sich geirrt.«

»Miss Compton, wir sind ziemlich sicher, daß das Opfer . . .«

»Nein«, sagte Jenny und schüttelte den Kopf.

»*Hat* Miss Schaffer hier gewohnt?« fragte Hawes.

»Sie *wohnt* noch hier«, sagte Jenny. »Dritte Etage nach vorne, Wohnung 3 A. Sie ist nicht tot.«

»Wir haben ihr Bild . . .«

»Sie ist nicht tot«, wiederholte Jenny hartnäckig.

»Ist das Marcia Schaffer?« fragte Carella und zeigte ihr eine Hochglanzvergrößerung, die der Fotograf von einem der am Tatort aufgenommenen Bilder gemacht hatte. Es war kein sehr hübsches Bild. Jenny zuckte zurück, als habe sie einen Schlag mitten ins Gesicht bekommen.

»Ist das Marcia Schaffer?« fragte Carella noch einmal.

»Es sieht nach ihr aus, aber Marcia ist nicht tot«, sagte Jenny.
»Ist das *ebenfalls* Marcia Schaffer?« fragte Carella und zeigte ihr den Ausweis.
»Ja, das ist Marcia, aber . . .«
»Die Adresse darauf . . .«
»Ja, Marcia *wohnt* hier, aber ich weiß, daß sie nicht tot ist.«
»Wie können Sie das wissen, Miss Compton?« fragte Hawes.
»Sie ist nicht tot«, sagte Jenny.
»Miss Compton...«
»Ich habe sie letzten Donnerstag *nachmittag* gesehen, um Himmels willen, sie kann nicht . . .«
»Sie ist umgekommen, irgendwann Donnerstag na . . .«
»Ich *will* nicht, daß sie tot ist«, sagte Jenny und brach plötzlich in Tränen aus. »Scheiße, warum mußten Sie herkommen?«
Sie war drei Meter groß, dieses Mädchen, vielleicht einundzwanzig Jahre alt, diese Frau, mit großstädtischem Witz und einer großstädtisch flinken Zunge, aber sie hätte gerade auf dem Weg in den Kindergarten sein können, so wie sie jetzt aussah, die rechte Hand vor ihr Gesicht gepreßt, in sich hineinweinend, die linke Hand um die Büchertasche geklammert, mit leicht einwärts gekehrten Füßen dastehend und hemmungslos schluchzend, während die Detectives zuschauten, wortlos und sich verlegen und plump und viel zu groß vorkamen für dieses kleine Mädchen, das in ihrer Gegenwart weinte, ohne sich zu schämen.
Sie warteten.
Es war so ein herrlicher Tag.
»Ach, Scheiße«, sagte Jenny, »es ist ja gar nicht wahr.«
»Es tut mir leid«, sagte Carella.
»Wie . . . wie . . .?« Sie zog die Nase hoch, dann kniete sie, um in ihrer Büchertasche zu kramen und ein Päckchen Papiertaschentücher herauszuziehen, eines herauszuzupfen, ihre Nase zu schneuzen und dann ihre Augen abzutupfen. »Was ist passiert?« sagte sie.
Sie dachten nie *Mord*, wenn sie nicht zufällig diejenigen waren, die das Ding selbst drehten. Sie stellten sich immer einen Autounfall vor oder irgend etwas in der U-Bahn, die Leute stürzten immerzu unter U-Bahnen, oder aber einen Aufzugschacht, es gab immer Unfälle in Aufzugschächten, so spulten sich ihre Gedanken ab, wenn man bei ihnen aufkreuzte und sagte, jemand sei tot, sie dachten nie an Mord. Und wenn man ihnen auf den Kopf zusagte, die Person sei *getötet* worden, wenn man nicht einfach sagte, die Person sei *tot*,

sondern tatsächlich ausdrücklich *getötet*, wenn sie von vornherein wußten, daß ein Mord begangen worden war, dachten sie immer an Pistole oder Messer oder Gift oder die bloßen Hände, jemand totgeschlagen, jemand zu Tode gewürgt. Wie erklärte man, daß es sich um Erhängen handelte? Oder etwas, das *aussehen* sollte wie Erhängen? Wie erklärte man einem einundzwanzigjährigen Mädchen, das in ein zerrissenes Papiertaschentuch schnüffelte, daß ihre Freundin an einem verfluchten Laternenpfahl hängend gefunden worden war?

»Bruch der oberen Halswirbel«, sagte Carella, indem er sich für das entschied, was ihm der Polizeiarzt früher am Morgen mitgeteilt hatte. »Quetschung des Rückenmarks.«

»Mein Gott!«

Er hatte immer noch nicht erzählt, daß jemand ihrer Freundin das *angetan* hatte. Sie sah ihn jetzt forschend an, da ihr klar wurde, daß nicht ein Paar von Detectives auf der Schwelle stünde und Fragen stellte, wenn das ein schlichter Unfall gewesen wäre, und sie schließlich erkannte, daß Marcia Schaffers Tod *herbeigeführt* worden war.

»Jemand hat sie getötet, ist das richtig?« fragte sie.

»Ja.«

»Wann?«

»Irgendwann Donnerstag abend. Die Schätzung des Polizeiarztes setzt es auf etwa sieben Uhr an.«

»Mein Gott!« rief sie noch einmal.

»Sie haben sie Donnerstag abend überhaupt nicht gesehen?« fragte Hawes.

»Nein.«

»Hat sie irgendwas erwähnt, was sie vielleicht an dem Abend vorgehabt hatte?«

»Nein. Wo . . . wo ist das passiert?«

»Wir wissen es nicht.«

»Ich meine . . . wo hat man sie *gefunden*?«

»In Uptown.«

»Auf der Straße? Jemand hat sie auf der Straße überfallen?«

Carella seufzte.

»Sie hing an einem Laternenpfahl.«

»Oh, *Gott*!« sagte Jenny und fing wieder an zu schluchzen.

# 4.

Daniel McLaughlin war ein rundlicher kleiner Mann Ende Fünfzig, mit dunkler Hose und braunen Schuhen bekleidet, einem sehr auffallenden Sportsakko, einem pfirsichfarbenen Hemd, einer Krawatte, die wie von Jackson Pollock entworfen aussah (und durch verschiedene Speisereste noch abstrakter wirkte), und einem dunkelbraunen Sommerstrohhut mit schmalem Rand und einer zum Hemd passenden Feder. Er schien außer Atem, sein Gesicht war fleckig und verschwitzt, als er auf die Detectives zukam, die auf dem Treppenabsatz vor der Haustür auf ihn warteten. Seine kleinen braunen Augen schätzten sie kurz ab, dann huschten sie zu den überlaufenden Mülleimern, die neben dem schmiedeeisernen Geländer, das eine unter dem Straßenniveau liegende Fläche einfaßte, aufgereiht standen. Er schien mit Freude festzustellen, daß die Mülleimer allen möglichen Unrat auf den Bürgersteig ausspien.

Sie hatten von Jenny erfahren, daß Marcia Schaffer ungefähr zur selben Zeit wie Jenny in ihre mietpreisgebundene Wohnung gezogen war, vor über zwei Jahren, als beide Mädchen mit Sportstipendien an der Ramsey University angefangen hatten. Davor hatte Marcia tatsächlich in einer kleinen Stadt in Kansas gelebt, nicht Buffalo Dung – wie Jenny früher bemerkt hatte, als noch alles heiter und lustig und nicht von der Nachricht eines gewaltsamen Todes überschattet war –, sondern in einem Ort namens Manhattan, der sich selbst The Little Apple nannte. Carella und Hawes vermuteten, daß es *wirklich* einen Ort mit dem Namen Manhattan, Kansas, gab.

Nach Jennys Worten hatte der Besitzer des Gebäudes – der nämliche Daniel McLaughlin, der jetzt dastand und den Mist bewunderte, der aus seinen Mülleimern quoll – seit dem letzten Jahr oder noch länger versucht, seine sämtlichen Mieter aus dem Gebäude herauszubekommen, damit er seine großen altmodischen Wohnungen in kleinere Einheiten unterteilen und dadurch größere Einnahmen erzielen könnte. Soweit war er im großen und ganzen erfolglos gewesen. Außer einer kleinen alten Dame, die in ein Pflegeheim gezogen war, hatten sich seine übrigen Mieter schlicht und einfach geweigert, aus einer Gegend wegzugehen, die plötzlich schick geworden war, wo sie in den Genuß von Mieten kamen, die anderswo unmöglich zu finden waren, abgesehen von den miesesten Bezirken der Stadt, von denen es viele gab. Bei dem Versuch, Untermieter auszuquartieren, die anscheinend entschlossen waren, wohnen zu bleiben, hatten

McLaughlin zunächst seinen Hausverwalter gefeuert, und dann hatte er mit einem höchst einfallsreichen persönlichen Management begonnen, das im letzten Jahr dazu geführt hatte, daß das Wasser zu unmöglichen Stunden abgedreht, der Müll nicht abgeholt und die Heizung nicht am 15. Oktober, wie durch Gesetz in dieser Stadt ausdrücklich vorgeschrieben, in Betrieb gesetzt wurde. Heute war erst der 11. Oktober; es blieb abzuwarten, ob die Heizung *dieses* Jahr vorschriftsmäßig eingeschaltet werden würde, obwohl die milde Witterung die Frage ein wenig theoretisch machte. Mittlerweile ergoß sich der Abfall über den ganzen Bürgersteig.

»Sie sind die Detectives?« fragte McLaughlin, als er die Stufen hinaufkam.

»Mr. McLaughlin?« sagte Carella.

»Ja.« Er bot ihnen nicht die Hand. »Ich muß Ihnen sagen, daß es mir gar kein Vergnügen macht, den ganzen Weg hier heraufzukommen, um so einen Scheißschlüssel zu bringen.«

»Anders kommt man nicht in die Wohnung«, sagte Hawes.

Sie hatten ihn noch rasch angerufen, bevor sie zum Essen in eine verkommene Kneipe um die Ecke gegangen waren, obwohl es in der Gegend jede Menge gute französische Restaurants gab. Beide hatten Hamburger und Pommes frites gegessen und mit Cola runtergespült. Während des Essens hatte Carella Hawes fragen wollen, warum der Indianer einen Hut gekauft hatte, aber er war zu sehr von dem Gedanken in Anspruch genommen, daß die normale Werktagskost eines Polizisten nicht gerade etwas war, was die Küchenchefs Europas in Aufregung versetzen würde. Es war jetzt ein Uhr mittags, und McLaughlin beklagte sich, daß er »den ganzen Weg hierher« aus seinem Büro, das sechs Straßen weg war, hatte kommen müssen.

»Die Vorstellung, daß sie tot ist, gefällt mir gar nicht, um es gleich zu sagen«, sagte McLaughlin. »ich habe nichts dagegen, die Wohnung wieder zur Verfügung zu haben, aber angenommen, es will sie keiner mieten, sobald er herausbekommt, daß ein totes Mädchen darin gewohnt hat?«

Es schien ihm nicht in den Sinn zu kommen, daß Marcia Schaffer sehr lebendig gewesen war, solange sie in seiner kostbaren Wohnung gewohnt hatte.

»Mord *kann* Schwierigkeiten machen«, sagte Carella.

»Ja«, stimmte McLaughlin zu, ohne den Sarkasmus mitzubekommen. »Na gut, hier ist der Schlüssel, auf denn. Ich hoffe, das dauert nicht ewig.«

»Ein paar Stunden vielleicht«, sagte Hawes. »Sie brauchen nicht bei uns zu bleiben. Wenn Sie den Schlüssel hierlassen, sehen wir zu, daß er Ihnen zurückgebracht wird.«

»Hoffen wir's«, sagte McLaughlin und ließ den Verdacht, daß jeder Polizist in dieser Stadt ein Dieb sei, unausgesprochen. »Ich bringe Sie rauf, kommen Sie«, sagte er.

Sie betraten nach ihm das Haus.

Daß es stimmte, was Jenny Compton erzählt hatte, fiel ihnen in der kleinen Eingangshalle sofort auf. Eine Lampenfassung hing lose von der Decke; es war keine Birne drin. Die Schlösser an einigen Briefkästen waren kaputt. Die Glasscheibe an der inneren Tür hatte Sprünge, und der Türknauf hing locker an einer einzigen Schraube. Eine weitere Bestätigung für McLaughlins Versuche, seinen unnachgiebigen Mietern das Leben schwerzumachen, zeigte sich unübersehbar in dem abgetretenen und schmutzigen Linoleum der Innentreppe, den ungeputzten Fenstern an jedem Treppenabsatz, dem wackligen Treppengeländer und den frei liegenden elektrischen Leitungen. Carella wunderte sich, daß nicht einer im Haus einfach mal im Wohnungsamt der Stadt anrief. Er tauschte einen Blick mit Hawes, der grimmig nickte.

McLaughlin blieb vor der Tür der 3 A stehen, fischte einen Schlüssel aus seiner Tasche, schloß die Tür auf und sah dann vom einen Detective zum andern, als versuche er, mit einigen wenigen raschen Blikken ihren Charakter abzuschätzen.

»Hören Sie, ich muß mich noch um andere Dinge kümmern«, sagte er. »Wenn ich den Schlüssel hierlasse, bringen Sie ihn mir *wirklich* zurück?«

»Ehrensache«, sagte Hawes mit treu-doofem Gesicht.

»Ich bin bei McLaughlin-Immobilien in der Bower Street«, sagte McLaughlin und händigte ihm den Schlüssel aus. »Ach so, das wissen Sie ja wohl, dort haben Sie mich angerufen. Ich möchte noch klarstellen, daß ich für keinerlei Schaden, den Sie hier anrichten, verantwortlich bin, falls die Angehörigen des Mädchens später mit Klagen kommen.«

»Wir versuchen, vorsichtig zu sein«, sagte Carella.

»Sorgen Sie dafür, daß mir der Schüssel wieder gebracht wird.«

»Wir sehen zu, daß Sie ihn wiederbekommen«, sagte Hawes.

»Ja, das hoffe ich«, sagte McLaughlin und ging kopfschüttelnd den Flur runter.

»Netter Mann«, sagte Carella.

»Wundervoll«, sagte Hawes, und sie gingen in die Wohnung.

Wie Jenny angedeutet hatte, war die Wohnung größer als solche in vielen von den neueren Gebäuden der Stadt, da die Eingangstür sich erst auf einen recht großen Vorraum öffnete, der dann in ein geräumiges Wohnzimmer überging. Die Wohnung wirkte noch größer, als sie in Wirklichkeit war, weil sie sparsam möbliert war, genau das, was man bei einer Studentin erwartete, die mit einem Stipendium das College besuchte. Ein Sofa stand an einer Wand, zwei billige Sessel im rechten Winkel dazu. Mehrere übergroße Fenster nahmen die anstoßende Wand ein und übergossen das Zimmer mit dem Licht der Oktobersonne. Eine Reihe von Topfpflanzen stand auf dem Fußboden unter den Fenstern. Hawes ging hin und betastete die Erde; sie waren anscheinend schon eine Weile nicht mehr gegossen worden.

»Du meinst doch nicht, daß MacLaughlin sie *so* dringend aus der Wohnung haben wollte, oder?« fragte er.

»Wer immer sie am Ende dieses Seils hochgezogen hat, muß ziemlich stark gewesen sein«, sagte Carella und schüttelte den Kopf.

»Dick bedeutet nicht schwach«, sagte Hawes.

»Sah er für dich wie ein Mörder aus?«

»Nein.«

»Das riecht man«, sagte Carella.

»Ich weiß. Aber er tut wirklich alles, um diese Leute hier rauszukriegen.«

»Wir sollten ein paar Anrufe machen, sollten jemand darauf ansetzen. Es paßt mir überhaupt nicht, daß man ihm so ein Scheißgeschäft einfach so durchgehen läßt.«

»Kennst du jemand bei der Stadtverwaltung?«

»Kann sein, daß Rollie Chabrier einen kennt.«

»Ja, kann sein.«

Sie sprachen von einem Bezirksstaatsanwalt, mit dem beide Männer schon zu tun gehabt hatten. Sie durchstreiften jetzt das Wohnzimmer, suchten nach nichts Bestimmtem, sondern schnupperten nur die Luft, mehr oder weniger wie wilde Tiere es tun, wenn sie unbekanntes Gelände betreten. Genaugenommen war das nicht der Tatort; der Tatort war gut vier Meilen weiter draußen, wo sie die Leiche an einem Laternenpfahl hängend entdeckt hatten. Aber der Polizeiarzt hatte die Theorie aufgestellt, daß Marcia Schaffer woanders getötet und erst später dorthin gebracht worden war, wo sie sie entdeckt hatten. Es lag im Bereich des Möglichen, daß sie *hier* getötet worden war, in dieser Wohnung, obwohl es auf den ersten Blick keinerlei Hinweis auf einen heftigen Kampf gab. Dennoch geisterte die unausgesprochene Frage durch beider Köpfe. Hawes sprach sie schließlich aus.

»Meinst du, wir sollten ein paar Männer von der Spurensicherung holen? Bevor wir irgendwas durcheinanderbringen?«

Carella dachte darüber nach.

»Es wäre mir verdammt beschissen dabei zumute, etwas anzufassen, was vielleicht ein Beweisstück ist«, sagte Hawes.

»Rufen wir sie lieber«, stimmte Carella zu und ging zum Telefon. Er breitete ein Taschentuch über seine Hand, als er den Hörer abhob. Er steckte das Radierende eines Bleistifts in die Löcher der Wählscheibe, als er die Nummer des Mordwagens wählte.

Die Techniker trafen zwanzig Minuten später ein. Sie standen mitten im Wohnzimmer, sahen sich an Ort und Stelle um, so ähnlich, wie vorher Carella und Hawes, indem sie einfach die Luft schnupperten und sich an die Atmosphäre gewöhnten. Carella und Hawes hatten nichts angerührt. Sie hatten sich nicht einmal auf einen der Sessel gesetzt. Sie standen fast an derselben Stelle, wo sie gewesen waren, als Carella seinen Anruf gemacht hatte.

»Sind wir die ersten hier?« fragte einer der Techniker. Carella erinnerte sich an ihn als einen, der Joe hieß. Joe Soundso.

»Ja«, sagte Carella. »Das heißt, *wir* sind seit einer halben Stunde oder so hier.«

»Ich meine, außer uns. Außer euch und uns.«

»So ist es«, sagte Carella.

»Etwas angefaßt?« fragte der andere Techniker. Carella kannte ihn nicht.

»Nur den Türgriff von außen.«

»Dann wollt ihr also die ganze Arbeit?« fragte der erste Techniker. »Einstäuben? Absaugen? Den zwölf-fünfundneunzig?« Er grinste seinen Partner an.

»Ehemals der dreizehn-fünfzig«, sagte sein Partner, indem er zurückgrinste.

»Wir sind nicht sicher, ob das hier der Tatort ist«, sagte Carella.

»Und was zum Kuckuck tun *wir* dann hier?« sagte der erste Techniker.

»Es könnte sein«, sagte Hawes.

»Dann machen wir's billig«, schlug der zweite Techniker vor.

»Einmal schnell drüber«, sagte der erste Techniker. »Oberflächlich,

aber *gründlich.*« Er hielt einen Finger neben seine Nase, um seine Rede zu unterstreichen.
»Gib ihnen lieber Handschuhe«, sagte der zweite Techniker.
Der erste Techniker packte ein Paar weiße Baumwollhandschuhe aus und gab sie Carella. »Für den Fall, daß Sie beschließen, sich als Detective zu betätigen«, sagte er und zwinkerte seinem Partner zu. Er reichte Hawes ebenfalls ein Paar Handschuhe. Beide Detectives zogen die Handschuhe an, während die Techniker zusahen.
»Darf ich um den ersten Tanz bitten?« sagte der zweite Techniker, und dann gingen sie hinunter zu dem Kombi, um das ganze Drum und Dran zu holen, das sie brauchen würden, um die Wohnung auf den Kopf zu stellen.
Auf einem Kaminsims an der Wand gegenüber dem Sofa betrachteten Carella und Hawes einige Trophäen, die Marcia Schaffer ihr Können als Läuferin bescheinigten – ein silberner Pokal, ein Silberteller, mehrere Medaillen, alle gewonnen, als sie im Leichtathletikteam ihrer High School war. Die eingravierte Inschrift auf dem Silberteller berichtete die Tatsache, daß sie den Sprintrekord von Kansas vor drei Jahren gebrochen hatte. Ein gerahmtes Bild von einem Mann und einer Frau stand da, vermutlich ihre Eltern, was Carella daran erinnerte, daß er noch nicht in Manhattan, Kansas, angerufen hatte. Das stand ihm noch für später bevor. Er freute sich nicht darauf, daß er dieses Telefongespräch führen mußte.
Die Techniker waren wieder da. Der eine, den Carella für Joe hielt, sagte: »Ihr verhunzt uns doch hier nichts?«
Der zweite Techniker stellte sein Werkzeug auf dem Boden ab. »Ist das ein Mord oder was?« fragte er.
»Ja«, sagte Carella.
»Hat man der Leiche schon Fingerabdrücke abgenommen? Für den Fall, daß wir welche finden, die wir nicht zuordnen können?«
»Sie hat die Fingerabdrücke abgenommen bekommen«, sagte Carella.
»Hinweise auf gewaltsames Eindringen?«
»Keine, die wir gesehen hätten.«
»Können wir dann die Fensterbänke sausen lassen?«
»Wie Sie meinen«, sagte Carella.
»Was zum Teufel *suchen* wir überhaupt?«
»Spuren von irgendeinem andern, der vielleicht hier gewesen ist.«
»Das könnte die ganze verdammte *Stadt* sein«, sagte der erste Techniker und schüttelte den Kopf. Aber sie machten sich dennoch an die

Arbeit. Der zweite Techniker pfiff sogar, als er anfing, den Kaminsims auf der Suche nach Fingerabdrücken einzustäuben.
Ein offener Türrahmen, keine Tür darin, führte in das einzige Schlafzimmer der Wohnung, groß und luftig, mit einer hohen Decke und den gleichen überdimensionalen Fenstern, die auf die Straße gingen. An der einen Wand stand ein Bett, ein ungestrichener Toilettentisch gegenüber, ein ungestrichener Schreibtisch schräg in einer Ecke. Siegerwimpel der Ramsey University hingen an der einen Wand, zusammen mit gerahmten Fotografien von Marcia Schaffer im Laufdreß, die gesund aussah und strahlend und berstend vor Leben. Eines der Bilder zeigte sie mit ihrem blonden Haar, das im Wind hinter ihr wehte, mit weit schwingenden Armen und Beinen, mit offenem Mund tief einatmend, wie sie das Band einer Ziellinie riß. Eine graue Teamjacke – mit dem Namen der Universität in purpurroten Buchstaben über dem Rücken und dem Wort LÄUFER unter dem Universtitätsemblem auf der Vorderseite aufgenäht – lag dekorativ über einem Stuhl beim Schreibtisch. Auf der Tischplatte lagen aufgeschlagene Bücher. Ein Blatt Papier war in die Schreibmaschine gespannt. Carella warf einen Blick darauf. Marcia Schaffer hatte an einem Referat für einen Anthropologiekurs gearbeitet. *Der Mensch steht allein*, dachte er, *weil allein der Mensch steht*. Marcia Schaffer würde nie mehr stehen, noch weniger laufen. Die Läuferin war in ihrem einundzwanzigsten Lebensjahr niedergeschlagen worden.
Im Schlafzimmerschrank fanden sie ein spärliches Sortiment von Kleidern – mehrere Kleider und Röcke, Pullover auf Kleiderbügeln, einen Skiparka, einen Regenmantel, Bluejeans, elegante Hosen, einen grauen Trainingsanzug mit Namen und Emblem der Universität darauf. Gemeinsam durchsuchten sie Manteltaschen und Jackentaschen, die Taschen von allen Jeans und Hosen. Nichts. Sie schüttelten Straßenschuhe und hochhackige Schuhe, Rennschuhe und Turnschuhe aus. Nichts. Sie machten eine Reisetasche auf der Ablage im Schrank auf. Sie war leer. Sie gingen quer durchs Zimmer zu der Kommode und durchsuchten systematisch die Kleidungsstücke in den Schubladen. BHs und Schlüpfer, Unterhemden und noch mehr Pullis, Blusen und Strumpfhosen, Kniestrümpfe und Sportsocken. In einer Ecke der obersten Schublade fanden sie eine Packung Antibabypillen.
Sie gingen wieder ins Wohnzimmer, wo die Techniker arbeiteten und sahen alle Schreibtischschubladen durch, suchten aber verge-

bens nach einem Terminkalender. Sie fanden ein ledergebundenes Buch mit einem Verzeichnis von Namen, Adressen und Telefonnummern, vermutlich von Freunden und Verwandten. Marcia Schaffer schien ziemlich viele Leute in der Stadt gekannt zu haben, aber die meisten waren Frauen, und weder Carella noch Hawes glaubte, daß eine Frau die Kraft gehabt hätte, das volle Gewicht von Marcia Schaffers Leiche an einem Laternenpfahl gute siebeneinhalb Meter über dem Boden hochzuziehen. Auf den S-Seiten des Büchleins fand Carella eine Eintragung unter Schaffer, keine weiteren Namen dahinter, keine Adresse, einfach eine Telefonnummer mit 913 als Vorwahlnummer davor. Er hätte darauf gewettet, daß es die Vorwahl von Manhattan, Kansas war. Er würde ihre Eltern anrufen müssen. Er würde ihnen mitteilen müssen, daß ihr Goldmädchen tot war.
Er seufzte tief.
»Gibt es was?« fragte Hawes. Er durchstöberte den Papierkorb neben dem Schreibtisch und betrachtete eingehend zerknüllte Papierfetzen.
»Nein, nein«, sagte Carella.
Die meisten Schnipsel in dem Papierkorb waren handschriftliche Notizen, die Marcia Schaffer für das Referat, an dem sie arbeitete, aufgeschrieben hatte. Ein Einkaufszettel war da. Ein Brief war da, den sie angefangen und dann zusammengeknüllt hatte. Er begann mit den Worten, *Liebe Mami, lieber Papa, ich bitte Euch furchtbar ungern schon wieder um Geld so kurz nach* ... Es fand sich ein Schmierzettel mit einer Reihe von Zahlen, die sie addiert und dann ausgestrichen und noch einmal addiert hatte, anscheinend um ihren richtigen Kontostand zu ermitteln. Es fand sich eine Karte von einem Laden, der Pizza lieferte. Das war alles.
Sie gingen ins Bad. Mehrere einfache weiße Baumwollschlüpfer waren über die Duschleine gehängt. Eine offene Schachtel mit supersaugfähigen Damenbinden stand auf dem Waschbecken unter dem Spiegel. Carella versuchte sich zu erinnern, ob der Polizeiarzt etwas von Menstruation gesagt hatte. Er kam sich plötzlich wie ein Eindringling vor. Er wollte nichts über so etwas Intimes und Persönliches wie Marcia Schaffers Periode wissen. Aber eine schmutzige Damenbinde lag im Abfalleimer unter dem Waschbecken. Er öffnete das Arzneischränkchen. Hawes durchsuchte den Wäschekorb bei der Waage, zog schmutzige Wäschestücke heraus und untersuchte jedes Kleidungsstück.
»Blutflecken hier«, sagte er.

»Sie hatte ihre Tage«, sagte Carella.
»Lassen wir trotzdem besser vom Labor prüfen.«
»Ja«, sagte Carella.
Hawes begann, die befleckten Kleidungsstücke auf einen Haufen zu legen. Er ging aus dem Bad, die Techniker wegen der schmutzigen Wäsche zu fragen. Sie sagten ihm, er solle alles in einen Kissenbezug stecken. Carella sah in das Arzneischränkchen. Er rechnete nicht damit, irgendwelche verschreibungspflichtigen Mittel zu finden, und er fand auch keine. Es war die übliche Sammlung von rezeptfreien Medikamenten, Zahnpaste, Shampoo, Festiger, Nagellack, Kämme, Bürsten, Heftpflaster, elastische Binden – wahrscheinlich, weil sie als Läuferin anfällig für Muskelzerrungen und Verrenkungen gewesen war –, Mundwasser, Haarspangen, Haarklemmen und so weiter. J. D. Salinger hätte sehr wenig mit Marcia Schaffers Arzneischränkchen anfangen können. Carella schloß die Tür.
Ein Bademantel hing an einem Wandhaken.
Er hängte ihn ab. Der Bademantel war eine schwere Winterqualität, marineblau mit weißen Paspeln an den Manschetten und um den Schalkragen. Das Firmenschild zeigte, daß er in einem der größeren Kaufhäuser der Stadt gekauft worden war. Die Worte »100 % Wolle« wurden auf dem Etikett durch das weltweite Symbol bekräftigt:

Das Etikett war außerdem mit dem Buchstaben »L« für »Large« – »groß« – bezeichnet. Carella fühlte die Taschen ab. Eine davon war leer. Die andere enthielt eine fast volle Packung Zigaretten der Marke Marlboro und ein goldenes Feuerzeug. Carella ließ diese in zwei verschiedene Beweisstücktaschen fallen. Hawes kam gerade mit einem Kissenbezug, der mit blauen Blümchen bedruckt war, ins Bad zurück.
»Waren Zigaretten in ihrer Handtasche?« fragte Carella.
»Was?«
»Die Handtasche des Mädchens. Erinnerst du dich an Zigaretten?«
»Nein. Warum hätten Zigaretten drin sein sollen? Sie war in der *Läufer*mannschaft.«
»Eben deshalb.«
»Warum? Was hast du gefunden?« fragte Hawes, während er begann, die Wäsche in den Kissenbezug umzufüllen.

»Eine Packung Marlboro. Und ein Dunhill-Feuerzeug.«
»Ist das ein *Herren*bademantel?« fragte Hawes, indem er den Kopf hob.
»Sieht so aus.«
»Wie groß war sie?«
»Einszweiundsiebzig.«
Hawes sah den Bademantel noch einmal an. »Kann nicht ihrer sein, was meinst du?«
»Es ist eine Größe L«, sagte Carella.
Hawes nickte. »Das Labor wird ihn bestimmt haben wollen«, sagte er.
Die Techniker arbeiteten immer noch im Wohnzimmer, als Carella und Hawes hinkamen, um die Baumwollhandschuhe zurückzugeben. Über dem Summen des Filterstaubsaugers zwinkerte der eine, dessen Namen Carella für Joe hielt, seinem Partner zu und sagte: »Heute halbtags?«
»Wann, glaubt ihr, seid *ihr* fertig?« fragte Carella.
»Eine Hausfrau ist *nie* fertig«, sagte der andere Techniker.
»Meint ihr, ihr könnt zuschließen und uns den Schlüssel vorbeibringen?«
»Wo vorbei?« sagte der erste Techniker.
»Im Siebenundachtzigsten. Uptown.«
»Den ganzen Weg dort rauf«, sagte der zweite Techniker und rollte mit den Augen. »Ich habe eine Verabredung heute abend. Möchtest *du* die Verantwortung für den Schlüssel übernehmen, John?«
John, so heißt er, dachte Carella.
»Ich möchte keine Verantwortung für den Scheißschlüssel übernehmen«, sagte John.
»Dann könnt ihr vielleicht anrufen, wenn ihr glaubt, ihr seid fast fertig?« fragte Hawes. »Wir schicken dann eine Streife runter.«
»Sie haben einen Liefer- und Abholdienst, das Siebenundachtzigste«, sagte John und zwinkerte wieder seinem Partner zu.
»Wie ist die Nummer dort oben?« fragte der andere Techniker.
»377–8024«, sagte Hawes.
John stellte den Staubsauger ab. »Muß ich aufschreiben«, sagte er. Er angelte in einer Overalltasche nach einem Bleistift. Er klopfte seine anderen Taschen ab. »Hat jemand einen Bleistift?« fragte er.
Hawes war schon dabei, seinen Nachnamen und die Telefonnummer des Reviers auf eine Seite seines Notizblocks zu schreiben. Er

riß das Blatt ab und gab es John. »Fragen Sie nach einem von uns«, sagte er. »Hawes oder Carella.«
»*Horse* wie ›Pferd‹«, sagte der zweite Techniker. »Wir haben ›Einen Mann mit Namen Horse‹ hier«, sagte er zu John.
»Halber Indianer?« fragte John.
»Mohawk«, flunkerte Hawes. »Vollblut.«
»Warum arbeiten Sie dann nicht auf dem Bau?« fragte der andere Techniker, und er und John lachten. John sah auf das Blatt, das Hawes von seinem Notizblock gerissen hatte.
»Schreibt man es so auf Mohawk?« fragte er Hawes.
»So hat mein Vater es immer geschrieben«, sagte Hawes. »Rennender Hirsch Hawes war sein Name.«
»Wie ist *Ihr* Vorname?« fragte der andere Techniker.
»Großer Furzender Stier«, sagte Hawes und verließ hinter Carella die Wohnung.
»Da fällt mir was ein«, sagte Carella im Flur draußen. »Warum hat denn nun der Indianer einen Hut gekauft?«
»Ein andermal«, sagte Hawes.
»Uff«, sagte Carella.

In dem fahler werdenden Sonnenlicht rannte er.
Er hatte seine Wohnung um Viertel nach fünf verlassen, war in weniger als zehn Minuten hier hochgefahren und hatte seinen Wagen dann an der Grover Avenue vor dem Park abgestellt. Im Park waren um diese Tageszeit praktisch keine Mütter mit Kinderwagen mehr, dafür war er jetzt bevölkert von Halbwüchsigen, die Fußbälle kickten, Pärchen, die Hand in Hand spazierengingen, alten Männern, die auf Bänken saßen und versuchten, im schwindenden Licht ihre Zeitungen zu lesen. Gestern um diese Zeit waren mehr Leute als sonst im Park gewesen. Gestern war Columbustag gewesen – oder zumindest der Tag, der für die amtlichen *Feiern* zum Columbustag vorgesehen war –, und viele Geschäfte und Büros waren geschlossen gewesen.
Es ärgerte ihn, daß sie den Gedenktag eines berühmten Mannes nicht mehr begingen, wann sie eigentlich sollten. Columbustag war am 12. Oktober, warum hatten sie ihn also zwei Tage früher gefeiert? Um ein langes Wochenende zu bekommen, klar. Nicht daß *er* in den Genuß dieses Vorteils gekommen wäre. Er war sein eigener Chef, und er stellte seinen eigenen Arbeitsplan auf.
Gott, was für ein schöner Tag das war!

Immer noch hell genug um Viertel vor sechs, daß er deutlich jeden Knick und jede Biegung des Fußwegs sah, auf dem er lief, alles andere als eine Aschenbahn, aber besser als nichts in dieser Stadt aus Beton und Stahl. Die Uhren würden am letzten Sonntag im Oktober zurückgestellt – *Frühling vor, Herbst zurück,* dachte er –, und es würde dann um fünf, halb sechs anfangen, dunkel zu werden, aber in der Zwischenzeit war da immer noch das verblassende Glühen des Sonnenscheins und ein wolkenloser blauer Himmel darüber, er liebte den Oktober, er liebte diese Stadt im Oktober.

Er lief ein gleichmäßiges Tempo, nichts zu gewinnen hier, niemand zu besiegen, nicht einmal eine Uhr, mit der man um die Wette lief. Übung, das ist alles, dachte er, einfach Übung, auf einem Parkweg zur Übung laufen, unerkannt laufen, ein großer, schlanker Mann in einem grauen Trainingsanzug ohne Aufschrift, der in einem bequemen, gleichmäßigen Tempo lief, das beruhigte und tröstete, genauso wie die Gedanken an das, was er getan hatte und weiterhin tun würde.

Er hielt im Laufen inne, als er auf die Höhe einer Polizeiwache auf der anderen Straßenseite kam, die über die niedrige Steinmauer am Rand des Parks zu sehen war. Selbst im Licht des späten Nachmittags konnte er die Zahl 87 erkennen, die in Weiß auf die grünen, die Eingangstreppe flankierenden Kugeln gemalt war. Zwei Männer in Zivil betraten das Gebäude, beide ohne Kopfbedeckung, keiner von beiden im Mantel – klar, an einem Tag wie heute, wer brauchte da einen Mantel? Trotzdem stellte er sich Detectives immer als Männer vor, die Mäntel tragen. Falls sie *wirklich* Detectives waren. Vielleicht waren sie nur Mitbürger, die kamen, um eine Beschwerde vorzutragen. Es gab viele Bürger in dieser Stadt, alle hatten sie Beschwerden.

Er fragte sich, ob sein kleines Päckchen schon angekommen sei.

Er hatte es am Samstag abgeschickt, war mit der U-Bahn den ganzen Weg nach Calm's Point rausgefahren, um das Päckchen dort in den Briefkasten zu werfen. Es war flach genug, daß er es durch den Briefkastenschlitz quetschen konnte, er hatte sich vorher vergewissert. Es zuerst zu Hause gewogen, dafür gesorgt, daß das richtige Porto darauf war. Er wollte nicht, daß dieses Päckchen nicht zugestellt würde, weil es nicht ausreichend frankiert war. Es gab keine Möglichkeit, es ihm zurückzuschicken, weil er keinen Absender daraufgeschrieben hatte. Deshalb hatte er es nicht zu einem Postamt gebracht. Er hatte es nicht darauf ankommen lassen wollen, daß irgendein Blödmann von Postbeamter ihm erzählte, sie könnten das Päckchen nicht annehmen, weil kein Absender darauf war. Er wußte nicht, wie die genauen Vorschriften waren, aber er wollte keinen Streit riskieren. Laß es in den Briefkasten fallen, und der Briefträger würde mit den Achseln zucken und nachrechnen, ob genug Porto darauf war, und irgend jemand am anderen Ende würde die Zustellung übernehmen. Die Knaben, die diese großen Briefkästen leerten, warfen vermutlich sowieso keinen Blick auf das, was sie einsammelten. Ein Postamt war etwas anderes. Der Beamte würde vielleicht sehen, daß kein Absender darauf war, und wenn es auch nicht gegen die Vorschrift wäre, würde er vielleicht darauf hinweisen. *Der Absender fehlt, wissen Sie?* Hätte dann erklären müssen, daß er es als Überraschung schicken würde, irgendwas in der Art, zu viele Erklärungen. Der Mann würde sich vielleicht später an ihn erinnern. Einfacher, es in einen Briefkasten zu werfen. Flach genug, daß es in einen Briefkasten paßte. Er wollte nicht, daß sich jetzt schon jemand an ihn erinnerte. Es gab später noch genügend Zeit, in der die Leute anfangen würden, sich an ihn zu erinnern.

Alle Postämter in der Stadt waren gestern geschlossen gewesen, nirgendwo Postzustellung; er wußte mit Sicherheit, daß das Päckchen nicht gestern zugestellt worden sein konnte. Aber heute – falls sich nicht ungewöhnlich viel angesammelt hatte wegen des Feiertags –, ja, heute dürfte es zugestellt worden sein.

Er fragte sich, was sie sich dabei denken würden.

Ihre Handtasche auf diese Weise mit der Post zu bekommen.

Er grinste, als er sich ihre Gesichter vorstellte.

Vielleicht würde er beim nächstenmal die Identifizierung gleich am Tatort lassen. Es ihnen ein bißchen leichter machen. Sie gleich an Ort und Stelle wissen lassen, wer das Opfer war. Die Identifizierung direkt auf der Straße unter dem Laternenpfahl liegen lassen. Wollte es ihnen natürlich nicht *zu* leicht machen, nicht bevor die Sache richtig in Schwung kam. Die Freitagszeitungen hatten das tote Mädchen kaum erwähnt. Überhaupt nichts in den Morgenzeitungen und keine Schlagzeile auf der Titelseite im nachmittags erscheinenden Sensationsblatt. Sie hatten die Geschichte auf Seite acht gebracht, so eine tolle Geschichte, Mädchen an einem verdammten Laternenpfahl hängend aufgefunden! Beim nächstenmal dann würden sie merken, daß es ein Muster gab. Die Bullen würden es auch merken, wenn sie nicht noch blöder waren, als er sie einschätzte. Schlagzeilen beim nächstenmal dann, ganz sicher.

Er sah noch einmal zur Polizeiwache über die Straße, dann begann er zu laufen und lächelte dabei.
Bald, dachte er.
Bald würden sie wissen, wer er war.

Die zwei Frauen musterten einander.
Annie Rawles hatte gehört, daß Eileen Burke der beste Lockvogel in der Sondereinheit war. Eileen Burke hatte gehört, daß Annie Rawles eine hartnäckige Polizistin von der Abteilung für Sexualverbrechen war, die früher an Raubüberfällen gearbeitet und zwei Gangster niedergeschossen hatte, die versuchten, eine Bank in der Innenstadt auszurauben. Annie betrachtete eine Frau, die einsfünfundsiebzig groß war, mit langen Beinen, guten Brüsten, aufreizenden Hüften, rotem Haar und grünen Augen. Eileen betrachtete eine Frau mit Augen in der Farbe von Lehm hinter Brillengläsern, was ihr ein lehrerinnenhaftes Aussehen gab, gerade geschnittenem Haar von Mitternachtsschwärze, festen kugelförmigen Brüsten und einem schlanken Knabenkörper. Sie waren beide ungefähr im gleichen Alter, schätzte Eileen, ein Jahr mehr oder weniger vielleicht. Eileen fragte sich immer noch, wie eine Frau, die so sehr wie eine Buchhalterin aussah, ihren Dienstrevolver ziehen und zwei arme Würstchen ausblasen konnte, die eine Höchststrafe von zwanzig Jahren vor sich gehabt hätten.
»Was meinen Sie?« fragte Annie.
»Sie sagen, das ist nicht der einzige Wiederholungsfall?« sagte Eileen.
Sie musterten sich immer noch. Eileen dachte sich, daß sie hier keine Wahl hatte. Wenn Annie Rawles um sie gebeten hatte und ihr Lieutenant sie mit der Aufgabe betraut hatte, dann hatte es sich damit, beide hatten höhere Ränge als sie. Dennoch wollte sie gern wissen, mit wem sie arbeitete. Annie fragte sich, ob Eileen wirklich für die Aufgabe so gut geeignet war, wie man ihr gesagt hatte. Sie sah ein wenig zu auffällig aus für einen Lockvogel. Wenn ein Vergewaltiger sie entdeckte, wie sie hochhackig mit diesen auf und ab wippenden Titten über die Straße stolzierte, würde er sie sofort erkennen und um sein Leben rennen. Sie hatten es hier mit einem ganz besonderen Vergewaltiger zu tun; Annie wollte es sich nicht von einem Amateur vermasseln lassen.
»Wir haben drei Frauen, die sagen, daß sie mehr als einmal von demselben Kerl vergewaltigt wurden. Die Beschreibung paßt in

jedem Fall«, sagte Annie. »Es können auch mehr sein, wir haben unsere Akten noch nicht daraufhin geprüft.«
»Wann werden Sie das tun?« fragte Eileen; sie wußte gern, mit wem sie arbeitete, wie tüchtig sie waren. Es würde schließlich nicht Annie Rawles' Arsch draußen auf der Straße sein, es würde ihr eigener sein.
»Wir arbeiten zur Zeit daran«, sagte Annie. Sie fand Eileens Frage gut. Sie wußte, daß sie Eileen bat, sich einer gefährlichen Situation auszusetzen. Der Mann hatte schon einem seiner Opfer eine Schnittwunde beigebracht, von der eine Narbe im Gesicht geblieben war. Andererseits war das eben ihr Job. Wenn Eileen was gegen die Sondereinheit hatte, sollte sie darum bitten, woandershin versetzt zu werden. Annie wußte nicht, daß Eileen gerade über diese Möglichkeit nachdachte, allerdings aus Gründen, die Annie wohl nicht verstanden hätte.
»Die ganze Stadt oder bestimmte Gegenden?« fragte Eileen.
»Überall, zu jeder Zeit.«
»Ich bin nur eine«, sagte Eileen.
»Es wird noch andere Lockvögel geben. Aber woran ich bei Ihnen gedacht habe . . .«
»Wie viele?«
»Sechs, wenn ich sie kriege.«
»Mich mitgezählt?«
»Ja.«
»Wer sind die andern?«
»Ich habe ihre Namen hier, wenn Sie sie sehen wollen«, sagte Annie und gab ihr ein maschinengeschriebenes Blatt.
Eileen las es gründlich durch. Sie kannte alle Frauen auf der Liste. Die meisten beherrschten ihren Job. Eine von ihnen nicht. Sie unterließ es, die Meinung auszusprechen; hatte keinen Sinn, jemanden schlechtzumachen.
»Hm-hm«, sagte sie.
»Meinen Sie, es ist okay?«
»Bestimmt.« Sie zögerte. »Connie braucht noch ein bißchen Erfahrung«, sagte sie taktvoll. »Sie könnten sie vielleicht für etwas weniger Kompliziertes aufheben. Gute Polizistin, aber der Typ hat ein Messer, sagen Sie . . .«
»Und er hat es *benutzt*«, sagte Annie.
»Ja, dann heben Sie Connie für etwas weniger Kompliziertes auf.« Beide Frauen verstanden den Euphemismus. »Weniger kompliziert«

bedeutete »weniger gefährlich«. Niemand wollte, daß eine Polizistin Messerstiche abbekam, weil sie der Situation nicht gewachsen war.

»Was für Altersgruppen?« fragte Eileen. »Die Opfer?«

»Die drei, von denen wir es sicher wissen ... lassen Sie mich kurz hier nachsehen.« Annie nahm ein anderes maschinengeschriebenes Blatt in die Hand. »Eine von ihnen ist sechsundvierzig. Eine andere ist achtundzwanzig. Diese letzte – Mary Hollings, die vom letzten Samstag abend – ist siebenunddreißig. Er hat sie schon dreimal vergewaltigt.«

»Derselbe Kerl jedesmal, hm? Sie sind da ganz sicher?«

»Nach den Beschreibungen.«

»Wie, sagen sie, sieht er aus?«

»Um die Dreißig, schwarzes Haar und blaue Augen ...«

»Weiß?«

»Weiß. Ungefähr einsachtzig groß ... also da gibt es Abweichungen. Da schwankt es zwischen einsachtundsiebzig und einsfünfundachtzig. Ungefähr hundertsechzig Pfund, sehr muskulös, sehr stark.«

»Irgendwelche Erkennungszeichen? Narben? Tätowierungen?«

»Keines der Opfer hat etwas erwähnt.«

»Derselbe Kerl jedesmal«, sagte Eileen, als wolle sie es durch die Wiederholung glaubwürdiger machen. »Das ist ungewöhnlich, nicht? Ein Kerl, der zu demselben Opfer zurückkommt?«

»Sehr ungewöhnlich«, sagte Annie. »Weshalb ich gedacht habe ...«

»Ihren Vergewaltigern ist es gewöhnlich ...«

»Ich weiß.«

»Es ist ihnen egal, *wen* sie kriegen, es hat nichts mit Sinnlichkeit zu tun.«

»Ich weiß.«

»Sein Vorgehen scheint darauf hinzuweisen, daß er *Vorlieben* oder so was hat. Das paßt aber nicht zu der *Psychologie* solcher Fälle.«

»Ich weiß.«

»Wie sieht also der Plan aus? Diese Opfer beschatten oder uns in ihrer Gegend aufhalten?«

»Wir glauben nicht, daß es zufällige Opfer sind«, sagte Annie. »Deshalb hätte ich gern, daß Sie ...«

»Dann heißt es also, auf die Straße gehen, richtig?«

Annie nickte. »Diese letzte – Mary Hollings – ist rothaarig.«

»Aha«, sagte Eileen. »Okay, ich verstehe.«
»Ungefähr Ihre Größe«, sagte Annie. »Ein bißchen kleiner. Wie groß sind Sie, einsachtundsiebzig, einsachtzig?«
»Wäre schön«, sagte Eileen und lächelte. »Einsfünfundsiebzig.«
»Sie ist einszweiundsiebzig.«
»Wie ich gebaut?«
»Füllig, würde ich sagen.«
»Träge, würde *ich* sagen«, sagte Eileen und lächelte.
»Kaum«, sagte Annie und erwiderte das Lächeln.
»Sie wollen also, daß ich Mary Hollings bin, sehe ich das richtig?«
»Wenn Sie glauben, Sie gehen als sie durch.«
»Sie kennen die Dame, ich nicht«, sagte Eileen.
»Die Ähnlichkeit ist passabel«, sagte Annie. »Ganz aus der Nähe merkt er es sofort. Aber bis dahin dürfte es zu spät sein.«
»Wo wohnt sie?« fragte Eileen.
»1840 Laramie Crescent.«
»Oben im Siebenundachtzigsten?«
»Ja.«
»Ich habe einen Freund dort oben«, sagte Eileen.
Wieder der *Freund*, dachte Annie. Ihr Liebhaber. Der blonde Polizist im Dienstzimmer. King, war es das? Herb King?
»Arbeitet sie, diese Frau?« fragte Eileen. »Wenn sie nämlich ein Computerterminal bedient oder so was...«
»Sie ist geschieden und lebt von den Unterhaltszahlungen.«
»Die Glückliche«, sagte Eileen. »Ich brauche ihren üblichen Tagesablauf...«
»Den können Sie direkt von ihr bekommen«, sagte Annie.
»Wo verstecken wir sie in der Zwischenzeit?«
»Sie fährt übermorgen nach Kalifornien. Sie hat eine Schwester drüben.«
»Wir geben ihr lieber eine Perücke, für den Fall, daß er die Wohnung beobachtet, wenn sie weggeht.«
»Machen wir.«
»Was ist mit den anderen Mietern im Haus? Werden die nicht merken, daß ich nicht...?«
»Wir dachten, Sie könnten sich als die Schwester ausgeben. Ich glaube nicht, daß er mit einem von den Mietern sprechen wird.«
»Irgendeine Sicherheit dort?«
»Nein.«
»Aufzugführer?«

»Nein.«
»Es ist also nur eine Sache zwischen mir und ihnen. Den Mietern, meine ich.«
»Und *ihm*«, sagte Annie.
»Wie steht es mit Freunden und so? Was ist mit Clubs und anderen Orten, wo man sie kennt?«
»Sie erzählt allen Freunden, daß sie die Stadt verläßt. Falls jemand anruft, wenn Sie in der Wohnung sind, dann sind Sie die Schwester.«
»Angenommen, *er* ruft an?«
»Er hat es bis jetzt nicht getan, wir glauben nicht, daß er es tun wird. Er ist keiner, der sich schwer atmend ans Telefon hängt.«
»Andere Psychologie«, sagte Eileen und nickte.
»Wir denken uns, daß Sie überall hingehen können, wo sie ihrer Gewohnheit nach hingegangen ist, wir glauben nicht, daß er Ihnen nach drinnen folgen wird. Gehen Sie hinein, trödeln Sie herum, lackieren Sie sich Ihre Fingernägel, was Sie wollen, dann kommen Sie wieder heraus. Falls er Sie beobachtet, wird er die Spur draußen wieder aufnehmen. Es müßte klappen. Ich *hoffe* es.«
»Ich hatte bis jetzt noch nie so einen.«
»Ich auch nicht.«
»Ich brauche eine hieb- und stichfeste Aufschlüsselung«, sagte Eileen. »Über Mary Hollings und die beiden anderen Opfer.«
»Wir stellen das jetzt zusammen. Wir haben bis jetzt nicht geglaubt, daß es ein Schema gibt. Ich meine . . .«
Eileen entdeckte einen Sprung in dem harten Furnier.
»Es ist nur . . .«
Wieder zögerte Annie.
»Diese anderen beiden . . . eine ist draußen in Riverhead, die andere in Calm's Point, es ist eben eine große Stadt. Ich habe bis Samstag, nachdem ich mit Mary Hollings gesprochen hatte, nicht gemerkt . . . Ich meine, es ist einfach vorher nicht *eingerastet*. Daß das Serienvergewaltigungen waren. Daß er dieselben Frauen mehr als einmal überfällt. Kam mir wie ein Blitz aus heiterem Himmel. Jetzt, wo wir *wissen*, daß es ein Muster gibt, gehen wir Ähnlichkeiten bei diesen drei Opfern nach, bei denen wir *sicher* sind, ob wir nicht auf etwas in ihrem Lebenslauf stoßen, das sie vielleicht ausgesondert hat. Es ist ein Ansatzpunkt.«
»Benutzen Sie den Computer?«
»Nicht nur für die drei«, sagte Annie und nickte. »Wir lassen jede

seit Anfang des Jahres gemeldete Vergewaltigung prüfen. Falls es noch *andere* Opfer gibt, die mehrfach vergewaltigt wurden . . .«
»Wann bekomme ich die Ausdrucke?« fragte Eileen.
»Sobald ich sie habe.«
»Und wann ist das?«
»Ich weiß, es ist Ihr Arsch draußen«, sagte Annie mitfühlend.
Eileen sagte nichts.
»Ich weiß, daß er ein Messer hat«, sagte Annie.
Eileen schwieg immer noch.
»Ich würde Ihr Leben nicht größerer Gefahr aussetzen als mein eigenes«, sagte Annie, und Eileen stellte sich vor, zwei bewaffneten Räubern in der marmorverkleideten Halle einer Bank in Midtown die Stirn zu bieten.
»Wann fange ich an?« fragte sie.

## 5.

Das zweite erhängte Opfer tauchte in West Riverhead auf.
Das 101. Polizeirevier bekam die Anzeige am frühen Morgen des 14. Oktober. Es war nicht das rosigste Revier auf der Welt, aber keiner der Polizisten dort oben hatte jemals zuvor eine Leiche an einem Laternenpfahl hängen sehen. Sie hatten alle möglichen Sachen dort oben, aber noch nie so etwas. Sie waren erstaunt und befremdet. Es gehörte viel dazu, die Polizisten vom Eins-Null-Eins zu erstaunen und zu befremden.
West Riverhead lag nur ein kurzes Stück zu Fuß über die Thomas Avenue Bridge, die es von Isola trennte. Eine halbe Million Menschen lebte auf der anderen Seite der Brücke in einer zerklüfteten Landschaft, die so kahl war wie der Mond. Zweiundvierzig Prozent von diesen Menschen bezogen Unterstützung aus der städtischen Wohlfahrt, und von denen, die arbeitsfähig waren, hatten nur achtundzwanzig Prozent tatsächlich eine feste Stelle. Sechstausend leerstehende Häuser, nicht heizbar und ohne elektrischen Strom, säumten die von Unrat übersäten Straßen. Eine auf 17000 geschätzte Zahl von Drogensüchtigen fand in diesen Gebäuden Unterschlupf, wenn sie nicht, im Wettstreit mit Rudeln herrenloser Hunde, plündernd durch die Straßen zogen. Die Statistiken für West Riverhead waren überwältigend – 26347 neue Fälle von Tuberkulose, die im letzten Jahr gemeldet worden waren, 3412 Fälle von Unterernäh-

rung, 6502 Fälle von Geschlechtskrankheiten. Von hundert in West Riverhead geborenen Kindern starben drei noch im Säuglingsalter. Diejenigen, die durchkamen, hatten ein Leben bedrückender Armut, hilfloser Wut und hoffnungsloser Frustration vor sich. Orte wie West Riverhead waren es, die den Russen Anlaß gaben, sich hämisch zu freuen, um wieviel besser das kommunistische System für die Massen sei. Verglichen mit West Riverhead war das Gebiet des 87. Reviers eine Milchviehfarm in Wisconsin.

Aber Carella und Hawes waren jetzt hier oben, weil ein schlauer Detective in der Mannschaft des 101. sich erinnerte, etwas von einem Mädchen gelesen zu haben, das im Siebenundachtzigsten an einem Laternenpfahl gehangen hatte, und er rief umgehend in der Stadt an, um den Detectives mitzuteilen, daß sie noch eine hatten, denn keiner war darauf erpicht, einem anderen, der schon einen Fall untersuchte, auf die Füße zu treten, und wer hätte außerdem ein erhängtes Opfer in West Riverhead brauchen können, wo es hier oben schon genug Verbrechen gab, um die Polizisten rund um die Uhr auf Trab zu halten? Exotisch? Einfach toll. Wer brauchte was Exotisches. Besser, man läßt das Siebenundachtzigste die Scherben zusammensuchen.

Carella und Hawes kamen kurz nach sieben morgens hin.

Das Mordkommando war schon dagewesen und wieder gegangen. In dieser Stadt wurde jede Straftat, ob groß oder klein, ob Schwerverbrechen oder Vergehen, dem Revier überlassen, das die erste Anzeige bekommen hatte – wenn nicht bereits ein *anderes* Revier eine Anzeige in einem allem Anschein nach damit zusammenhängenden Verbrechen bekommen hatte. Bei einem Mord sah das Morddezernat den mit der Untersuchung befaßten Revierdetectives aufmerksam über die Schultern und stellte sein Können zur Verfügung, wenn nötig, aber der Fall gehörte praktisch den entsprechenden Beamten, während das Morddezernat als eine Art von Girozentrale diente. Carella und Hawes waren die glücklichen entsprechenden Beamten an einem neuen strahlenden Oktobertag, der zum Verlieben schön war.

Ein Detective namens Charlie Broughan war noch am Tatort; Carella hatte schon einmal mit ihm bei einer Serie von Bandenmorden zusammengearbeitet. Es gab schätzungsweise 9000 jugendliche Bandenmitglieder innerhalb der Grenzen des 101. Vielleicht sah Charlie Broughan deshalb immer so müde aus. Oder vielleicht war es hier oben schlimmer, wenn man in der Friedhofsschicht arbeitete, als

überall sonst in der Stadt. Broughan sah noch abgespannter aus als beim letztenmal, als Carella ihn gesehen hatte, ein großer fleischiger Polizist mit einem Schopf von widerspenstigem braunem Haar und einem zwei Tage alten Stoppelbart im Gesicht. Er trug eine hellblaue Windjacke, eine dunkelblaue Hose und Sportschuhe. Er erkannte Carella sofort, kam zu ihm rüber, schüttelte ihm die Hand, und dann schüttelte er Hawes die Hand.
»Tut mir leid, euch mit dem Scheiß zu belästigen«, sagte er, »aber ich schätze, nach der Vorschrift gehört sie euch.«
»Sie gehört uns, ganz recht«, sagte Carella und sah zu der Leiche hoch.
»Die letzte war auch ein Mädchen, hm?« sagte Broughan.
»Ja«, sagte Carella.
»Wir haben sie noch nicht abgeschnitten, der Arzt und alle warten noch ab. Wußten nicht, wie ihr es haben wollt.«
»Spurensicherung schon hier?« fragte Hawes.
»Ja«, sagte Broughan. »Das heißt, sie *waren* eben noch hier. Sind wahrscheinlich einen Kaffee trinken gegangen.«
»Wir wollen den Knoten so lassen«, sagte Carella. »Irgendwo in der Mitte des Stricks wäre schön.«
»Ich sag's den Jungs vom Rettungsdienst«, sagte Broughan.
Carella war froh, daß keiner da war, der Kommentare zur Farbe des Höschens von dem Mädchen abgab, das zufällig von einem Blau war, so elektrisierend wie der Himmel, der sich weit und klar über dem Laternenpfahl dehnte. Er sah Broughan nach, der zum Wagen des Rettungsdienstes hinüberging. Die Polizisten vom Rettungsdienst ließen sich Zeit, bis sie ihre Leiter, ihr Netz und die Bolzenschere herausgeholt hatten. Es war zu früh am Morgen, um ins Schwitzen zu geraten.
»Wer hat sie gefunden?« fragte Carella Broughan.
»Hatten einen Anruf von einem ehrbaren Bürger«, sagte Broughan, »was hier oben ein Wunder ist. Auf seinem Weg zur Arbeit – er wohnt ungefähr acht Straßen weiter drüben, in einer Gegend, die noch nicht ausgebrannt ist – ist er vorbeigefahren und hat sie dort hängen sehen. Hat uns tatsächlich *angerufen*, könnt ihr euch das vorstellen?«
»Um wieviel Uhr war das?« fragte Hawes.
»Habe es um sechs-null-vier eingetragen. Ich habe gedacht, die Schicht wäre so gut wie vorbei, ich habe schon meine Berichte getippt. Zack, kriegen wir eine, die am Laternenpfahl hängt.« Er

griff in seine Jackentasche und zog einen Beweisumschlag heraus. »Das werdet ihr haben wollen«, sagte er. »Habe es unter dem Laternenpfahl gefunden.«
»Was ist das?«
»Die Brieftasche des Mädchens, *vermute* ich. Ich habe sie nicht aufgemacht, wollte nichts verschmieren. Aber ich kenne keine *Männer*, die rote Brieftaschen bei sich haben, ihr vielleicht?«
Die Männer vom Rettungsdienst schnitten sie ab. Sie fiel plötzlich, wobei ihr Rock sich über ihren langen Beinen aufblähte, als sie fiel. Das Netz hing durch unter ihrem Gewicht. Die Rettungsmänner ließen das Netz auf den Boden sinken.
»Ist kein Risiko eingegangen, daß ihn jemand bei der Arbeit sehen könnte, hm?« sagte Broughan. »Gibt nichts in diesen Häusern als Ratten, Hundescheiße und Kakerlaken.«
Der Assistenzpolizeiarzt kam rüber und sah gelangweilt aus.
Fünf Minuten später sprach er seine Meinung aus, daß das Mädchen tot sei und daß die mutmaßliche Ursache ein Bruch der Halswirbel sei.

Ihr Name war Nancy Annunziato.
Eine Karte in ihrer Brieftasche wies sie als Studentin am Calm's Point College aus, einem der fünf studiengebührenfreien Colleges der Stadt. C.P.C. war weit drüben am anderen Ende der Stadt, über die Calm's Point Bridge und den River Dix, mindestens eine Stunde mit dem Auto von Riverhead, anderthalb, wenn man die U-Bahn nahm. Die Detectives glaubten nicht, daß jemand, der seinen Verstand beisammen hatte, eine Leiche mit der U-Bahn transportiert haben könnte, so abgehärtet ihre Fahrgäste auch durch die absonderlichen Vorkommnisse unter der Erde geworden sein mochten. Aber wenn man annahm, daß das Mädchen woanders getötet worden war (was vermutlich bei Marcia Schaffer der Fall gewesen war), und wenn man außerdem annahm, daß die Leiche hierher transportiert worden war, in diese reizvolle Gartenlandschaft von Stadt, hatte der Mörder einen verteufelt weiten Weg zurücklegen müssen, um seine Spuren zu verwischen. Warum hatte er dann die Brieftasche des Mädchens mit dem Ausweis darin liegengelassen?
Der Anruf in Manhattan, Kansas, der Marcia Schaffers Vater von ihrem Tod benachrichtigte, war schmerzlich genug gewesen, aber Carella hatte ihm nicht in die Augen sehen müssen, als er ihm die Nachricht mitteilte. Dieser Anruf würde schwieriger werden. Nach

dem Personalausweis in ihrer Handtasche hatte das Mädchen in Calm's Point gewohnt, nicht weit vom College und vermutlich bei ihren Eltern. Diesmal würde es eine persönliche Begegnung geben. Diesmal würde es auf beiden Seiten weh tun. Er war froh, daß Hawes bei ihm sein würde und nicht so ein Depp wie Genero. Genero hatte einmal die Frau eines Mordopfers gefragt, ob sie sich schon um einen Friedhofsplatz gekümmert habe: »Es ist immer das Beste, an solche Dinge lange im voraus zu denken«, hatte Genero ihr mitgeteilt. Später erzählte er Carella, seine Mutter habe für sich und seinen Vater schon Friedhofsplätze gekauft. »Mit lebenslanger Pflege«, hatte er gesagt. Carella hatte sich gefragt, *wessen* Leben lang.

Sie blieben auf dem Weg nach Calm's Point im Stoßverkehr stecken und brauchten eine Stunde und fünfzehn Minuten für die Fahrt. Sie wußten nicht, wie schlimm die Begegnung ausfallen würde, bis sie zu dem Haus kamen und entdeckten, daß Mr. Annunziato erst gestern einen Herzanfall erlitten hatte und zur Zeit auf der Intensivstation des Saint Anthony's Hospitals lag, ungefähr sechs Straßen weiter. Die Gegend war größtenteils italienisch, ein geschäftiges Getto, das Carella an das erinnerte, in dem er geboren und aufgewachsen war. Das Geschrei der Händler, die lauten Begrüßungsrufe, sogar die zweistöckigen Schindelhäuser mit ihren Feigenbäumen, alles brachte eine Flut von Erinnerungen, die irgendwie genauso schmerzlich waren wie die Aufgabe, die vor ihm lag. Es gab keine weinenden Babys in dieser von Bäumen gesäumten, schattigen Straße; man hörte in einer italienischen Umgebung nie ein Baby schreien. Wenn ein italienisches Baby auch nur das leiseste Anzeichen erkennen ließ, daß es gleich in Tränen ausbrechen würde, war immer eine Mutter da, eine Tante, eine Kusine oder eine Großmutter, um es auf den Arm zu nehmen und zu trösten. Mrs. Annunziato sah wie Carellas Tante Amelia aus; die Ähnlichkeit machte die Aufgabe nur noch schwerer für ihn.

Sie hatte zuerst gedacht, sie wären da, um den Autounfall zu untersuchen. Ihr Mann hatte einen Wagen gesteuert, als er seinen Herzanfall hatte, und er war auf ein anderes Auto geprallt, als er die Kontrolle über das Fahrzeug verloren hatte. Deshalb kam sie gleich darauf zu sprechen, als sie sich auswiesen, daß er jetzt in der Intensivstation sei, mit einer leichten Gehirnerschütterung zusätzlich zu dem Herzanfall. Sie mußten ihr jetzt sagen, daß ihre Tochter tot war.

Hawes betrachtete eifrig seine Schuhe.
Carella teilte Mrs. Annunziato die Nachricht mit, teils auf Englisch, teils auf Italienisch. Sie hörte aufmerksam und ungläubig zu. Sie fragte nach Einzelheiten; sie war sicher, daß ein Irrtum vorlag. Sie zeigten ihr die Brieftasche des toten Mädchens. Sie identifizierte sie ausdrücklich. Sie zögerten, ihr die am Tatort aufgenommenen Polaroidbilder zu zeigen; sie wollten nicht noch einen Herzanfall riskieren. Sie brach schließlich in Tränen aus, stürzte ins Haus, um ihre Mutter zu holen, die einen Augenblick später herauskam – eine kleine grauhaarige Italienerin, schwarz gekleidet von Kopf bis Fuß, die selbst weinte, während sie die Detectives drängte, noch weitere Einzelheiten zu berichten. Die Frauen standen da, auf dem Bürgersteig vor dem Haus, und umarmten einander und weinten. Eine Menschenmenge war zusammengeströmt. Die Glocke eines Eiswagens bimmelte in der strahlenden Oktoberstille der von Bäumen beschatteten Straße.
»*Signore*«, sagte Carella, »*scusami, ma ci sono molti domande . . .*«
»*Si, capisco*«, sagte Mrs. Annunziato. »*Parla Inglese, per piacere.*«
»*Grazie*«, sagte Carella, »*il mio Italiano non è il migliore*. Ich muß diese Fragen stellen, wenn wir den finden sollen, der Ihrer Tochter das angetan hat, *lei capisce, signore?*«
Die Großmutter nickte. Sie umarmte Mrs. Annunziato, klammerte sich an sie, tätschelte sie, drückte sie, tröstete sie.
»Wann haben Sie sie zuletzt gesehen?« fragte Carella.
»*L'ultima volta che . . .*«
»*La notte scorsa*«, sagte die Großmutter.
»Gestern abend«, sagte Mrs. Annunziato.
»*A che ora?*« fragte Carella. »Um wieviel Uhr war das?«
»*Alle sei*«, sagte die Großmutter.
»Sechs Uhr«, sagte Mrs. Annunziato. »Sie gerade nach Hause gekommen von der Schule. Sie war Training.«
»*Scusi?*« sagte Carella. »Training?«
»*Si, era una corridora*«, sagte die Großmutter.
»*Corridora?*« sagte Carella, der das Wort nicht verstand.
»Eine Läuferin«, sagte Mrs. Annunziato. »Sie war in Mannschaft, *cognesce? Come si chiama? La squadra di pista, capisce? La pista . . .* wie sagt man? Die Bahn. Sie war in Laufmannschaft.«

Zwei Päckchen aus dem Polizeilabor warteten auf sie, als sie ins Dienstzimmer zurückkamen. Es war immer noch nicht später als elf

Uhr morgens. Beide Männer hatten in der Friedhofsschicht gearbeitet, als der Anruf vom 101. gekommen war. Sie hätten eigentlich um Viertel vor acht abgelöst werden sollen, aber jetzt war es elf, und der Laborbericht lag auf Carellas Schreibtisch, und ein anderes Mädchen wartete auf die Autopsie in der Leichenhalle des Mercy General. In der frischen Helligkeit des Dienstzimmers, im glänzenden Oktobersonnenschein, der durch die vergitterten Fenster hereinströmte, brachen sie das Siegel des ersten Päckchens auf. Meyer Meyer saß an seinem eigenen Schreibtisch und schrieb auf der Maschine, sein Haarteil verwegen schief auf seinem Kopf. Hawes sah fortwährend zu ihm hinüber und starrte auf die Perücke. Meyer tat so, als merke er nicht, daß er beobachtet wurde.
Das erste Päckchen enthielt einen Bericht über das Seilstück und den Henkerknoten, die am Tatort sichergestellt worden waren, zusammen mit einem Bericht über die Fotografien von dem Knoten, der das andere Ende des Seils am Laternenpfahl festgemacht hatte. Der Strick war aus einer Faser namens Sisal gedreht, einem Produkt der Agave, die in Westindien und in Teilen Afrikas wuchs. Das Sisalseil war nicht ganz so stark wie ein Manilaseil, das von der Abacapflanze auf den Philippinen kam. Ein Manilaseil mit einem Durchmesser von 3,8 cm konnte ein Gewicht von 1200 Kilogramm heben. Aber Sisal wurde in großem Umfang als Ersatz für das stärkere Seil verwendet, und Marcia Schaffer hatte nur 112 Pfund gewogen. Das zum Erhängen verwendete Seil war vom gewöhnlichsten Typ: ein Dreistrangseil, das nicht soviel Gewicht aushielt wie ein Vierfachseil und bei weitem nicht soviel wie eine sogenannte Kabeltrosse. Noch einmal: Marcia Schaffer hatte nur 112 Pfund gewogen.
Der Techniker, der den Bericht geschrieben hatte, erklärte sehr ausführlich, daß die Fasern eines Seils deutlich zeigten, in welcher Richtung ein Seil gezogen worden war. Bei einer Hinrichtung durch den Strang oder einem echten Selbstmord durch Erhängen fiel eine Person nach unten, wenn die Stütze unter ihren Füßen weggezogen oder weggetreten wurde. Diese Bewegung nach unten bewirkte, daß die Fasern des Seils sich in einer Richtung aufstellten, die dem Fall entgegengesetzt war. Umgekehrt richteten sich die Fasern in einer Richtung auf, die der Zug- oder Hebebewegung entgegengesetzt war, wenn eine Person mittels eines Seils über eine Unterlage wie den Ast eines Baums oder, wie in diesem Fall, über den Arm eines Laternenpfahls nach *oben* gezogen worden war. Hinsichtlich der Faserrichtung im allgemeinen zitierte der Techniker eine Regel, die

lautete, daß *ein Fall nach unten* eine Faserrichtung *nach oben* und *ein Zug nach oben* eine Faserrichtung *nach unten* bewirkten.
Carella und Hawes zuckten mit den Achseln; das war alles kalter Kaffee für sie.
Der Techniker erklärte weiter, daß diese Regel, wenn die Faserrichtung an einem beliebigen Seil auf den ersten Blick die Ansicht von einem »echten Erhängen« stützte, nicht unbedingt gültig sein mußte, da der Mörder zuerst mit seinen Händen einen schon toten Körper hochgehoben und erst später die Schlinge um seinen Hals gelegt haben konnte. Das war jedoch äußerst schwierig zu bewerkstelligen, da eine Leiche schwer und schlaff und sperrig zu bewegen ist. Außerdem befand sich der Arm des Laternenpfahls in diesem Fall rund siebeneinhalb Meter über der Straße. Setzte man also die Höhe des Laternenpfahlarms voraus und ferner die nach unten weisende Richtung der Seilfasern, so konnte der Techniker nur schließen, daß der Mörder die Schlinge um den Hals der Leiche gebunden, das Seil über den Arm des Laternenpfahls geworfen und dann die Leiche hochgehievt hatte, während er das lose Ende des Seils um den Stützpfahl ungefähr eineinhalb Meter über dem Fuß festgemacht hatte.
Der Techniker berichtete weiter, daß der hinter dem Hals des Mädchens entfernte Knoten ein echter Henkerknoten war, dieselbe Art, die bei gesetzlichen Hinrichtungen durch den Strang verwendet wird. Im Grunde war es eine Variante eines Schleifknotens, manchmal auch Laufknoten genannt –
Beide Detectives hoben die Köpfe und sahen sich an, als sie zu dem Wort »Lauf« kamen . . .
– für die Zwecke des Henkers zu einer Schlinge gebunden, mit acht oder neun Windungen des Seils darüber. In diesem Fall waren es neun Windungen.
Der Techniker hatte nicht damit gerechnet, irgendwelche verborgenen Abdrücke am Seil oder am Knoten zu finden, und er war nicht enttäuscht. Er hatte jedoch Fasern sichergestellt, die, unter dem Mikroskop untersucht, sich nicht als Sisalfasern erwiesen und die, wie er nachgewiesen hatte, Fasern waren, die zu 55 % aus Wolle und zu 45 % aus Polyester bestanden. Außerdem hatte er Partikel von menschlicher Epidermis gefunden, die an dem rauhen Seil des Knotens hafteten, und er hatte diese als unpigmentierte Haut oder, kurz gesagt, Haut eines Weißen identifiziert.
Die Fotografien von dem Knoten, der um den Laternenpfahl

geknüpft war – in Wirklichkeit, erklärte der Techniker (ohne einen Scherz zu beabsichtigen), war es kein Knoten, sondern ein Stek, allgemein verwendet, um ein Seil um einen Ring, einen Pfosten oder eine Spiere zu schlingen. Der Stek also, mit dem das Seilende am Laternenpfahl befestigt war, wurde Halbstek genannt. Nach Ansicht des Technikers hatte der Mörder diesen besonderen Stek gewählt, weil er leicht und rasch gebunden werden konnte, auch wenn – wie in diesem Fall – *zwei* Halbsteks zusammen benutzt worden waren. Das war nicht so stark oder so sicher wie zum Beispiel ein Zimmermannsstek, aber wenn man in Betracht zog, daß der Mörder eine tote Last von 112 Pfund am anderen Ende baumeln hatte, mußten Schnelligkeit und Leichtigkeit eine vorrangige Überlegung gewesen sein. Der Techniker schloß seinen Bericht mit der Bemerkung, daß der Halbstek ein Knoten sei, der praktisch jedem Matrosen oder Fischer auf der Erde bekannt sei.

Das zweite versiegelte Päckchen enthielt einen Bericht über den Bademantel (und seinen Inhalt), der in der Wohnung des toten Mädchens gefunden worden war.

Bei der Prüfung von Musterfasern erwies sich der Bademantel als hundertprozentig aus Wolle bestehend, wie auf dem Etikett behauptet wurde. Die Größe war, wie weiter auf dem Etikett angegeben war, »groß« – passend für Männer, die US-Größe 42 trugen. Carella trug 42, Hawes trug 44. Eine beachtliche Menge Haare war von dem Bademantel gesaugt worden, und diese hatte man mit Haarproben verglichen, die man von Kopf, Augenbrauen, Wimpern und Genitalbereich von Marcia Schaffers Leiche entfernt hatte. Einige Haare auf dem Bademantel glichen Marcia Schaffers Kopfhaar. Einige davon glichen den Schamhaarproben. Eines davon glich einer Wimper. Die anderen Haare auf dem Bademantel waren fremde – was der Laborassistent in seinem Bericht *wilde* Haare nannte.

Alle wilden Haare hatten trockene Wurzeln, im Unterschied zu lebenden Wurzeln, was darauf hinwies, daß sie ausgefallen und nicht mit Gewalt herausgerissen waren. Alle Haare hatten einen Markindex – im Bericht definiert als das Verhältnis zwischen dem Durchmesser des Marks und dem Durchmesser des ganzen Haars – von weniger als 0,5, was darauf hinwies, daß es entweder Menschenhaar oder Affenhaar war. Aber das Lüftungsgewebe war feinfaserig, und die Zellen waren unsichtbar ohne Behandlung mit Wasser; die Rinde ähnelte einem dicken Zylinder, und das Pigment war feinkörnig;

es gab dünne, nicht hervortretende Schuppen in der Kutikula, die sich weiter überdeckten, als man es bei Tierhaaren finden würde. Der Techniker hatte entschieden, daß diese Haare in der Tat Menschenhaare waren, und da sie 0,007 Zentimeter im Durchmesser maßen, daß sie Haare von einem erwachsenen Menschen waren. Dieselben Haare, unter dem Mikrometerokular gemessen, waren alle kürzer als acht Zentimeter, was bedeutete, daß sie entweder von einem Kopf oder Bart stammten. Der Markindex der Haare betrug jedoch 0,132, was darauf hinzuweisen schien, daß es Haare von einem Männerkopf waren, im Unterschied zu Frauenhaar, dessen Markindex 0,148 gewesen wäre. Außerdem deuteten die eiförmigen Umrisse und die periphere Konzentration des Pigments in der Rinde des Haars darauf hin, daß der Mann ein Weißer war.
Einige von den anderen sichergestellten Haaren waren kraus und rauh, mit knotigen Wurzeln, was zeigte, daß sie aus dem Genitalbereich eines Mannes stammten, eine Vermutung, die durch die Tatsache erhärtet wurde, daß der Markindex mit 0,153 festgestellt wurde. Haare von den Genitalien einer Frau waren zwar ebenfalls kraus und rauh, hatten aber gewöhnlich eine feine Wurzel und einen Markindex von 0,114. Die orangerote Farbe des Pigments im Schaft *aller* Haare – der männlichen und weiblichen, von Kopf, Augenbrauen, Wimpern und Genitalien – zusammen mit der Menge von vorhandener Granula, erhärtete in Unterstützung des Augenscheins, daß Marcia Schaffer und der Mann, dessen Bademantel in ihrer Wohnung gefunden worden war, beide blond waren. Außerdem waren sie *natürlich* blond; keine Spur eines chemischen Färbe- oder Bleichmittels wurde in irgendeinem Haar gefunden. Eine mikroskopische Untersuchung der Spitzen der Kopfhaare des erwachsenen Mannes brachte sauber geschnittene Oberflächen zutage, was zeigte, daß der Mann, dem der Bademantel gehörte, weniger als achtundvierzig Stunden, bevor die Haare auf den Bademantel fielen, sein Haar hatte schneiden lassen.
Als Hawes das alles über Haare las, schien er noch stärker fasziniert von Meyers Toupet. Er hob immer wieder den Kopf von dem Bericht und sah zu Meyer hinüber, der mit krummem Rücken über der Schreibmaschine saß, und fragte sich fortwährend, ob eine mikroskopische Untersuchung der vielen auf Meyers vormals kahler Kopfhaut befindlichen Haare erweisen würde, ob sie von Menschen oder Tieren stammten. Meyer beachtete ihn nicht. Meyer dachte, Hawes versuche, sich eine witzige Bemerkung auszudenken.

Der Laborbericht stellte weiter fest, daß die Packung Marlborozigaretten mit negativem Resultat nach nicht frei verkäuflichen Substanzen untersucht worden war. Die Zigaretten waren genau das, was sie zu sein vorgaben: Tabak, von Philip Morris Inc. auf den Markt gebracht. Das Feuerzeug war wirklich ein Dunhill und nicht eine der vielen Imitationen.
Es gab gute versteckte Fingerabdrücke sowohl auf dem Feuerzeug als auch auf der Zigarettenschachtel.
Eine Gegenkontrolle bei der Identifizierungsabteilung hatte kein Strafregister für den Mann, der seine Fingerabdrücke auf beiden Gegenständen hinterlassen hatte, ergeben. Aber seine Fingerabdrücke waren abgenommen worden, als er sich während des Vietnamkriegs zur Marine gemeldet hatte. Sein Name war Martin J. Benson, und seine letzte bekannte Adresse war 93204 Pacific Coast Highway, gerade außerhalb von Santa Monica, California.
Carella und Hawes teilten sich in die Telefonbücher für alle fünf Bereiche der Stadt. Hawes traf ins Schwarze beim Telefonbuch für Isola. Ein Martin J. Benson war mit der Adresse 105 South Boulder eingetragen. Sie waren auf dem Weg aus dem Dienstzimmer, als Hawes sich umdrehte und Meyer fragte: »Wußtest du, daß Pferdehaar einen Markindex von sieben Komma sechs hat?« – etwas, was er im Augenblick erfunden hatte und was Meyer nicht sehr komisch fand.

Boulder Street – »Felsenstraße« – hatte den Namen in der Zeit bekommen, als die Stadt noch im Besitz der Holländer gewesen war, lange bevor Bauarbeiten die riesige Oberfläche aus Eruptivgestein, die als Anregung für die fantasielose Benennung gedient hatte, in Geröll verwandelt hatten.
Die Namensgebung der Straße hatte den praktischen Holländern größere Schwierigkeiten bereitet, weil nämlich ihr Heimatland nicht gerade für sein gebirgiges Gelände berühmt ist. *Rolsteen* in der niederländischen Sprache ließ sich übersetzen als »ein Felsbrocken, der von der Höhe eines Berges heruntergerollt ist«. Dieser besondere Felsbrocken, fest in der Erde verwurzelt, wie er war, schien nicht von irgendeinem Berg gerollt zu sein, besonders weil es keine Berge *gab* in diesem Teil der Stadt – oder in einem beliebigen anderen Teil der Stadt. Andererseits bedeutete das Wort *kei* im Niederländischen »ein Stück Fels oder Stein auf der Erde«, was dieser Felsen sicher war. Dieser Felsen schien tatsächlich direkt *aus* der

Erde zu wachsen. *Kei* bedeutete auch »Pflasterstein« oder »Kopfstein«, was ein besseres Wort zu sein schien als *rolsteen,* weil die Holländer planten, die Straße um den Felsen mit Kopfsteinen zu pflastern. Also hatten sie sich für *Keistraat* anstatt für *Rolsteenstraat* entschieden, was eine gute Wahl gewesen war, da *kei* in der Mundart auch bedeutete, »sehr gut in etwas sein«, und die Holländer waren gewiß sehr gut gewesen beim Pflastern einer Straße um einen Findling herum und beim Benennen dieser Straße als *Keistraat.* Die Briten hatten den Namen einfach, und wiederum fantasielos, aus dem Niederländischen übersetzt, und Boulder Street, Felsenstraße, war es geworden und geblieben, obwohl heute nicht einmal mehr die Spur eines Kieselsteins zu sehen war.
Die Straße verlief, vielleicht weil ihre Begrenzungen vor langer Zeit festgelegt worden waren, als der massive Felsblock tatsächlich vorhanden war, über eine Querstraße weg von Ost nach West und endete dann unvermittelt. Diese zwei Häuserzeilen gehörten zum erlesensten Grundbesitz der Stadt, viele Gebäude reichten in holländische Zeiten zurück, und alle waren renoviert und in hervorragendem Zustand. Weder Carella noch Hawes kannten einen Menschen, der es sich leisten konnte, in der Boulder Street zu wohnen. Aber genau hier wohnte der ehemalige Matrose Martin J. Benson, und es entging nicht ihrer Aufmerksamkeit, daß es nur zehn Straßen von der Ramsey University entfernt war.
Martin J. Benson war nicht zu Hause, als sie kurz nach Mittag hinkamen. Der Hausverwalter, der vor dem Haus ein beeindruckendes Arrangement von Chrysanthemen in riesigen Holztrögen entlang dem Bordstein goß, sagte ihnen, daß er gewöhnlich etwa um halb neun zur Arbeit ging. Mr. Benson, teilte er ihnen mit, arbeite in einer Werbeagentur an der Jefferson Avenue in Uptown. Mr. Benson, teilte er ihnen außerdem mit, sei der künstlerische Leiter. Es hörte sich aus seinem Mund an, als sei Mr. Benson der liebe Gott. Der Name der Werbeagentur sei Cole, Cooper, Loomis und Bache. Der Hausverwalter sagte ihnen, daß die Agentur unter der künstlerischen Leitung von Mr. Benson die Werbekampagne für Daffy Dots gemacht habe, ein Konfekt, von dem keiner der Detectives jemals gegessen oder auch nur gehört hatte. Sie dankten ihm fürs erste und fuhren Richtung Uptown.
Die Empfangsdame bei Cole, Cooper, Loomis und Bache war eine überkandidelte Blondine, deren Tischschild aus Plastik sie als Dorothy Hudd vorstellte – war *sie,* Dotty, die Daffy Dot, nach der das

Konfekt genannt worden war? Sie trug einen pinkfarbenen Pulli, der einige Nummern zu klein war, und sie schien ihre eigenen Brüste über die Maßen zu lieben – falls die Anziehungskraft, die diese auf ihre linke Hand ausübten, ein Hinweis auf Besitzerstolz war. Während sie vorgab, mit einer Perlenkette zu spielen, die zwischen den Brüsten hing (Hawes begann sie ebenfalls sehr zu mögen), stupste, betastete und streichelte ihre linke Hand heimlich die Hügel zu beiden Seiten, was Hawes zu der Überlegung veranlaßte, welches Übermaß an Zärtlichkeit sie wohl beispielsweise an einem Meeresstrand an sie verschwenden würde, wo sie nichts als einen Bikini anhätte. Ihm wurde schwindlig bei der Vorstellung, wie sie wohl im Bett wäre, rittlings über ihm, diese prachtvollen Kugeln von ihren Händen gedrückt. Er hatte nichts gegen überkandidelte Blondinen. Er hatte allerdings auch nichts gegen überkandidelte Brünette.

Carella, der glücklich verheiratet und vermutlich gegen solche müßigen Spekulationen gefeit war, steckte die Dienstmarke weg, die er Dorothy gezeigt hatte und fragte sie, ob Mr. Benson einen Augenblick frei sei, um sie zu empfangen. Dorothy, mit ihren vielen Perlen spielend, ließ ihn wissen, daß Mr. Benson gerade eben zum Mittagessen aus sei und nicht vor drei zurück erwartet werde. Carella fragte höflich, wo Mr. Benson möglicherweise zu Mittag esse.

»Oh, Himmel, das weiß ich nicht«, sagte Dorothy.

»Ob seine Sekretärin es weiß?«

»Ich denke schon«, sagte Dorothy und rollte ihre Augen und spielte, spielte, spielte immerzu mit den Perlen, eine anscheinend unbewußte Handlung, die Hawes zum Wahnsinn trieb. »Aber sie ist *auch* zum Essen.«

»Gibt es eine Möglichkeit für Sie festzustellen, wo er ist?« fragte Carella.

»Klar, Mensch, ich geh' mal kurz hinter und frag' herum«, sagte Dorothy, gab ihrem Stuhl und ihrem Körper einen Schwung hinter dem Schreibtisch vor und ging auf eine Tür zu, die zu den eigentlichen Büros führte. Sie trug einen hautengen schwarzen Rock, der die Rückkehr des Minis an Amerikas Gestade feierte. Hawes würdigte den Anblick. Sobald sie außer Sicht war, sagte er: »Ich könnte sie löffelchenweise essen.«

»Ich auch«, sagte Carella und zerstörte damit den Mythos von dem blinden verheirateten Mann.

Dorothy kam fünf Minuten später zurück, lächelte und nahm wieder

ihren Platz hinter dem Schreibtisch ein. Ihre linke Hand war sofort wieder an den Perlen um ihren Hals. Hawes sah fasziniert hin.
»Mr. Perisello hat mir gesagt, daß Mr. Benson gewöhnlich in einem Restaurant namens Coach and Four ißt«, sagte Dorothy, »aber das ist nur *gewöhnlich*, und vielleicht ist er heute nicht dort. Warum kommen Sie nicht einfach um drei wieder?« sagte sie und strahlte Hawes an. »Oder *jederzeit*«, fügte sie hinzu.
Carella dankte ihr und führte Hawes aus dem Büro.
»Ich bin verliebt«, sagte Hawes.

Das Coach and Four war die Sorte Lokal, die weder Carella noch Hawes sich mit ihren Detective Second/Grade-Gehältern von 33 070 Dollar im Jahr leisten konnten. Entworfen und ausgestattet von einem in Amerika geborenen Architekten armenischer Abstammung, ähnelte es einer alten englischen Kutscherschenke von etwa 1605, wie sie in *seiner* Vorstellung ausgesehen haben mußte, vollgestopft mit handbehauenen Holzpfosten und Balken, Fenstern mit handgearbeiteten Butzenscheiben, Fußböden aus breiten genagelten Dielen (die hier und da nachgaben, der Echtheit wegen) und einer Mannschaft von drallen Kellnerinnen in Dirndlröcken und eckig ausgeschnittenen Folkloreblusen, die eher noch mehr Busen enthüllten als Dorothy Hudds Pullover. Hawes glaubte langsam, daß er seinen Glückstag hatte.
Carella fragte die Wirtin – eine gertenschlanke Brünette, die ein langes schwarzes Abendkleid und hohe Absätze trug, was in dieser ansonsten englischen Umgebung des 17. Jahrhunderts entschieden anachronistisch wirkte – wo Mr. Benson möglicherweise säße, und nahm dann eine Visitenkarte heraus, kritzelte eine Nachricht auf die Rückseite und fragte die Wirtin, ob sie so freundlich sein wolle, sie an seinem Tisch abzugeben. Er sah ihr nach, als sie durch den Raum ging, auf einen Ecktisch zu, wo zwei Männer – einer von ihnen blond, der andere mit Glatze – in ein angeregtes Gespräch vertieft waren und zweifellos ihr neuestes glänzendes Werbeprojekt besprachen. Sie übergab dem Blonden die Karte. Er betrachtete die Vorderseite, bedruckt mit einem Polizeireviersiegel und Carellas Namen, Rang und Telefonnummer beim Siebenundachtzigsten, und drehte dann die Karte um und las die Nachricht, die Carella auf die Rückseite gekritzelt hatte. Er fragte die Wirtin etwas, und sie deutete auf Carella und Hawes, die immer noch beim Empfangstisch standen, der ungefähr so aussah, wie der armenische Architekt sich Dr. John-

sons Schreibpult und Tintenfaß drüben am Gough Square in Merrie Old England vorstellte. Benson erhob sich sofort, entschuldigte sich bei dem kahlköpfigen Mann, der mit ihm am Tisch saß, und schritt dann durch den Raum zu der Stelle, wo sie standen.

»Mr. Benson?« fragte Carella.

»Was soll das?« sagte Benson. »Ich bin mitten im Essen.«

Er war, schätzte Carella, gut einsfünfundachtzig groß, mit Leichtigkeit so groß wie Hawes, mit den gleichen breiten Schultern und dem gleichen kräftigen Brustkasten, Augen in der Farbe von Schiefer, Haar so golden wie Weizen. Er trug einen Anzug, der, darauf wäre Carella jede Wette eingegangen, maßgeschneidert war, die Krawatte war eine Countess Mara, das Hemd auf der linken Brust mit seinem Monogramm bestickt, die Initialen MJB sahen hinter dem handgesteppten Aufschlag der Anzugjacke hervor. Die Manschetten, die aus den Jackettärmeln hervorsahen, wurden von kleinen goldenen, mit Diamanten besetzten Manschettenknöpfen zusammengehalten. Ein Ring am kleinen Finger seiner linken Hand ließ einen Diamanten aufblitzen, der eher noch größer war als die auf den Manschettenknöpfen. Carella vermutete, daß künstlerische Leiter ganz schön was an Land zogen mit ihren Daffy-Dots-Werbekampagnen.

»Wenn Sie Ihr Essen beenden möchten, warten wir«, sagte er.

»Nein, bringen wir's gleich hinter uns«, sagte Benson und sah sich nach einem Platz um, wo sie ungestört reden könnten. Er ließ sich an der Bar nieder, einem Gebilde aus Eichenholz mit einem oberen Abschluß aus Blei, über dem in der ganzen Länge der Bar Gläser an ihren Stielen hingen. Sie zogen drei Hocker am Ende der Bar vor, wo eine alte Messingregistrierkasse auf der Bleiplatte stand. Hawes und Carella saßen zu beiden Seiten Bensons. Benson bestellte sofort einen Beefeater Martini, unverdünnt und sehr kalt.

»Also?« sagte er.

»Also kennen Sie jemand namens Marcia Schaffer?« fragte Carella, indem er gleich zur Sache kam.

»Das ist es also«, sagte Benson und nickte.

»Das ist es«, sagte Hawes.

»Was ist mit ihr?« fragte Benson.

»Sie kennen sie?« sagte Hawes.

»Ja. Ich kannte sie.«

»*Kannten* sie?«

Die Detectives stellen nun abwechselnd ihre Fragen, so daß Benson sich ständig von einem zum anderen wenden mußte.

»Sie ist *tot*, nicht wahr?« sagte Benson. »Deshalb sind Sie hier, nicht? Ja, ich *kannte* sie. Vergangenheitsform.«
»Wie *weit* in der Vergangenheit?« fragte Carella.
»Ich habe sie über einen Monat nicht mehr gesehen.«
»Möchten Sie das ausführlicher erläutern?« sagte Hawes offen heraus.
Benson wandte sich an ihn. »Vielleicht rufe ich besser meinen Anwalt an«, sagte er.
»Nein, vielleicht bleiben Sie besser sitzen, wo Sie sind«, sagte Carella.
Benson rückte seinen Hocker zurück, damit er beide Detectives sehen konnte, ohne sich hin und her drehen zu müssen.
»Inwiefern ausführlicher?« fragte er Hawes.
»Mr. Benson«, sagte Hawes, »besitzen Sie einen blauen Bademantel aus reiner Wolle mit weißer Paspel an den Ärmelbündchen und am Kragen?«
»Ja. Wer zieht hier wen auf? Sie haben meinen Bademantel in Marcias Wohnung gefunden, und deshalb sind Sie hier, okay? Machen Sie also halblang.«
»Besitzen Sie ein goldenes Dunhill-Feuerzeug?«
»Ja, es war in der Tasche von dem Bademantel, okay? Das heißt nicht, daß ich sie getötet habe.«
»Wer hat gesagt, daß Sie sie getötet haben?« fragte Hawes.
»Hat irgendwer gesagt, daß Sie sie getötet haben?« fragte Carella.
»Ich nehme an, Sie sind hier, weil . . .«
»Mr. Benson, wann haben Sie den Bademantel in Miss Schaffers Wohnung gelassen?« fragte Hawes.
»Wie ich Ihnen gesagt habe. Vor über einem Monat.«
»*Wann* genau?« fragte Carella.
»Tag der Arbeit, da muß es gewesen sein. Wir verbrachten das Wochenende zusammen. In der Stadt. Die Stadt ist ein einmalig schöner Ort, um einen Feiertag zuzubringen. Alle sind rausgefahren, man hat den ganzen Ort hier . . .«
»Sie haben den Tag der Arbeit in ihrer Wohnung verbracht?«
»Ja.«
»Kleider mitgenommen, als Sie hingegangen sind?«
»Ja. Na ja, nur was ich brauchte für . . .«
»Einschließlich Bademantel?«
»Ja. Ich habe wohl vergessen, ihn einzupacken, als ich wegging.«
»Den Bademantel und das Feuerzeug vergessen?«

»Ja.«
»Haben Sie das Feuerzeug seit dem Tag der Arbeit nicht vermißt?«
»Ich habe noch mehr Feuerzeuge«, sagte Benson.
»Sie rauchen Marlboro, ja?«
»Ich rauche Marlboro, stimmt.«
Carella zog einen kleinen Plastikkalender aus seiner Brieftasche, sah darauf und sagte dann: »Der Tag der Arbeit war der 5. September.«
»Wenn Sie es sagen. Sie haben ja den Kalender vor sich.«
»Ich sage es. Und Sie haben sie seitdem nicht gesehen, ist das richtig?«
»Das ist richtig.«
»Wie haben Sie sich kennengelernt, Mr. Benson?« fragte Hawes.
»An der Ramsey Uni. Ich habe einen Gastvortrag über kreative Werbung gehalten. Später bin ich ihr bei einem Empfang über den Weg gelaufen.«
»Und haben begonnen, sich mit ihr zu treffen?«
»Ja. Ich bin alleinstehend, das ist ja nichts Schlimmes.«
»Wie alt sind Sie, Mr. Benson?«
»Siebenunddreißig. Auch *daran* ist nichts Schlimmes. Marcia war fast einundzwanzig. Sie wäre nächsten Monat einundzwanzig geworden. Ich habe kein Kind verführt, wenn Sie das meinen.«
»Hat jemand was von Kindesverführung gesagt?« fragte Hawes.
»Ich habe das Gefühl, Ihnen beiden paßt mein Verhältnis mit Marcia nicht. Offen gesagt scheiß ich darauf, was Sie denken. Wir hatten schöne Tage zusammen.«
»Warum haben Sie dann aufgehört, sie zu treffen?«
»Wer sagt, daß ich aufgehört habe, sie zu treffen?«
»Sie haben uns gerade erzählt, daß Sie sie zum letztenmal am Tag der Arbeit gesehen haben, am 5. September.«
»Das stimmt.«
»Haben Sie versucht, seitdem mit ihr Verbindung aufzunehmen?«
»Nein, aber ...«
»Sie angerufen? Ihr geschrieben?«
»Warum sollte ich ihr schreiben? Wir wohnen beide in derselben verdammten *Stadt*!«
»Aber Sie haben sie nicht angerufen.«
»Hab' ich vielleicht, ich weiß es nicht mehr.«
»Auf jeden Fall haben Sie sie zum letztenmal am 5. September gesehen.«

»Wie oft soll ich es noch sagen? Ja. Am Tag der Arbeit. 5. September, wenn er da war.«
»Das war er.«
»Dann stimmt es also.«
Carella sah Hawes an.
»Mr. Benson«, sagte er, »haben Sie am Samstag, dem 3. September, Ihre Hare schneiden lassen?«
»Nein, ich lasse meine Haare nie an einem Samstag schneiden.«
»Wann *lassen* Sie sie schneiden?«
»Dienstag nachmittag. Wir haben jeden Dienstag um zwei Uhr eine Mitarbeiterbesprechung, und gewöhnlich gehe ich um vier zum Haareschneiden.«
»Sie lassen sich jeden Dienstag die Haare schneiden?«
»Nein, nein. Alle drei Wochen.«
»Dann haben Sie die Haare *nicht* am Samstag, dem 3. September, schneiden lassen?«
»Nein.«
»Wann haben Sie sie zum *letztenmal* schneiden lassen?« fragte Hawes.
»Letzten Dienstag«, sagte Benson.
»Das wäre der vierte Oktober gewesen«, sagte Carella.
»Anzunehmen.«
»Und drei Wochen davor wäre der 13. September gewesen.«
»Wenn das der Kalender sagt.«
»Und drei Wochen *davor* wäre der 23. August gewesen.«
»Hätten Sie was dagegen, mir zu verraten, was das soll? Muß ich mir wieder die Haare schneiden lassen?«
»Mr. Benson, Sie haben gesagt, daß Sie Ihren Bademantel am fünften September in Miss Schaffers Wohnung gelassen haben, als Sie sie zum letztenmal gesehen haben.«
»Stimmt.«
»Und Sie haben sie seitdem nicht gesehen.«
»Nein.«
»Sie haben sie nicht am 15. September gesehen, nicht? Zwei Tage, nachdem Sie die Haare hatten schneiden lassen?«
»Nein.«
»Sie haben sie nicht am sechsten Oktober gesehen, nicht? Das waren wieder zwei Tage, nachdem Sie beim Friseur waren?«
»Ich habe sie an keinem der beiden Tage gesehen. Das letzte Mal, daß ich sie gesehen habe ...«

»Ja, Sie haben es uns gesagt. Am Tag der Arbeit.«
»Warum belügen Sie uns?« fragte Hawes liebenswürdig.
»Wie bitte?«
»Mr. Benson«, sagte Carella, »unser Laborbericht gibt an, daß Sie Ihr Haar achtundvierzig Stunden, bevor es auf dem Bademantel liegenblieb, haben schneiden lassen. Sie sagen, Sie haben den Bademantel am Tag der Arbeit dort gelassen, aber Sie haben Ihr Haar nicht am 3. September schneiden lassen, also haben Sie den Bademantel entweder nach einem *früheren* Haarschnitt dort gelassen oder Sie haben ihn nach einem *späteren* Haarschnitt dort gelassen, aber Sie können ihn nicht am 5. September dort gelassen haben, was nach Ihren Worten das letzte Mal ist, daß Sie Marcia Schaffer gesehen haben.«
»Warum also lügen Sie uns an?« fragte Hawes.
»Vielleicht habe ich sie *nach* dem Tag der Arbeit getroffen«, sagte Benson. »Wie war das Datum, das Sie genannt haben? Der Haarschnitt vor diesem letzten?«
»Das sagen *Sie* mir«, sagte Carella.
»Ist ja egal. Der 14., der 15. Wann auch immer.« Er hob sein Martiniglas und nahm einen schnellen Schluck.
»Aber nicht in dieser Woche, hm? Nicht am sechsten Oktober.«
»Nein, da bin ich sicher.«
»Sie haben Marcia Schaffer *nicht* am sechsten Oktober besucht, zwei Tage nachdem Sie Ihre Haare zuletzt schneiden ließen? Sie haben Ihren Bademantel *nicht* am sechsten Oktober in ihrer Wohnung vergessen?«
»Ich bin ganz sicher, da nicht.«
»Wo *waren* Sie am sechsten Oktober, Mr. Benson?«
»Was für ein Tag war das?«
»Ein Donnerstag. Donnerstag letzte Woche, Mr. Benson.«
»Na, da habe ich bestimmt gearbeitet.«
»Den ganzen Donnerstag?«
»Ja, den ganzen Tag.«
»Sie haben Miss Schaffer nicht Donnerstag *abend* besucht, nein?«
»Nein, bestimmt nicht.«
»Wie ist es mit *Mittwoch* abend?«
Benson nippte wieder an seinem Martini.
»Haben Sie sie *Mittwoch* abend besucht?« fragte Hawes.
»Am *fünften* Oktober?« fragte Carella.
»Mr. Benson?« sagte Hawes.
»Na schön«, sagte Benson und setzte sein Glas ab. »Na schön, ich habe sie letzten Mittwoch abend gesehen, ich war letzten Mittwoch abend

bei ihr. Ich bin direkt nach der Arbeit hingegangen, wir haben zusammen zu Abend gegessen und haben ... den Rest der Nacht ...«

Die Detectives sagten nichts. Sie warteten.

»... im Bett verbracht, würden Sie wohl sagen«, sagte Benson und seufzte.

»Wann haben Sie die Wohnung verlassen?« fragte Carella.

»Am nächsten Morgen. Ich bin von dort direkt zur Arbeit gegangen. Marcia war auf dem Weg zur Uni.«

»Das war am Donnerstag morgen, am sechsten Oktober.«

»Ja.«

»Haben Sie da den Bademantel vergessen?«

»Ja.«

»Um wieviel Uhr war das, Mr. Benson?«

»Ich bin so um halb neun aus der Wohnung gegangen.«

»Und Sie haben Ihr Haar um vier Uhr am Dienstag mittag schneiden lassen.«

»Ja.«

»Das ist eine Zeitspanne von ungefähr vierzig Stunden«, sagte Carella zu Hawes.

»Ziemlich nahe dran«, sagte Hawes und nickte.

»Wo waren Sie Donnerstag abend ungefähr um sieben Uhr?« fragte Hawes.

»Ich dachte, es hätte keiner gesagt, daß ich sie getötet habe«, sagte Benson.

»Es hat auch noch keiner gesagt.«

»Warum wollen Sie dann wissen, wo ich Donnerstag abend war? Da ist sie getötet worden, oder? Donnerstag abend?«

»Da ist sie getötet worden.«

»Also, wo waren Sie Donnerstag abend?« fragte Carella.

»Um sieben Uhr, bißchen früher oder später«, sagte Hawes.

»Ich habe mit einer Freundin zu Abend gegessen.«

»Was für einer Freundin?«

»Einer Frau, die ich kenne.«

»Wie heißt sie?«

»Warum müssen Sie sie da hineinziehen?«

»Wie heißt sie, Mr. Benson?«

»Sie ist nur eine Zufallsbekanntschaft, eine Frau, die ich in der Agentur kennengelernt habe.«

»Sie arbeitet in der Agentur?«

»Ja.«
»Wie heißt sie?« fragte Hawes.
»Ich möchte es lieber nicht sagen.«
Hawes und Carella sahen sich an.
»Wie alt ist *diese*?« fragte Hawes.
»Das ist es nicht. Sie ist nicht minderjährig.«
»Was ist es dann?«
Benson schüttelte den Kopf.
»War es nur ein Essen letzten Donnerstag abend?« fragte Carella.
»Es war mehr als ein Essen«, sagte Benson leise.
»Sie sind mit ihr ins Bett gegangen«, sagte Hawes.
»Ich bin mit ihr ins Bett gegangen.«
»Wo?«
»In meiner Wohnung.«
»In der Boulder Street?«
»Ja, da wohne ich.«
»Sie haben mit ihr um sieben gegessen . . .«
»Ja.«
»Und sind wann in Ihre Wohnung gekommen?«
»So um neun.«
»Und sind mit ihr ins Bett gegangen.«
»Ja.«
»Um wieviel Uhr hat sie die Wohnung verlassen?«
»So um eins, ein bißchen später.«
»Wie heißt sie, Mr. Benson?« fragte Hawes.
»Sehen Sie«, sagte Benson und seufzte.
Die Detectives warteten.
»Sie ist verheiratet, okay?« sagte Benson.
»Okay«, sagte Hawes. »Sie ist verheiratet. Wie heißt sie?«
»Sie ist mit einem *Polizisten* verheiratet«, sagte Benson. »Hören Sie, ich will sie nicht in Schwierigkeiten bringen, wirklich. Wir reden hier von *Mord.*«.
»Das erzählen Sie *uns*?« sagte Carella.
»Ich will . . . der Grund ist . . . diese Geschichte findet starke Beachtung. Die eine von letzter Nacht . . .«
»Ah, Sie wissen von der einen letzte Nacht?« fragte Hawes.
»Ja, es war heute morgen im Fernsehen. Falls eine Polizistenfrau in das verwickelt scheint . . .«
»Wieso verwickelt?« fragte Carella. »*Ist* sie verwickelt?«
»Ich rede davon, ihren Namen hineinzuziehen. Angenommen, die

Presse kriegt es heraus? Die Frau eines *Polizisten*? Die hätten damit ihren tollsten Tag.«
»Wir halten es geheim«, sagte Carella. »Wie heißt sie?«
»Ich sage es lieber nicht.«
»Wo arbeitet ihr Mann?« fragte Hawes. »Dieser Polizist?«
»Ich sage es lieber nicht.«
»Wo waren Sie *letzte* Nacht?« fragte Hawes und beugte sich plötzlich zu Benson vor.
»Was?«
»*Letzte* Nacht, *letzte* Nacht«, sagte Hawes. »Wann, verdammt noch mal, war letzte Nacht, Steve? Du hast den Kalender da.«
»Was?« sagte Carella. Er hatte Hawes gehört, er fragte nicht nach, was Hawes gesagt hatte. Er war nur einfach überrascht über die plötzliche Wut in Hawes Stimme. Na ja, gut, Benson ging mit der Frau eines Polizisten ins Bett. Nicht ganz unbekannt in den Annalen der Abteilung, die Scheidung des Augenzeugen Bert Kling vor kurzem beruhte auf *genau* der gleichen Situation. Warum also die plötzliche Wut?
»Was?« sagte er noch einmal.
»Das *Datum* der letzten Nacht«, sagte Hawes ungeduldig. »Gib es ihm.«
»Der dreizehnte Oktober«, sagte Carella.
»Wo waren Sie letzte Nacht, am dreizehnten Oktober?« fragte Hawes.
»Mit . . . ihr zusammen«, sagte Benson.
»Der Polizistenfrau?«
»Ja.«
»Wieder im Bett?«
»Ja.«
»Sie leben gern gefährlich, wie?« sagte Hawes mit derselben Wut in der Stimme, und seine blauen Augen schossen Blitze, und sein rotes Haar sah aus, als habe es plötzlich Feuer gefangen. »Wie heißt sie?«
»Das möchte ich Ihnen nicht sagen.«
»Wie ist ihr Scheißname?« sagte Hawes und packte Bensons Arm.
»He«, sagte Carella, »nun laß schon.«
»Ihr *Name*«, sagte Hawes, indem er Bensons Arm stärker drückte.
»Ich kann Ihnen das nicht sagen«, sagte Benson.
Carella stöhnte tief auf. »Mr. Benson«, sagte er, »Ihnen ist doch klar . . .«
»Lassen Sie meinen Arm los«, sagte Benson zu Hawes.

»Ihnen ist doch klar«, sagte Carella, »daß Marcia Schaffer letzten Donnerstag abend getötet wurde ...«

»Ja, verdammt, ich *weiß* es! Lassen Sie meinen Arm los!« sagte er noch einmal zu Hawes und versuchte, sich mit einem Ruck loszureißen. Hawes Finger blieben um den Arm geklammert.

»Und daß Ihr Alibi für diese Nacht ...«

»Es ist kein *Alibi*!«

». . . und für die vergangene Nacht, als noch eine *andere* Person ...«

»Ich habe keine von beiden getötet!«

»Die einzige, die bestätigen kann ...«

»Ihr Name ist Robin Steele, verdammt!« sagte Benson, und Hawes ließ seinen Arm los.

## 6.

Es gab Zeiten, da wünschte Cotton Hawes, er hieße wirklich Großer Furzender Bulle Horse. Er konnte den Namen Hawes nicht ausstehen. Er war schwer auszusprechen. Hawes. Er hörte sich im Englischen genauso an wie Yaws, und das war eine Hautkrankheit, die wie Syphilis aussah, er haßte diesen Namen. Er konnte auch den Namen Cotton nicht ausstehen. Kein Mensch auf der ganzen Erde hieß Cotton, außer Cotton Mather, und der war seit 1728 tot. Aber Hawes' Vater war ein frommer Mann gewesen, der geglaubt hatte, Cotton Mather sei der Größte unter den puritanischen Pfarrern gewesen, und er hatte seinen Sohn so genannt zu Ehren des Gottessuchers der Kolonialzeit, der mit den Schlimmsten unter ihnen Hexen gejagt hatte. Bequemerweise hatte Hawes' Vater die Salemer Prozesse ausgestrichen – sein Vater war darin sehr gut gewesen, im Ausstreichen von bestimmten Dingen – als persönliche belanglose Rache einer Stadt, die sich von ihren eigenen eingewurzelten Ängsten nährte. Jeremiah Hawes (warum hatte er Hawes nicht »Jeremiah, Jr.« genannt?) hatte Cotton Mather und die Rolle, die der Pfarrer dabei gespielt hatte, den Wahn zu seinem Siedepunkt zu treiben, einfach entschuldigt, indem er seinen Sohn ihm zu Ehren benannt hatte. Warum hatte er ihn nicht statt dessen »Lefty« genannt? Hawes war kein Linkshänder, aber er hätte »Lefty« trotzdem »Cotton« vorgezogen. Lefty Hawes. Da hätte sich jeder miese Dieb auf der Straße vor Schreck in die Hosen geschissen.

Es gab auch Zeiten, da konnte Hawes keinen sehen, der kein Polizist war. Das galt dann auch für Polizistenfrauen und Polizistenfreundinnen. Wenn sie nicht selbst bei der Truppe waren, dann wußten sie nicht die Bohne, worum es überhaupt ging. Wenn man sich mit seiner Freundin zusammen mit einem Polizisten und dessen Freundin verabredete, dann saß man da und versuchte, den Frauen beizubringen, daß man am Nachmittag fast erschossen worden wäre, und dann wollten sie lieber über ihre Fingernägel reden. Irgendein neuer Nagellack, der die Nägel länger wachsen ließ. So ein Typ mit einer .375er Magnum versucht drei Stunden vorher, dich auszublasen, und sie wollen über ihre Fingernägel reden. Wenn sie nicht selbst bei der Truppe waren, kapierten sie einfach nichts. Hawes sagte einmal zu Meyer, daß im *Krieg der Sterne* alles falsch war. Es dürfe nicht heißen: »Die Truppe sei bei dir.« Es hätte besser heißen sollen: »Sei *du* bei der Truppe.«

Keiner, der nicht bei der Polizei war, wollte wirklich etwas davon hören, wie es war, wenn man Polizist war. Sie waren sich alle einig, daß diese Stadt ein schöner Ort für einen Besuch war, aber wer wollte hier leben? Selbst wenn sie hier wohnten, beklagten sie sich darüber, hier zu wohnen. Aber die Dinge, über die sie sich beklagten, waren nicht die Dinge, die es wirklich schwer machten, hier zu leben – und unmöglich, hier zu arbeiten, wenn man zufällig Polizist war. Sie wußten nichts von diesem Bauch. Sie wollten nichts hören über den Bauch in dieser Stadt und auch in keiner anderen Stadt. Der Bauch war leichenblaß, und er war schleimig, und Maden saßen daran. Der Bauch war das Berufsleben eines Polizisten, tagaus, tagein.

Frauen und Freundinnen von Polizisten *wußten*, daß ihre Männer den Bauch vierundzwanzig Stunden am Tag vor Augen hatten, aber sie wollten keine Erklärungen über den Bauch hören. Sie hielten ihre Andachten in der Kirche, beteten, daß ihre Männer draußen nicht verletzt würden, aber sie wollten nichts über den Bauch wissen, eigentlich nichts. Manchmal beteten sie, sie müßten nichts davon hören, nichts davon wissen, von diesem leichenblassen, von Maden wimmelnden Bauch. Manchmal versuchten sie, es zu vergessen, indem sie mit einem ins Bett gingen, der kein Polizist war. Später beteten sie um Vergebung ihrer Sünden – aber wenigstens mußten sie nicht diesen leichenblassen Bauch berühren und sich mit seinem Schleim die Finger besudeln.

Robin Steeles Mann arbeitete beim Sechsundzwanzigsten in der Innenstadt.

Er war Streifenpolizist.
Er war jetzt seit drei Jahren bei der Polizei, kaum genug Zeit, um vor die Hunde zu gehen, besonders nicht in so einem ruhigen Revier wie dem Sechsundzwanzigsten.
Aber Robin Steele hatte seit jetzt sechs Monaten ein Verhältnis mit Martin J. Benson.
Sie bestätigte, daß sie in der Nacht des sechsten Oktober mit Benson zusammengewesen war, während ihr Mann mit seiner Knarre im Funkstreifenwagen durch die Gegend fuhr. Sie bestätigte, daß sie letzte Nacht wieder bei ihm gewesen war, während ihr Mann wieder auf den Straßen der Stadt zu tun hatte. Sie bat ihn inständig, ihrem Mann nichts zu sagen. Sie sagte Carella, daß sie ihren Mann sehr liebe und ihn keinesfalls verletzen wolle. Sie wußte, daß er einen gefährlichen Beruf hatte, und sie wollte nicht, daß er irgendwelche quälenden Gedanken im Kopf habe, wenn er draußen war und seiner Arbeit nachging. Als Hawes fragte, ob sie wisse, daß sie nicht die einzige Frau in Bensons Leben sei, sagte sie: »Oh, gewiß, das spielt keine Rolle.«
Nichts spielte eine Rolle, nahm Hawes an.
Außer daß irgendwer junge Mädchen an Laternenpfähle hängte.
Er nahm an, daß er Annie Rawles anrief, weil er eine Frau um sich haben wollte, die Polizistin war. Er wollte sich bei einem Menschen entspannen können, ohne erklären zu müssen, was so ein verdammter Schichtplan war. Er wollte mit jemandem zusammensein, der von ganz allein die Sache mit dem Bauch verstehen würde. Zuerst dachte er, er könnte es vielleicht bei Dorothy Hudd mit den baumelnden Perlen und spazierengehenden Fingern probieren. Er ging so weit, ihren Namen im Telefonbuch von Isola nachzuschlagen, und fand eine Eintragung unter D. Hudd (warum benutzten Frauen nur den Anfangsbuchstaben ihres Vornamens in Telefonbüchern, eine sichere Einladung für anonyme Anrufer?), wählte die ersten zwei Ziffern und legte dann auf, weil er sich dachte, daß er nicht mit einer Zivilistin zusammensein wollte, an einem Tag, an dem ein vielversprechender Verdächtiger ein ausgezeichnetes Alibi auf den Tisch gelegt hatte.
Er rief statt dessen bei der Telefonvermittlung der Zentrale an, wies sich als Polizist im Dienst aus, sagte der Angestellten, die seinen Rang und seine Dienstnummer aufnahm, daß er mit Detective Rawles von der Einheit für Sexualverbrechen an einem Fall arbeite, und bekam umgehend ihre Privatnummer. Sie ist wahrscheinlich verhei-

ratet, dachte Hawes, als er ihre Nummer wählte. Aber er hatte keinen Ehering an ihrer Hand gesehen. Vielleicht trugen Polizisten vom Sexualverbrechen keine Eheringe. Er hörte das Telefon am anderen Ende klingeln.
»Hallo?« sagte eine Frauenstimme.
»Miss Rawles?« sagte er.
»Ja?«
»Cotton Hawes«, sagte er.
»Wer?« sagte sie.
»Hawes. Siebenundachtzigstes. Sie waren letzte Woche oben bei uns wegen einer Vergewaltigung, wir haben kurz gesprochen . . .«
»Ah, ja, Tag«, sagte Annie. »Hawes. Der Rothaarige.«
»Ja«, sagte Hawes.
»Ihr habt ihn, geht es darum?« fragte sie.
»Was?«
»Den Vergewaltiger.«
»Nein, nein«, sagte Hawes. »Eileen Burke war am späten Nachmittag da, ich nehme an, sie ist angesetzt . . .«
»Ja.«
»Aber ich glaube nicht, daß sie vor morgen anfangen wird.«
»Das stimmt. Ich habe bloß gedacht, vielleicht ist ein Wunder passiert.«
»Das Glück hatten wir nicht.«
Es blieb lange still in der Leitung.
»Also . . . hm . . . worum geht's?« fragte Annie.
Hawes zögerte.
»Hallo?« sagte Annie.
»Hallo, ich bin noch da.« Er zögerte wieder. »Sie sind nicht verheiratet oder so, wie?«
»Nein, ich bin nicht verheiratet«, sagte Annie. Er glaubte, ein Schmunzeln in ihrer Stimme zu entdecken.
»Haben Sie schon zu Abend gegessen? Ich weiß, es ist nach sieben, vielleicht haben Sie schon . . .«
»Nein, ich hatte noch kein Abendessen«, sagte sie. Er war ganz sicher, daß sie jetzt lächelte. »Ich bin in Wirklichkeit erst vor ein paar Minuten heimgekommen.«
»Würden Sie . . . hm . . .?«
»Klar«, sagte sie. »Wollen Sie mich hier abholen, oder treffen wir uns irgendwo?«
»Wäre acht Uhr in Ordnung?« fragte Hawes.

Sie aßen in einem Chinarestaurant zu Abend und gingen nachher in Annies Wohnung. Sie wohnte in einem alten Backsteinhaus am Langley Place, nahe beim Einunddreißigsten, das eines der ältesten Reviere in der Stadt war und das immer noch einen Heizkessel mit Kohlefeuerung im Keller hatte. Sie sagte ihm, sie sei sicher, ihre Anwesenheit in dem Haus sorge für die Tatsache, daß es in drei Jahren noch keinen Einbruch gegeben hatte. Sie stellte sich vor, es habe sich herumgesprochen, daß eine Polizistin in dem Gebäude wohnte. Sie erzählte ihm das, während sie Cognac in Schwenker goß.
Sie trug ein schlichtes blaues Kleid und blaue Lacklederpumps mit hohen Absätzen; er glaubte nicht, daß sie so zur Arbeit angezogen gewesen war. Sie sah aus, wie jede hübsche Zivilperson aussehen mochte – schwarzes, gerade geschnittenes Haar, braune Augen hinter einer schwarzrandigen Brille, das schlichte blaue Kleid, eine goldene Kette mit Anhänger – nein, eigentlich doch nicht. Eine Zivilistin würde in dieser Stadt nicht wagen, eine goldene Kette zu tragen. Eine Polizistin mit einer .38er in der Handtasche konnte eher das Risiko eingehen. Aber sonst wirkte sie nicht wie eine von der Polizei; manche Polizistinnen in dieser Stadt ähnelten Ausrufern auf einem ländlichen Jahrmarkt, schwere Kanonen auf den Hüften, baumelnde Patronengürtel, große fette Ärsche. Annie Rawles sah wie ein Schulmädchen aus. Die Fama berichtete, sie habe zwei Gangster, die eine Bank ausrauben wollten, umgelegt, aber Hawes konnte es sich nicht bildlich vorstellen. Konnte sie nicht in der Hockstellung der Polizistin vor sich sehen, die die Pistole anlegte und so viele Schüsse abgab, wie sie brauchte, um die Schweine umzulegen. Als er ihr den Schwenker aus der Hand nahm, merkte er, daß er sie anstarrte.
»Ist was?« sagte sie und lächelte.
»Nein, nein«, versicherte ihr Hawes. »Habe nur gerade daran gedacht, daß Sie Polizistin sind.«
»Manchmal wünsche ich mir, ich könnte es vergessen«, sagte Annie. Sie saß neben ihm auf der Couch und zog die Beine hoch. Das Zimmer war gemütlich eingerichtet, ein freistehender eiserner Kamin, der mit Briketts gefüllt war, an der Wand gegenüber dem Sofa, gerahmte Drucke an allen Wänden, eine Durchreiche mit Schwingtür, die in eine aufgeräumte Küche voller Töpfe und Pfannen mit Kupferböden führte. Die Möbelstücke sahen nach Qualität aus; ihm fiel ein, daß sie als Detective/First 37 935 Dollar im Jahr verdiente. Er nahm einen Schluck Cognac.
»Gut«, sagte er.

»Mein Bruder hat ihn aus Frankreich mitgebracht«, sagte sie.
»Was macht *er*?«
»Er importiert Fisch«, sagte sie. »Lachen Sie nicht.«
»Was für Fisch?«
»Lachs. Irischen Lachs hauptsächlich. Sehr teure Ware. So um die achtunddreißig Dollar das Pfund.«
»Wow«, sagte Hawes. »Wieso dann Frankreich?«
»Was? Ach so. Ein Abstecher. Verbindet das Geschäft mit dem Vergnügen.«
»Ich bin noch nie in Frankreich gewesen«, sagte Hawes ein wenig wehmütig.
»Ich auch noch nicht«, sagte Annie.
»*Popeye* mußte allerdings nach Frankreich gehen.«
»Popeye?«
»Die *French Connection*. Haben Sie den Film gesehen? Nicht den, in dem er nach Frankreich geht, der war Mist. Aber der erste.«
»Ja, der war ziemlich wirklichkeitsnah, dachte ich.«
»Ja, wie er da in der Kälte rumgestanden hat und alles. Das ist Carella nämlich wirklich passiert.«
»Wer ist Carella?«
»Der Knabe, mit dem ich bei diesen Morden zusammenarbeite, guter Polizist.«
»Und *was* ist ihm wirklich passiert?«
»Sie haben ihn drogensüchtig gemacht. Bei einem Fall, den er bearbeitet hat. Sie haben ihn mit Heroin angeturnt. Wie bei Popeye in dem zweiten Film über die *French Connection*. Nur ist es Carella wirklich passiert, lange bevor es den Film gab. Ich meine, es ist ihm *wirklich* passiert, nichts mit Erfindung.«
»Ist er wieder in Ordnung?«
»Ja, klar. Na ja, er hing an der Nadel, aber nicht lange, und außerdem haben sie es ihm aufgedrängt, wissen Sie, es war nicht freiwillig.«
»Also hat er es geschafft.«
»Oh, und wie.«
»Schon lustig, hm? Polizist zu sein?«
»Zum Totlachen«, sagte Hawes. »Wie sind Sie überhaupt dazugekommen?«
»Ich dachte, es würde aufregend werden«, sagte Annie. »Und das ist es wohl. Meinen Sie nicht?«
»Ich glaube schon«, sagte Hawes.

»Ich kam frisch vom College ...«
»Sie sehen immer noch aus wie ein Collegegirl.«
»Na ja, danke.«
»Wie alt *sind* Sie?« fragte er.
»Vierunddreißig«, sagte Annie sofort.
Er mochte das an Polizistinnen. Kein Getue. Man stellt eine Frage und bekommt eine direkte Antwort.
»Schon lange dabei?«
»Acht Jahre.«
»Sie haben an Raubüberfällen gearbeitet, richtig?« sagte Hawes.
»Ja. Also ich war davor beim Überfallkommando. Gleich nachdem ich die Dienstmarke bekommen hatte. Dann Raubüberfälle und jetzt Vergewaltigungen. Und Sie?«
»Ich bin schon mehr Jahre beim Siebenundachtzigsten, als ich zählen kann«, sagte Hawes. »Davor war ich beim Dreißigsten, ein vornehmes Revier, kennen Sie sich dort aus?«
»Ja«, sagte Annie und nickte und nippte an ihrem Cognac.
»Ich habe dort oben eine Menge gelernt«, sagte er.
»Darauf würde ich wetten«, sagte Annie.
Sie waren eine Zeitlang still. Er wollte sie fragen, wo sie aufs College gegangen war, was sie hauptsächlich belegt hatte, ob sie keine Skrupel gehabt hatte, für das Sicherheitskommando zu arbeiten, dessen Hauptzweck gewesen war – bevor man es aufgelöst hatte –, hinten in Läden zu sitzen, die schon einmal überfallen worden waren, und dort zu warten, um einem Gangster, der ein zweites Mal kam, einen Hinterhalt zu legen. Das Sicherheitskommando hatte vierundvierzig bewaffnete Räuber umgelegt, bis der Leiter der Zentrale zu dem Schluß kam, das Unternehmen sei etwas, worauf seine Behörde nicht unbedingt so furchtbar stolz zu sein brauchte. Hawes fragte sich, ob sie jemanden erschossen hatte, während sie bei der Sicherheit arbeitete. Er hatte eine Menge Fragen, die er ihr noch stellen wollte. Er fühlte, daß er sie allmählich etwas besser kennenlernte, aber es gab immer noch eine Menge Fragen zu stellen. Statt dessen jedoch fragte er sie überhaupt nichts, weil er sich plötzlich so völlig entspannt und geborgen fühlte. Als hätte er sie schon immer gekannt, sagte er nur: »Irgendwann packt es einen. Der Job.«
Sie sah ihn, wie ihm schien, sehr lange an, ehe sie antwortete.
»Ja«, sagte sie einfach. »Es packt einen.«
Sie sahen einander immer noch an.
Hawes nickte.

»Tja«, sagte er und warf einen Blick auf seine Uhr. »Wenn Ihr Tag so ähnlich war wie meiner . . .«
»Hart war er«, sagte sie und nickte.
»Also dann«, sagte er und stand linkisch auf. »Danke für den Cognac. Ihr Bruder hat einen guten Geschmack.«
»Danke fürs Essen«, sagte sie.
Sie stand nicht auf. Sie blieb auf ihrem Platz sitzen, die Beine hochgezogen, und sah zu ihm auf.
»Können wir uns nicht irgendwann einmal wieder treffen?« sagte er.
»Würde ich gern.«
»Eigentlich . . . Ich habe morgen den Tag frei«, sagte er. »Vielleicht könnten wir . . .«
»Ich muß erst um vier antreten«, sagte sie.
»Vielleicht . . . also, ich weiß nicht. Was würden *Sie* gern machen?«
»Mensch, ich weiß nicht, Marty«, sagte sie und lächelte. »Was würden *Sie* gern machen?«
»Ich liebe diesen Film«, sagte er.
»Ich auch.«
»Ich habe ihn letzte Woche wieder im Fernsehen gesehen.«
»Hab' ich auch.«
»Sie ziehen mich auf.«
»Nein, ich habe ihn letzte Woche gesehen.«
»Nachts spät, stimmt's?«
»Ungefähr zwei Uhr morgens.«
»Was sagt man *dazu*?« sagte er. »Wir zwei sehen uns denselben Film an entgegengesetzten Enden der Stadt an.«
»Wie schade«, sagte sie.
Ihre Augen trafen sich.
»Gut«, sagte er, »darf ich Sie morgen früh anrufen, okay? Ich versuche mir etwas auszudenken, was wir . . .«
»Stellen wir uns nicht so dumm an«, sagte Annie.

Eileen Burke war in Klings Bett.
Sie kannten sich nun schon seit fast acht Monaten so intim, aber heute nacht war der Sex genauso heiß und improvisiert gewesen, wie er in der ersten Nacht gewesen war. Als sie endlich die verschiedenen kleine Tode von dichterischer Bekanntheit starben, und nachdem sie die obligatorischen Versicherungen ausgetauscht hatten, daß es für ihn so gut wie für sie gewesen war und umgekehrt, und

nachdem Eileen zur Toilette gegangen war und Pipi gemacht hatte, und nachdem Kling nackt durchs Zimmer gegangen war, um das Fenster für die Geräusche des nächtlichen Verkehrs unten zu öffnen, lehnten sie sich in die Kissen zurück, die Arme umeinander gelegt, während Eileens Hand müßig auf Klings Brust lag und seine eigene Hand zärtlich ihre Brust umfaßte.

Es verging eine Weile, bis Eileen ihm erzählte, was sie bedrückte.

»Ich habe über die Arbeit nachgedacht«, sagte sie.

Kling hatte ebenfalls über die Arbeit nachgedacht. Kling hatte gedacht, daß die Erhängten oben im Siebenundachtzigsten das Werk des Tauben waren.

»Ich rede nicht von dieser *besonderen* Aufgabe«, sagte Eileen. »Diese Geschichte, mich als Mary Hollings zu verkleiden.«

»Das Opfer der Vergewaltigung, richtig«, sagte Kling.

»Ich meine den Beruf an sich.«

»Polizist zu sein, meinst du?«

»Diese *Art* von Polizist zu sein«, sagte Eileen.

Es muß der Taube sein, dachte Kling. Es paßte zur Art des Tauben. Sie hatten lange Zeit nichts von dem Tauben gehört, aber das sah ganz nach dem Tauben aus. Warum sonst hätte sich jemand die Mühe machen sollen, ihnen die Identifizierung der Opfer so leicht zu machen?

»Lockvogel zu sein, meine ich«, sagte Eileen.

Kling erinnerte sich an das erste Mal, als der Taube aufgetreten war. Das war die schwierigste Zeit für das Siebenundachtzigste gewesen, weil sie damals nicht wußten, mit wem sie es zu tun hatten. Sie wußten nicht mehr, als daß jemand versuchte, einen Mann zu zwingen – wie war übrigens sein Name gewesen? Meyer hatte die erste Anzeige bekommen, ein Bursche, der bei seinem Vater aufgewachsen war, kam in das Dienstzimmer, um ihm zu sagen – wie zum Kuckuck hatte er geheißen? Haskins? Raskins?

»Ich denke langsam, es ist erniedrigend«, sagte Eileen.

»Was denn?« fragte Kling.

»Lockvogel zu sein. Ich meine, abgesehen von der Tatsache, daß es ziemlich stark nach Verführung riecht . . .«

»Na ja, Verführung ist es nicht gerade«, sagte Kling.

»Ich weiß, daß es das nicht ist, aber ich empfinde es so«, sagte Eileen. »Ich meine, ich bin da draußen und hoffe, daß so ein Kerl mich *vergewaltigt*, das ist es doch, oder?«

»Na ja, eigentlich nicht, daß er dich vergewaltigt.«

»*Versucht*, mich zu vergewaltigen, okay?«
»Damit du ihn daran hindern kannst, eine andere zu vergewaltigen«, sagte Kling.
»Gut, tja, so gesehen«, sagte Eileen.
Raskin, erinnerte sich Kling. Sein Name war David Raskin. Und jemand hatte versucht, ihn dazu zu bringen, ein Dachgeschoß an der Culver Street zu räumen, ein schäbiges kleines Dachgeschoß, das Raskin als Lager für Kleider benutzte, der Knabe war in der Kleiderbranche, richtig, David Raskin. Erst fing es damit an, daß er Anrufe bekam, die ihm androhten, er werde umgebracht, wenn er nicht aus dem Dachboden auszöge. Dann begann der Kerl, der ihn am Telefon belästigte – sie hatten damals noch nicht gewußt, daß es der Taube war –, ihm Büromaterial zu schicken, das er nicht bestellt hatte, und dann lieferte ein Partyservice Klappstühle und genug Essen, um die Rote Armee satt zu bekommen, und dann erschien eine Annonce in den zwei Morgenzeitungen, in der Rothaarige zum Kleidervorführen gesucht wurden, und da hatten sie langsam gemerkt, was sich da abspielte: Jemand wies sie auf *Die Liga der Rothaarigen* von Conan Doyle hin, und dieser Jemand hatte mit *L. Sordo* unterschrieben, was Spanisch für Der Taube war, und er versuchte, ihnen zu helfen, im voraus herauszukriegen, was er plante.
Nur *hatte* er gar nicht versucht, ihnen zu helfen. Er benutzte sie so, wie er Raskin benutzt hatte, er machte sie fälschlich glauben, daß er einen Anschlag auf die Bank unter Raskins Dachboden plante, obwohl er die ganze Zeit eine andere Bank im Sinn gehabt hatte. Spielte mit ihnen. Gab ihnen das Gefühl, daß sie Idioten und Versager waren. Führte sie auf eine fröhliche Jagd, während er überlegen seinen Einbruch plante und vermutlich die ganze Zeit dabei vor sich hin lachte.
Carella war bei jenem ersten Mal angeschossen worden, als der Taube sich dem 87. Revier vorstellte.
Falls der Taube jetzt für die zwei Erhängten verantwortlich war . . .
»Ich muß mir dabei doch wie eine Art Sexobjekt vorkommen«, sagte Eileen.
»Du *bist* eine Art Sexobjekt«, sagte Kling und zwickte übermütig ihre Brustwarze.
»Ich meine es ernst«, sagte sie.
Und während sie fortfuhr, ihm zu erzählen, daß sie nicht für diese besondere Methode von Polizeiarbeit ausgesucht worden wäre, wenn sie keine Frau wäre, was an sich schon erniedrigend sei, weil

keiner bei der Polizei davon träumen würde, einen *männlichen* Polizisten in einen Fummel zu stecken, um einen Vergewaltiger anzulocken – hätte er richtig hingehört, hätte Kling vielleicht widersprochen, daß nämlich auch Polizisten schon für solche Aufgaben eingesetzt worden waren – und daß es sowieso der ganzen Psychologie eines Vergewaltigers widersprach. Ein Vergewaltiger war nicht an Titten und Ärschen interessiert, er war nicht am Herzeigen von Beinen und Schenkeln interessiert, er war daran interessiert, seine eigene besondere *Wut* zu befriedigen, die nicht das geringste mit Sex oder Wollust zu tun hatte. Aber die sexistischen Schwachköpfe in der Zentrale schickten sie auf die Straße, damit sie wie eine Nutte flanierte, in der Hoffnung, sie würde da draußen einen Irren reinlegen – ja, *reinlegen* –, daß er sie in die Büsche zerrte, wo sie ihm ihre Kanone in den Mund stecken würde; es war alles erniedrigend, sie fühlte sich klebrig, wenn sie nachts ihre Kleider ablegte, und meinte, sie müsse sich dreimal von Kopf bis Fuß abrubbeln, um den Schmutz von ihrer Arbeit wegzubekommen. Was zum Teufel machte eine Lady wie Annie Rawles beim Kommando für Sexualverbrechen, wo sie doch schon zwei Knaben abgeknallt hatte, als sie beim Raubüberfall arbeitete, was war das anderes, als sich auf den sexistischen Standpunkt zu stellen, daß eine Polizistin nur für eine bestimmte *Art* von Polizeiarbeit geeignet war, während ein Polizist die Auswahl hatte, was für einen verdammten Job er wollte?

»Was für einen Job möchtest *du?*« fragte Kling.

»Ich bitte vielleicht um eine Versetzung zu Drogen«, sagte sie.

»Ist dasselbe«, sagte er. »Nur bist du dann ein Lockvogel für Pusher.«

»Es ist nicht dasselbe«, sagte Eileen.

Aber Kling dachte immer noch an den Tauben.

Er hatte die halbe Stadt hochgehen lassen.

Das war das erste Mal.

Er hatte die Brandbomben und Sprengsätze überall in der Stadt gelegt, um die Polizei abzulenken, um Panik und Verwirrung auszulösen, während er damit beschäftigt war, eine Bank auszurauben. Kein Gedanke in seinem Kopf an die Zerstörungen, die er verursachte, oder an die Menschenleben, die wegen seines klugen kleinen Geniestreiches draufgingen.

Das war das erste Mal gewesen.

Carella neigte dazu, jenes erste Mal auszulöschen, weil er damals angeschossen worden war. Er dachte nicht gern daran, angeschossen zu werden. Es war schon einmal davor auf ihn geschossen worden, von einem Pusher im Grover Park, und *diese* spezielle Vorführung von Feuerwerkerei hatte ihm auch keinen Spaß gemacht. Wenn er also an den Tauben dachte, so wie heute nacht, neigte er dazu, sich nur an das zweite und das dritte Mal zu erinnern, als der Taube aufgekreuzt war, um ihnen die Hölle heiß zu machen. Es schien ihm unglaublich, daß es nur dreimal gewesen sein sollte. Der Taube war, in seinem Kopf und in den Köpfen fast aller Detectives im Kommando, eine Legende, und Legenden hatten keinen Ursprung, Legenden waren allgegenwärtig, Legenden waren ewig. Allein der Gedanke, daß der Taube schon wieder einmal zurücksein könnte, ließ es Carella vor düsteren Vorahnungen kalt über den Rücken laufen. Wann immer der Taube auftrat – und die Erhängungen trugen gewiß seine einzigartige Handschrift – begannen die Männer vom Siebenundachtzigsten sich wie Provinzpolizisten aus einem Stummfilm aufzuführen. Carella machte es keinen Spaß, sich wie ein Idiot vorzukommen, aber der Taube brachte es fertig, daß sie *alle* sich doof vorkamen.

Es erschien ihm als die größte Ironie seines Lebens, daß der Mann, der die Geißel des 87. Reviers war, sich selbst als taub – falls er es wirklich war – vorstellte, während gleichzeitig die einzig wichtige Person in seinem Leben, seine Frau Teddy, *wirklich* taub war. Auch konnte sie nicht sprechen. Jedenfalls nicht mit einer Stimme. Auf andere Art redete sie wie ein Buch, mit ihren Händen, mit ihrem ausdrucksvollen Gesicht, mit ihren Augen. Und sie »hörte« jedes Wort, das ihr Mann äußerte, ihre Augen hingen an seinen Lippen, wenn er sprach, oder an seinen Händen, wenn er Zeichen machte in der Sprache, die sie ihm beigebracht hatte, als sie anfangs verheiratet gewesen waren.

Teddy sprach jetzt zu ihm.

Sie hatten gerade miteinander geschlafen.

Die ersten Worte, die sie zu ihm sagte, waren: »Ich liebe dich.«

Sie benutzte das inoffizielle Zeichen, eine Mischung aus den Anfangsbuchstaben der drei Worte, indem sie ihre rechte Hand an die Brust hielt, den kleinen Finger, den Zeigefinger und den Daumen ausstreckte, die zwei übrigen Finger zur Handfläche hin umbog. Er antwortete mit dem förmlichen Zeichen für »Ich liebe dich«: Zuerst tippte er mit der Spitze seines Zeigefingers mitten auf seine Brust; dann ballte er beide Fäuste zum »a«-Zeichen, kreuzte seine Arme

unter den Handgelenken und legte seine Hände auf seine Brust, und schließlich deutete er mit dem Zeigefinger auf sie – ein einfaches »ich« plus »Liebe« plus »dich«.
Sie küßten sich wieder.
Sie seufzte.
Und dann begann sie ihm von ihrem Tag zu erzählen.
Er wußte inzwischen schon ziemlich lange, daß sie versuchte, eine Stelle zu finden. Fanny war seit Geburt der Zwillinge bei ihnen, und sie führte tüchtig den Haushalt. Die Zwillinge – Mark und April – waren jetzt elf Jahre alt und einen großen Teil des Tages in der Schule. Teddy fand es langweilig, Tennis zu spielen oder mit den »Mädchen« zu Mittag zu essen. Sie bedeutete »Mädchen«, indem sie ein »a«-Handzeichen mit ihrer rechten Faust machte und die Spitze ihres Daumens über ihre Backe herunter an der Kinnlinie entlangführte; um das Wort in den Plural zu setzen, zeigte sie schnell mehrere verschiedene Stellen an, auf die sie mit ausgestrecktem Zeigefinger deutete. Mehr als *ein* Mädchen. Viele Mädchen. Aber ihre Augen und ihr Gesichtsausdruck machten klar, daß sie das Wort abwertend gebrauchte; sie betrachtete sich nicht als ein »Mädchen«, und sie betrachtete sich bestimmt nicht als eines der »Mädchen«.
Carella, der ihr zuhörte – er *hörte* tatsächlich zu, obwohl er eigentlich *zusah* –, dachte an das zweite Mal, als der Taube in das hektische Leben des Reviers eingedrungen war. Wieder war es Meyer gewesen, der als erster Kontakt bekam, rein zufällig, weil er derjenige war, der an das läutende Telefon gegangen war. Der Taube war selbst am anderen Ende der Leitung und versprach, den Beauftragten für die öffentlichen Grünanlagen zu töten, falls er nicht vor Mittag fünftausend Dollar erhielte. Der Beauftragte war in der folgenden Nacht erschossen worden.
Also ich bin heute morgen in diese Immobilienagentur in der Cumberland Avenue gegangen, sagte Teddy mit ihren Händen und ihren Augen und ihrem Gesicht. Ich hatte ihnen einen Brief geschrieben als Antwort auf eine Anzeige in der Zeitung und mitgeteilt, welche Erfahrung ich erworben hatte, bevor wir heirateten und ich Mutter wurde . . .
(Carella erinnerte sich. Er hatte Theodora Franklin kennengelernt, als er einen Einbruch in einer kleinen Firma am Rand des Reviers untersuchte. Sie hatte dort gearbeitet und Umschläge adressiert. Er hatte die braunäugige, schwarzhaarige Schönheit, die hinter der Schreibmaschine saß, mit einem Blick gesehen und sofort gewußt,

daß dies die Frau war, mit der er den Rest seines Lebens gemeinsam verbringen wollte.)
Und sie schrieben zurück, und gaben einen Termin für ein Vorstellungsgespräch an. Also habe ich mich heute morgen aufgedonnert und bin hingegangen.
Um den saloppen Ausdruck »aufgedonnert« auszudrücken, bedeutete sie erst ein »x«, indem sie den gekrümmten Zeigefinger des Handzeichens zweimal über ihre Nasenspitze strich. Um zu sagen, daß »aufdonnern« in der Vergangenheitsform gebraucht wurde, machte sie sofort das Zeichen für »beendet«. Für »auf« machte sie das gleiche Zeichen, das auch jeder, der nicht taubstumm war, gemacht hätte: Sie bewegte einfach ihren ausgestreckten Zeigefinger nach oben. Aufgedonnert. Carella verstand die Mitteilung und stellte sie sich in einem schicken Kostüm und hohen Absätzen vor, wie sie den Bus zur Cumberland Avenue nahm, gut zwei Meilen vom Haus weg.
Und jetzt spuckten ihre Hände und ihre Augen und ihr bewegliches Gesicht einen Redeschwall aus. Und dann allergrößtes Befremden, erzählte sie ihm, die Dame ist taubstumm. Die Dame kann nicht *hören*, die Dame kann nicht *sprechen*, die Dame – so intelligent ihr Brief auch geklungen haben mag, so klug und selbstbewußt sie auch persönlich erscheinen mag – besitzt weder Zunge noch Ohr, das *geht* einfach nicht! Das ungeachtet der Tatsache, daß in der Anzeige nur jemand zum Schreiben und Registrieren gesucht wurde. Dies ungeachtet der Tatsache, daß ich von den Lippen des fetten Schweines las und jedes einzelne Wort verstand, das er sagte – was nicht leicht war, da er auf einer Zigarre herumkaute –, dies ungeachtet der Tatsache, daß ich *immer noch* sechzig Worte in der Minute tippen kann nach all den Jahren, ach, hol's der Teufel. Steve, er dachte, ich bin *bescheuert* (sie klopfte mit dem Knöchel des »a«-Handzeichens an ihre Stirn, was dumm bedeutete), die offensichtliche Ergänzung zu *taub*, richtig? (Sie berührte ihren Mund und dann ihr Ohr mit ihrem ausgestreckten Zeigefinger), wie Schinken zu Eiern gehört, richtig? Taub und *bescheuert*, richtig? Scheiße, sagte sie, indem sie zur Verstärkung das Wort buchstabenweise bedeutete: SCH-E-I-S-S-E!
Er nahm sie in die Arme.
Er wollte sie trösten, wollte ihr sagen, daß es unwissende Menschen auf der Welt gab, die unfähig waren, den Wert einer Person anders als nach dem alleräußerlichsten Augenschein zu beurteilen, als sie plötzlich wieder anfing, Zeichen zu machen. Er las ihre Hände und den Zorn in ihren Augen.

*Ich gebe nicht auf*, sagte sie. *Ich bekomme so einen verdammten Job.*
Sie rollte sich an ihm zusammen, und er spürte ihr kleines entschiedenes Nicken an seiner Schulter. Er langte hinter sich zum Nachttisch und knipste die Nachttischlampe aus. Er konnte ihren Atem in der Dunkelheit neben sich hören. Er wußte, sie würde lange wach liegen und dabei ihren nächsten Vorstoß planen. Er dachte plötzlich wieder an den Tauben. Lag *er* irgendwo da draußen wach, plante er *seinen* nächsten Schritt? Noch ein Mädchen an einen Laternenpfahl zu hängen? Noch eine junge Läuferin in der Blüte ihrer Jugend niederzuschlagen? Aber warum?
Bei jenem zweiten Mal in der Stadt hatte er gefühllos den Beauftragten für die Grünanlagen getötet und dann den Zweiten Bürgermeister (und eine Handvoll wahlloser Ziele, die sich zufällig in unmittelbarer Nachbarschaft befanden, als das Auto des Zweiten Bürgermeisters explodierte), und dann hatte er gedroht, den Bürgermeister selbst zu töten, alles als Teil seines umfassenderen Planes. Der Plan? Fünftausend Dollar von jedem einzelnen von hundert ausgewählten wohlhabenden Bürgern zu erpressen. Die zweifelhafte Folgerung zu glauben, sie würden zahlen? Nun, der Taube hatte seine früheren Ziele im voraus gewarnt, nicht? Und dann hatte er seine Drohung wahrgemacht. Und jetzt versprach er, *ohne* Warnung zuzuschlagen, falls seine neuen Ziele nicht zahlten. Was bedeuteten folglich fünftausend Dollar für Menschen, die Millionen wert waren? Selbst wenn man nur mit einem Prozent Rückerstattung rechnete, die Kosten des Tauben wären mehr als gedeckt. Was war schon dabei, daß er bereits zwei ausgewählte Opfer und eine Handvoll unschuldiger Passanten getötet hatte? Was war schon dabei, daß er noch ein drittes, den Bürgermeister selbst, zu töten plante? Alles Teil des Spieles. Spaß und Spiele. Jedesmal, wenn der Taube auftrat, war schallendes Gelächter fast garantiert. Für alle, außer für die Polizisten des 87. Reviers.
Falls jene jungen Mädchen, die an Laternenpfählen hingen, Vorboten irgendeiner größeren Sache waren, die der Taube plante, dann stand das Siebenundachtzigste vor noch größeren Schwierigkeiten, als es schon hatte oder brauchen konnte. Carella schauderte bei dem Gedanken und zog seine Frau plötzlich an sich.

Sarah Meyer fragte sich, wie sie ihrem Mann beibringen könne, daß sie meinte, ihre Tochter solle die Pille nehmen. Meyer fragte sich, ob

ihr sein Haarteil gefalle. Er fragte sich außerdem, ob der Taube wieder einmal mitten unter ihnen sei. Nicht *unmittelbar* unter ihnen, weil er wußte, daß er und Sarah allein im Bett waren, sondern ob er mit dem Erhängen von jungen Mädchen an Laternenpfählen zu tun habe.
Meyer konnte den Tauben nicht leiden. Es war Meyers Pech gewesen, bei mittlerweile drei verschiedenen Gelegenheiten, daß der Taube mit ihm als erstem Detective in Verbindung getreten war. Na ja, ganz stimmte das nicht. Beim erstenmal war es David Raskin gewesen, der *wegen* des Tauben Kontakt mit ihm aufgenommen hatte, von dem sie damals noch gar nicht gewußt hatten, daß er taub war, falls er wirklich taub *war*, was vielleicht gar nicht stimmte. Es gab eine Menge Dinge, die sie vom Tauben nicht wußten. Zum Beispiel, wer er war. Oder wo er sich die ganzen Jahre aufgehalten hatte. Oder warum er jetzt wieder da war, falls er wirklich zurück *war*, was Meyer nicht hoffte, aber befürchtete.
Meyer wollte nichts anderes tun, als Sarah fragen, ob sie ihn *mit* seinem Haarteil oder *ohne* sein Haarteil lieber hätte. Er trug sein Haarteil nicht im Bett. Falls sie ihm sagte, er gefalle ihr *mit* ihm besser, würde er aufstehen und es aufsetzen, und dann würde er sie wild und leidenschaftlich lieben. So oder so, mit oder ohne Haarteil, hatte er vor, sie wild und leidenschaftlich zu lieben. Er wollte nicht fortwährend an den Tauben denken. Er wollte statt dessen an Sarahs wunderbare Beine, Schenkel und Brüste denken.
Sarah machte sich Sorgen wegen ihrer einzigen Tochter Susan, die sechzehn Jahre alt war. Genauer gesagt, Sarah machte sich über Vererbung Gedanken. Ihr Mann hatte ihr bei mehr als einer Gelegenheit gesagt, sie könne sich darauf verlassen, daß sie mit wunderbaren Beinen, Schenkeln und Brüsten gesegnet sei. Sie war sich nicht so ganz sicher, was sie von ihren Beinen und Schenkeln halten sollte, aber sie meinte auch, daß sie sehr gute Brüste hatte, und es gab nichts, was sie lieber hatte (na ja, *fast* nichts), als wenn man ihre Brüste liebkoste. Und hier kam die Vererbung ins Spiel. Sie brauchte sich keine Sorgen bei ihrem älteren Jungen, Alan, zu machen, soweit es die Vererbung betraf. Auch um ihren jüngsten Sohn, Jeff, brauchte sie sich keine Sorgen zu machen. Alan war siebzehn, und Jeff war dreizehn, und das einzige, worüber sie sich Sorgen machen mußte, wenn es um die *beiden* ging, war die Möglichkeit, daß sie anfangen könnten, Hasch zu rauchen oder so was, in welchem Fall Meyer ihnen beiden die Schädel einschlagen würde. Aber die Vererbung, ah, die Vererbung.
Susan hatte, allem äußeren Anschein nach, die wunderbaren Beine,

Schenkel und Brüste geerbt, die Meyer immer an Sarah rühmte. Sie hatte auch Sarahs schwellende Lippen geerbt, ihre und Meyers blaue Augen und dazu blondes Haar von Gott weiß woher, und das alles zusammengenommen machte eine sehr attraktive junge Dame aus ihr, die es, wie Sarah hoffte, nicht genauso gern wie sie selbst hatte, liebkost zu werden.

Das war der Grund, warum Sarah Meyer vorschlagen wollte, daß sie beide Susan vorschlügen, Susan solle ihrem Hausarzt vorschlagen, ihr vielleicht die Pille zu verschreiben. Sarah wußte nicht, ob ihre Tochter noch Jungfrau war oder nicht. Susan war in den letzten vergangenen Monaten schrecklich schweigsam geworden, wenn es um private Dinge ging, ein möglicher Hinweis darauf, daß sie schon von irgendeinem heißblütigen Highschool-Cowboy (ich bringe ihn um, dachte Sarah) eingeweiht worden war, oder andernfalls ein möglicher Hinweis, daß sie ernstlich *überlegte*, sich einweihen zu lassen. So oder so wollte Sarah nicht, daß ihre Tochter mit sechzehn schwanger würde.

Das Problem war allerdings, das alles Meyer zu erklären.

Es war Sarahs feste Überzeugung, daß Meyer glaubte, ihre Tochter sei noch nie geküßt worden.

Gleichzeitig begannen sie zu reden.

»Ich habe gedacht . . .«

»Sarah, meinst du . . .?«

Sie waren beide still.

»Sag nur«, sagte Meyer. »Du zuerst.«

»Nein, du erst.«

Meyer holte tief Luft.

»Sie ziehen mich wegen meines Haarteils auf«, sagte er.

»Wer?«

»Die Jungs.«

»Und?«

»Die Jungs, *alle*«, sagte Meyer.

»Und?«

»Also . . . Sarah . . . gefällt *dir* das Haarteil?«

»Ich bin ja nicht die, der es gefallen muß«, sagte Sarah. »Es ist auf *deinem* Kopf.«

»Na ja . . . meinst du, ich sehe besser mit oder ohne aus?«

Sarah dachte lange, wie ihm schien, darüber nach.

»Meyer«, sagte sie, »ich liebe dich mit Haar und ohne Haar. Für mich bist du *du* mit Haar und ohne Haar. Du kannst kahl herumlaufen, wenn du magst, oder du kannst die Perücke tragen, die du schon gekauft hast, oder du kannst eine blonde oder eine rote Perücke kaufen, du kannst einen Schnauzbart oder einen Vollbart wachsen lassen, oder du kannst deine Zehennägel knallrot anmalen, was du auch immer tust, ich werde dich lieben, weil ich dich liebe«, sagte sie.

»Ich liebe dich auch«, sagte er und zögerte. »Aber gefällt dir die Perücke?«

»Du möchtest eine ehrliche Antwort?«

»Ja.«

»Ich liebe es, deinen glänzenden kahlen Kopf zu küssen«, sagte sie.

»Dann verbrenne ich die Perücke«, sagte er.

»Ja, verbrenne sie.«

»Morgen.«

»Wann du willst«, sagte sie.

»Okay«, sagte er, aber er wußte nicht recht, ob er sie verbrennen würde. Irgendwie gefiel es ihm, wie er damit aussah. Die Perücke ließ ihn wie einen *Detective* aussehen. Er wollte gern wie ein Detective aussehen. Er war *gern* Detective. Außer wenn der Taube sich herumtrieb. Warum mußte der Taube wieder aufkreuzen? Falls es der Taube *war*. Aber wer sonst würde Mädchen an Laternenpfähle hängen und dann die Ausweispapiere liegen lassen, um die Arbeit leicht zu machen? Es mußte der Taube sein. Er fragte sich plötzlich, ob der Taube eine Perücke trug? Der Taube war blond, Carella hatte ihn eindeutig identifiziert, damals, als er angeschossen worden war. Ein großer blonder Mann, der ein Hörgerät an seinem rechten Ohr trug. Aber angenommen, das blonde Haar war eine Perücke. Angenommen, der Taube war in Wirklichkeit kahlköpfig. Würden sie anfangen müssen, ihn den *Kahlen* zu nennen? Nannten die Leute Meyer hinter seinem Rücken den *Kahlen*? War er im ganzen 87. Revier als der *kahle* Detective bekannt? In der ganzen *Stadt* vielleicht? Der Welt? Er wollte nicht als der *kahle* der und der bekannt sein. Er wollte als Meyer Meyer bekannt sein. Als er selbst.

Sarah redete.

Er hatte die ersten paar Worte, die sie sagte, nicht mitbekommen, aber es hatte etwas zu tun mit Menschen, die zu Schönheiten heranwachsen und natürlicherweise die Aufmerksamkeit anderer Menschen auf sich ziehen. Er erinnerte sich an das letzte Mal, als der Taube gekommen war, um ihnen das Leben schwer zu machen. Warum ärgerte er nicht ein anderes Revier, was war nur mit ihm

los? Warum das Siebenundachtzigste? Schickte Fotos an sie. Schickte jedes Foto *doppelt*. Machte es ihnen leicht – na ja, so leicht auch wieder nicht, ein Menschenfreund war er nicht. Aber er warf ihnen die Herausforderung in den Schoß: Tüftelt aus, was diese Bilder bedeuten, und ihr wißt, was ich diesmal vorhabe. Die Bilder wiesen darauf hin, als sie sie entschlüsselt hatten, daß er wieder eine Bank ausrauben wollte. Und er raubte eine Bank aus. *Zweimal*. Schickte ein paar Mann hin, von denen er wußte, daß sie geschnappt würden, falls die Detectives die Bilder, die er ihnen geschickt hatte, richtig deuteten, und dann schickte er eineinhalb Stunden später ein *zweites* Team hin. Hatte auch fast Erfolg damit. Nannte sich »Taubman« bei dieser Gelegenheit. »Taubman« war aus dem Deutschen abgeleitet. *Der taube Mann*. Gott, Meyer hoffte, daß er nicht wieder da wäre.
»Also, was meinst du?« sagte Sarah.
»Ich hoffe, er ist nicht wieder hier«, sagte Meyer laut.
»Wer?«
»Der Taube.«
»Hast du gehört, was ich gesagt habe?«
»Doch, sicher, ich . . .«
»Oder bist du auch taub?« fragte Sarah.
»Worum geht's?« sagte Meyer.
»Ich habe dich wegen Susan gefragt.«
»Was ist denn mit Susan?«
»Sie ist sechzehn.«
»Weiß ich, daß sie sechzehn ist.«
»Sie ist schön.«
»Wie ihre Mutter.«
»Vielen Dank. Sie fängt langsam an, Jungen auf sich aufmerksam zu machen.«
»Sie hat sie auf sich aufmerksam gemacht, seit sie zwölf war«, sagte Meyer.
»Das *weißt* du?«
»*Natürlich* weiß ich das, bin ich etwa blind? Tatsächlich habe ich dich schon fragen wollen. Meinst du nicht, es wäre Zeit, daß sie mal zum Arzt geht?«
»Zum Arzt?« sagte Sarah.
»Ja. Daß er ihr die Pille verschreibt.«
»Ach«, sagte Sarah.
»Ich weiß, daß die Vorstellung dich vielleicht aufregt . . .«
»Nein, nein«, sagte Sarah.

»Aber ich halte es für das Beste, die notwendigen Vorsichtsmaßnahmen zu ergreifen. Wirklich. Wir sind ja nicht mehr im Mittelalter.«
»Sicher«, sagte Sarah.
»Willst du also mit ihr reden?«
»Ich werde mit ihr reden«, sagte Sarah. Sie war einen Augenblick still. Dann flüsterte sie: »Ich liebe dich, weißt du das?« und küßte ihn auf den glänzenden kahlen Kopf.

Hawes zog schrecklich gern Frauen aus.
Er zog ganz besonders gern Frauen aus, die eine Brille trugen. Ihnen die Brille abzunehmen lief auf das gleiche hinaus, wie sie nackt auszuziehen. Eine Frau sah besonders weich aus, sobald man ihre Brille abgenommen hatte. Er küßte für sein Leben gern die geschlossenen Augenlider einer Frau, der er gerade die Brille abgesetzt hatte.
Als er Annies Brille wegnehmen wollte, sagte sie: »Nein, laß.«
Sie waren in ihrem Schlafzimmer. Sie hatten ihre Cognacschwenker in ihr Schlafzimmer mitgenommen, und sie saßen auf dem Rand von Annies französischem Bett. Sie hatten sich einmal geküßt, zärtlich und forschend, und dann hatte er ihr die Brille abnehmen wollen, und er dachte jetzt fast, er habe es falsch angefangen. Wenn eine Frau sich weigerte, sich von einem die Brille abnehmen zu lassen, wie würde sie erst reagieren, wenn er sie bäte, alle Hemmungen fallenzulassen?
Als Hawes siebzehn Jahre alt war, hatte er sich mit einem Mädchen getroffen, das eine Brille trug, und er hatte etwas getan, was ihm sehr raffiniert vorgekommen war. Er hatte zärtlich ihre Brille von ihrem Nasenbein abgenommen und dann auf beide Gläser gehaucht, und als sie ihn fragte, warum er das tat, antwortete er: »Damit du nicht sehen kannst, was meine Hände tun.« Das Mädchen hatte ihn gebeten, sie sofort nach Hause zu fahren. Er hatte seitdem gelernt, Mädchen nicht die Brille anzuhauchen; man konnte so eine vielversprechende Gelegenheit vernebeln. Die Gelegenheit mit Annie Rawles schien mehr als vielversprechend zu sein, aber sie hatte ihm gerade gesagt, er solle ihre Brille nicht absetzen, und er dachte, er habe einen Schnitzer gemacht, so ähnlich wie damals, als er bloß ein grüner Junge war. Er sah sie verwirrt an.
»Ich möchte dich sehen«, flüsterte sie.
Er küßte sie wieder. Sie küßte sehr gut, indem sich ihre Lippen ein wenig öffneten, um seine zu empfangen, weich und nachgiebig, ein kaum merkliches Einatmen, was ein luftdichtes Siegel zwischen

ihren Mündern bewirkte, und er fragte sich, wie Sam Grossman vom Labor das Phänomen so eines Vakuums erklärte hätte, wenn Lippen sich auf Lippen preßten, vielleicht daß Einatmen einen Unterdruck verursachte, der durch das Eindringen von forschenden Zungen gebrochen wurde – er wußte plötzlich, daß alles richtig laufen würde, Brille hin, Brille her.

Das erste Mal war am wichtigsten; er hörte immer zweifelnd hin, wenn einer von den Schlaumeiern im Dienstzimmer erklärte, daß Sex durch die Wiederholung immer besser werde, daß man durch Übung lerne. Wenn nach seiner Erfahrung das erste Mal nicht gut war, würde das nächste Mal schlechter, und danach würde es unmöglich sein. Bei der Polizeiarbeit gab es ein Sprichwort: Eine schlimme Situation kann nur noch schlimmer werden. Das paßte genausogut auf Sex. Ihm wurde ein bißchen schwindlig, während er Annie Rawles küßte, ein sicheres Zeichen, daß alles in der Tat sehr gut lief. Er konnte sich nicht entsinnen, jemals Schwindel gespürt zu haben, wenn er bloß küßte. *Du hast Zauberkraft in deinen Lippen, Katharina,* dachte er und fragte sich, aus welchem Shakespearestück das war, oder hatte Spencer Tracy es in irgendeinem Film zu Katharine Hepburn gesagt? *Du hast Zauberkraft in deinen Lippen,* dachte er und sagte laut: »Du hast Zauberkraft in deinen Lippen.«

»Katharina«, flüsterte Annie. »Heinrich der Fünfte«, und küßte ihn wieder.

Es war komisch, wie schwindlig ihm wurde, wenn er sie küßte. Sein Kopf summte sogar. Nicht sehr viele Menschen heute wußten, wie man küßt. Die Leute brachten das Küssen hinter sich, als sei es nur ein schnelles Vorspiel zum eigentlichen Spiel, eine Einleitung, die man eilig hinter sich bringen mußte, bevor die richtige Aufführung begann – *Heinrich der Fünfte?* Kam die Zeile daher? Er hatte es einmal gewußt, bestimmt, aber er hatte es vergessen. Hatte Annie Englisch als Hauptfach gehabt auf dem College? Hatte sie vielleicht *Küssen* als Hauptfach gehabt? Gott, was hatte er es gern, sie zu küssen. Er wollte einfach nicht mehr aufhören, sie zu küssen. Er hatte nie in seinem Leben gefühlt, er könnte damit zufrieden sein, eine ganze Nacht einfach nur mit Küssen zu verbringen, aber jetzt war er nahe daran, so zu fühlen. Er erinnerte sich, daß es noch andere Dinge außer Küssen gab, aber sich so wie jetzt zu fühlen – einfach zu fühlen! *Das* war eines von den anderen Dingen außer dem Küssen.

Einmal, als er neunzehn war, hatte er sich mit einem Mädchen verabredet, das *keine* Brille trug, und er hatte etwas anderes getan,

was er für sehr gewitzt hielt, mit fast dem gleiche Ergebnis. Er hatte das Revers der Jacke angefaßt, die das Mädchen trug, und er hatte gefragt: »Ob das echte Wolle ist?« Und dann hatte er den Kragen der Bluse, die sie trug, angefaßt, und er hatte gefragt: »Ob das echte Seide ist?« Und dann hatte er seine Hand auf ihre Brust gelegt und gefragt: »Ob das echte Haut ist?« Das Mädchen hatte ihn nicht gebeten, sie nach Hause zu fahren, wie es das Mädchen mit der Brille getan hatte. Statt dessen war sie aus dem Auto gesprungen und *zu Fuß* nach Hause gegangen.
Hawes überlegte jetzt, ob er Annies Brust berühren sollte. Er hatte es sehr genossen, sie zu küssen, aber er dachte allmählich, er solle auch etwas anfassen, und ihre Brust schien ihm eine gute Stelle zum Anfangen zu sein. Seine Hand wölbte sich unter ihrem Kinn, er trank die Küsse von ihrem Mund. Er ließ seine Hand zaghaft über ihre Kehle gleiten und an ihrem Schlüsselbein vorbei und auf den sich seiden anfühlenden Stoff des blauen Kleides, das sie trug, und dann auf ihre linke Brust – »Nein, laß«, sagte Annie.
Er dachte gleich, daß es Dinge gab, die erwachsene Männer nicht mehr lernten, selbst wenn sie sich als Teenager öfter die Finger verbrannt hatten. Er dachte auch, daß er sich geirrt hatte, als er meinte, es liefe alles gut. Vielleicht war Annie eine von den Ladys, die glaubten, es wäre alles bestens, wenn sie die ganze Nacht durchküßten, etwas, was er gerade vor einem Augenblick auch noch für in Ordnung gehalten hatte, was aber eigentlich *nicht* in Ordnung war bei sich einigen Erwachsenen in der Abgeschlossenheit ihrer eigenen vier Wände, obwohl die vier Wände ihre waren und nicht seine. Er war plötzlich auch noch sehr verwirrt, wo ihm ohnehin schon so schwindlig war.
»Ich möchte, daß du mich erst ausziehst«, flüsterte Annie.
Er war auf einmal aufgeregter, als er jemals in seinem Leben gewesen war. Aufgeregter als bei jenem ersten Mal auf dem Dach mit Elizabeth Parker (jedesmal, wenn er Andy Parker im Dienstzimmer sah, dachte er an Elizabeth Parker, obwohl die beiden nicht miteinander verwandt waren), als er sechzehn Jahre alt gewesen war und sie ihm beibringen mußte, wo man es fand. Aufgeregter als damals mit einer schwarzen Hure in Panama, als er zwanzig Jahre alt war und in der US-Marine diente, eine erfreulich schöne Frau, die ihm in zwei Stunden mehr über Sex beigebracht hatte, als er in seinem ganzen übrigen Leben gelernt hatte. (Er hatte das Brown gegenüber nie erwähnt; irgendwann, dachte er, würde er es vielleicht tun.) Aufgeregter als damals bei der Essenseinladung, als die verheiratete Frau, die neben ihm saß und ein gewagtes grünes Abendkleid mit

einem Ausschnitt bis zum Nabel trug, ihre Hand heimlich unter den Tisch rutschen ließ und auf seinen Oberschenkel legte, nahe seiner Leiste, und sagte, während sie Krabbencocktail in ihren köstlich bösen Mund gabelte: »Finden Sie, daß Sie Ihre Kanone oft benutzen müssen, Detective Hawes?«

Sie sah wie eine Schullehrerin aus in ihrem schlichten blauen Kleid, Annie Rawles. Die Brille auf die Nase geklemmt, ein angedeutetes Lächeln auf ihrem Mund. Sie wandte ihm den Rücken zu, als wolle sie eben etwas an die Tafel schreiben. »Den Reißverschluß«, sagte sie und neigte den Kopf, obwohl sie ihr schwarzes Haar kurzgeschnitten trug, was die Rückseite ihres schlanken Halses und die Stelle oben an ihrem Kleid, wo der Dorn des Reißverschlusses saß, frei ließ. Er küßte sie von hinten auf den Hals. Er fühlte sie erbeben. Er griff nach dem Reißverschlußdorn, zog den Reißverschluß über ihren Rücken herunter auf und brachte den Streifen ihres Büstenhaltergurtes zum Vorschein, ein blasseres Blau als das Kleid, das über ihre blasse weiße Haut lief. Er langte nach dem Büstenhalterhaken, als sie wieder sagte: »Nein, laß«, sich nach ihm umdrehte und das Kleid fallen ließ, indem sie sich schüttelte und es über die Hüften auf die Fesseln rutschen ließ. Sie trat aus dem Kleid heraus.

Sie trug Wäsche wie aus den Seiten von *Penthouse*, die Schullehrerin verschwand in dem zerknüllten Häufchen eines schlichten blauen Kleides auf dem Teppich, die gestrenge Polizistin verwandelte sich im Handumdrehen in eine scharfe Sexgöttin. Ein hellblauer BH aus zarter Spitze hob ihre festen runden Brüste, ließ dabei die gewölbten oberen Hälften frei und ließ – wenigstens bei ihrer linken Brust – sorglos die rosige dicke Warze vorschauen, die schon zum Bersten angeschwollen war. Die Goldkette und der Anhänger baumelten zwischen ihren Brüsten, als suchten sie Schutz. Sie trug einen Strumpfbandgürtel unter einem hauchdünnen Höschen im gleichen hellblauen Ton, und der dunklere Umriß ihres schwarzen Schamhaardreiecks bildete einen schwellenden Hügel, wo sich ihre Beine trafen, die Strumpfbänder stramm auf den weißen Schenkeln. Sie schien plötzlich voll erblüht ohne ihr schützendes blaues Kleid, nicht halb so dünn, wie er sie sich vorgestellt hatte, mit gerundet fraulichen Hüften, schöngeformten, von blauen Nylonstrümpfen modellierten Beinen, die sich zu schmalen Fesseln verjüngten, in hochhackigen Lacklederschuhen.

Ein Büschel von schwarzem Haar ringelte sich vorwitzig unter dem spitzenumränderten Bein des hauchdünnen Höschens vor.

Er hatte eine plötzliche heftige Erektion. Ihre Augen wanderten zu der Ausbuchtung in seiner Hose, und das Lächeln, das sie ihm zuwarf, war genauso wissend, wie das, mit dem ihn die schwarze Hure in Panama bedacht hatte, als sie die Hintertür ihrer engen Hütte auf sein ängstliches Klopfen geöffnet hatte. Fiona hatte sie geheißen. Fiona von den zwei kurzen Stunden und den tausend nachklingenden Nächten.
Er bewegte sich auf sie zu und erstickte fast an einem Moschusgeruch, den er sich einbildete oder tatsächlich einatmete.
»Nein, laß«, sagte sie.
Er blieb stehen.
Er hatte das schreckliche Gefühl, daß es wieder so kommen würde wie damals in Los Angeles, wo er hingeflogen war, um einen bewaffneten Räuber ausgeliefert zu bekommen und ein dreiundzwanzig Jahre altes Fernsehsternchen einen gekonnten Striptease für ihn hingelegt hatte, bevor sie ihn mit einem flüchtigen Kuß auf die Backe fortschickte. »Aber dieser weiße Streifen in deinem Haar ist wirklich ganz süß, Honey«, hatte sie ihm gesagt, als sie die Tür hinter ihm schloß. Wieder in dem heruntergekommenen Hotel mitten in L. A. hatte er allen Ernstes überlegt, ob er den Streifen rot färben sollte wie sein übriges Haar. Er hatte sich allerdings auf dem Rückflug gut mit dem Räuber unterhalten; der Knabe hatte einen herrlichen Sinn für Humor gehabt, sogar in Handschellen.
»Jetzt du«, flüsterte Annie.
Sie half ihm aus seinem Jackett. Sie löste den Knoten seiner Krawatte, und dann riß sie die Krawatte unter seinem Kragen vor, als wolle sie eine Peitsche knallen lassen. Sie knöpfte den obersten Knopf seines Hemdes auf. Sie knöpfte alle Knöpfe seines Hemdes auf. Sie küßte seine Brust, und dann zog sie das Hemd aus seiner Hose. Sie knöpfte die Manschetten auf. Sie half ihm aus dem Hemd, und dann warf sie es durch das Zimmer, wo es auf ihrem blauen Kleid landete. Sie zog seinen Gürtel aus den Gürtelschlaufen. Sie knöpfte den Knopf seiner Hose auf. Sie zog den Reißverschluß herunter. Sie langte in seine Hose und sagte: »Ah, hm.«
Fünf Minuten später waren sie zusammen im Bett.
Hawes war nackt. Annie trug nichts als die Goldkette und den Anhänger. Er würde sie irgendwann fragen müssen, warum sie sich weigerte, den Anhänger und die Kette abzulegen. Fürs erste war er zufrieden zu wissen, daß er mit einem anderen menschlichen Wesen in Verbindung trat, und für den Rest der Nacht würde er nichts

anderes denken müssen, als sie zu lieben. Die Tatsache, daß sie dabei schrie, brachte ihn ein wenig aus der Fassung. Die letzte mit dieser Angewohnheit, die er gehabt hatte, war Gerichtsstenografin gewesen, die zufällig auch eine Brille getragen hatte. Sie hatte ihre Brille im Bett aufbehalten. Aber sie hatte laut genug geschrien, um einen Toten zu wecken, jedesmal wenn sie zu einem Orgasmus kam. Annie schrie fast so laut und genauso oft. Sie sagte ihm, er solle sich deswegen keine Gedanken machen; jeder im Haus wisse, daß sie bei der Polizei sei. Er hatte völlig vergessen, daß sie bei der Polizei war. Und er hatte auch völlig vergessen, daß die Person, die oben im Siebenundachtzigsten Mädchen an Laternenpfählen aufhängte, möglicherweise der Taube war.

Arthur Brown hatte den flüchtigen Gedanken, daß ihr Laternenpfahlmörder der Taube sein könnte, schon wieder vergessen. Brown hatte genausoviel Respekt vor dem Tauben wie jeder in der Mannschaft, aber wie Brown es sich vorstellte, war ein Mörder ein Mörder, und sie waren alle gleich für ihn; sie waren alle *böse* Kerle, und er war der *gute* Mann, und außerdem wollte er seine Frau ins Bett schleppen.

Browns Tochter Connie schlief schon. Browns Frau Caroline war im Wohnzimmer und sah fern, Brown war im Bad und trocknete sich nach einer ausgiebigen heißen Dusche ab. Er betrachtete sich im Badezimmerspiegel und sah denselben gutaussehenden Arthur Brown zurückstarren. Er lächelte seinem Spiegelbild zu. Er fühlte sich gut heute nacht. Heute würde er mit Caroline zu den Sternen und zum Mond und wieder zurück reisen. Immer noch lächelnd ging er nackt ins Schlafzimmer. Er breitete das feuchte Handtuch über die Rücklehne des Stuhls, entdeckte die Morgenzeitung auf dem Fußboden, wo Caroline sie liegengelassen hatte, und langte sofort nach unten, um sie aufzuheben. Er faltete zwei Seiten der Zeitung auf, riß ein Loch in die Mitte des nun einzigen großen Blattes und grinste von einem Ohr zum andern.

Als Brown ins Wohnzimmer spazierte, trug er nur die Morgenzeitung. Sein Penis stand aus dem Loch heraus, das er in die Seite gerissen hatte. Caroline sah auf.

»Na, na«, sagte sie.

In einem übertriebenen Mississippidialekt sagte Brown: »Du glaubst, es ist wahr, was der weiße Mann über die Größe des Organs des schwarzen Mannes sagt?«

»Nicht nach dem Augenschein«, sagte Caroline.
»Entschließt du dich trotzdem?« fragte Brown.
Caroline ging zu ihm und riß die Zeitung in Fetzen.

## 7.

Von dem Platz auf den Rängen, wo er saß und Darcy Welles beobachtete, erkannte er sofort, daß sie das Zeug hatte. Noch mehr als die beiden andern. Er konnte es schon daran sehen, wie sie sich beim Warmlaufen bewegte.
Es war wieder ein strahlend klarer Oktobertag, und der Himmel über der Aschenbahn der Universität war praktisch wolkenlos und so stechend blau wie Wetterleuchten. Jenseits der Aschenbahn konnte er die riesige Masse des Fußballstadions sehen und noch weiter dahinter den steinernen Turm, der das quadratisch angelegte Universitätsgebäude beherrschte. Es war kein schlechter Campus für eine Stadt von dieser Größe, wo man eigentlich kaum mit großzügigen Rasenflächen oder mit von Bäumen beschatteten Innenhöfen rechnen konnte. Er war am Samstag hier spazierengegangen, um die Atmosphäre des Ortes in sich aufzunehmen, um sich hier heimisch zu machen, weil er sich ganz ungezwungen fühlen wollte, wenn er später auf das Mädchen zuginge. Er fühlte sich übrigens immer wohl bei Frauen. Frauen sprachen auf ihn an. Sie dachten, er sei ein bißchen ungewöhnlich, vielleicht ein bißchen exzentrisch, aber sie mochten ihn. Männer bereiteten ihm Probleme. Männer ließen sich seine kleinen Eigenarten nicht gefallen. Daß er unvermittelt aus einem Restaurant ging, wenn er genug gegessen hatte und sich müde fühlte. Daß er häufig Verabredungen nicht einhielt. Daß er es ablehnte, sich an ihren lächerlichen Anspielungen auf ihre sexuellen Heldentaten zu beteiligen. Männer fand er einfach zum Kotzen. Er mochte Frauen.
Er beobachtete das Mädchen.
Die Saison lag noch einige Monate vor ihnen – Januar, falls sie sich an irgendwelchen Hallenkämpfen beteiligten, März für die ersten größeren Rennen im Freien –, aber ein Läufer trainierte natürlich das ganze Jahr über, mußte auch, falls er oder sie in Kondition bleiben wollte. Genauso wichtig für eine Frau wie für einen Mann, vielleicht noch mehr. Sie hatte schon drei Runden um die Aschenbahn gedreht – sie trug den Trainingsanzug der Schule, kastanienbraun mit einem dunkelblauen »C« über der linken Brust und dem

Namen der Universität über dem Rücken ihrer Jacke –, war dabei die erste Runde sehr langsam angegangen (er hatte sie mit drei Minuten gestoppt) und hatte ihr Tempo allmählich gesteigert, bis sie die dritte Runde in zwei Minuten gelaufen war. Sie war jetzt in der vierten Runde, joggte die ersten sechzig Meter, rannte die nächsten sechzig, lief dann ganz herum und legte die letzten sechzig im Sprinttempo zurück. Sie ruhte einige Augenblicke aus und pumpte ihre Lungen voll Luft, dann begann sie mit Armschwingen, dreißig Sekunden für jeden Arm, indem sie den Arm von der Schulter aus, mit geballter Faust, kreisen ließ. Rumpfbeugen jetzt – sie wußte, wie man sich richtig aufwärmte, dieses Mädchen – und jetzt Liegestützen und Rumpfkreisen, eine Minuten Holzhacken, eine weitere Minute Hammerschwingen. Sie lag auf dem Gras neben der Bahn, auf dem Rücken, stemmte ihre Hände unter ihre Hüften und machte ungefähr dreißig Sekunden Fahrradfahren und dann Beinekreuzen, Beinestrecken und Beinespreizen, wobei die einfachen Übungen bei ihr irgendwie anmutig aussahen. Sie würde eine tolle Sprinterin werden, dieses Mädchen.

Ein anderes Mädchen kam jetzt zu ihr herüber. Vielleicht ein Mitglied der Mannschaft, vielleicht einfach eine Freundin, die ihr beim Training zusehen wollte. Das andere Mädchen trug keinen Trainingsanzug. Schottenrock und Kniestrümpfe, wollene Strickjacke. Er hoffte, sie würde nicht in der Nähe sein, wenn er Darcy ansprach. Heute war ein Mittwoch, der dritte Tag einer normalen Trainingswoche. Am Montag übte sie zweifellos kurze Sprints von den Startblökken, sechzig Meter, hundertzwanzig Meter, so in der Gegend, das variierte bei den verschiedenen Trainingsprogrammen. Gestern hatte sie wahrscheinlich neun Läufe um die halbe Bahn gemacht, war zur Erholung nach jedem der ersten zwei 220-Meter-Sprints zurückgelaufen, war die volle Bahn nach dem dritten, sechsten und neunten Rennen gelaufen. Nach den meisten Programmen wurde das Training anstrengender, je weiter die Woche vorrückte, erreichte am Freitag den Höhepunkt, klang am Samstag mit Gewichtheben aus und erlaubte am Sonntag einen Ruhetag (selbst Gott hatte am Sonntag geruht), bevor der Turnus am Montag wieder aufgenommen wurde. Natürlich war das Training vor der Saison nie so streng oder so konzentriert wie dann, wenn die Wettkampfsaison begann. Darcy Welles kam gerade wieder in die richtige Laufverfassung nach dem leichten Training außerhalb der Saison im Sommer und im frühen Herbst. Er stellte sie sich vor, wie sie über die Landstraßen im fernen

Ohio, wo sie zu Hause war, rannte. Die Zeitungsberichte über ihr Können waren sehr ermutigend gewesen. Ihre beste Zeit in der High School über die Hundert-Meter-Sprintstrecke war zwölf drei gewesen, was alles andere als schlecht war, wenn man bedachte, daß Evelyn Ashfords jüngster Rekord bei zehn neunundsiebzig stand. »Ich dachte überhaupt nichts, ich lief einfach«, sagte die Ashford in Colorado Springs. »Ich schien erst auf den letzten zwanzig Metern aufzuwachen. Als ich im Ziel war, dachte ich: ›Das war nichts Besonderes. Vielleicht elf eins.‹« Dann zehn neunundsiebzig! Als sie ihr die Zeit gaben, sagte sie: »Ich bin platt. Einfach platt. Platt.« Na ja, die Evelyn Ashfords waren dünn gesät. Selbst eine wie Jeanette Bolden, deren persönliche Bestzeit in der High School elf achtundsechzig gewesen war, drückte das auf elf achtzehn, als sie beim Pepsi-Rennen zweite hinter der Ashford wurde. Diese Elfsekundenhürde, daran lag es. Man konnte Wilma Rudolph dafür danken. Aber Darcy Welles war noch jung, in ihrem ersten Jahr hier an der Converse, und sie hatte das Zeug dazu. Olympisches Kaliber, das hatte Darcy Welles. Es war schade, daß er sie töten mußte.
Sie redete anscheinend ungeduldig mit dem anderen Mädchen, weil sie möglichst schnell ihr Training wieder aufnehmen wollte. Das andere Mädchen redete weiter, als wolle es überhaupt nicht mehr aufhören, dann lächelte es und winkte und ging weg. Ein sichtbarer Ausdruck der Erleichterung zeigte sich auf Darcys Gesicht. Sie zog den Trainingsanzug aus und legte ihn ordentlich auf der Bank, die an der Aschenbahn stand, zusammen. Sie trug ein Lauftrikot und eine Turnhose, keine Nummer auf dem Trikot, die Shorts mit seitlichen Schlitzen, um ihren muskulösen Beinen und Schenkeln mehr Bewegungsfreiheit zu gewähren. Sie stand eine Weile an der Startlinie und überblickte die Bahn, dann stellte sie ihren linken Fuß hinter die Linie, beugte sich vor, den rechten Fuß und linken Arm nach hinten, den rechten Arm hoch, holte tief Luft, und weg war sie aus dem Stand heraus.
Er drückte seine Stoppuhr wieder und nahm ihre Zeit, als sie ihre längeren Sprints des dritten Tages lief, indem sie die Strecke von gestern jetzt um die Hälfte verlängerte, die 330 Meter in fünfundvierzig Sekunden lief und nach jedem der drei Rennen fünf Minuten ging. Allmählich schwitzte sie ihr Trikot und ihre Hose durch. Er beobachtete sie genau, als sie den Reißverschluß ihrer Umhängetasche aufzog, ihre Blöcke herausnahm und den vorderen Block ungefähr vierzig Zentimeter hinter die Startlinie setzte. Sie maß den

Abstand für den hinteren Startblock und machte beide Blöcke sorgfältig fest. Sie stand auf, schnupperte die frische Herbstluft, stützte ihre Hände auf die Hüften, zögerte einen Augenblick und kniete sich dann in die Blöcke. Sie war so ein hübsches Mädchen, schwarzhaarig und blauäugig, neunzehn Jahre alt – es war schade, daß sie sterben mußte. Ihre Form war hervorragend.

Irgendein Trainer drüben in Ohio hatte sie gut angeleitet.

Er konnte fast das stumme Kommando in ihrem Kopf hören:

*Auf die Plätze!*

Das linke Bein streckte sich zurück nach dem hinteren Block. Das rechte Bein bewegte sich rückwärts, um den vorderen Block mit den Zehen zu berühren. Die Hände hinter der Linie jetzt, berührten sie fast, die Daumen zeigten nach innen. Das Gewicht auf dem linken Knie, dem rechten Fuß und beiden Händen. Der Kopf gerade. Die Augen auf einen Punkt etwa einen Meter vor der Linie gerichtet.

*Fertig!*

Die Hüften hoch. Der Körper vorschwingend, um die Schultern vor die Linie zu bringen. Die Sohlen beider Füße hart gegen die Blöcke gedrückt. Die Augen immer noch fest auf diesen imaginären Punkt geheftet. Eine Feder, gespannt für das plötzliche Auslösen.

*Los!*

Der Klang einer eingebildeten Startpistole in ihrem Kopf und in seinem, und ihre Arme regten sich plötzlich, der rechte Arm schoß vor, der linke Arm flog zurück, die Beine drückten gleichzeitig gegen beide Blöcke, das linke Bein holte zu jenem ersten langen wichtigen Schritt aus, das rechte Bein stieß hart gegen den Block, und sie war weg vom Start.

Mein Gott, was für eine wunderbare Läuferin!

Er stoppte sie mit neun Sekunden, ein bißchen mehr, ein bißchen weniger, bei jedem des halben Dutzends von 60-Meter-Sprints und sah ihr zu, wie sie zur Erholung nach jedem zurückging. Sie war in Schweiß gebadet, als sie endlich zur Bank zurückkam, um ein Handtuch aus ihrer Umhängetasche zu holen und ihr Gesicht und die Arme damit abzureiben. Sie zog die Jacke ihres Trainingsanzuges über. Es ging ein kühles Lüftchen an diesem späten Nachmittag.

Er lächelte und steckte die Stoppuhr wieder in seine Tasche.

Sie entfernte sich von der Aschenbahn, den Kopf anscheinend in Gedanken gesenkt, sogar ihre Jacke vom Schweiß durchnäßt, ein heller Schimmer von Schweißtröpfchen auf ihren langen Beinen, als er auf sie zuging.

»Miss Welles?« fragte er.
Sie blieb stehen und sah überrascht auf. Ihre blauen Augen blickten ihm fragend ins Gesicht.
»Corey McIntyre«, sagte er. »*Sports USA*.«
Sie sah ihn immer noch prüfend an.
»Sie nehmen mich auf den Arm«, sagte sie.
»Nein, nein«, sagte er und lächelte und zog seine Brieftasche aus seiner Tasche. Aus der Brieftasche nahm er eine kleine Karte in Klarsichthülle. Er reichte sie ihr. Sie betrachtete sie.

Sports USA
Presseausweis
Reporter: Corey McIntyre

»Mann«, sagte sie und reichte ihm die Karte wieder.
»Sie sind doch Darcy Welles?« fragte er.
»Mhm«, sagte sie und nickte.
Sie war, schätzte er, einssiebzig oder einsdreiundsiebzig groß. Ihre Augen waren fast auf gleicher Höhe mit seinen. Sie sah ihn prüfend an und wartete ab.
»Wir bereiten einen Artikel für unsere Februarausgabe vor«, sagte er.
»Klar«, sagte sie. Sie war immer noch skeptisch. Er hielt immer noch die Karte in seinen Händen. Er war in Versuchung, sie ihr noch einmal zu zeigen. Statt dessen steckte er sie wieder in seine Brieftasche.
»Über junge Sportlerinnen«, sagte er. »Wir werden uns natürlich nicht ausschließlich auf Stars unter *Läuferinnen* konzentrieren . . .«
»Ah, klar, *Stars*«, sagte sie und rollte die Augen.
»Aber Sie *haben* ein gewisses Aufsehen erregt, Miss Welles.«
»Das ist mir neu«, sagte sie.
»Ich habe Ihre Daten. Ihr Rekord in Ohio hat Eindruck gemacht.«
»Er war wohl ganz gut«, sagte Darcy.
Sie glühte vom Training. Ihre Haut sah frisch aus, ihre Augen sprühten. Das war es an den Sportlern. Alle, ob Männer oder Frauen, sahen so verteufelt gesund aus. Er beneidete sie um ihre Jugend. Er beneidete sie um ihren geregelten Tagesablauf.
»Viel mehr als bloß *ganz gut*«, sagte er.

»Wenn ich heute zwölf unterbieten kann, schlage ich Purzelbäume auf der Straße.«
»Sie haben heute gut ausgesehen.«
»Sie haben zugesehen, hm?«
»Habe diese letzten Sprints mit jeweils etwa neun Sekunden gestoppt.«
»Sechzig Meter in neun Sekunden taugt nicht viel.«
»Im Training ist es nicht schlecht.«
»Wenn ich die hundert in zwölf machen soll, muß ich das auf sieben drücken.«
»Ist das Ihr Ziel? Zwölf?«
»Elf wäre besser, hm?« sagte sie und grinste. »Aber wir sind nicht bei den Olympischen Spielen.«
»Noch nicht«, sagte er und gab ihr Lächeln zurück.
»Na klar. Vielleicht nie«, sagte sie.
»Ihre persönliche Bestzeit in Ohio war zwölf drei, habe ich recht?«
»Ja«, sagte sie und zog ein Gesicht. »Ziemlich mies, hm?«
»Nein, ziemlich gut. Sie sollten einige von den High-School-Rekorden sehen.«
»Ich habe sie gesehen. Letztes Jahr lief ein Mädchen elf acht.«
»Eloise Blair.«
»Stimmt.«
»Wir werden sie auch interviewen. Sie ist jetzt an der University of California in Los Angeles.«
»Was meinen Sie mit interviewen?« sagte Darcy.
»Ich dachte, ich hätte erwähnt . . .«
»Ja, aber was wollen Sie damit sagen?«
»Na, wir würden gern ein Interview mit Ihnen machen.«
»Was meinen Sie? Für *Sports USA?*«
»Für *Sports USA*, ja.«
»Ach, was«, sagte sie und verzog ihr Gesicht, so daß sie zwölf Jahre älter aussah. »Ich? In *Sports USA?* Ach was.«
»Na ja, nicht Sie *allein*. Aber wir werden uns auf Sportlerinnen konzentrieren . . .«
»Collegesportlerinnen?«
»Nicht alle. Und nicht alle davon Star*läuferinnen* . . .«
»Da haben wir wieder die *Stars*«, sagte sie und rollte wieder ihre Augen.
»Wir werden auch über Schwimmen berichten, Basketball, Tur-

nen ... also wir werden versuchen, es so umfassend wie möglich zu machen. Und entschuldigen Sie, wenn ich das Wort wieder gebrauche, aber wir versuchen, uns auf die jungen Amerikanerinnen von heute einzuschießen, die sehr gut die Stars von morgen *werden* können.«

»Zwölf-drei für den Hundert-Meter-Sprint ist ein Star von morgen, hm?« sagte Darcy.

»Bei *Sports USA*«, sagte er feierlich, »sind wir nicht gänzlich im unklaren über das, was in der Welt des Sports läuft.«

Sie sah ihm wieder prüfend ins Gesicht, nickte, verdaute alles, was er ihr erzählt hatte. »Ich wollte, Sie hätten mich heute nicht gesehen«, sagte sie schließlich. »Ich war heute wirklich miserabel.«

»Ich denke, Sie haben einen großartigen Stil.«

»Ja, was für ein Stil. Sechzig Meter in neun Sekunden, das ist wirklich ein umwerfender Stil.«

»Sind Sie viel gelaufen im vergangenen Sommer?«

»Jeden Tag. Das heißt, sonntags nicht.«

»Was für einen Trainingsplan hatten Sie?«

»Sie interessieren sich wirklich dafür?« fragte sie.

»Wirklich. Also wenn ich ... wenn ich Ihre Zeit später heute abend noch ein wenig in Anspruch nehmen könnte, dann könnten wir vielleicht ausführlicher darüber reden. Ich interessiere mich in erster Linie für Ihre Ziele und Hoffnungen, für alles, was Sie mir über Ihr anfängliches Interesse am Laufen erzählen können oder über Ihre Trainingsgewohnheiten ...?«

»Hören Sie, ist das alles ernst?« sagte sie.

»Wie bitte?«

»Ich meine, das ist nicht *Die Versteckte Kamera* oder so was?«

Sie sah sich plötzlich um, als suche sie nach einer verborgenen Kamera. Sie standen ganz allein am Rand der Aschenbahn. Sie betrachtete eingehend eine Eiche in der Nähe als einen möglichen Versteckplatz für Allen Funt. Sie zuckte mit den Schultern, schüttelte den Kopf und wandte sich ihm wieder zu.

»Das ist nicht *Die Versteckte Kamera*«, sagte er und lächelte. »Ich bin Corey McIntyre von *Sports USA*, und ich interviewe junge Sportlerinnen wegen eines Artikels, den wir in unserer Februarausgabe herausbringen wollen. Wir werden uns etwas stärker auf das Laufen konzentrieren, um den Saisonbeginn zu nutzen, aber wir werden auch berichten über ...«

»Okay, okay, ich glaube Ihnen«, sagte sie und schüttelte wieder ihren Kopf und grinste. »Mensch«, sagte sie, »ich kann's nicht glauben.«

»Glauben Sie's.«

»Okay«, sagte sie. »Sie wollen mich also interviewen, okay, ich glaube es.«

»Meinen Sie, Sie haben heute abend ein wenig Zeit für mich?«

»Ich habe morgen einen schweren Test in Psychologie vor mir.«

»Hm, zu dumm«, sagte er. »Wie wär's mit . . .«

»Aber ich glaube, ich kann das Zeug schon«, sagte sie. »Heute abend wäre schön, vorausgesetzt, ich komme früh ins Bett.«

»Warum essen wir nicht zusammen zu Abend?« schlug er vor. »Ich bin ziemlich sicher, daß ich das Interview bei einem einzigen Treffen machen kann, und dann – das heißt, wenn Sie nichts dagegen haben – würde ich gern eine passende Zeit ausmachen, damit ein Fotograf . . .«

»Ein Fotograf, du meine Güte«, sagte sie grinsend.

»Wenn Ihnen das recht ist.«

»Ja, klar«, sagte sie. »Ich kann's einfach nicht glauben, muß ich Ihnen sagen.«

»Wäre acht Uhr recht?« fragte er.

»Ja, prima. Junge, Junge.«

»Wenn Sie schon mal nachdenken wollen über die Punkte, die ich erwähnt habe . . .«

»Ja, Hoffnungen und Ziele, richtig.«

»Frühes Interesse an . . .«

»Richtig.«

»Trainingsgewohnheiten . . .«

»Okay, klar, das ist leicht.«

»Ein paar Anekdoten übers Laufen . . . na, das machen wir alles heute abend. Wo soll ich Sie abholen? Oder möchten Sie lieber zu mir kommen?«

»Hm, können Sie beim Studentenheim vorbeikommen?«

»Ich hatte an ein Restaurant in Midtown gedacht. Es wäre vielleicht einfacher, wenn Sie ein Taxi nähmen.«

»Klar, wie Sie meinen.«

»Lassen Sie sich eine Quittung geben. *Sports USA* bezahlt die Rechnung.«

»Okay. Wo?« sagte sie.

»Marino's, Ecke Ulster und South Haley. Punkt acht Uhr.«

»Corey McIntyre«, sagte sie. »*Sports USA.* Klasse.«

In der Stille von Nancy Annunziatos Schlafzimmer durchsuchten Carella und Hawes die Sachen des toten Mädchens, während die Mutter und die Großmutter schweigend draußen vor der geschlossenen Tür im Haus hin und her gingen. Es war nicht nötig gewesen, die Labortechniker zu rufen; dieses Zimmer konnte keinesfalls der Tatort gewesen sein. Und dennoch durchsuchten sie ihre persönlichen Habseligkeiten so vorsichtig, als bewahrten sie Beweisstücke für die spätere Vorlage bei einem Prozeß. Keiner von beiden erwähnte den Tauben. Falls der Taube für Nancy Annunziatos Tod verantwortlich war, falls er sowohl sie als auch Marcia Schaffer getötet hatte, dann hatten sie es mit einer Stecknadel im Heuhaufen zu tun. Sie wollten vorerst lieber daran glauben, daß es ein einsehbares menschliches Motiv für die Morde gab, daß die Verbrechen nicht in dem Computerhirn des Tauben ausgeheckt worden waren.

Hawes las jetzt den Trainingskalender des Mädchens.

Carella sah ihren Terminkalender durch.

Nancy war am 13. Oktober getötet worden. Der Bericht des Polizeiarztes über die postmortale Zeitspanne – gestützt auf Körpertemperatur, Leichenfärbung, Grad der Zersetzung und Leichenstarre – hatte den Zeitpunkt des Todes auf ungefähr 11 Uhr abends geschätzt. Das Labor hatte keine Fingerabdrücke auf der am Tatort gefundenen Brieftasche gefunden; der Mörder hatte zwar bequemerweise für die Identifizierung des Mädchens gesorgt, aber dennoch die Brieftasche säuberlich abgewischt, bevor er sie unter ihren Füßen hatte fallen lassen. Sie hatten jetzt nur die von ihr persönlich festgehaltenen Ereignisse, die ihnen helfen mußten, zu rekonstruieren, wo sie am Tag ihrer Ermordung gewesen war und was sie getan hatte.

Das Trainingstagebuch verriet, daß Nancy Annunziato am Donnerstag, dem 13. Oktober, um 7:30 aufgewacht war. Sie hatte ihren Puls am frühen Morgen mit 58 gemessen. Sie war in der Nacht davor um 11:00 zu Bett gegangen. (Ein flüchtiges Zurückblättern zeigte, daß das ihre übliche Schlafenszeit war; doch in der Nacht ihrer Ermordung war sie zu dieser Stunde irgendwo draußen in der Stadt gewesen.) Ihr Körpergewicht beim Aufwachen war einhundertneun Pfund gewesen. Sie hatte den Ort ihres täglichen Trainings mit »Sportplatz, C.P.C.« angegeben und hatte die Oberfläche der Bahn als »synthetisch« bezeichnet. Sie hatte die Tagestemperatur (zur Zeit ihres Trainings) mit achtzehn Grad angegeben und den Tag als heiter bezeichnet, mit geringer Luftfeuchtigkeit und ohne Wind. Sie hatte mit dem Training um 3:30 nachmittags begonnen.

Sie hatte das Training an jenem Tag im einzelnen beschrieben als »gewöhnliches Warmlaufen«, gefolgt von 80-Meter-Sprints aus den Startblöcken, jeweils mit langsamem Zurückgehen zur Erholung und einem Gang um das ganze Oval nach dem letzten Sprint; vier 150-Meter-Sprints um die Kurve mit fliegenden Starts, danach Zurückgehen zur Erholung; und 60-Meter-Sprints aus den Startblöcken, wieder mit Zurückgehen nach jedem Sprint. Sie hatte die gelaufene Gesamtstrecke mit 1280 Meter angeführt, ihr Gewicht vor dem Training mit hundertzehn Pfund und danach mit hundertacht Pfund. Unter dem Wort »Ermüdungsgrad« hatte sie die Zahl »5« hingekritzelt, was Hawes als die Mitte einer Skala von 1 bis 10 deutete. Sie hatte ihr Training um 4:15 beendet.

Ihre Mutter hatte ihnen schon gesagt, daß sie an jenem Tag nach dem Training um 6:00 nach Hause gekommen war. Calm's Point College war nur fünfzehn Minuten mit der U-Bahn vom Haus der Annunziatos entfernt. Damit blieben eineinhalb Stunden, die nicht belegt waren. Vermutlich hatte sie im College geduscht und Straßenkleidung angezogen. Das engte die Lücke auf eine Stunde ein. War sie in die Collegebibliothek gegangen? Hatte sie sich irgendwo aufgehalten, um mit Freunden zu reden? Oder hatte sie den Mann getroffen, der sie später ermordet hatte?

Ihr Terminkalender wies für Donnerstag, den 13. Oktober, folgende Eintragungen auf:

French Notes - Holly
Bio Exam
Sports USA!!!

»Was ist das?« fragte Carella. »Eine Zeitschrift?«

Hawes warf einen Blick auf die Seite.

»Ja«, sagte er. »Sie hat einen ganzen Stapel dort liegen.«

»Kam vermutlich an dem Tag frisch raus«, sagte Carella. »Erinnerung, sie zu kaufen, hm?«

»Kann sein. Sieh mal nach, ob sie die Ausgabe hat, die letzte Woche erschienen ist, ja?«

Hawes ging zum Toilettentisch, wo ein Stapel von einem guten Dutzend Zeitschriften obendrauf ausgebreitet war.

»*Sports Illustrated*«, sagte er. »*Runners World*. Ja, hier ist es. *Sports USA*. Die Nummer vom 17. Oktober. Ob sie das ist?«

»Ich denke doch. Sie datieren sie gewöhnlich eine Woche vor, nicht?«
»Ich glaube auch.«
»Etwas Besonderes darin?«
»Was zum Beispiel?«
»Wer weiß? Tips, wie man eine Meile in achtunddreißig Sekunden läuft.«
Hawes begann die Zeitung durchzublättern.
»Sie arbeiten wirklich hart, nicht?« sagte er nebenbei.
»Kannst *du* dir vorstellen, so eine Art von Übungen zu machen?« sagte Carella kopfschüttelnd.
»Bekäme einen Herzanfall«, sagte Hawes.
»Was drin?« fragte Carella.
»Hauptsächlich Fußball.«
Er blätterte immer noch in der Zeitschrift.
»Hübsche Lady hier«, sagte er und zeigte Carella ein Bild von einer jungen Frau in einem nassen Badeanzug. »Bißchen breites Becken, aber hübsch.«
Er fing an, rückwärts durch die Zeitschrift zu blättern.
»He«, sagte er.
»Was?«
Er zeigte Carella die Seite, zu der er gekommen war, und deutete auf das Impressum.

---

**SPORTS USA**

---

**Chefredakteur:** John Wilson Spiers
**Herausgeber:** L. Carter Knowles
**Vorsitzender des Aufsichtsrats:** Andrew Nelson
**Stellvertretender Herausgeber:** Lloyd Pierce
**Redaktionelle Koordination:** Martin Goldblum

**Chef vom Dienst:** Louis Caputo
**Stellvertreter:** Roger Paxton, James Harris, Richard Canaday
**Lay-out:** David Greenspan

**Verantwortliche Redakteure:** George Franklin, Joseph Haley, Rebecca Bonnie, Elliot Bradley, Harold Newton.

**Redakteure:** Stephen Arnstadt, Mary Jane Allister, Guy de Santis, David Husson.

**Schlußredaktion:** Peter Wittke, Andrew Wright, Jill Germain, Paul Mellon, Arthur Sachs, John Goche.

**Reporter:** Edward Pankowski, Daniel Bernard, Werner Schneider, Corey McIntyre, Frank Brosset, John William Ashworth, L. J. Armstrong, Arnold Bernal, Paula Booth, Emilio Cagliotti;

**Fotografen:** Jim Bye, Audrey Eshelby, C. F. Fleming, Joseph Raynor, Albert Ticknor, Jeremy Gaines, Peter Houston, Herbert Rollet.

**Bildbeiträge von:** Derek Pike, Michael Quested, Thomas Addison, Lois Coles, Joseph Peskett.

---

»Warum sie gerade diesen Namen eingekringelt hat?« sagte Carella. »Vielleicht weiß es ihre Mutter.«

Mrs. Annunziato wußte es nicht.
»Corey McIntyre?« sagte sie. »Nein, ich kenne den Namen nicht.«
»Ihre Tochter hat ihn nie bei Ihnen erwähnt?«
»*Mai.* Nie.«
»Oder diese Zeitschrift? *Sports USA?*«
»Sie bekommt diese Zeitschriften regelmäßig. Die andern auch. Alles über Sport oder Läufer holt sie sich.«
»Aber in keiner der andern Nummern dieser Zeitschrift ist dieser Name eingekringelt«, sagte Carella. »Nur in dieser Ausgabe. Der Ausgabe vom 17. Oktober.«
»Ich weiß nichts«, sagte Mrs. Annunziato.
Es schien sie zu quälen, daß sie den Detectives nicht mit den Auskünften, die sie brauchten, aufwarten konnte. Sie hatte ihrem Mann immer noch nicht gesagt, daß ihre Tochter tot war. Die Beerdigung hatte vor drei Tagen stattgefunden, aber er wußte noch nicht, daß sie tot war. Und jetzt konnte sie nicht einmal den Detectives weiterhelfen bei dem, was sie über diesen Namen, der in einer Zeitschrift ihrer Tochter eingekringelt war, wissen wollten.
»Dieser Mann hat nicht hier im Haus angerufen?« fragte Carella.
»Nein, ich erinnere mich nicht. Nein, nicht dieser Name.«
»Mrs. Annunziato, Sie haben ausgesagt, daß Ihre Tochter an dem Tag, an dem sie ermordet wurde, um sechs Uhr nach Hause kam.«
»Ja. Sechs Uhr.« Sie wollte nicht über den Tag sprechen, an dem ihre Tochter ermordet worden war. Sie hatte ihrem Mann immer noch nicht erzählt, daß sie tot war.

»Können Sie uns noch einmal sagen, was sie anhatte?«
»Collegekleider. Einen Rock, eine Bluse. Eine Jacke, glaube ich.«
»Aber das trug sie nicht, als sie gefunden wurde.«
»Nein.«
»Sie trug ein grünes Kleid und grüne Schuhe.«
»Ja.«
»Weil sie sich umzog, als sie zu Hause war, haben Sie uns das gesagt?«
»Ja.«
»In elegantere Kleider?«
»Ja.«
»Weil sie ausgehen wollte, sagten Sie.«
»Ja, sie sagte mir, daß sie ausgehen würde.«
»Aber sie sagte nicht, wohin sie gehen wollte.«
»Das sagte sie mir *nie*«, sagte Mrs. Annunziato. »Die jungen Mädchen heute ...« Sie schüttelte den Kopf.
»Erwähnte sie nicht, wohin sie gehen wollte oder ob sie jemanden treffen würde?«
»Nein.«
»Sie sagten uns, sie verließ das Haus kurz nach sieben.«
»Ja.«
»Hat sie ein Auto?«
»Nein. Ein Taxi holte sie ab.«
»Sie bestellte ein Taxi?«
»Ja.«
»Wissen Sie, welches Taxiunternehmen sie anrief?«
»Nein. Es war ein gelbes Taxi, das herkam.«
»Aber sie sagte Ihnen nicht, wohin sie fahren würde.«
»Nein.«
»Mrs. Annunziato, Ihre Tochter ging gewöhnlich um elf Uhr schlafen, nicht wahr?«
»Ja. Sie mußte früh im College sein.«
»Waren Sie in der Nacht, als sie ermordet wurde, zu Hause?«
»Nein, ich war im Krankenhaus. Das war der Tag, an dem mein Mann seinen Herzanfall hatte. Ich war bei ihm im Krankenhaus. Er war auf der Intensivstation. Es war um neun Uhr, als er den Unfall hatte. Auf seinem Heimweg.«
»Von der Arbeit?«
»Nein, nein, von seinem Club. Er ist Mitglied in diesem Verein. Es sind alte Freunde von ihm, Maurer wie er. Sie haben einen Verein, sie treffen sich einmal im Monat.«

»Ihr Mann ist Maurer?« fragte Hawes.
»Ja. Maurer. Ein *organisierter* Maurer«, sagte sie, als wolle sie damit der Arbeit mehr Format geben.
»Und er bekam diesen Herzanfall um neun Uhr an jenem Abend?«
»Da rief mich das Krankenhaus an. Ich ging sofort rüber.«
»Das war, nachdem Ihre Tochter aus dem Haus gegangen war.«
»Ja.«
»Dann wußte sie nicht, daß Ihr Mann im Krankenhaus war.«
»Nein, wie hätte sie es wissen sollen?«
»Sie gingen direkt ins Krankenhaus, nachdem sie angerufen ... «
»Ja.«
»Um wieviel Uhr kamen Sie wieder nach Hause? Vom Krankenhaus?«
»Ich war die ganze Nacht dort.«
»Sie sind die ganze Nacht dort geblieben?«
»Er war auf der Intensivstation«, sagte sie noch einmal zur Erklärung.
»Um wieviel Uhr kamen Sie am nächsten Morgen nach Hause?«
»Kurz nach neun.«
»Dann wußten Sie also nicht, daß Ihre Tochter die ganze Nacht nicht zu Hause gewesen war, stimmt das?«
»Ja, ich wußte es nicht.«
»War Ihre *Mutter* in der Nacht, als Ihre Tochter ermordet wurde, zu Hause?«
»Ja.«
»Sprach *sie* davon – als Sie am nächsten Morgen nach Hause kamen –, daß Ihre Tochter die ganze Nacht ausgewesen war?«
»Sie hat das gelegentlich getan.«
»Ihre Tochter? Ist gelegentlich die ganze Nacht ausgewesen?«
»Die jungen Mädchen heute«, sagte Mrs. Annunziato und schüttelte den Kopf. »Als ich jung war ... mein Vater hätte mich *totgeschlagen*«, sagte sie. »Aber heute ... « Sie schüttelte noch einmal den Kopf.
»Es war also nichts Besonderes bei Ihrer Tochter, daß sie manchmal die ganze Nacht von zu Hause weg war.«
»Nicht oft. Aber ab und zu. Sie sagt ... sie erzählte uns, sie wäre bei einer Freundin, sie würde im Haus einer Freundin bleiben. Also wer weiß, eine Freundin oder ein Freund, wer weiß? Besser fragt man nicht. Heute fragt man besser nicht, besser weiß man nichts. Sie war ein liebes Mädchen, es ist besser, wenn man nichts weiß.«

»Und Sie wissen nicht, wer dieser Mann, Corey McIntyre, sein könnte? Ihre Tochter hat nie von ihm gesprochen?«
»Nie.«

Ein Anruf bei *Sports USA* im Büro an der Avenue of the Americas in New York City bestätigte Carella, daß es tatsächlich einen Mann namens Corey McIntyre gab, der bei ihnen als Reporter arbeitete. Aber Mr. McIntyre wohnte in Los Angeles, und seine normale Aufgabe war, über Ereignisse in Südkalifornien zu berichten, da er als ihr Sonderkorrespondent dort arbeitete. Carella teilte dem Mann am andern Ende der Leitung mit, daß er einen Mord untersuche und dankbar wäre, wenn er Mr. McIntyres Adresse und Telefonnummer haben könnte. Der Mann bat ihn zu warten. Er war ein paar Minuten später wieder da und sagte, er denke, es ginge wohl klar, und dann gab er Carella die gewünschte Auskunft.
Los Angeles, dachte Carella. Herrlich. Was machen wir nun? Sagen wir mal, McIntyre *ist* unser Mann. Sagen wir mal, er war hier in der Stadt am sechsten Oktober, als jemand Marcia Schaffer tötete, und wieder am dreizehnten Oktober, als jemand, vermutlich dieselbe Person, Nancy Annunziato tötete. Sagen wir mal, ich rufe ihn an und frage ihn, wo er in diesen Nächten war, und er hängt ein und haut nach Mexiko ab oder wer weiß wohin. Großartig. Er blätterte sein privates Telefonverzeichnis durch, fand eine Eintragung der Polizeizentrale von L. A., wählte die Nummer und fragte nach der Detective-Abteilung. Ein Mann meldete sich.
»Branigan«, sagte er.
»Detective Carella in Isola«, sagte Carella. »Ich habe ein Problem.«
»Schießen Sie los«, sagte Branigan.
Carella berichtete ihm von den Morden. Er berichtete ihm von dem Namen, der in Nancy Annunziatos Ausgabe von *Sports USA* eingekringelt war. Er sagte ihm, daß der Mann in L. A. wohne. Er sagte ihm, er befürchte, ein Anruf könne ihn aufscheuchen, falls er wirklich der Mörder sei. Branigan hörte zu.
»Also worum geht es?« sagte er schließlich. »Sie möchten, daß jemand bei ihm reinschaut, ist es das?«
»Ich habe gedacht . . .«
»Erstens«, sagte Branigan, »angenommen, wir gehen hin, okay, als erstes? Und angenommen, der Knabe sagt, er war in den betreffenden Nächten beim Bowling, und wir sagen, ›Vielen Dank, Sir, können Sie uns erzählen, mit wem Sie beim Bowling waren?‹, und er

nennt uns die Namen von drei anderen Knaben, okay, das als erstes. Angenommen, wir verlassen das Haus, um diese drei anderen Knaben zu überprüfen, die vielleicht gar nicht existieren, was macht dann unser Mann in der Zwischenzeit? Falls unser Mann der Mörder ist, nimmt er die Beine unter den Arm. Er tut genau das, was Sie gerade befürchten, was hat es also für einen Sinn, Zeit da draußen zu verschwenden? Falls er der Mörder ist, wird er nicht gerade vorhaben, uns zu erzählen, daß er drüben an der Ostküste war, um diese Mädchen umzulegen, was? Besonders wenn er, wie anzunehmen, so schlau ist, daß er weiß, wir haben kein Recht, ihn festzunehmen, ohne bestimmte schwebende Anklagen auf Ihrer Seite.«

»Ich dachte, wenn Sie ihn *richtig* verhören ...«

»Habt Ihr Mirando-Escobedo dort drüben oder arbeitet Ihr in Rußland? Sie sagen, wir gehen in sein Haus, gut, das wäre das zweite. Und er kann nichts Ordentliches sagen, wo er in diesen zwei Nächten war, oder vielleicht sagt er uns, daß er in diesen zwei Nächten *dort* war, drüben an der Ostküste, wenn ich auch nicht glaube, daß er so dumm wäre, das zu sagen, falls er der Mörder ist und da zwei Bullen auf seiner Schwelle stehen. Aber sagen wir mal, er hört sich vielleicht nicht wie der *richtige* Braten an, aber wenigstens wie ein halbroher Hamburger, und wir sagen, ›Sir, hätten Sie was dagegen, uns in die Stadt zu begleiten, weil da noch ein paar weitere Fragen sind, die wir Ihnen gern stellen möchten?‹ Also setzt er seinen Hut auf, und wir bringen ihn hin und lassen ihn Platz nehmen und setzen ihn über seine Rechte ins Bild, weil das keine Felduntersuchung mehr ist, Carella, sondern das jetzt eine Situation ist, wo sich eine Untersuchung auf einen *bestimmten* Mann richtet, und er befindet sich praktisch in polizeilichem Gewahrsam, und wir können ihm keine Fragen stellen, bevor er seine Rechte kennt. Nehmen wir also an, er sagt, er *möchte* keine Fragen beantworten, was sein gutes Recht ist? Was dann? Sie erwarten, daß wir ihn des zweifachen vorsätzlichen Mordes beschuldigen, aufgrund einer Behauptung per Telefon von der Ostküste?«

»Nein, ich würde bestimmt nicht ...«

»Natürlich nicht, denn wenn Sie bei diesem Geschäft auf *unserer* Seite stünden und *wir Sie* anriefen, zu einem Knaben zu gehen und mit ihm zu reden, dann würden Sie merken, was für Schwierigkeiten Sie sich einhandeln, nicht? Der Oberste Gerichtshof mag keine weitschweifigen Verhöre oder Beugehaft, Carella. Falls dieser Typ die Auskunft verweigert, was machen wir dann? Ihn hier festhalten, bis Sie ein Flugzeug nach hier erwischen können? Die Polizeizentrale von L. A. säße mit ihrem Arsch in einer Schlinge, so eng, daß wir einen Monat lang nicht mehr scheißen könnten.«

»Ich verstehe«, sagte Carella.

»Hören Sie, Carella, ich sehe Ihr Problem. Sie rufen diesen Kerl an, Sie fangen an, ihm Fragen zu stellen, er denkt sofort Au weia, und er nimmt seinen Hut. Aber ich habe das Gefühl, Sie müssen dieses Risiko eingehen. Wie können Sie außerdem wissen, ob es nicht jemand drüben im Osten gibt, der einfach den Namen dieses Mannes aus der Zeitschrift genommen und benutzt hat? Dieser Typ hier ist vielleicht so unschuldig wie ein neugeborenes Kind.«

»Das sehe ich auch.«

»Carella«, sagte Branigan, »es war nett mit Ihnen zu sprechen, aber ich habe auch meine Probleme.«

Es machte klick in der Leitung.

Nichts gewagt, nichts gewonnen, dachte Carella und sah auf die Uhr im Dienstzimmer. Sieben Uhr dreißig. Es war erst vier Uhr dreißig drüben. Die Abendschicht hatte sie um Viertel vor vier hier abgelöst. Hawes war an seinem Schreibtisch beschäftigt und schrieb den Bericht über das, was sie im Haus der Annunziatos erfahren hatten. Beide Detectives hatten in der Tagschicht seit Viertel vor acht am Morgen gearbeitet. Carella war müde; er sehnte sich nach nichts mehr als nach einem Drink und einer heißen Dusche. Er sah noch einmal auf den Papierschnipsel, auf den er Corey McIntyres Adresse und Telefonnummer geschrieben hatte. Okay, da hilft nichts, dachte er und wählte die Vorwahl 213 und dann die Nummer. Eine Frau nahm nach dem vierten Klingelzeichen ab.

»Hallo?« sagte sie.

»Corey McIntyre, bitte«, sagte Carella.

»Hier spricht seine Frau«, sagte die Frau. »Darf ich fragen, wer Sie sind?«

»Detective Carella vom Siebenundachtzigsten Revier«, sagte er. »In Isola.«

»Einen Augenblick«, sagte die Frau.

Er konnte Stimmen im Hintergrund murmeln hören. Er hörte einen Mann sehr deutlich sagen: »Wer?« Carella wartete.

»Hallo?« sagte die Stimme am anderen Ende.

»Mr. McIntyre?«

»Ja?« Verblüffung in der Stimme. Oder war es Vorsicht?

»Corey McIntyre?«

»Ja?«
»Sind Sie der Corey McIntyre, der für *Sports USA* arbeitet?«
»Ja?«
»Mr. McIntyre, es tut mir leid, daß ich Sie auf diese Art belästigen muß, aber sagt Ihnen der Name Nancy Annunziato etwas?«
Stille am anderen Ende der Leitung.
»Mr. McIntyre?«
»Ich überlege«, sagte er. »Annunziato?«
»Ja. Nancy Annunziato.«
»Nein. Ich kenne sie nicht. Wer ist das?«
»Und Marcia Schaffer?«
»Ich kenne sie auch nicht. Sir, können Sie mir sagen . . .?«
»Mr. McIntyre, waren Sie am dreizehnten Oktober an der Ostküste? Das war Donnerstag abend. Letzten Donnerstag abend.«
»Nein, ich war hier in L. A. letzten Donnerstag abend.«
»Können Sie sich erinnern, was Sie getan haben?«
»Was soll das?« sagte McIntyre. »Diane, was haben wir letzten Donnerstag abend gemacht?«
Im Hintergrund hörte Carella die Frau sagen: »Was?«
»Letzten Donnerstag abend«, rief McIntyre ihr zu. »Dieser Mensch will wissen, was wir . . . hören Sie«, sagte er wieder ins Telefon, »worum dreht es sich hier, würden Sie mir das vielleicht sagen?«
»Wir untersuchen eine Serie von Morden . . .«
»Und was hat das mit mir zu tun?«
»Ich würde mich freuen, wenn . . .«
»Hören Sie, ich lege jetzt sofort auf«, sagte McIntyre.
»Nein, das sollten Sie lieber nicht tun«, sagte Carella.
»Nennen Sie mir einen Grund, *warum* ich nicht sollte.«
Carella holte tief Luft.
»Weil in einer Nummer von *Sports USA* im Besitz des letzten Opfers Ihr Name eingekringelt war.«
»*Mein* Name?«
»Ja, Sir. Auf der Seite mit dem Impressum. Seite vier. Ihr Name, Sir. Corey McIntyre. Unter Reporter.«
»Wer spricht dort? Bist du das, Frank?«
»Ist es wieder Frank?« sagte seine Frau im Hintergrund.
»Hier ist Detective Stephen Louis Carella vom Siebenundachtzigsten . . .«
»Frank, wenn das wieder einer von deinen schwachsinnigen . . .«

»Mr. McIntyre, ich versichere Ihnen ...«

»Wie ist Ihre Nummer dort?« sagte McIntyre.

»377-8034«, sagte Carella.

»In Isola, haben Sie gesagt?«

»Ja.«

»Ich rufe zurück«, sagte McIntyre. »R-Gespräch«, fügte er hinzu und hängte ein.

Er rief zehn Minuten später zurück. Das persönliche R-Gespräch kam bei der Zentrale unten an und wurde in das Dienstzimmer gelegt, wo Carella die Gebühr übernahm.

»Okay«, sagte McIntyre, »Sie sind ein echter Polizist. Was hat es also auf sich mit meinem eingekringelten Namen in der Zeitschrift?«

»Im Zimmer des toten Mädchens«, sagte Carella.

»Und was könnte das bedeuten?«

»Eben das will ich herauskriegen.«

»Sie wurde letzten Donnerstag getötet, ist das richtig?«

»Ja, Sir.«

»Okay. Sie wollen wissen, wo ich letzten Donnerstag war. Das will ...«

»Sag ihm, wo wir waren«, sagte seine Frau im Hintergrund, laut und wütend.

»Meine Frau und ich waren zu einem Essen in Brentwood eingeladen«, sagte McIntyre. »Die Party fand im Haus von Dr. und Mrs. Joseph Foderman statt. Wir kamen kurz vor acht hin ...«

»Gib ihm die Adresse«, sagte seine Frau.

»... und wir gingen kurz nach zwölf weg. Wir waren ...«

»Und die Telefonnummer«, sagte sie.

»Wir waren acht außer dem Gastgeber und der Gastgeberin«, sagte McIntyre. »Ich kann Ihnen die Namen der anderen Gäste geben, falls Sie sie haben wollen.«

»Ich glaube, das ist nicht nötig«, sagte Carella.

»Möchten Sie die Adresse der Fodermans?«

»Nur die Telefonnummer bitte.«

»Sie haben vor, sie anzurufen?«

»Ja, Sir.«

»Um ihnen zu sagen, daß ich ein Verdächtiger in einem *Mordfall* bin?«

»Nein, Sir. Nur um mich zu vergewissern, daß Sie letzten Donnerstag abend wirklich dort waren.«

»Tun Sie mir einen Gefallen, ja? Sagen Sie ihnen, daß irgendein Typ an der Ostküste meinen Namen benutzt, würden Sie das bitte tun?«
»Sicher, Sir.«
»Und ich möchte auf jeden Fall wissen, wer er *ist*«, sagte McIntyre.
»Wir auch«, sagte Carella. »Könnte ich bitte die Nummer haben?«
McIntyre gab ihm die Nummer und sagte dann: »Tut mir leid, daß ich laut geworden bin.«
»Entschuldige dich nicht auch noch«, sagte seine Frau im Hintergrund.
Dann kam ein scharfes Klicken in der Leitung.
Carella seufzte und wählte die Nummer, die McIntyre ihm gerade gegeben hatte. Er sprach mit einer Frau namens Phyllis Foderman, die ihm mitteilte, ihr Mann sei im Augenblick gerade im Krankenhaus, aber fragte, ob sie ihm behilflich sein könne. Carella sagte ihr, wer er sei und von wo er anrief, und dann sagte er, sie hätten Grund zu der Annahme, daß jemand hier in der Stadt Corey McIntyres Namen benutzte, und sie versuchten, sich zu vergewissern, wo der *richtige* McIntyre sich letzten Donnerstag, am dreizehnten Oktober, aufgehalten habe. Mrs. Foderman sagte ihm ohne zu zögern, daß Corey McIntyre und seine Frau Diane zu einem kleinen Abendessen bei ihnen in Brentwood gewesen seien und daß sechs andere Personen, außer ihr selbst und ihrem Mann, diese Tatsache bezeugen könnten. Carella dankte ihr und legte auf.
In dieser Stadt verlangte man von jedem zugelassenen Taxi, daß es der Taxizentrale alle Fahrten des Tages meldete und Ort und Zeitpunkt der Bestellung, das Fahrtziel und die Ankunftszeit am Fahrtziel festhielt. Der Grund war, daß sehr wenige Taxibenutzer auf den Namen oder die Nummer des Fahrers auf der Karte achteten, die auffällig auf dem Armaturenbrett auslag, und häufig in der Zentrale anrufen mußten, um nach einem Paket oder einem persönlichen Stück zu fragen, das sie gedankenlos im Wagen hatten liegenlassen. Durch eine Nachkontrolle konnte die Zentrale den Namen und die Nummer des Fahrers ermitteln und dem Verlust nachgehen. Das war fast immer eine theoretische Übung; nahezu alles, was in einem Taxi liegenblieb, verschwand in genau zehn Sekunden außer Sicht. Aber eine Nebenwirkung solcher peinlich genau geführter und in Computer eingegebener Berichte war, daß die Polizeibehörde Zugang zu Belegen über Abholorte und Fahrtziele für jede Minute hatte.
Carellas Anruf bei der Taxizentrale über eine besondere, rund um

die Uhr besetzte Leitung wurde routinemäßig getätigt und routinemäßig beantwortet. Er wies sich aus und sagte der Frau am anderen Ende der Leitung, daß er das Endziel einer Fahrt wissen wolle, die am Abend des dreizehnten Oktober ungefähr um sieben Uhr von 207 Laurel Street in Calm's Point bestellt worden war.
»Der Computer tut nicht«, sagte die Frau zu ihm.
»Wann tut er wieder?« fragte Carella.
»Wer kennt sich bei Computern aus?« sagte die Frau.
»Können Sie die Berichte manuell überprüfen?«
»Es geht alles in den Computer«, sagte sie.
»Ich untersuche einen Mord«, sagte Carella.
»Wer tut das nicht?« sagte die Frau.
»Können Sie mich später zu Hause anrufen? Wenn der Computer wieder funktioniert?«
»Aber gern«, sagte sie.

Darcy Welles war mit dem Taxi zum Restaurant Marino's an der Ecke Ulster und South Haley gefahren und hatte den Fahrer um eine Quittung gebeten, die sie über den Tisch reichte, sobald sie gegenüber dem Mann, den sie für Corey McIntyre von *Sports USA* hielt, Platz genommen hatte. Er war, nahm sie an, so ungefähr Ende dreißig, sah nicht schlecht aus für einen, der schon so alt war, und war tatsächlich in guter Kondition, ganz gleich, *wie* alt er nun war. Irgendwie kam er ihr bekannt vor. Sie hatte darüber nachgedacht, seit sie ihm an diesem Nachmittag zum erstenmal begegnet war, aber sie konnte immer noch nicht einordnen, wo sie ihn schon einmal gesehen hatte.
»Ich habe nämlich in der Zeitschrift nachgesehen«, sagte sie, während er den Kellner an ihren Tisch winkte.
»Wie bitte?« sagte er und neigte dabei seinen Kopf, als habe er sie nicht ganz verstanden.
»Um nachzusehen, ob Sie echt sind«, sagte Darcy und lächelte. »Ich habe Ihren Namen vorne nachgeschlagen, wo sie die Herausgeber und alles aufzählen.«
»Ach so«, sagte er und erwiderte ihr Lächeln. »Und bin ich echt?«
»Ja, klar«, sagte sie und schüttelte verlegen den Kopf. »Entschuldigen Sie, aber . . . na ja . . . es kommt eben nicht jeden Tag vor, daß *Sports USA* an meine Tür klopft.«
»Ja, Sir, bitte sehr?« sagte der Kellner. »Etwas zu trinken vor dem Essen?«
»Darcy?«

»Ich bin im Training«, sagte sie.
»Ein Glas Wein?«
»Hm . . . ich sollte eigentlich wirklich nicht.«
»Einen kleinen Weißwein für die Dame«, sagte er. »Und ich nehme einen Dewar's on the Rocks.«
»Danke, Sir, ein Weißwein und ein Dewar's on the Rocks. Darf ich Ihnen jetzt die Speisekarte bringen? Oder möchten Sie noch etwas warten?«
»Wir warten.«
»Lassen Sie sich Zeit, Sir«, sagte der Kellner. »Danke.«
»Es ist wirklich gemütlich hier«, sagte Darcy, während sie sich im Restaurant umsah.
»Ich hoffe, Sie mögen italienische Küche«, sagte er.
»Wem schmeckt die nicht?« sagte sie. »Ich muß nur auf die Kalorien achten, das ist alles.«
»Wir brachten einmal einen Artikel, da hieß es, daß ein Sportler ungefähr doppelt soviel Kalorien braucht, wie ein Nichtsportler nötig hat.«
»Ich *esse* ja auch gern, das kann man wohl sagen«, sagte Darcy.
»Eine tägliche Energieaufnahme von viertausend Kalorien ist nicht ungewöhnlich für eine Läuferin«, sagte er.
»Aber wer zählt mit?« sagte sie und lachte.
»Also«, sagte er. »Erzählen Sie mir von sich.«
»Wissen Sie, es ist komisch, aber . . .«
»Macht es Ihnen etwas aus, wenn ich ein Tonband laufen lasse?«
»Wie? Oh. Himmel, ich weiß nicht. Ich meine, ich habe nie . . .«
Er hatte schon das handlich kleine Gerät auf den Tisch zwischen sie beide gestellt. »Falls es Ihnen unangenehm ist«, sagte er, »kann ich einfach Notizen machen.«
»Nein, ich denke, es wird gehen«, sagte sie und betrachtete den Rekorder. Sie sah ihm zu, wie er mehrere Knöpfe drückte.
»Das rote Licht bedeutet, daß er eingeschaltet ist, das grüne Licht bedeutet, daß er aufnimmt«, sagte er. »So. Sie wollten gerade etwas sagen.«
»Nur, daß es komisch war, wie Ihre Fragen heute mittag mich angeregt haben, nachzudenken. Ich meine, wer *erinnert* sich schon, wie es dazu kam, daß ich mich fürs Laufen interessierte? Wissen Sie, was meine Mutter gesagt hat?«
»Ihre Mutter?«
»Ja, als ich anrief. Sie hat gesagt, ich . . .«

»Sie haben sie in Ohio angerufen?«
»Na klar. Ich meine, wie oft wird die kleine Darcy Welles von *Sports USA* interviewt?«
»Hat sie sich gefreut?«
»Oh, du meine Güte, sie hat fast in die Hose gemacht. Huch, das Ding läuft ja, oder?« sagte sie und sah auf den Rekorder. »Jedenfalls sagte sie, ich fing vermutlich an zu laufen, weil mein Bruder mich soviel *herumscheuchte.*«
»Das ist eine herrliche Anekdote.«
»Aber ich glaube . . . ich habe angefangen, *richtig* darüber nachzudenken, wissen Sie . . . und ich glaube, ich habe mich deshalb aufs Laufen verlegt, weil ich mich dabei so *wohl* fühle, wenn Sie wissen, was ich meine.«
»Ja«, sagte er.
»Weißwein für die Dame«, sagte der Kellner und stellte ihr Glas auf den Tisch. »Und einen Dewar's on the Rocks für Sie, Sir?«
»Danke«, sagte er.
»Soll ich jetzt die Karte bringen, Sir?«
»Einen Augenblick noch«, sagte er.
»Danke, Sir«, sagte der Kellner und trottete weg.
»Ich meine nicht nur *körperlich* wohl . . . das natürlich auch, der Körper fühlt sich so gut eingestimmt . . .«
»Ja.«
»Aber was ich dabei auch im Kopf spüre. Wenn ich laufe, kann ich an nichts anderes denken, einfach nur *Laufen*, wissen Sie?«
»Ja.«
»Nichts ist sonst noch da, was mir den Kopf verstopft, wenn Sie verstehen, was ich meine.«
»Ja.«
»Ich fühle . . . ich fühle mich, als sei alles sauber und weiß in meinem Kopf. Ich kann meinen eigenen Atem hören, und das ist das einzige Geräusch auf der Welt . . .«
»Ja.«
»Und alle die kleinen Probleme, das ganze Gerümpel verschwindet einfach, verstehen Sie? Es ist als . . . als würde es schneien in meinem Kopf und als würde der Schnee den ganzen Müll und den ganzen kleinlichen Krimskrams zudecken und alles sauber und weiß und rein zurücklassen. So fühle ich mich, wenn ich laufe. Als wäre Weihnachten. Und alles weiß und weich und schön.«
»Ja«, sagte er, »ich weiß.«

Carella rief die Taxizentrale abends noch einmal von zu Hause an. Es war halb zehn. Die Zwillinge schliefen, und Teddy saß ihm gegenüber im Wohnzimmer, sah die Stellenangebote in den Morgen- und Nachmittagszeitungen durch und kreuzte interessant erscheinende Inserate an. Ein Mann nahm diesmal ab. Carella fragte nach der Frau, mit der er vorher gesprochen hatte.

»Sie ist weg«, sagte der Mann. »Sie ist um acht gegangen. Ich habe sie um acht abgelöst.«

»Wie geht es dem Computer?«

»Was meinen Sie, wie soll's ihm gehen? Es geht ihm prächtig. Wie sollte es ihm gehen?«

»Er war kaputt, als ich um halb acht anrief.«

»Jedenfalls tut er jetzt.«

»Hat sie keine Nachricht hinterlassen, daß man mich anrufen sollte?« fragte Carella. »Hier ist Detective Carella. Ich arbeite an einem Mordfall.«

»Ich sehe nichts hier am Merkbrett«, sagte der Mann.

»Okay, ich versuche, eine Bestellung von 207 Laurel Street in Calm's Point zurückzuverfolgen . . .«

»Wann?« fragte der Mann. Carella stellte ihn sich tippend vor der Computertastatur vor.

»Dreizehnter Oktober«, sagte er.

»Zeit?«

»Sieben Uhr abends, bißchen früher oder später.«

»207 Laurel Street«, wiederholte der Mann. »Calm's Point.«

»Richtig.«

»Ja, hier ist es.«

»Wohin hat er sie gefahren?« fragte Carella.

»1118 South Haley.«

»In Isola?«

»Isola.«

»Wann hat er sie abgesetzt?«

»Viertel vor acht.«

»Irgendein Hinweis, was das sein könnte? Ein Wohnhaus? Ein Bürogebäude?«

»Nur die Adresse.«

»Danke«, sagte Carella.

»Gern geschehen«, sagte der Mann und legte auf.

Carella dachte eine Weile nach und blätterte dann sein Notizbuch durch, ob er eine Nummer der Feuerwehrzentrale hatte. Er hatte

keinen Eintrag auf seiner Seite mit den häufig gebrauchten Nummern. Er wählte das 87. Revier. Dave Murchison war der diensthabende Sergeant. Er teilte Carella mit, daß sie eine verhältnismäßig ruhige Nacht hätten, und dann fragte er, welcher Sache er diesen erfreulichen Anruf verdanke. Carella sagte ihm, daß er die Nachtnummer der Feuerwehrzentrale brauche.
Es war zwanzig Minuten vor zehn, als er anrief.
»Feuerwehr, Zentrale«, sagte der Mann am anderen Ende.
»Hier ist Detective Carella, Siebenundachtzigstes Revier«, sagte er. »Ich untersuche einen Mord.«
»Aha«, sagte der Mann.
»Ich habe eine Adresse in der South Haley, ich möchte wissen, ob es ein Geschäftshaus oder ein Wohnhaus ist.«
»South Haley«, sagte der Mann. »Das ist der Löschzug vier eins, glaube ich. Ich gebe Ihnen die Nummer dort, die werden es Ihnen sagen können. Einen Moment.«
Carella wartete.
»Das ist 914-3700«, sagte der Mann. »Falls Captain Healey da ist, grüßen Sie ihn von mir.«
»Tu ich, danke«, sagte Carella.
Es war Viertel vor zehn, als er beim Löschzug einundvierzig anrief. Der Feuerwehrmann, der ans Telefon kam, sagte: »Einundvierzigster Zug, Lehman.«
»Hier ist Detective Carella, Siebenundachtzigstes Revier«, sagte Carella.
»Hallo, guten Abend, Carella«, sagte Lehman.
»Ich arbeite an einem Mord . . .«
»Puh«, sagte Lehman.
». . . und ich versuche, das Gebäude 1118 South Haley anzupeilen. Was können Sie mir darüber sagen? Ist es ein Wohnblock? Ein Bürogebäude?«
»Ich kann Sie kaum verstehen«, sagte Lehman. »Könnt ihr euch vielleicht mal abregen?« brüllte er. Dann sprach er wieder ins Telefon: »Sie spielen Poker. Wie war die Adresse noch?«
»1118 South Haley.«
»Muß ich auf der Karte nachsehen. Bleiben Sie dran, okay?«
Carella wartete.
Im Hintergrund rief jemand: »Ach du Scheiße!« und er fragte sich, wer gerade sein ganzes Blatt aufgelegt haben mochte, um einen Royal Flush hinzublättern.

»Sind Sie noch da?« sagte Lehman.
»Hier bin ich.«
»Okay. 1118 South Haley ist ein sechsstöckiges Gebäude, Büros in den oberen Etagen, ein Restaurant im Erdgeschoß.«
»Wie heißt das Restaurant?«
»Marino's«, sagte Lehman. »Ich habe nie dort gegessen, aber es soll recht gut sein.«
»Okay, danke vielmals.«
»Einer hat gerade vier Asse gehabt«, sagte Lehman und legte auf.
Carella suchte im Telefonbuch von Isola einen Eintrag von Marino's. Er wählte die Nummer, wies sich gegenüber dem Mann, der ans Telefon kam, aus und sagte dann: »Ich wollte fragen, ob Sie vielleicht in Ihrem Tischreservierungsbuch unter dem Abend des dreizehnten Oktober nachsehen könnten, das war Donnerstag letzte Woche.«
»Selbstverständlich, um welche Zeit?« sagte der Mann.
»Acht Uhr ungefähr.«
»Unter welchem Namen?«
»McIntyre. Corey McIntyre.«
Er konnte hören, wie am anderen Ende der Leitung Seiten umgeblättert wurden.
»Ja, hier ist es«, sagte der Mann. »McIntyre um acht Uhr.«
»Für wie viele?« fragte Carella.
»Zwei.«
»Erinnern Sie sich vielleicht, mit wem er da war?«
»Nein, tut mir leid, wir haben viele Gäste, ich kann unmöglich ... Moment mal. McIntyre, sagten Sie?«
»McIntyre, ja.«
»Einen Augenblick.«
Er konnte wieder hören, wie Seiten umgeschlagen wurden.
»Ja, was ich gedacht habe«, sagte der Mann.
»Und das heißt?«
»Er ist heute abend hier.«
»Was?«
»Ja, kam um acht Uhr, Reservierung für zwei. Tisch Nummer vier. Einen Augenblick bitte, okay?«
Carella wartete.
Der Mann kam wieder ans Telefon zurück.
»Tut mir leid«, sagte er. »Er ist vor fünf Minuten gegangen.«
»Mit wem war er da?«

»Der Kellner sagt, mit einem jungen Mädchen.«
»Oh Gott!« sagte Carella. »Bis wann haben Sie offen?«
»Halb zwölf, zwölf, kommt darauf an. Warum?«
»Halten Sie den Kellner fest«, sagte Carella und legte auf.

Das Parkhaus war zwei Straßen vom Restaurant entfernt. Eine Tafel an der Wand informierte jeden Autofahrer, der es wissen wollte, über die maßlosen Gebühren, die für das Parken eines Wagens hier im Herzen der Stadt berechnet wurden, und versprach, daß nichts berechnet würde, falls der Wagen nicht innerhalb von fünf Minuten nach Abstempeln des Parkscheins vorgefahren würde. Sein Parkschein war vor sieben Minuten gestempelt worden. Er konnte das Quietschen von Gummi hören, als ein Parkwächter, der besser in eine Grand-Prix-Ausscheidung gepaßt hätte, ein Auto um die Haarnadelkurven der Parkhausrampe steuerte, in der Hoffnung, die Zeit einzuhalten und möglichst seinen Arbeitsplatz zu retten. Er fragte sich, ob sie ihn tatsächlich ohne zu zahlen wegfahren lassen würden. Er hatte nicht vor, sich wegen zwei oder drei Minuten auf eine Debatte einzulassen. Er konnte nichts brauchen, was ihn heute nacht aufhalten würde.
»Sie brauchen mich wirklich nicht zum Heim zurückzufahren«, sagte Darcy. »Ich könnte ein Taxi nehmen, bestimmt.«
»Ist mir aber ein Vergnügen«, sagte er.
»Oder die U-Bahn«, sagte sie.
»Die U-Bahnen sind gefährlich«, sagte er.
»Ich benutze sie immer.«
»Das sollten Sie nicht.«
Sein Auto kam um die letzte Biegung der Rampe in Sicht. Der Fahrer, ein Puertoricaner um die Fünfzig, stieg aus dem Auto und sagte: »Auf die Sekunde. Fünf Minuten.«
Er widersprach dem Fahrer nicht. Er gab ihm fünfzig Cent Trinkgeld, hielt Darcy die Tür auf, schlug sie hinter ihr zu und ging auf die Fahrerseite herum. Der Wagen war ein fünfzehn Jahre alter Mercedes-Benz 280 SL. Er hatte ihn gekauft, als das Geld noch hereinkam. Die Zeitungsanzeigen, die Fernsehwerbung. Das war damals. Dies war heute.
»Legen Sie Ihren Gurt an«, sagte er zu ihr.

Hawes war mit Annie Rawles im Bett, als das Telefon läutete. Er sah auf den Wecker. Es war zehn Minuten vor zehn.

»Laß es klingeln«, sagte Annie.
Er sah ihr in die Augen. Seine Augen sagten, daß er rangehen mußte; ihre Augen akzeptierten diese traurige Seite der Polizeiarbeit. Er rollte von ihr weg und nahm den Hörer ab.
»Hawes«, sagte er.
»Cotton, Steve hier.«
»Hallo, Steve.«
»Ich hoffe, ich unterbreche nicht irgendwas.«
»Nein, nein«, sagte er und sah Annie mit großen Augen an. Annie war nackt bis auf die goldene Kette mit dem Anhänger. Sie spielte mit der Kette und dem Anhänger. Er hatte sie immer noch nicht gefragt, warum sie nie die Kette mit dem Anhänger ablegte. Er hatte sie in jener ersten Nacht fragen wollen, letzte Woche, aber er hatte es nicht getan. Er hatte sie heute nacht fragen wollen, als sie die Kette mit dem Anhänger sogar unter seiner Dusche getragen hatte. Er hatte wieder nicht gefragt. »Was ist los, Steve?« sagte er.
»Unser Mann hat gerade das Restaurant Marino's, 1118 South Haley, verlassen. Kannst du rüberfahren und mit dem Kellner sprechen, der ihn bedient hat?«
»Warum die Eile?« fragte Hawes.
»Er hatte ein junges Mädchen bei sich.«
»Scheiße, bin schon unterwegs«, sagte Hawes.
»Ich treffe dich dort«, sagte Carella. »So schnell ich kann.«
Beide Männer legten auf. »Ich muß fort«, sagte Hawes und stand vom Bett auf.
»Soll ich hier auf dich warten?« fragte Annie.
»Ich weiß nicht, wie lange es dauern wird. Wir haben vielleicht eine Spur.«
»Ich warte«, sagte Annie. Sie zögerte. »Falls ich schlafe, wecke mich.« Sie zögerte wieder. »Du weißt schon, wie«, sagte sie.

»Das ist wirklich nett von Ihnen«, sagte Darcy. »Daß Sie sich solche Umstände machen.«
»Ist bloß meine Art, Ihnen für das wunderbare Interview zu danken«, sagte er.
Sie befanden sich jetzt auf dem River Highway und fuhren in östlicher Richtung auf die Universität weiter draußen zu. Sie waren gerade unter der Hamilton Bridge durchgefahren, deren Lampen an den Hängekabeln und Stützpfeilern die dunklen Fluten des River Harb darunter anstrahlten. Irgendwo auf dem Fluß ließ ein Schlep-

per seine Sirene heulen. Auf dem gegenüberliegenden Ufer versuchten Hochhaustürme des angrenzenden Staates kühn und sinnlos, mit der prachtvollen Silhouette, die sie vor sich hatten, zu wetteifern. Die Uhr am Armaturenbrett stand auf 10 : 07. Der Verkehr war stärker, als man erwarten würde; gewöhnlich traf man die Pendler, die aus der Stadt fuhren, zwischen fünf und sechs Uhr, die Theaterbesucher, die nach Hause strebten, um elf, halb zwölf. Er heftete seine Augen auf die Straße. Er wollte keinen Unfall riskieren. Er wollte nicht in eine Sache verwickelt werden, durch die er sie verlieren könnte. Nicht jetzt, wo er so nahe am Ziel war.

»Meinen Sie, Sie haben alles, was Sie brauchen?« fragte sie.

»Es war ein *sehr* gutes Interview«, sagte er. »Sie drücken sich sehr gut aus.«

»Hm, klar«, sagte sie.

»Ich meine es ganz ernst. Sie haben es raus, Ihre tiefsten Gefühle aufzuspüren. Das ist sehr wichtig.«

»Meinen Sie?«

»Ich würde es sonst nicht sagen.«

»Also . . . mit Ihnen läßt sich auch gut reden. Sie lassen es alles . . . ich weiß nicht. Es kommt einfach so von allein, wenn man mit Ihnen spricht.«

»Danke.«

»Würden Sie mir einen Gefallen tun?«

»Aber ja.«

»Es klingt dumm.«

»Na, das wissen wir erst, wenn Sie gefragt haben, wie?«

»Könnten Sie . . . könnte ich mir anhören, wie meine Stimme klingt?«

»Auf Band, meinen Sie?«

»Ja. Das ist albern, nicht?«

»Nein. Das ist doch ganz normal.«

Er langte in seine Jackentasche und reichte ihr den Rekorder.

»Sehen Sie die Taste, auf der Rücklauf steht?« sagte er. »Drücken Sie einfach drauf.«

»Diesen hier?«

Er sah eine Sekunde von der Straße weg.

»Das ist der richtige. Halt, Moment, schalten Sie erst die An-Aus-Taste . . .«

»Hab ich.«

»Jetzt lassen Sie es zurücklaufen.«

»Okay.«
»Und jetzt drücken Sie die Wiedergabetaste.«
Sie drückte auf die Taste. Ihre Stimme kam mitten in einem Satz ins Auto.
». . . auch nur an die Olympischen Spiele zu *denken* in diesem Augenblick, Sie verstehen, was ich meine? Es erscheint mir wie ein Traum, die Vorstellung von Olympischen Spielen irgendwo am Ende . . .«
»Du lieber Gott, ich höre mich *scheußlich* an!« sagte sie.
». . . ich denke nie bewußt daran. Ich kümmere mich zur Zeit nur darum, die beste Läuferin zu werden, die ich nach meinen Möglichkeiten werden kann. Falls ich zwölf unterbieten kann, na ja, *dann*, vielleicht kann ich *dann* anfangen, darüber nachzudenken . . .«
»Wie eine Sechsjährige«, sagte sie und drückte auf die Stoptaste. »Wie haben Sie es nur ausgehalten, diesen ganzen Mist *anzuhören*?«
»Ich fand es sehr informativ«, sagte er.
»Wollen Sie es wieder in der Tasche haben, oder kann ich es hier auf dem Sitz liegenlassen?«
»Können Sie es bitte für mich vorlaufen lassen?«
»Was muß ich drücken?«
»Vorlauf. Bis Sie wieder an leeres Band kommen.«
Sie probierte herum, während er fuhr, ließ das Band vorlaufen, hielt es an und kam schließlich ans Ende ihrer Unterhaltung im Restaurant. »Das müßte reichen«, sagte sie. Sie schaltete den Rekorder ganz ab. »In Ihre Tasche? Ja? Nein?«
»Bitte«, sagte er.
»He, Sie verpassen die Ausfahrt«, sagte sie.
»Da ist etwas, was ich Ihnen zeigen möchte«, sagte er. »Haben Sie noch eine Minute übrig?«
Der blaue Wegweiser, der Hollis Avenue und Converse University anzeigte, flog über ihnen vorbei.
»Ja, sicher«, sagte sie, »ich denke schon.« Sie zögerte. »Was wollen Sie mir zeigen?«
»Eine Statue«, sagte er.
»Eine Statue?« Sie zog ein Gesicht. »Was für eine Statue?«
»Wußten Sie, daß es eine Statue von einem Läufer in dieser Stadt gibt?«
»Nein. Sie ziehen mich auf. Wer wollte wohl eine Statue von einem Läufer aufstellen?«

»Aha«, sagte er. »Ich *dachte*, Sie würden staunen.«
»Wo ist sie? Ein *Läufer*?«
»Nicht weit von hier. Wenn Sie eine Minute übrig haben.«
»Ich möchte es um alles in der Welt nicht auslassen«, sagte sie. Sie zögerte wieder, dann sagte sie: »Sie sind ein dufter Typ, wissen Sie das? Es macht wirklich Spaß, mit Ihnen zusammen zu sein.«

Carellas Privatauto hatte keine Sirene. Obwohl er so schnell fuhr, wie er konnte, und so viele rote Ampeln mißachtete, wie er riskieren konnte, ohne mit Fußgängern oder Autos zuammenzustoßen, brauchte er eine halbe Stunde, um zum Restaurant zu kommen. Bis dahin hatte Hawes schon mit dem Kellner gesprochen und unterhielt sich gerade mit dem Chef, der McIntyres Reservierung am Telefon entgegengenommen hatte. Als Carella hereinkam, sagte Hawes: »Entschuldigen Sie«, und kam auf ihn zu. Carella schien außer Atem, als sei er den ganzen Weg von Riverhead *gerannt*.
»Was haben wir?« sagte er.
»Wenigstens etwas«, sagte Hawes. »Der Typ, der die telefonischen Tischreservierungen gemacht hat, sagte, er sei Corey McIntyre ...«
»Der in Los Angeles ist«, sagte Carella.
»Richtig, der aber auch *letzte* Woche hier war, der Typ, der sich Corey McIntyre *nennt*. Der Chef bestätigte das, aber er blätterte in seinem Buch zurück, und da steht vorher nichts von einem McIntyre, von dem Typ, der sich McIntyre *nennt*.«
»Wie sieht er aus?«
»Eben noch diesseits der Vierzig, sagte der Kellner. Ungefähr einsachtundsiebzig oder einsachtzig, hundertfünfundfünfzig Pfund, braunes Haar und braune Augen, Schnurrbart, keine sichtbaren Narben oder Tätowierungen. Trug einen dunkelbraunen Anzug, einen beigen Schlips, braune Schuhe. Keinen Mantel, sagte die Frau an der Garderobe.«
»Wie hat er das Essen bezahlt?«
»Da haben wir kein Glück, Steve. Bar.«
»Und das Mädchen?«
»Der Kellner sagt, sie sah wie achtzehn, neunzehn aus. Schlank ... ja, drahtig war das Wort, das er benutzte. Ich dachte, nur Männer wären drahtig«, sagte Hawes und zuckte mit den Schultern. »Jedenfalls drahtig. Ungefähr einszweiundsiebzig, einsfünfundsiebzig, ein großes Mädchen, sagte der Kellner. Schwarzes Haar, blaue Augen.«
»Hat der Kellner ihren Namen aufgeschnappt?«

»Darcy. Als er fragte, ob sie vor dem Essen etwas zu trinken haben wollten, sagte der Knabe, ›Darcy?‹ Das Mädchen sagte, sie sollte eigentlich nicht. Sie sagte ihm, sie sei im Training.«

»Noch eine Sportlerin?« sagte Carella. »Herrgott!«

»Noch eine *Läuferin*, Steve.«

»Woher weißt du das?«

»Der Kellner hörte, daß sie sich über Laufen unterhielten. Darüber, wie wohl sie sich beim Laufen fühlte. Das war, als er die Drinks an den Tisch brachte.«

»Zuverlässiger Zeuge?« fragte Carella.

»Paßt auf wie ein Luchs. Gedächtnis wie ein Elefant.«

»Was noch?«

»Der Mann hat sie auf Band aufgenommen«, sagte Hawes. »Hat einen Kassettenrekorder auf den Tisch gestellt und jedes Wort aufgenommen, das sie gesagt hat. Das heißt, er schaltete ab, während sie aßen, aber er begann wieder sie aufzunehmen, als sie beim Kaffee waren. Der Kellner sagte, daß er ihr ständig Fragen stellte, als sei es ein Interview oder so ähnlich.«

»Er hat wohl nicht zufällig ihren Nachnamen aufgeschnappt?«

»Erwartest du Wunder?«

»Was hatte sie an?«

»Rotes Kleid und rote Schuhe mit hohen Absätzen. Rote Spange im Haar. Das Haar war straff zurückgekämmt. Kein Pferdeschwanz, aber zurückgekämmt und von der Haarspange gehalten.«

»Wir sollten den Kellner anheuern«, sagte Carella. »Wie sind sie weggekommen?«

»Der Portier draußen fragte, ob sie ein Taxi brauchten, unser Mann sagte nein.«

»Sie gingen also zu Fuß weg? Hat er sie in ein Auto steigen sehen?«

»Sie gingen zu Fuß.«

»Welche Richtung?«

»Nach Norden. Richtung Jefferson.«

»Vielleicht gehen sie *noch*«, sagte Carella. »Was für ein Revier ist das? Midtown South, oder?«

»Bis Hall Avenue. Ab da ist es North.«

»Dann geben wir es über Funk an *beide* Reviere. Falls sie zu Fuß gehen, entdeckt sie vielleicht eine Streife.«

»Weißt du, wie viele Parkhäuser es hierherum in den Seitenstraßen gibt? Angenommen, der Mann fährt selbst?«

»Das ist *unser* Bier«, sagte Carella.

Er war unmittelbar vor dem Zollhaus zwischen Isola und Riverhead von der Promenade abgebogen und fuhr jetzt in südlicher Richtung auf den Diamondback River und den Park zu, der an sein Nordufer stieß. Die Statue, erzählte er ihr, sei in dem Park. Er bezweifelte, daß sonst jemand in der Stadt von der Existenz der Statue überhaupt wußte; das hatte er ihr erzählt. Sie schien die Statue unbedingt sehen zu wollen, aber er merkte, daß die Straßen, durch die sie jetzt fuhren, sie ein wenig nervös machten. Der alte Fischmarkt an der Maurice Avenue lag auf ihrer rechten Seite, seine Fenster zerschlagen von Randalierern, seine ehemals weißen Wände von Sprühdosen mit Wandgemälden verziert. Gleich dahinter kam das hundertjährige Gebäude, in dem das 84. Revier untergebracht war, mit grünen Kugeln zu beiden Seiten der Eingangstreppe. Er hatte absichtlich diese Straße gewählt, weil er hoffte, der Anblick einer Polizeiwache würde sie beruhigen. Er fuhr an einigen Streifenwagen vorbei, die senkrecht zum Bordstein geparkt waren. Ein uniformierter Polizist kam gerade die Treppe herunter.
»Gut zu wissen, daß sie da sind, wie?« sagte er.
»Sie sagen es. Das ist mir eine Gegend.«
Es war früher tatsächlich mal eine gediegene Wohngegend gewesen, aber das Bridge-Street-Viertel, wie es genannt wurde, war über die Jahre heruntergekommen, bis es den anderen schäbigen Gegenden, von denen es in der Stadt viel zu viele gab, ähnelte, mit Straßen voller Schlaglöcher, verfallenden Häusern, viele davon schon leerstehend. Vor Jahren, als die Polizeibehörde Bridge Street als Standort für eines ihrer Reviere wählte, war die Straße eine lebendige Hauptverkehrsader gewesen, mit einem Geschäft neben dem andern, deren Kern der riesige Fischmarkt am River Harb war, wo – damals – das klare Wasser täglich den Fang von frischen Fischen erlaubt hatte. Jetzt war der Fluß verseucht und die Gegend kaum noch bewohnbar. Er konnte nicht verstehen, warum sie Bridge Street hieß. Die nächstgelegenen Brücken waren östlich und westlich von hier – die Hamilton Bridge, die sich über den River Harb spannte und zwei Staaten verband, und die kürzere Brücke, die über die Devil's Bucht führte und Riverhead an Isola anschloß. Es gab auch keine Brücke an beiden Enden des Parks, der den Diamondback River begleitete, wo die Bridge Street endete und senkrecht auf die Turret Road, Turmstraße, stieß. Es waren auch keine Türmchen zu sehen, von denen sie den Namen bekommen haben könnte, aber vielleicht hatte es einmal welche gegeben, als die Holländer oder

die Briten hier gewesen waren. Turret *klang* bestimmt britisch. Jedenfalls mündete die Bridge Street direkt in sie und endete hier, und der Bridge Street Park begann auf der anderen Seite der Turret Road.

»Da sind wir«, sagte er.

Die Uhr auf dem Armaturenbrett zeigte 10 : 37.

»Richtig unheimlich«, sagte Darcy.

»Hier sind ständig Streifenwagen unterwegs«, sagte er.

Er log.

Er hatte den großen Park bei drei verschiedenen Gelegenheiten zur Nachtzeit ausgekundschaftet, und er hatte keinen einzigen Polizisten auf den Wegen gesehen, obwohl der Park so nahe bei der Polizeiwache lag. Außerdem war der Park dafür bekannt, daß er gefährlich war bei Nacht, und ein Fußgänger, der nach neun Uhr unterwegs war, war ein seltener Anblick. Er hatte nur zwei Personen bei seinen vorhergehenden nächtlichen Ausflügen im Park gesehen: einen Matrosen und eine Frau, die wie eine Nutte aussah, vor ihm auf den Knien im Gebüsch.

Er parkte das Auto in einem gewissen Abstand von der nächsten Straßenlampe, kam auf die Beifahrerseite am Bordstein herum und hielt ihr die Tür auf.

Als sie aus dem Auto ausstieg, griff er in seine Tasche und schaltete den Kassettenrekorder ein.

»Ob wir die Statue auch *sehen* können?« fragte sie. »Es sieht da drin dunkel aus.«

»Oh, da gibt es Lampen«, sagte er.

Es gab tatsächlich Laternenpfähle im Park. Die altmodische, senkrechte Art, ein einzelner Pfosten mit einer von einer Kugel umschlossenen Birne am Ende des Masts. Keine Arme, die über den Weg hinausragten. Er hielt das für einen Nachteil. Diesmal hätte er sie gern gleich hier aufgehängt, wo er sie töten würde, in einem verlassenen Park in einem andern Revier.

Der Park wurde von einer niedrigen Steinmauer zur Turret Road hin und von einem Zaun auf der entgegengesetzten Seite am Diamondback River begrenzt. Er hatte nicht die Absicht, sie tief in den Park zu führen. Er hatte vor, es sofort zu tun, sowie sie den Eingang hinter sich hätten. Der Eingang war eine Öffnung in der Mauer, die von zwei höheren Steinsäulen zu beiden Seiten gekennzeichnet war. Eine Glühbirne in einer Glaskugel krönte jeden Pfeiler, aber die Lampen waren jetzt aus; er hatte sie vor zwei Nächten

kaputtgeschlagen. Der Bürgersteig und der Parkweg dahinter lagen fast völlig in Dunkelheit.
»Hätte eine Taschenlampe mitbringen sollen«, sagte Darcy.
»Wandalen«, sagte er. »Aber nur ein kleines Stück weiter drin kommt ein Laternenpfahl.«
Sie betraten den Park.
»Von *wem* ist übrigens die Statue?« fragte sie.
»Jesse Owens«, sagte er.
Er log wieder. Die einzige Statue im Park war ein Reiterstandbild von einem obskuren Oberst, der sich, nach einer Tafel am Sockel, in der Schlacht von Gettysburg tapfer geschlagen hatte.
»Wirklich? Hier? Ich dachte, er käme aus Cleveland.«
»Sie kennen den Namen, wie?«
»Aber klar. Er ist doch der ganzen Welt davongelaufen ... Wann war es noch?«
»1936. Die Olympiade in Berlin.«
»Hat sich über Hitler und seine ganzen Ariertheorien lustig gemacht.«
»Zehn sechs für die hundert Meter«, sagte er und nickte. »Brach den Weltrekord über die zweihundert mit zwanzig Komma sieben und gewann *auch* die Viermal-hundert-Meter-Staffel.«
»Ganz abgesehen vom Weitsprung«, sagte Darcy.
»Sie *kennen* ihn also«, sagte er und lächelte erfreut.
»*Natürlich* kenne ich ihn, ich bin eine *Läuferin*«, sagte sie, und in diesem Augenblick griff er sie an.
Er hatte vor, das so rasch und leicht zu erledigen, wie er es bei den beiden andern gemacht hatte. Ein modifizierter Armgriff, der sie weder auf den Boden werfen noch in der Taille abknicken, sondern statt dessen ihr Gewicht auf den linken Fuß verlagern sollte, um ihre Seite schutzlos zu machen. Wenn ihr linker Arm ausgestreckt wäre, würde er unter ihre Achselhöhle greifen, und bevor sie den Kopf drehen könnte, würde seine Hand ihren Hals von hinten in einen halben Nelson klemmen. Dann würde er sich herumwerfen, seine andere Hand unter ihrer rechten Achselhöhle hochziehen und sie um ihren Hals klammern und so einen doppelten Nelson anlegen. Dann würde er ihren Kopf gerade herunterdrücken, ihr Kinn auf ihre Brust drücken und durch den starken Druck ihr Rückgrat brechen.
Der doppelte Nelson durfte, weil er so gefährlich war, von Ringern nur bei internationalen Wettkämpfen angewandt werden und auch

dann nur unter der Voraussetzung, daß er in einem Winkel von neunzig Grad zur Wirbelsäule angesetzt wurde. Sobald die Hände hinter dem Kopf eines Gegners verklammert waren, war eine Verlagerung des Körpers nach rechts oder links verbindlich, um den vorgeschriebenen Winkel herzustellen, bevor man den Druck ausübte. Er kümmerte sich nicht um vorgeschriebene Winkel. Er kümmerte sich nur darum, wie er sich ihrer entledigen konnte, wirkungsvoll, geräuschlos und so schnell wie möglich. Seine Erfahrung mit den beiden anderen hatte ihm gezeigt, daß er den Griff und den notwendigen Druck ansetzen konnte, um ihr Genick in zwanzig Sekunden zu brechen. Aber diesmal ließ das Mädchen sich nichts gefallen.
In dem Moment, als er seine Hand um ihr Handgelenk klammerte, rief sie: »He!« und machte sofort einen Schritt von ihm weg und versuchte, sich loszureißen. Indem er sie wieder an sich zog, versuchte er, seinen Arm unter ihren zu bekommen, um die erste Hälfte des Nelsons anzusetzen, aber sie stieß ihm ihren freien Ellenbogen in die Rippen, und dann trat sie, ihren Rücken immer noch halb zu ihm gewandt, mit aller Kraft mit ihrem hochhackigen Schuh mitten auf seinen Fuß.
Der Schmerz in seinem Fuß war unerträglich, aber er lockerte seinen Griff um ihr Handgelenk nicht. Sie kämpfte wütend und lautlos, ihre wirbelnden Füße kratzten über die dünne Decke von gefallenen Blättern auf der Erde, ihre Körper schoben sich in das Licht vom Laternenpfahl vor ihnen und warfen zuckende Schatten auf den Weg. Sie wollte ihn nicht unter ihre Arme greifen lassen. Sie versuchte immer wieder, ihr Handgelenk zu befreien, zerrte daran und griff an, wenn er versuchte, unter diesen Arm zu kommen, um seinen Griff anzubringen. Als sie ihn wieder angriff und mit der rechten Hand sein Gesicht kratzte, versetzte er ihr einen Boxhieb. Mit der linken Faust traf er sie mitten auf die Brust, zwischen ihre festen Sportlerinnenbrüste, und nahm ihr den Atem. Er schlug noch einmal zu, diesmal ins Gesicht, und traktierte sie immer weiter mit den Fäusten, aus Wut über die Schwierigkeit, die sie ihm bereitete, über ihre Weigerung, bei ihrem eigenen Tod mitzuhelfen. Ein kurzer scharfer Stoß brach ihre Nase. Blut strömte auf seine Faust und verfärbte die Vorderseite ihres roten Kleides zu einem dunkleren Karminrot. Sie schnappte jetzt nach Luft, und ihre blauen Augen waren weit aufgerissen vor Angst. Er boxte sie in den Mund und schlug ihr die Schneidezähne aus, und als sie auf ihn fallen wollte, schob er rasch seine Arme unter ihren hoch, legte den Griff hinter

ihrem Hals an und rückte dann ganz hinter sie, sein Geschlecht fest an ihren Hintern gepreßt. Indem er sie stützte und seinen freien Arm unter ihre Achselhöhle und über ihren Hinterkopf schlang, verschränkte er die Finger beider Hände in ihrem Nacken, stellte sich breitbeinig hin, um sein Gewicht zu verteilen, und setzte schnell den Druck an.

Er hörte den krachenden Knacks ihres Rückgrats.

Es klang wie ein Flintenschuß in der stillen Oktoberluft.

Das Mädchen fiel schlaff gegen ihn.

Er warf einen raschen Blick auf den Weg vor sich, dann hob er sie auf und wandte sich dem Eingang des Parks zu.

Ein Mann stand in der Lücke, die von den zerschlagenen Lampenkugeln flankiert war. Die Beleuchtung von dem Laternenpfahl weiter oben an der Straße warf seinen abgewinkelten Schatten zwischen den zwei Steinsäulen durch.

Der Mann sah einmal kurz hin und rannte um sein Leben.

## 8.

Detective First/Grade Oliver Weeks sagte: »So, so.«

Es war sehr selten, daß man eine weiße Person hier oben sah. Die weißen Leute hier oben in Diamondback waren entweder Polizisten oder Briefträger oder Müllmänner oder jemand, der hier heraufkam, um sich von einer Nutte ausnehmen zu lassen. Es war erst recht selten, eine weiße Person hier oben zu sehen, die noch dazu eine weiße *Frau* war. In dem Viertel gab es eine Menge, die Ollie »dunkelgelbe Mädchen« nannte, aber die waren natürlich nicht weiß. Wenn man nur einen klitzekleinen Tropfen schwarzes Blut in sich hatte, war man nicht weiß, wenigstens nicht so, wie Ollie Weeks sich das vorstellte. Es war also selten, daß man ein weißes Mädchen hier oben um acht Uhr an einem Donnerstag morgen sah, und es war noch seltener, daß man es an einem Laternenpfahl hängen sah. Die Schnüffler von der Mordkommission hielten es auch für eine Seltenheit. Sie ließen alle ihre Bemerkungen vom Stapel, was für eine Seltenheit das war, als der Polizeiarzt eintraf.

Der Arzt sagte ihnen, daß es gar keine so große Seltenheit sei, wenn ein Mädchen an einem Laternenpfahl hing. Er fragte sie, ob sie denn keine Zeitungen läsen oder fernsähen. Ob sie denn nicht wüßten, daß zwei *andere* Mädchen in den letzten zwei Wochen in ähnlich kompromittierenden Positionen gefunden worden waren, an Laternenpfählen hängend, wo ihnen jeder unter die Kleider sehen konnte? Die versammelte Mannschaft von Polizisten sah nach oben, dem toten Mädchen unter das Kleid. Sie trug ein rotes Höschen unter ihrem roten Kleid.

»Trotzdem«, sagte Ollie, »kommt es hier oben im Acht-drei selten vor, daß man einen Toten findet, der kein Nigger ist.«

Einer der Streifenpolizisten, der die Absperrgitter und die Tatortmarkierungen aufstellte, war schwarz. Er gab keinen Kommentar zu Ollies abfälliger Bemerkung ab, weil Ollie einen sehr viel höheren Rang hatte und dazu eben einen Sinn für schwarzen Humor (das dachte der Streifenmann tatsächlich so, ohne die Freudsche Anspielung zu bemerken) und weil der dicke Ollie Weeks nicht wußte, daß das Wort »Nigger« abfällig war. Wäre Fat Ollie Weeks Innenminister gewesen, hätte das derzeit berühmte Zitat gelautet: »Ich habe hier einen Nigger, eine Möse, zwei Jidden und einen Krüppel.« Das war einfach die Art und Weise, wie Fat Ollie Weeks redete. Er meinte es nicht böse. Er erzählte immer aller Welt, er meine es nicht böse, es sei einfach seine Art zu reden. »Ein paar von meinen besten Freunden sind Nigger«, verkündete Fat Ollie Weeks gern. Tatsächlich dachte Ollie, der beste Detective im Dreiundachtzigsten – selbstverständlich außer ihm selbst – sei ein Nigger. Er erzählte immer jedem, der es hören wollte, daß Parsons einer der besten Scheißniggerbullen in dieser Stadt sei.

Als sie das Mädchen gute zehn Minuten später abschnitten, versammelten sich die Detectives und der Polizeiarzt um sie, als hätten sie sich zu einem illegalen Würfelspiel getroffen.

»Hat ihr vorher ganz schön was verpaßt, wie?« sagte einer der Schnüffler vom Mord. Sein Name war Matson.

»Ihr halbes Gebiß ausgeschlagen«, sagte der andere. Sein Name war Manson. Das war ein schlechter Name für einen Polizisten, und er wurde immer damit aufgezogen.

»Sieht aus, als hätte er ihr die Nase gebrochen.«

»Abgesehen von ihrem Genick«, sagte der Polizeiarzt. »Wem gehört der Fall?«

»Mir«, sagte Ollie. »Ich bin der Glückliche«.

»Die Todesursache ist Bruch der Halswirbel.«

»Ist das Blut auf ihrem Kleid?« fragte Matson.

»Nein, das ist Tomatensoße«, sagte Ollie. »Was glauben Sie, was es sonst ist?«

»Wo?« fragte Manson.
»Über den Titten«, sagte Matson.
»Hübsche kleine Jennifers«, sagte Manson.
»Den Ausdruck habe ich noch nie gehört«, sagte Matson.
»Jennifers? Das ist ein ganz gewöhnlicher Ausdruck.«
»Hab' ich im ganzen Leben noch nicht gehört. Jennifers? Das soll Titten bedeuten, Jennifers?«
»Wo ich aufgewachsen bin, haben alle dazu Jennifers gesagt«, sagte Manson beleidigt.
»Wo am Arsch war *das*?« sagte Ollie.
»Calm's Point«, sagte Manson.
»Schau an«, sagte Matson und schüttelte den Kopf.
»Sie möchten vielleicht einen Vergleich mit den anderen zwei machen«, schlug der Polizeiarzt vor.
»Sie hat *noch* zwei?« sagte Manson, indem er versuchte, einen kleinen Witz anzubringen, nachdem er diesen Tiefschlag einstecken mußte, als er das Wort »Jennifers« gebraucht hatte, was in seiner Jugend *wirklich* ein übliches Wort gewesen war, wenn man Titten gemeint hatte, sogar *große* Titten – hm, nein, das waren Jemimas gewesen.
»Die anderen zwei *Opfer*«, sagte der Polizeiarzt.
»Leute, braucht ihr das?« sagte der schwarze Streifenpolizist, der auf sie zukam.

Meyer saß an seinem Schreibtisch, trug seine Perücke und tippte. Die Perücke neigte dazu zu verrutschen, was ihm ein verwegenes Aussehen gab. Er sah etwas Großes, Massiges vor der Gitterschranke stehen, die das Dienstzimmer von dem Flur draußen trennte. Im ersten Augenblick dachte er, es sei Fat Ollie Weeks. Er blinzelte. Es *war* Fat Ollie Weeks. Meyer verspürte sofort das Bedürfnis nach einer Dusche. Weeks stank gewöhnlich wie eine Jauchegrube, und jeder, der in seiner Nähe stand, wunderte sich, daß er keine Fliegen anlockte. Weeks war außerdem bigott. Meyer konnte ihn im Dienstzimmer heute nicht brauchen. Er konnte ihn *nie* im Dienstzimmer brauchen. Aber da war er, so dick wie Buddha, um zehn Uhr in der Früh.
»Jemand zu Hause?« sagte er von der Schranke her, dann machte er das Türchen auf und spazierte herein. Meyer war allein im Dienstzimmer. Er sagte nichts. Er sah Ollie zu, wie der sich auf den Schreibtisch zubewegte. Kleine Schweinsaugen in einem runden

Schweinsgesicht. Fetter Wanst, der über den Gürtel seiner Hose quoll. Zerknautschte Sportjacke, die aussah, als habe er eine Woche darin geschlafen. Big Fat Ollie Weeks, der auf den Schreibtisch zudriftete wie ein Fesselballon.
»Detective Weeks«, sagte er, indem er seine Marke aufblitzen ließ. »Dreiundachtzigstes.«
»Ohne Spaß?« sagte Meyer. Was zum Kuckuck bedeutete das? Ollie kannte ihn, sie hatten schon miteinander zu tun gehabt.
»Ich bin schon hier oben gewesen«, sagte Ollie.
»Ach, tatsächlich?« sagte Meyer.
»Ja, ich kenne alle die Typen hier oben«, sagte Ollie. »Hier hat doch immer so eine kleine glatzköpfige jüdische Person gearbeitet.«
Meyer hatte nichts dagegen, »glatzköpfig« genannt zu werden (nicht *viel* dagegen, wirklich nicht), was er ja wirklich war, wenn er seine Perücke nicht trug, und er hatte auch nichts dagegen, eine »jüdische Person« genannt zu werden, was er ebenfalls war, aber bei einer Größe von über einsachtzig hielt er sich nicht für »klein«, und überhaupt, wenn Ollie die Worte alle zusammensetzte als »eine kleine glatzköpfige jüdische Person« klangen sie dann doch wie eine Beschimpfung.
»Ich bin diese kleine glatzköpfige jüdische Person«, sagte er, »und laß den Quatsch, Ollie.«
Ollies kleine Schweinsaugen wurden groß. »Meyer?« sagte er. »Bist du das? Ich krieg mich nicht mehr!« Er begann, den Schreibtisch zu umkreisen und betrachtete eingehend Meyers Haarteil. »Es steht dir sehr gut«, sagte er. »Du siehst überhaupt nicht mehr jüdisch aus.«
Meyer sagte nichts. Der kommt mir gerade recht, dachte er. Der kommt mir *wirklich* gerade recht.
»Ich wollte euch eigentlich anrufen«, sagte Ollie.
Ich bin froh, daß du's nicht getan hast, dachte Meyer.
»Hat nicht so ein Kerl ein Buch geschrieben und darin einmal deinen Namen verwendet?«
»Eine *Dame*«, sagte Meyer.
»Den Namen Meyer Meyer für eine Person in ihrem Buch verwendet, stimmt's?« sagte Ollie.
»Eine *Haupt*person in dem Buch«, sagte Meyer.
»Das ist noch schlimmer«, sagte Ollie. »Der Grund, warum ich daraufkomme – kennst du ›Polizeirevier Hill Street‹? Es ist eine Fernsehshow.«
»Ich kenne sie«, sagte Meyer.

»Ich habe eine Wiederholung erwischt, muß letzte Woche gewesen sein. Sie hatten einen Kerl darin, den sie von mir geklaut haben müssen.«

»Was meinst du mit ›von dir geklaut‹?«

»Dieser Polizist. Einer von der Droge ...«

»Du bist kein Polizist vom Rauschgiftdezernat, Ollie.«

»Als ob ich nicht wüßte, was ich bin. Aber ich *habe* mit Drogenfällen zu tun gehabt, genau wie du. Das erste Mal, als ich mit *euch* zu tun hatte, ging es sogar um einen Drogenfall. Paar Typen, die Shit in kleinen Holztieren geschmuggelt haben, weißt du noch? Das war das erste Mal, daß ich mit euch Knaben hier oben zusammengearbeitet habe.«

»Ich erinnere mich«, sagte Meyer.

»Das war, bevor ›Polizeirevier Hill Street‹ auch nur durch irgendeinen Kopf gegeistert war.«

»Also wo ist der Witz, Ollie?«

»Der Witz ist, daß der Name von diesem Typ Charlie Weeks war. In der Show. Charlie, nicht Ollie. Aber das ist doch ziemlich dicht dran, meinst du nicht? Charlie und Ollie. Mit demselben Nachnamen? Weeks? Ich meine, das ist sehr dicht dran, Meyer.«

»Ich verstehe immer noch nicht ...«

»Dieser andere Kerl – sie haben auch eine jüdische Person in der Show, sein Name ist Goldblume, Landsmann von dir, hm? Dieser Typ, Goldblume, er erzählt dem Boß dort, diesem Furillo, daß Weeks schießwütig ist ... besonders wenn das Ziel *schwarz* ist. Was Weeks an einer Stelle sagt, ist: ›Stillgestanden, Nigger, oder ich puste euch die Schädel weg.‹ Er springt auch mit Verdächtigen grob um. Ich meine, er ist ein richtiggehender Depp, dieser Charlie Weeks.«

»Aha.«

»Also bin *ich* ein Depp?« fragte Ollie. »Ist *Ollie* Weeks ein Depp? Ist *Ollie* Weeks die Sorte von Polizist, die Verdächtige mißhandelt?«

Meyer sagte nichts.

»Ist *Ollie* Weeks die Sorte von Polizist, die was anderes als *Hochachtung* vor Niggern hat?«

Meyer sagte immer noch nichts.

»Was ich zu tun vorhabe«, sagte Ollie, »ist, daß ich die Gesellschaft verklage, die ›Polizeirevier Hill Street‹ dreht. Weil sie einen Polizisten ins Fernsehen bringen, mit einem Namen, der genau klingt wie meiner, und der voller Vorurteile ist und herumgeht und Nigger abknallt und Knaben, die er verhört, roh anfaßt. Diese Art von

Scheiß kann einem *echten* Polizisten einen schlechten Namen machen, und wenn sie ihn zehnmal *Charlie* Weeks nennen in ihrer verdammten Fernsehshow.«

»Ich glaube, das ist ein Grund«, sagte Meyer matt.

»Bist *du* damals gerichtlich vorgegangen?«

»Rollie hat mir abgeraten. Rollie Charbrier. Bei der Staatsanwaltschaft.«

»Ja, ich kenne ihn«, sagte Ollie. »Er hat gesagt, du sollst nicht, hm?«

»Er sagte, ich sollte mich geschmeichelt fühlen.«

»Ja, gut, ich fühle mich aber nicht so wahnsinnig *geschmeichelt*«, sagte Ollie. »Manche Dinge gehen eben zu weit, da habe ich doch wohl recht, wie? Überhaupt habe ich eigentlich mit Carella hier reden wollen, weil ich glaube, daß es auch ein Fall für ihn ist.«

»Wie kommst du darauf?«

»Na ja, klingt Furillo für dich nicht ziemlich ähnlich wie Carella? Ich meine, wie viele Itakernamen gibt es auf der Welt, die drei Vokale und vier Konsonanten haben und wo *zwei* von diesen Konsonanten zufällig die gleichen sind in beiden Namen? Zwei *l*, Meyer! Carella und Furillo, diese Namen hören sich für mich sehr ähnlich an, wie Charlie Weeks und Ollie Weeks. Trägt Carella immer eine Weste?«

»Nur wenn er mit einer Schießerei rechnet«, sagte Meyer.

»Nein, ich meine eine normale Weste, wie von einem Anzug, eine *Anzug*weste. Weil dieser Mann Carillo ... Furillo, meine ich ... weil der immer eine Weste trägt. Ich glaube, Carella sollte das mal prüfen.«

»Eine Weste tragen, meinst du?«

»Nein, die Ähnlichkeit der Namen, meine ich. Glaubst du, die Typen drüben hätten jemals von uns gehört?«

»Was für Typen?«

»Die drüben in Kalifornien, die diese Fernsehshow zusammenschustern und die ganzen Emmys gewinnen. Glaubst du, die hätten schon mal von Steve Carella und Ollie Weeks gehört?«

»Wahrscheinlich nicht«, sagte Meyer.

»Ich meine, wir sind nicht direkt *berühmt*, keiner von uns beiden«, sagte Ollie, »aber wir sind schon lange im Geschäft, Mann. Verdammt lang. Für mich ist das kein Zufall.«

»Dann verklage sie«, sagte Meyer.

»Kann mich ein Vermögen kosten«, sagte Ollie. »Jedenfalls werden Steve und ich noch lange hier sein, wenn diese verdammte Show schon zu Cornflakes geworden ist.«

»Cornflakes?«
»Ja, in der Dose. Das Celluloid, der Film. Lange nachdem er zu Cornflakes zerbröselt ist.«
»Deshalb bist du also hergekommen?« sagte Meyer. »Um mich zu fragen ...«
»Nein, das ist nur etwas, was mich schon lang beschäftigt. Wie ›Polizeirevier Hill Street‹ *uns* ähnlich sieht, Meyer. Sogar ihre verdammte *erfundene* Stadt sieht wie diese hier aus, oder nicht? Ich meine, Scheiße, Meyer, wir sind doch echte Polizisten, oder?«
»Ich würde sagen, wir sind echte Polizisten, ja«, sagte Meyer.
»Und diese Typen sind nur Schauspieler, da habe ich doch recht? Die Namen benutzen, die sich nach *echten* verdammten Bullen in einer *echten* verdammten Stadt anhören. Das ist nicht fair, Meyer.«
»Wo steht geschrieben, daß es fair sein muß?« sagte Meyer.
»Manchmal hörst du dich wie so ein verdammter Rabbi an, weißt du das?« sagte Ollie.
Meyer seufzte tief.
»Warum *bist* du nun hierhergekommen?« fragte er. »Falls du nicht vorhast, vor Gericht ...«
»Ich hatte heute morgen eine Tote an einem Laternenpfahl hängen. Hab das vor Ort gefunden«, sagte Ollie und warf eine Tonbandkassette auf Meyers Schreibtisch.

Von dem Schreibtisch aus, an dem Annie Rawles saß, konnte sie den größten Teil der unteren Hälfte der Insel sehen, die Isola hieß. Der Himmel draußen war blau und klar und ließ die Kanten der hochragenden Gebäude messerscharf erscheinen. Sie fragte sich, wie lange das schöne Wetter noch halten würde. Es war schon der 20. Oktober, normalerweise eine Zeit, wo man den bevorstehenden Beginn des Novembers zumindest ahnte.
Die Büroräume des Kommandos für Sexualverbrechen befanden sich im sechsten Stock des neuen Hauptquartiergebäudes in der Stadtmitte, ein Glas- und Stahlkomplex, der die Silhouette beherrschte und die niedrigeren Gebäude, in denen administrative, gerichtliche und fiskalische Einrichtungen der Stadt untergebracht waren, zu Zwergen machte. Bevor das neue Gebäude errichtet worden war – Gott, sie wußte nicht mehr, vor wie vielen Jahren schon, und sie fragte sich, warum jeder stets »neu« sagte, wenn er davon sprach –, war das Kommando für Sexualverbrechen in einer der ältesten Wachen der Stadt stationiert gewesen, in einem baufälligen Haus in

Midtown, nahe der Hochstraße des River Highway. Opfer einer Vergewaltigung waren ohnehin nur widerstrebend bereit, der Polizei das Verbrechen der Vergewaltigung zu melden; sie befürchteten, in vielen Fällen zu Recht, daß die Polizei sie genauso quälen würde wie der Vergewaltiger vorher. Ein Blick auf das verfallene Gebäude in der Decatur Street hatte viele Opfer davon abgebracht, es zu betreten, um das Verbrechen weiter zu erörtern, mit Personen, die speziell ausgebildet waren, sich damit zu befassen. Das neue Hauptquartiergebäude trug viel dazu bei, solche Ängste zu zerstreuen. Es hatte das ordentliche sterile Aussehen eines Krankenhauses, und es gab den Opfern ein Gefühl, als würden sie ihre Geschichte eher medizinischem Personal erzählen als Polizisten, die ihrem Gefühl nach – und auch das zu Recht – einer paramilitärischen Organisation angehörten. Annie war dankbar für die neuen Dienstzimmer in dem neuen Gebäude; sie machten ihre Arbeit leichter.

Das tat auch der Computer.

Sie hatte Eileen Burke berichtet, daß sie einen Computertest laufen ließ und versuchte, auf diese Art zu entdecken, ob derselbe Mann noch mehr Frauen als die drei Opfer, von denen sie es schon wußten, mehrfach hintereinander vergewaltigt hatte. Sie hatte ihr auch gesagt, daß sie ein Programm über die Opfer selbst erarbeiteten, indem sie versuchten, hier irgendwelche Ähnlichkeiten festzumachen, die den Vergewaltiger auf sie aufmerksam gemacht haben könnten.

Bei der ersten Kontrolle hatte sie den Programmierer – einen Mann mit dem unwahrscheinlichen Namen Binky Bowles – gebeten, bis zum Anfang des Jahres zurückzugehen, obwohl das erste der schon bekannten Opfer den Überfall erst im vergangenen April gemeldet hatte. Die Akten über jede angezeigte Vergewaltigung, überall in der Stadt, waren schon in den Computer eingegeben. Binky mußte nur die passenden Tasten drücken, um den Namen jeder Frau zu bekommen, die einen zweiten, dritten, vierten oder gar fünften Vorfall nach dem ersten angezeigt hatte. Zu Annies großer Überraschung hatte es in diesem Jahr dreizehn Serienvergewaltigungen gegeben. Die erste davon war eine Frau namens Lois Carmody, die den ersten Überfall am 7. März beim 112. Revier in Majesta gemeldet hatte. Ihr Name tauchte drei weitere Male auf, jedesmal im selben Revier in Majesta. Das jüngste Opfer einer Serienvergewaltigung – eine Frau mit Namen Janet Reilly – war erst letzte Woche zum zweitenmal vergewaltigt worden, vier Tage, nachdem Mary Hollings *ihre*

Vergewaltigung dem 87. Revier gemeldet hatte. Beide Vergewaltigungen der Reilly waren in Riverhead begangen worden. Ihr Mann – falls tatsächlich derselbe Mann für die Serienvergewaltigungen von dreizehn Frauen verantwortlich war – war sehr fleißig gewesen. Er hatte seine Opfer auch anscheinend zufällig in jedem der fünf Teile, die zusammen die größere Stadt bildeten, ausgewählt; Annie schloß die Örtlichkeit als verbindenen Faktor aus.
Binkys Aufgabe wurde danach etwas schwieriger.
Als er die Daten der dreizehn Frauen abfragte, sonderte er die Beschreibungen aus, die sie von dem Mann, der sie überfallen hatte, gemacht hatten, und schlüsselte diese Beschreibungen weiter auf nach Rasse, Alter, Größe, Gewicht, Haarfarbe, Augenfarbe, sichtbaren Narben oder Tätowierungen und beim Begehen des Verbrechens eventuell benutzte Waffen. Annie überlegte, ob sie ihn bitten sollte, Beschreibungen von der Kleidung, die jeder Täter getragen hatte, einzugeben, kam aber zu dem Schluß, daß das nicht von Bedeutung sei. Die Kleidung konnte sich mit den Jahreszeiten leicht ändern; die erste der angezeigten Serienvergewaltigungen reichte in den März zurück. Binky ließ den Computer die Namen der Opfer in der Reihenfolge der Daten, an denen sie die erste Vergewaltigung angezeigt hatten, ausspucken. Die Aufstellung, die aus dem Schnelldrucker kam, sah so aus:

| Opfer | Beschreibung der Täter je Vorfall |
|---|---|
| Lois Carmody | 1) weiß ... 30 ... 178 ... 81 kg ... Hr brn ... Aug bla ... ohne sichtb. Nar/Tät ... Springfdmsr.<br>2) wie Vorfall eins.<br>3) wie Vorfall eins.<br>4) wie Vorfall eins. |
| Mary Jane Moffit | 1) schwarz ... 19 ... 180 ... 90 kg ... Hr schw ... Aug brn ... Nar über li Aug ... ohne Wf.<br>2) weiß ... 27–30 ... 175 ... 77 kg ... Hr bld ... Aug brn ... ohne sichtb. Nar/Tät ... Rev. |
| Blanca Diaz | 1) weiß ... 25–30 ... 182 ... 90 kg ... Hr brn ... Aug bla ... ohne sichtb. Nar/Tät ... Springfdmsr.<br>2) wie Vorfall eins.<br>3) wie Vorfall eins. |
| Patricia Ryan | 1) weiß ... 30–35 ... 178 ... 81 kg ... Hr brn ... Aug bla ... ohne sichtb. Nar/Tät ... Springfdmsr.<br>2) wie Vorfall eins.<br>3) wie Vorfall eins. |

| | |
|---|---|
| Vanessa Hughes | 1) weiß ... 21 ... 182 ... 90 kg ... Hr brn ... Aug bla ... ohne sichtb. Nar ... Tät re Hd Wort Liebe in Hz ... Eispfriem. |
| | 2) schwarz ... 25–30 ... 192 ... 100 kg ... Hr schw Aug bla ... ohne sichtb Nar/Tät ... Pist. |
| Vivienne Chabrun | 1) weiß ... 30–35 ... 182 ... 81 kg ... Hr brn ... Aug bla ... ohne sichtb Nar/Tät ... Springfdmsr. |
| | 2) wie Vorfall eins. |
| | 3) wie Vorfall eins. |
| Elaine Reynolds | 1) schwarz ... 42 ... 172 ... 68 kg ... Hr schw ... Aug hlbrn ... ohne sichtb Nar/Tät ... Kümsr. |
| | 2) mex ... 17 ... 182 ... 77 kg ... Hr schw ... Aug brn ... ohne sichtb Nar ... Tät Penis Blumenmuster ... Pist. |
| Angela Ferrari | 1) weiß ... 32 ... 182 ... 85 kg ... Hr brn ... Aug bla ... ohne sichtb Nar/Tät ... Springfdmsr. |
| | 2) wie Vorfall eins. |
| | 3) wie Vorfall eins. |
| | 4) weiß ... 21 ... 170 ... 72 kg ... Hr bld ... Aug grü ... ohne sichtb Nar/Tät ... ohne Wf. |
| Terry Cooper | 1) weiß ... 32 ... 187 ... 85 kg ... Hr brn ... Aug bla ... ohne sichtb Nar/Tät ... Springfdmsr. |
| | 2) wie Vorfall eins. |
| Cecily Bainbridge | 1) weiß ... 30 ... 182 ... 81 kg ... Hr brn ... Aug bla ... ohne sichtb Nar/Tät. Springfdmsr. |
| | 2) wie Vorfall eins. |
| Clara Preston | 1) weiß ... 50–55 ... 167 ... 64 kg ... Hr schw ... Aug brn ... Nar re Daum ... kl Fin fehlt li Hd ... ohne Tät ... Pist. |
| | 2) weiß 16 ... 167 ... 110 kg ... Hr brn ... Aug brn ohne sichtb Nar/Tät ... ohne Wf. |
| Mary Hollings | 1) weiß ... 30 ... 178 ... 81 kg ... Hr brn ... Aug bla ... ohne sichtb Nar/Tät ... Springfdmsr. |
| | 2) wie Vorfall eins. |
| | 3) wie Vorfall eins. |
| Janet Reilly | 1) weiß ... 28 ... 187 ... 90 kg ... Hr brn ... Aug bla ... ohne sichtb Nar/Tät ... Springfdmsr. |
| | 2) wie Vorfall eins. |

Annie eliminierte automatisch jedes Opfer, das mehrmals, aber offenbar von verschiedenen Männern vergewaltigt worden war – von einem Schwarzen und einem Weißen zum Beispiel oder überhaupt zwei Männern, deren Beschreibungen stark von einander abwichen – und strich diese als zufällige Vorfälle in einer von wilden Hunden bevölkerten Stadt aus. Sie konnte auf diese Art vier der möglichen dreizehn Opfer aussortieren und stellte eine Entscheidung im Fall Angela Ferrari noch zurück, die viermal vergewaltigt worden war, aber ihren *letzten* Angreifer anders beschrieben hatte als die vorigen, die sie als identisch geschildert hatte. Somit blieben acht starke Kandidatinnen und eine relativ starke neunte übrig.

Jede der neun Frauen hatte den mehrfachen Vergewaltiger als weiß beschrieben. Jede hatte angegeben, daß er braunes Haar und blaue Augen hatte, keine sichtbaren Narben oder Tätowierungen, und daß er ein Springfedermesser als Waffe benutzt hatte.

Drei Frauen hatten gesagt, der Vergewaltiger sei einsachtundsiebzig groß.

Vier von ihnen hatten gesagt, er sei sogar einszweiundachtzig groß.

Zwei hatten gesagt, er sei einssiebenundachtzig groß.

Die Beschreibungen der verschiedenen Frauen wiesen darauf hin, daß der Vergewaltiger zwischen einundachtzig und neunzig Kilo wog, wobei die Mehrheit – fünf Frauen – sagte, er wiege einundachtzig Kilo.

Was sein Alter betraf, so war er unterschiedlich beschrieben worden – 28 von einer Frau, zwischen 25 und 30 von einer anderen, 30 von drei Frauen, 32 von zwei und zwischen 30 und 35 von den restlichen zwei.

Annie glaubte, mit relativer Sicherheit davon ausgehen zu können, daß ihr Mann weiß war, dreißig Jahre alt, einszweiundachtzig groß und einundachtzig Kilo schwer. Es gab anscheinend keinen Zweifel, daß er braunes Haar, blaue Augen und keine sichtbaren Narben oder Tätowierungen hatte. Es stand ebenfalls zweifelsfrei fest, daß er ein Springfedermesser bei sich hatte – oder daß er es wenigstens bei einer Gelegenheit benutzt hatte, als er Blanca Diaz zum drittenmal vergewaltigt hatte. Sie überließ Binky die mühsame Aufgabe, die im Computer gespeicherten Daten von bekannten Vergewaltigern durchzugehen, in der Hoffnung, er würde auf einen Mann oder auf Männer stoßen, die der kombinierten Beschreibung entsprachen und zu dessen oder deren Vorgehen Drohungen mit einem Springfedermesser gehörten.

Als sie wieder an ihrem eigenen Schreibtisch saß, ging sie die ersten Anzeigen und anschließenden Beschreibungen der Opfer selbst durch und suchte nach einer Ähnlichkeit oder Ähnlichkeiten, die sie möglicherweise als Opfer ausgesondert hatten. Sie bereitete ihre Notizen auf einem Schmierblatt vor, und dann brachte sie sie in die Form einer Tabelle, indem sie die Namen der Frauen wieder in der Reihenfolge der ersten angezeigten Vergewaltigung aufführte.

Während sie die Tabelle studierte, machte Annie einige Notizen, die sie später von Binky in den Computer eingeben lassen wollte. Nach

| Name | Alter | Rasse | Volksgruppe | Religion | Familienstand |
|---|---|---|---|---|---|
| Lois Carmody | 32 | weiß | irisch | katholisch | verheiratet |
| Blanca Diaz | 46 | lateinamerikanisch | puertorikanisch | katholisch | verheiratet |
| Patricia Ryan | 22 | weiß | irisch | katholisch | ledig |
| Vivienne Chabrun | 28 | weiß | französisch | katholisch | ledig |
| Angela Ferrari | 34 | weiß | italienisch | katholisch | verheiratet |
| Terry Cooper | 26 | schwarz | afrikanisch | katholisch | ledig |
| Cecily Bainbridge | 34 | schwarz | jamaikanisch | katholisch | geschieden |
| Mary Hollings | 37 | weiß | englisch | katholisch | geschieden |
| Janet Reilly | 19 | weiß | irisch | katholisch | ledig |

| | Kinder | Vergewaltigung | Oralverkehr |
|---|---|---|---|
| Lois Carmody | 2 | ja | nein |
| Blanca Diaz | 4 | ja | nein |
| Patricia Ryan | keine | ja | nein |
| Vivienne Chabrun | keine | ja | nein |
| Angela Ferrari | 2 | ja | nein |
| Terry Cooper | keine | ja | nein |
| Cecily Bainbridge | 3 | ja | nein |
| Mary Hollings | keine | ja | nein |
| Jenet Reilly | keine | ja | nein |

ihrer Rechnung waren die meisten Opfer weiß: Sechs gegen zwei schwarze und eine mexikanische. Alle waren katholisch. Drei waren verheiratet, vier waren ledig, und zwei waren geschieden. Fünf der Opfer waren kinderlos. Eine von ihnen hatte vier Kinder. Eine andere hatte drei. Die übrigen zwei hatten jeweils zwei Kinder. Die

Volksgruppenzugehörigkeit der Frauen war unterschiedlich, wobei die größte Zahl – drei – irisch war. Ihr Alter reichte von einer Untergrenze von 19 im Fall von Janet Reilly bis zu einer Obergrenze von 46 bei Blanca Diaz, dem einzigen mexikanischen Opfer. Annie ließ diese beiden Extreme unter den Tisch fallen und kam auf ein Durchschnittsalter von ungefähr dreißig – dasselbe Alter wie der Vergewaltiger.

Sie sah wieder auf die Tabelle.

Es erschien ihr seltsam, daß alle Opfer katholisch waren. Es erschien ihr außerdem seltsam, daß bei keiner Oralverkehr vorgekommen war. Das stimmte einfach nicht mit dem Verhalten der meisten Vergewaltiger überein. Ob Binky Bowles – sie lachte jedesmal, wenn sie an seinen Namen dachte – auf einen Messerhelden stoßen würde, der zu der von den Frauen gemachten Beschreibung paßte und außerdem auf Vergewaltigung spezialisiert war? Hatte er Angst, eine von ihnen könnte es ihm vielleicht abbeißen? Würde das Schwein für immer aus dem Verkehr ziehen. Würde ihm recht geschehen.

Sie hatte nicht genug Daten.

Sie sah noch einmal die Berichte und die persönlichen Angaben durch, wobei sie Notizen aufschrieb, und dann bereitete sie noch eine grobe Tabelle vor, die sie später von Binky in den Computer eingeben lassen wollte, um eine differenziertere Auswertung als ihre eigene zu bekommen.

Ein bunter Korb, wie man ihn sich nicht gemischter vorstellen konnte. Hausfrauen, Studentinnen, eine Arbeiterin im Blaumann (wörtlich zu nehmen, da sie bei der Post arbeitete), eine Hausangestellte, eine Übersetzerin und eine ehemalige Reisebüroangestellte, die jetzt von Unterhaltszahlungen lebte. Drei in der Stadt Gebürtige, der Rest von überall her. Der Bildungsstand reichte von Grundschule bis zu einem Magistergrad. Clubs und Vereine, Sport und Hobbys reichten von – mein Gott, was für eine Frau diese Angela Ferrari anscheinend war! Erst vierunddreißig Jahre alt, verheiratet und zwei Kinder, dennoch hatte sie die Zeit gefunden, ihren Magister zu machen und war gegenwärtig mit mehr Sachen beschäftigt als ein Ameisenhaufen. Und Janet Reilly! Neunzehn Jahre alt, in ihrem ersten Jahr am College und schon in genug Beschäftigungen außerhalb des Lehrplans engagiert, um eine ganze Anfängerklasse auf Trab zu halten. Dieser Mistkerl vergewaltigt sie also. Hat Janet zweimal erwischt und Angela vier – nein, Moment. Angela war die eine gewesen, die einen Vergewaltiger anders beschrieben hatte:

| Name | Geburtsort | Beruf | Bildung |
|---|---|---|---|
| Lois Carmody | Washington, D.C. | Hausfrau | 2 Jahre College |
| Blanca Diaz | Mayaguez, P.R. | Hausfrau | 2 Jahre High School |
| Patricia Ryan | hier | Studentin | B.A., 1. Jahr Aufbaustud. in vergl. Lit. |
| Vivienne Chabrun | Reims, Frankreich | Übersetzerin | französ. Abschluß, entspr. B.A. |
| Angela Ferrari | hier | Hausfrau | B.A., M.A. |
| Terry Cooper | Columbia, S.C. | Postbeamtin | High School |
| Cecily Bainbridge | Kingston, Jamaica | Hausangestellte | Grundschule |
| Mary Hollings | Long Beach, Cal. | nicht berufstätig, früher in Reisebüro | B.A. |
| Janet Reilly | hier | Studentin | 1. Jahr College |

| | Clubs und Vereine | Hobbys und Sport |
|---|---|---|
| Lois Carmody | Katholische Töchter, VWCA | Tennis, Spitzenarbeiten |
| Blanca Diaz | keine | Stickerei, Tanz, Gitarre |
| Patricia Ryan | Harvard Club, Calm's Point, Symphonie-Orchester | Geige, Reisen, Schwimmen |
| Vivienne Chabrun | Alliance des Femmes Françaises | Schisport |
| Angela Ferrari | VWCA, Liga weiblicher Wähler, Pfadfinder, Elternverein | Aerobics, Tennis, Schlittschuhlaufen, Fotografieren, Werken |
| Terry Cooper | keine | Bowling |
| Cecily Bainbridge | keine | keine |
| Mary Hollings | Club unabhängiger Frauen | Reisen, Fotografieren |
| Janet Reilly | Zeta Chi, Newman Club, Historischer Club, Claque des College-Sportvereins, Chor | Videospiele, Jogging, Tennis |

Einundzwanzig Jahre alt, einssiebzig, zweiundsiebzig Kilo, blondes Haar und grüne Augen, keine Waffe. War sie bei dieser Gelegenheit hysterisch gewesen? Oder hatte ein *anderer* Mistkerl sich gesagt, er könne seinen Vorteil daraus ziehen, weil er wußte, jemand war bereits wiederholt vergewaltigt worden? Die Masche von so vielen Irren, die auf einen Zug aufspringen, sobald er ins Rollen kommt, um vom Ruhm des Erfinders zu profitieren.

Sie sah wieder auf den Computerausdruck.

Lois Carmody: Viermal vom selben Mann vergewaltigt. Blanca Diaz, eine sechsundvierzigjährige Hausfrau mit vier Kindern: dreimal. Patricia Ryan: dreimal. Vivienne Chabrun: dreimal. Angela Ferrari: Dreimal mit Sicherheit vom selben Mann, doch noch einmal von einem andern. Cecily Bainbridge: zweimal. Mary Hollings: dreimal. Janet Reilly: zweimal.

Warum dieselben Frauen immer wieder?

*Warum?*

Sie nahm sich wieder die ursprünglichen Protokolle vor und versuchte, ein Schema zu finden, versuchte, sich auf die verbindenden Punkte einzustimmen. Jede der Frauen war nachts vergewaltigt worden. Auch in dem Fall von Mary Hollings war es beim letzten Mal, als der Vergewaltiger zugeschlagen hatte – indem er diesmal in ihre Wohnung gekommen war – noch dunkel gewesen, obwohl es praktisch Freitag *morgen*, am 7. Oktober, gewesen war. Sie blätterte in den Protokollen über Mary Hollings zurück. Die erste angezeigte Vergewaltigung war am 10. Juni, einem Freitag. Die nächste war am 16. September, wieder einem Freitag.

Hm, vielleicht Zufall.

Sie sah in den Protokollen über Janet Reilly nach.

Sie war zum erstenmal am 13. September vergewaltigt worden, einer Dienstagnacht. Und sie war vor einer guten Woche wieder vergewaltigt worden, am 11. Oktober – *wieder* eine Dienstagnacht.

Okay. Okay, dachte Annie. Immer mit der Ruhe. Bringe sie in eine Ordnung, vergleiche die Daten auf allen Protokollen mit dem Computerausdruck der Namen. Ich brauche einen Kalender, wo zum Kuckuck ist ein Kalender?

Sie zog die oberste Schublade ihres Schreibtisches auf, kramte nach einem Kalender, fand einen, auf dem schon Termine eingetragen waren, und schlug dann ihr Notizbuch auf den ersten Seiten auf, wo es unbeschriebene Kalender für dieses und das nächste Jahr gab. Sie ging mit dem Notizbuch zum Kopiergerät in der Ecke ihres Büros und machte dann ein Dutzend Kopien für dieses Jahr – eine für jedes Opfer, drei als Ersatz, falls sie sich verschreiben würde. Wieder an ihrem Schreibtisch, überschrieb sie neun von den Kalendern mit den verschiedenen Namen und begann dann, mit Hilfe der Protokolle über jede Frau, Daten einkringeln:

*Lois Carmody*

**Januar**

| So | Mo | Di | Mi | Do | Fr | Sa |
|---|---|---|---|---|---|---|
| | | | | | | 1 |
| 2 | 3 | 4 | 5 | 6 | 7 | 8 |
| 9 | 10 | 11 | 12 | 13 | 14 | 15 |
| 16 | 17 | 18 | 19 | 20 | 21 | 22 |
| 23 | 24 | 25 | 26 | 27 | 28 | 29 |
| 30 | 31 | | | | | |

**Februar**

| So | Mo | Di | Mi | Do | Fr | Sa |
|---|---|---|---|---|---|---|
| | | 1 | 2 | 3 | 4 | 5 |
| 6 | 7 | 8 | 9 | 10 | 11 | 12 |
| 13 | 14 | 15 | 16 | 17 | 18 | 19 |
| 20 | 21 | 22 | 23 | 24 | 25 | 26 |
| 27 | 28 | | | | | |

**März**

| So | Mo | Di | Mi | Do | Fr | Sa |
|---|---|---|---|---|---|---|
| | | 1 | 2 | 3 | 4 | 5 |
| 6 | 7 | 8 | 9 | 10 | 11 | 12 |
| 13 | 14 | 15 | 16 | 17 | 18 | 19 |
| 20 | 21 | 22 | 23 | 24 | 25 | 26 |
| 27 | 28 | 29 | 30 | 31 | | |

**April**

| So | Mo | Di | Mi | Do | Fr | Sa |
|---|---|---|---|---|---|---|
| | | | | | 1 | 2 |
| 3 | 4 | 5 | 6 | 7 | 8 | 9 |
| 10 | 11 | 12 | 13 | 14 | 15 | 16 |
| 17 | 18 | 19 | 20 | 21 | 22 | 23 |
| 24 | 25 | 26 | 27 | 28 | 29 | 30 |

**Mai**

| So | Mo | Di | Mi | Do | Fr | Sa |
|---|---|---|---|---|---|---|
| 1 | 2 | 3 | 4 | 5 | 6 | 7 |
| 8 | 9 | 10 | 11 | 12 | 13 | 14 |
| 15 | 16 | 17 | 18 | 19 | 20 | 21 |
| 22 | 23 | 24 | 25 | 26 | 27 | 28 |
| 29 | 30 | 31 | | | | |

**Juni**

| So | Mo | Di | Mi | Do | Fr | Sa |
|---|---|---|---|---|---|---|
| | | | 1 | 2 | 3 | 4 |
| 5 | 6 | 7 | 8 | 9 | 10 | 11 |
| 12 | 13 | 14 | 15 | 16 | 17 | 18 |
| 19 | 20 | 21 | 22 | 23 | 24 | 25 |
| 26 | 27 | 28 | 29 | 30 | | |

**Juli**

| So | Mo | Di | Mi | Do | Fr | Sa |
|---|---|---|---|---|---|---|
| | | | | | 1 | 2 |
| 3 | 4 | 5 | 6 | 7 | 8 | 9 |
| 10 | 11 | 12 | 13 | 14 | 15 | 16 |
| 17 | 18 | 19 | 20 | 21 | 22 | 23 |
| 24 | 25 | 26 | 27 | 28 | 29 | 30 |
| 31 | | | | | | |

**August**

| So | Mo | Di | Mi | Do | Fr | Sa |
|---|---|---|---|---|---|---|
| | 1 | 2 | 3 | 4 | 5 | 6 |
| 7 | 8 | 9 | 10 | 11 | 12 | 13 |
| 14 | 15 | 16 | 17 | 18 | 19 | 20 |
| 21 | 22 | 23 | 24 | 25 | 26 | 27 |
| 28 | 29 | 30 | 31 | | | |

**September**

| So | Mo | Di | Mi | Do | Fr | Sa |
|---|---|---|---|---|---|---|
| | | | | 1 | 2 | 3 |
| 4 | 5 | 6 | 7 | 8 | 9 | 10 |
| 11 | 12 | 13 | 14 | 15 | 16 | 17 |
| 18 | 19 | 20 | 21 | 22 | 23 | 24 |
| 25 | 26 | 27 | 28 | 29 | 30 | |

**Oktober**

| So | Mo | Di | Mi | Do | Fr | Sa |
|---|---|---|---|---|---|---|
| | | | | | | 1 |
| 2 | 3 | 4 | 5 | 6 | 7 | 8 |
| 9 | 10 | 11 | 12 | 13 | 14 | 15 |
| 16 | 17 | 18 | 19 | 20 | 21 | 22 |
| 23 | 24 | 25 | 26 | 27 | 28 | 29 |
| 30 | 31 | | | | | |

**November**

| So | Mo | Di | Mi | Do | Fr | Sa |
|---|---|---|---|---|---|---|
| | | 1 | 2 | 3 | 4 | 5 |
| 6 | 7 | 8 | 9 | 10 | 11 | 12 |
| 13 | 14 | 15 | 16 | 17 | 18 | 19 |
| 20 | 21 | 22 | 23 | 24 | 25 | 26 |
| 27 | 28 | 29 | 30 | | | |

**Dezember**

| So | Mo | Di | Mi | Do | Fr | Sa |
|---|---|---|---|---|---|---|
| | | | | 1 | 2 | 3 |
| 4 | 5 | 6 | 7 | 8 | 9 | 10 |
| 11 | 12 | 13 | 14 | 15 | 16 | 17 |
| 18 | 19 | 20 | 21 | 22 | 23 | 24 |
| 25 | 26 | 27 | 28 | | | |

Blanca Diaz

**Januar**

| So | Mo | Di | Mi | Do | Fr | Sa |
|---|---|---|---|---|---|---|
| | | | | | | 1 |
| 2 | 3 | 4 | 5 | 6 | 7 | 8 |
| 9 | 10 | 11 | 12 | 13 | 14 | 15 |
| 16 | 17 | 18 | 19 | 20 | 21 | 22 |
| 23 | 24 | 25 | 26 | 27 | 28 | 29 |
| 30 | 31 | | | | | |

**Februar**

| So | Mo | Di | Mi | Do | Fr | Sa |
|---|---|---|---|---|---|---|
| | | 1 | 2 | 3 | 4 | 5 |
| 6 | 7 | 8 | 9 | 10 | 11 | 12 |
| 13 | 14 | 15 | 16 | 17 | 18 | 19 |
| 20 | 21 | 22 | 23 | 24 | 25 | 26 |
| 27 | 28 | | | | | |

**März**

| So | Mo | Di | Mi | Do | Fr | Sa |
|---|---|---|---|---|---|---|
| | | 1 | 2 | 3 | 4 | 5 |
| 6 | 7 | 8 | 9 | 10 | 11 | 12 |
| 13 | 14 | 15 | 16 | 17 | 18 | 19 |
| 20 | 21 | 22 | 23 | 24 | 25 | 26 |
| 27 | 28 | 29 | 30 | 31 | | |

**April**

| So | Mo | Di | Mi | Do | Fr | Sa |
|---|---|---|---|---|---|---|
| | | | | | 1 | 2 |
| 3 | 4 | 5 | 6 | 7 | 8 | 9 |
| 10 | 11 | 12 | 13 | 14 | 15 | 16 |
| 17 | 18 | 19 | 20 | 21 | 22 | 23 |
| 24 | 25 | 26 | 27 | 28 | 29 | 30 |

**Mai**

| So | Mo | Di | Mi | Do | Fr | Sa |
|---|---|---|---|---|---|---|
| 1 | 2 | 3 | 4 | 5 | 6 | 7 |
| 8 | 9 | 10 | 11 | 12 | 13 | 14 |
| 15 | 16 | 17 | 18 | 19 | 20 | 21 |
| 22 | 23 | 24 | 25 | 26 | 27 | 28 |
| 29 | 30 | 31 | | | | |

**Juni**

| So | Mo | Di | Mi | Do | Fr | Sa |
|---|---|---|---|---|---|---|
| | | | 1 | 2 | 3 | 4 |
| 5 | 6 | 7 | 8 | 9 | 10 | 11 |
| 12 | 13 | 14 | 15 | 16 | 17 | 18 |
| 19 | 20 | 21 | 22 | 23 | 24 | 25 |
| 26 | 27 | 28 | 29 | 30 | | |

**Juli**

| So | Mo | Di | Mi | Do | Fr | Sa |
|---|---|---|---|---|---|---|
| | | | | | 1 | 2 |
| 3 | 4 | 5 | 6 | 7 | 8 | 9 |
| 10 | 11 | 12 | 13 | 14 | 15 | 16 |
| 17 | 18 | 19 | 20 | 21 | 22 | 23 |
| 24 | 25 | 26 | 27 | 28 | 29 | 30 |
| 31 | | | | | | |

**August**

| So | Mo | Di | Mi | Do | Fr | Sa |
|---|---|---|---|---|---|---|
| | 1 | 2 | 3 | 4 | 5 | 6 |
| 7 | 8 | 9 | 10 | 11 | 12 | 13 |
| 14 | 15 | 16 | 17 | 18 | 19 | 20 |
| 21 | 22 | 23 | 24 | 25 | 26 | 27 |
| 28 | 29 | 30 | 31 | | | |

**September**

| So | Mo | Di | Mi | Do | Fr | Sa |
|---|---|---|---|---|---|---|
| | | | | 1 | 2 | 3 |
| 4 | 5 | 6 | 7 | 8 | 9 | 10 |
| 11 | 12 | 13 | 14 | 15 | 16 | 17 |
| 18 | 19 | 20 | 21 | 22 | 23 | 24 |
| 25 | 26 | 27 | 28 | 29 | 30 | |

**Oktober**

| So | Mo | Di | Mi | Do | Fr | Sa |
|---|---|---|---|---|---|---|
| | | | | | | 1 |
| 2 | 3 | 4 | 5 | 6 | 7 | 8 |
| 9 | 10 | 11 | 12 | 13 | 14 | 15 |
| 16 | 17 | 18 | 19 | 20 | 21 | 22 |
| 23 | 24 | 25 | 26 | 27 | 28 | 29 |
| 30 | 31 | | | | | |

**November**

| So | Mo | Di | Mi | Do | Fr | Sa |
|---|---|---|---|---|---|---|
| | | 1 | 2 | 3 | 4 | 5 |
| 6 | 7 | 8 | 9 | 10 | 11 | 12 |
| 13 | 14 | 15 | 16 | 17 | 18 | 19 |
| 20 | 21 | 22 | 23 | 24 | 25 | 26 |
| 27 | 28 | 29 | 30 | | | |

**Dezember**

| So | Mo | Di | Mi | Do | Fr | Sa |
|---|---|---|---|---|---|---|
| | | | | 1 | 2 | 3 |
| 4 | 5 | 6 | 7 | 8 | 9 | 10 |
| 11 | 12 | 13 | 14 | 15 | 16 | 17 |
| 18 | 19 | 20 | 21 | 22 | 23 | 24 |
| 25 | 26 | 27 | 28 | | | |

*Patricia Ryan*

**Januar**

| So | Mo | Di | Mi | Do | Fr | Sa |
|---|---|---|---|---|---|---|
| | | | | | | 1 |
| 2 | 3 | 4 | 5 | 6 | 7 | 8 |
| 9 | 10 | 11 | 12 | 13 | 14 | 15 |
| 16 | 17 | 18 | 19 | 20 | 21 | 22 |
| 23 | 24 | 25 | 26 | 27 | 28 | 29 |
| 30 | 31 | | | | | |

**Februar**

| So | Mo | Di | Mi | Do | Fr | Sa |
|---|---|---|---|---|---|---|
| | | 1 | 2 | 3 | 4 | 5 |
| 6 | 7 | 8 | 9 | 10 | 11 | 12 |
| 13 | 14 | 15 | 16 | 17 | 18 | 19 |
| 20 | 21 | 22 | 23 | 24 | 25 | 26 |
| 27 | 28 | | | | | |

**März**

| So | Mo | Di | Mi | Do | Fr | Sa |
|---|---|---|---|---|---|---|
| | | 1 | 2 | 3 | 4 | 5 |
| 6 | 7 | 8 | 9 | 10 | 11 | 12 |
| 13 | 14 | 15 | 16 | 17 | 18 | 19 |
| 20 | 21 | 22 | 23 | 24 | 25 | 26 |
| 27 | 28 | 29 | 30 | 31 | | |

**April**

| So | Mo | Di | Mi | Do | Fr | Sa |
|---|---|---|---|---|---|---|
| | | | | | 1 | 2 |
| 3 | 4 | 5 | 6 | 7 | 8 | 9 |
| 10 | 11 | 12 | 13 | 14 | 15 | 16 |
| 17 | 18 | 19 | 20 | 21 | 22 | 23 |
| 24 | 25 | 26 | 27 | 28 | 29 | 30 |

**Mai**

| So | Mo | Di | Mi | Do | Fr | Sa |
|---|---|---|---|---|---|---|
| 1 | 2 | 3 | 4 | 5 | 6 | 7 |
| 8 | 9 | 10 | 11 | 12 | 13 | 14 |
| 15 | 16 | 17 | 18 | 19 | 20 | 21 |
| 22 | 23 | 24 | 25 | 26 | 27 | 28 |
| 29 | 30 | 31 | | | | |

**Juni**

| So | Mo | Di | Mi | Do | Fr | Sa |
|---|---|---|---|---|---|---|
| | | | 1 | 2 | 3 | 4 |
| 5 | 6 | 7 | 8 | 9 | 10 | 11 |
| 12 | 13 | 14 | 15 | 16 | 17 | 18 |
| 19 | 20 | 21 | 22 | 23 | 24 | 25 |
| 26 | 27 | 28 | 29 | 30 | | |

**Juli**

| So | Mo | Di | Mi | Do | Fr | Sa |
|---|---|---|---|---|---|---|
| | | | | | 1 | 2 |
| 3 | 4 | 5 | 6 | 7 | 8 | 9 |
| 10 | 11 | 12 | 13 | 14 | 15 | 16 |
| 17 | 18 | 19 | 20 | 21 | 22 | 23 |
| 24 | 25 | 26 | 27 | 28 | 29 | 30 |
| 31 | | | | | | |

**August**

| So | Mo | Di | Mi | Do | Fr | Sa |
|---|---|---|---|---|---|---|
| | 1 | 2 | 3 | 4 | 5 | 6 |
| 7 | 8 | 9 | 10 | 11 | 12 | 13 |
| 14 | 15 | 16 | 17 | 18 | 19 | 20 |
| 21 | 22 | 23 | 24 | 25 | 26 | 27 |
| 28 | 29 | 30 | 31 | | | |

**September**

| So | Mo | Di | Mi | Do | Fr | Sa |
|---|---|---|---|---|---|---|
| | | | | 1 | 2 | 3 |
| 4 | 5 | 6 | 7 | 8 | 9 | 10 |
| 11 | 12 | 13 | 14 | 15 | 16 | 17 |
| 18 | 19 | 20 | 21 | 22 | 23 | 24 |
| 25 | 26 | 27 | 28 | 29 | 30 | |

**Oktober**

| So | Mo | Di | Mi | Do | Fr | Sa |
|---|---|---|---|---|---|---|
| | | | | | | 1 |
| 2 | 3 | 4 | 5 | 6 | 7 | 8 |
| 9 | 10 | 11 | 12 | 13 | 14 | 15 |
| 16 | 17 | 18 | 19 | 20 | 21 | 22 |
| 23 | 24 | 25 | 26 | 27 | 28 | 29 |
| 30 | 31 | | | | | |

**November**

| So | Mo | Di | Mi | Do | Fr | Sa |
|---|---|---|---|---|---|---|
| | | 1 | 2 | 3 | 4 | 5 |
| 6 | 7 | 8 | 9 | 10 | 11 | 12 |
| 13 | 14 | 15 | 16 | 17 | 18 | 19 |
| 20 | 21 | 22 | 23 | 24 | 25 | 26 |
| 27 | 28 | 29 | 30 | | | |

**Dezember**

| So | Mo | Di | Mi | Do | Fr | Sa |
|---|---|---|---|---|---|---|
| | | | | 1 | 2 | 3 |
| 4 | 5 | 6 | 7 | 8 | 9 | 10 |
| 11 | 12 | 13 | 14 | 15 | 16 | 17 |
| 18 | 19 | 20 | 21 | 22 | 23 | 24 |
| 25 | 26 | 27 | 28 | | | |

Vivienne Chabrun

**Januar**

| So | Mo | Di | Mi | Do | Fr | Sa |
|---|---|---|---|---|---|---|
| | | | | | | 1 |
| 2 | 3 | 4 | 5 | 6 | 7 | 8 |
| 9 | 10 | 11 | 12 | 13 | 14 | 15 |
| 16 | 17 | 18 | 19 | 20 | 21 | 22 |
| 23 | 24 | 25 | 26 | 27 | 28 | 29 |
| 30 | 31 | | | | | |

**Juli**

| So | Mo | Di | Mi | Do | Fr | Sa |
|---|---|---|---|---|---|---|
| | | | | | 1 | 2 |
| 3 | 4 | 5 | 6 | 7 | 8 | 9 |
| 10 | 11 | 12 | 13 | 14 | 15 | 16 |
| 17 | 18 | 19 | 20 | 21 | 22 | 23 |
| 24 | 25 | 26 | 27 | 28 | 29 | 30 |
| 31 | | | | | | |

**Februar**

| So | Mo | Di | Mi | Do | Fr | Sa |
|---|---|---|---|---|---|---|
| | | 1 | 2 | 3 | 4 | 5 |
| 6 | 7 | 8 | 9 | 10 | 11 | 12 |
| 13 | 14 | 15 | 16 | 17 | 18 | 19 |
| 20 | 21 | 22 | 23 | 24 | 25 | 26 |
| 27 | 28 | | | | | |

**August**

| So | Mo | Di | Mi | Do | Fr | Sa |
|---|---|---|---|---|---|---|
| | 1 | 2 | 3 | 4 | 5 | 6 |
| 7 | 8 | 9 | 10 | 11 | 12 | 13 |
| 14 | 15 | 16 | 17 | 18 | 19 | 20 |
| 21 | 22 | 23 | 24 | 25 | 26 | 27 |
| 28 | 29 | 30 | 31 | | | |

**März**

| So | Mo | Di | Mi | Do | Fr | Sa |
|---|---|---|---|---|---|---|
| | | 1 | 2 | 3 | 4 | 5 |
| 6 | 7 | 8 | 9 | 10 | 11 | 12 |
| 13 | 14 | 15 | 16 | 17 | 18 | 19 |
| 20 | 21 | 22 | 23 | 24 | 25 | 26 |
| 27 | 28 | 29 | 30 | 31 | | |

**September**

| So | Mo | Di | Mi | Do | Fr | Sa |
|---|---|---|---|---|---|---|
| | | | | 1 | 2 | 3 |
| 4 | 5 | 6 | 7 | 8 | 9 | 10 |
| 11 | 12 | 13 | 14 | 15 | 16 | 17 |
| 18 | 19 | 20 | 21 | 22 | 23 | 24 |
| 25 | 26 | 27 | 28 | 29 | 30 | |

**April**

| So | Mo | Di | Mi | Do | Fr | Sa |
|---|---|---|---|---|---|---|
| | | | | | 1 | 2 |
| 3 | 4 | 5 | 6 | 7 | 8 | 9 |
| 10 | 11 | 12 | 13 | 14 | 15 | 16 |
| 17 | 18 | 19 | 20 | 21 | 22 | 23 |
| 24 | 25 | 26 | 27 | 28 | 29 | 30 |

**Oktober**

| So | Mo | Di | Mi | Do | Fr | Sa |
|---|---|---|---|---|---|---|
| | | | | | | 1 |
| 2 | 3 | 4 | 5 | 6 | 7 | 8 |
| 9 | 10 | 11 | 12 | 13 | 14 | 15 |
| 16 | 17 | 18 | 19 | 20 | 21 | 22 |
| 23 | 24 | 25 | 26 | 27 | 28 | 29 |
| 30 | 31 | | | | | |

**Mai**

| So | Mo | Di | Mi | Do | Fr | Sa |
|---|---|---|---|---|---|---|
| 1 | 2 | 3 | 4 | 5 | 6 | 7 |
| 8 | 9 | 10 | 11 | 12 | 13 | 14 |
| 15 | 16 | 17 | 18 | 19 | 20 | 21 |
| 22 | 23 | 24 | 25 | 26 | 27 | 28 |
| 29 | 30 | 31 | | | | |

**November**

| So | Mo | Di | Mi | Do | Fr | Sa |
|---|---|---|---|---|---|---|
| | | 1 | 2 | 3 | 4 | 5 |
| 6 | 7 | 8 | 9 | 10 | 11 | 12 |
| 13 | 14 | 15 | 16 | 17 | 18 | 19 |
| 20 | 21 | 22 | 23 | 24 | 25 | 26 |
| 27 | 28 | 29 | 30 | | | |

**Juni**

| So | Mo | Di | Mi | Do | Fr | Sa |
|---|---|---|---|---|---|---|
| | | | 1 | 2 | 3 | 4 |
| 5 | 6 | 7 | 8 | 9 | 10 | 11 |
| 12 | 13 | 14 | 15 | 16 | 17 | 18 |
| 19 | 20 | 21 | 22 | 23 | 24 | 25 |
| 26 | 27 | 28 | 29 | 30 | | |

**Dezember**

| So | Mo | Di | Mi | Do | Fr | Sa |
|---|---|---|---|---|---|---|
| | | | | 1 | 2 | 3 |
| 4 | 5 | 6 | 7 | 8 | 9 | 10 |
| 11 | 12 | 13 | 14 | 15 | 16 | 17 |
| 18 | 19 | 20 | 21 | 22 | 23 | 24 |
| 25 | 26 | 27 | 28 | | | |

Angela Ferrari

**Januar**

| So | Mo | Di | Mi | Do | Fr | Sa |
|---|---|---|---|---|---|---|
| | | | | | | 1 |
| 2 | 3 | 4 | 5 | 6 | 7 | 8 |
| 9 | 10 | 11 | 12 | 13 | 14 | 15 |
| 16 | 17 | 18 | 19 | 20 | 21 | 22 |
| 23 | 24 | 25 | 26 | 27 | 28 | 29 |
| 30 | 31 | | | | | |

**Februar**

| So | Mo | Di | Mi | Do | Fr | Sa |
|---|---|---|---|---|---|---|
| | | 1 | 2 | 3 | 4 | 5 |
| 6 | 7 | 8 | 9 | 10 | 11 | 12 |
| 13 | 14 | 15 | 16 | 17 | 18 | 19 |
| 20 | 21 | 22 | 23 | 24 | 25 | 26 |
| 27 | 28 | | | | | |

**März**

| So | Mo | Di | Mi | Do | Fr | Sa |
|---|---|---|---|---|---|---|
| | | 1 | 2 | 3 | 4 | 5 |
| 6 | 7 | 8 | 9 | 10 | 11 | 12 |
| 13 | 14 | 15 | 16 | 17 | 18 | 19 |
| 20 | 21 | 22 | 23 | 24 | 25 | 26 |
| 27 | 28 | 29 | 30 | 31 | | |

**April**

| So | Mo | Di | Mi | Do | Fr | Sa |
|---|---|---|---|---|---|---|
| | | | | | 1 | 2 |
| 3 | 4 | 5 | 6 | 7 | 8 | 9 |
| 10 | 11 | 12 | 13 | 14 | 15 | 16 |
| 17 | 18 | 19 | 20 | 21 | 22 | 23 |
| 24 | 25 | 26 | 27 | 28 | 29 | 30 |

**Mai**

| So | Mo | Di | Mi | Do | Fr | Sa |
|---|---|---|---|---|---|---|
| 1 | 2 | 3 | 4 | 5 | 6 | 7 |
| 8 | 9 | 10 | 11 | 12 | 13 | 14 |
| 15 | 16 | 17 | 18 | 19 | 20 | 21 |
| 22 | 23 | 24 | 25 | 26 | 27 | 28 |
| 29 | 30 | 31 | | | | |

**Juni**

| So | Mo | Di | Mi | Do | Fr | Sa |
|---|---|---|---|---|---|---|
| | | | 1 | 2 | 3 | 4 |
| 5 | 6 | 7 | 8 | 9 | 10 | 11 |
| 12 | 13 | 14 | 15 | 16 | 17 | 18 |
| 19 | 20 | 21 | 22 | 23 | 24 | 25 |
| 26 | 27 | 28 | 29 | 30 | | |

**Juli**

| So | Mo | Di | Mi | Do | Fr | Sa |
|---|---|---|---|---|---|---|
| | | | | | 1 | 2 |
| 3 | 4 | 5 | 6 | 7 | 8 | 9 |
| 10 | 11 | 12 | 13 | 14 | 15 | 16 |
| 17 | 18 | 19 | 20 | 21 | 22 | 23 |
| 24 | 25 | 26 | 27 | 28 | 29 | 30 |
| 31 | | | | | | |

**August**

| So | Mo | Di | Mi | Do | Fr | Sa |
|---|---|---|---|---|---|---|
| | 1 | 2 | 3 | 4 | 5 | 6 |
| 7 | 8 | 9 | 10 | 11 | 12 | 13 |
| 14 | 15 | 16 | 17 | 18 | 19 | 20 |
| 21 | 22 | 23 | 24 | 25 | 26 | 27 |
| 28 | 29 | 30 | 31 | | | |

**September**

| So | Mo | Di | Mi | Do | Fr | Sa |
|---|---|---|---|---|---|---|
| | | | | 1 | 2 | 3 |
| 4 | 5 | 6 | 7 | 8 | 9 | 10 |
| 11 | 12 | 13 | 14 | 15 | 16 | 17 |
| 18 | 19 | 20 | 21 | 22 | 23 | 24 |
| 25 | 26 | 27 | 28 | 29 | 30 | |

**Oktober**

| So | Mo | Di | Mi | Do | Fr | Sa |
|---|---|---|---|---|---|---|
| | | | | | | 1 |
| 2 | 3 | 4 | 5 | 6 | 7 | 8 |
| 9 | 10 | 11 | 12 | 13 | 14 | 15 |
| 16 | 17 | 18 | 19 | 20 | 21 | 22 |
| 23 | 24 | 25 | 26 | 27 | 28 | 29 |
| 30 | 31 | | | | | |

**November**

| So | Mo | Di | Mi | Do | Fr | Sa |
|---|---|---|---|---|---|---|
| | | 1 | 2 | 3 | 4 | 5 |
| 6 | 7 | 8 | 9 | 10 | 11 | 12 |
| 13 | 14 | 15 | 16 | 17 | 18 | 19 |
| 20 | 21 | 22 | 23 | 24 | 25 | 26 |
| 27 | 28 | 29 | 30 | | | |

**Dezember**

| So | Mo | Di | Mi | Do | Fr | Sa |
|---|---|---|---|---|---|---|
| | | | | 1 | 2 | 3 |
| 4 | 5 | 6 | 7 | 8 | 9 | 10 |
| 11 | 12 | 13 | 14 | 15 | 16 | 17 |
| 18 | 19 | 20 | 21 | 22 | 23 | 24 |
| 25 | 26 | 27 | 28 | | | |

Sie zögerte. Die drei Daten, die sie gerade eingekringelt hatte, waren die Daten für die Identifizierung desselben Mannes. Der Mann, den Angela *abweichend* beschrieben hatte – die wilde Karte sozusagen –, hatte sie am 28. Juni vergewaltigt. Auf dem Kalender strich Annie dieses Datum mit einem X an.

Angela Ferrari

**Januar**

| So | Mo | Di | Mi | Do | Fr | Sa |
|---|---|---|---|---|---|---|
| | | | | | | 1 |
| 2 | 3 | 4 | 5 | 6 | 7 | 8 |
| 9 | 10 | 11 | 12 | 13 | 14 | 15 |
| 16 | 17 | 18 | 19 | 20 | 21 | 22 |
| 23 | 24 | 25 | 26 | 27 | 28 | 29 |
| 30 | 31 | | | | | |

**Februar**

| So | Mo | Di | Mi | Do | Fr | Sa |
|---|---|---|---|---|---|---|
| | | 1 | 2 | 3 | 4 | 5 |
| 6 | 7 | 8 | 9 | 10 | 11 | 12 |
| 13 | 14 | 15 | 16 | 17 | 18 | 19 |
| 20 | 21 | 22 | 23 | 24 | 25 | 26 |
| 27 | 28 | | | | | |

**März**

| So | Mo | Di | Mi | Do | Fr | Sa |
|---|---|---|---|---|---|---|
| | | 1 | 2 | 3 | 4 | 5 |
| 6 | 7 | 8 | 9 | 10 | 11 | 12 |
| 13 | 14 | 15 | 16 | 17 | 18 | 19 |
| 20 | 21 | 22 | 23 | 24 | 25 | 26 |
| 27 | 28 | 29 | 30 | 31 | | |

**April**

| So | Mo | Di | Mi | Do | Fr | Sa |
|---|---|---|---|---|---|---|
| | | | | | 1 | 2 |
| 3 | 4 | 5 | 6 | 7 | 8 | 9 |
| 10 | 11 | 12 | 13 | 14 | 15 | 16 |
| 17 | 18 | 19 | 20 | 21 | 22 | 23 |
| 24 | 25 | 26 | 27 | 28 | 29 | 30 |

**Mai**

| So | Mo | Di | Mi | Do | Fr | Sa |
|---|---|---|---|---|---|---|
| 1 | 2 | 3 | 4 | 5 | 6 | 7 |
| 8 | 9 | 10 | 11 | 12 | 13 | 14 |
| 15 | 16 | 17 | 18 | 19 | 20 | 21 |
| 22 | 23 | 24 | 25 | 26 | 27 | 28 |
| 29 | 30 | 31 | | | | |

**Juni**

| So | Mo | Di | Mi | Do | Fr | Sa |
|---|---|---|---|---|---|---|
| | | | 1 | 2 | 3 | 4 |
| 5 | 6 | 7 | 8 | 9 | 10 | 11 |
| 12 | 13 | 14 | 15 | 16 | 17 | 18 |
| 19 | 20 | 21 | 22 | 23 | 24 | 25 |
| 26 | 27 | 28 | 29 | 30 | | |

**Juli**

| So | Mo | Di | Mi | Do | Fr | Sa |
|---|---|---|---|---|---|---|
| | | | | | 1 | 2 |
| 3 | 4 | 5 | 6 | 7 | 8 | 9 |
| 10 | 11 | 12 | 13 | 14 | 15 | 16 |
| 17 | 18 | 19 | 20 | 21 | 22 | 23 |
| 24 | 25 | 26 | 27 | 28 | 29 | 30 |
| 31 | | | | | | |

**August**

| So | Mo | Di | Mi | Do | Fr | Sa |
|---|---|---|---|---|---|---|
| | 1 | 2 | 3 | 4 | 5 | 6 |
| 7 | 8 | 9 | 10 | 11 | 12 | 13 |
| 14 | 15 | 16 | 17 | 18 | 19 | 20 |
| 21 | 22 | 23 | 24 | 25 | 26 | 27 |
| 28 | 29 | 30 | 31 | | | |

**September**

| So | Mo | Di | Mi | Do | Fr | Sa |
|---|---|---|---|---|---|---|
| | | | | 1 | 2 | 3 |
| 4 | 5 | 6 | 7 | 8 | 9 | 10 |
| 11 | 12 | 13 | 14 | 15 | 16 | 17 |
| 18 | 19 | 20 | 21 | 22 | 23 | 24 |
| 25 | 26 | 27 | 28 | 29 | 30 | |

**Oktober**

| So | Mo | Di | Mi | Do | Fr | Sa |
|---|---|---|---|---|---|---|
| | | | | | | 1 |
| 2 | 3 | 4 | 5 | 6 | 7 | 8 |
| 9 | 10 | 11 | 12 | 13 | 14 | 15 |
| 16 | 17 | 18 | 19 | 20 | 21 | 22 |
| 23 | 24 | 25 | 26 | 27 | 28 | 29 |
| 30 | 31 | | | | | |

**November**

| So | Mo | Di | Mi | Do | Fr | Sa |
|---|---|---|---|---|---|---|
| | | 1 | 2 | 3 | 4 | 5 |
| 6 | 7 | 8 | 9 | 10 | 11 | 12 |
| 13 | 14 | 15 | 16 | 17 | 18 | 19 |
| 20 | 21 | 22 | 23 | 24 | 25 | 26 |
| 27 | 28 | 29 | 30 | | | |

**Dezember**

| So | Mo | Di | Mi | Do | Fr | Sa |
|---|---|---|---|---|---|---|
| | | | | 1 | 2 | 3 |
| 4 | 5 | 6 | 7 | 8 | 9 | 10 |
| 11 | 12 | 13 | 14 | 15 | 16 | 17 |
| 18 | 19 | 20 | 21 | 22 | 23 | 24 |
| 25 | 26 | 27 | 28 | | | |

Terry Cooper

**Januar**

| So | Mo | Di | Mi | Do | Fr | Sa |
|---|---|---|---|---|---|---|
| | | | | | | 1 |
| 2 | 3 | 4 | 5 | 6 | 7 | 8 |
| 9 | 10 | 11 | 12 | 13 | 14 | 15 |
| 16 | 17 | 18 | 19 | 20 | 21 | 22 |
| 23 | 24 | 25 | 26 | 27 | 28 | 29 |
| 30 | 31 | | | | | |

**Februar**

| So | Mo | Di | Mi | Do | Fr | Sa |
|---|---|---|---|---|---|---|
| | | 1 | 2 | 3 | 4 | 5 |
| 6 | 7 | 8 | 9 | 10 | 11 | 12 |
| 13 | 14 | 15 | 16 | 17 | 18 | 19 |
| 20 | 21 | 22 | 23 | 24 | 25 | 26 |
| 27 | 28 | | | | | |

**März**

| So | Mo | Di | Mi | Do | Fr | Sa |
|---|---|---|---|---|---|---|
| | | 1 | 2 | 3 | 4 | 5 |
| 6 | 7 | 8 | 9 | 10 | 11 | 12 |
| 13 | 14 | 15 | 16 | 17 | 18 | 19 |
| 20 | 21 | 22 | 23 | 24 | 25 | 26 |
| 27 | 28 | 29 | 30 | 31 | | |

**April**

| So | Mo | Di | Mi | Do | Fr | Sa |
|---|---|---|---|---|---|---|
| | | | | | 1 | 2 |
| 3 | 4 | 5 | 6 | 7 | 8 | 9 |
| 10 | 11 | 12 | 13 | 14 | 15 | 16 |
| 17 | 18 | 19 | 20 | 21 | 22 | 23 |
| 24 | 25 | 26 | 27 | 28 | 29 | 30 |

**Mai**

| So | Mo | Di | Mi | Do | Fr | Sa |
|---|---|---|---|---|---|---|
| 1 | 2 | 3 | 4 | 5 | 6 | 7 |
| 8 | 9 | 10 | 11 | 12 | 13 | 14 |
| 15 | 16 | 17 | 18 | 19 | 20 | 21 |
| 22 | 23 | 24 | 25 | 26 | 27 | 28 |
| 29 | 30 | 31 | | | | |

**Juni**

| So | Mo | Di | Mi | Do | Fr | Sa |
|---|---|---|---|---|---|---|
| | | | 1 | 2 | 3 | 4 |
| 5 | 6 | 7 | 8 | 9 | 10 | 11 |
| 12 | 13 | 14 | 15 | 16 | 17 | 18 |
| 19 | 20 | 21 | 22 | 23 | 24 | 25 |
| 26 | 27 | 28 | 29 | 30 | | |

**Juli**

| So | Mo | Di | Mi | Do | Fr | Sa |
|---|---|---|---|---|---|---|
| | | | | | 1 | 2 |
| 3 | 4 | 5 | 6 | 7 | 8 | 9 |
| 10 | 11 | 12 | 13 | 14 | 15 | 16 |
| 17 | 18 | 19 | 20 | 21 | 22 | 23 |
| 24 | 25 | 26 | 27 | 28 | 29 | 30 |
| 31 | | | | | | |

**August**

| So | Mo | Di | Mi | Do | Fr | Sa |
|---|---|---|---|---|---|---|
| | 1 | 2 | 3 | 4 | 5 | 6 |
| 7 | 8 | 9 | 10 | 11 | 12 | 13 |
| 14 | 15 | 16 | 17 | 18 | 19 | 20 |
| 21 | 22 | 23 | 24 | 25 | 26 | 27 |
| 28 | 29 | 30 | 31 | | | |

**September**

| So | Mo | Di | Mi | Do | Fr | Sa |
|---|---|---|---|---|---|---|
| | | | | 1 | 2 | 3 |
| 4 | 5 | 6 | 7 | 8 | 9 | 10 |
| 11 | 12 | 13 | 14 | 15 | 16 | 17 |
| 18 | 19 | 20 | 21 | 22 | 23 | 24 |
| 25 | 26 | 27 | 28 | 29 | 30 | |

**Oktober**

| So | Mo | Di | Mi | Do | Fr | Sa |
|---|---|---|---|---|---|---|
| | | | | | | 1 |
| 2 | 3 | 4 | 5 | 6 | 7 | 8 |
| 9 | 10 | 11 | 12 | 13 | 14 | 15 |
| 16 | 17 | 18 | 19 | 20 | 21 | 22 |
| 23 | 24 | 25 | 26 | 27 | 28 | 29 |
| 30 | 31 | | | | | |

**November**

| So | Mo | Di | Mi | Do | Fr | Sa |
|---|---|---|---|---|---|---|
| | | 1 | 2 | 3 | 4 | 5 |
| 6 | 7 | 8 | 9 | 10 | 11 | 12 |
| 13 | 14 | 15 | 16 | 17 | 18 | 19 |
| 20 | 21 | 22 | 23 | 24 | 25 | 26 |
| 27 | 28 | 29 | 30 | | | |

**Dezember**

| So | Mo | Di | Mi | Do | Fr | Sa |
|---|---|---|---|---|---|---|
| | | | | 1 | 2 | 3 |
| 4 | 5 | 6 | 7 | 8 | 9 | 10 |
| 11 | 12 | 13 | 14 | 15 | 16 | 17 |
| 18 | 19 | 20 | 21 | 22 | 23 | 24 |
| 25 | 26 | 27 | 28 | | | |

Cecily Bainbridge

**Januar**

| So | Mo | Di | Mi | Do | Fr | Sa |
|---|---|---|---|---|---|---|
| | | | | | | 1 |
| 2 | 3 | 4 | 5 | 6 | 7 | 8 |
| 9 | 10 | 11 | 12 | 13 | 14 | 15 |
| 16 | 17 | 18 | 19 | 20 | 21 | 22 |
| 23 | 24 | 25 | 26 | 27 | 28 | 29 |
| 30 | 31 | | | | | |

**Februar**

| So | Mo | Di | Mi | Do | Fr | Sa |
|---|---|---|---|---|---|---|
| | | 1 | 2 | 3 | 4 | 5 |
| 6 | 7 | 8 | 9 | 10 | 11 | 12 |
| 13 | 14 | 15 | 16 | 17 | 18 | 19 |
| 20 | 21 | 22 | 23 | 24 | 25 | 26 |
| 27 | 28 | | | | | |

**März**

| So | Mo | Di | Mi | Do | Fr | Sa |
|---|---|---|---|---|---|---|
| | | 1 | 2 | 3 | 4 | 5 |
| 6 | 7 | 8 | 9 | 10 | 11 | 12 |
| 13 | 14 | 15 | 16 | 17 | 18 | 19 |
| 20 | 21 | 22 | 23 | 24 | 25 | 26 |
| 27 | 28 | 29 | 30 | 31 | | |

**April**

| So | Mo | Di | Mi | Do | Fr | Sa |
|---|---|---|---|---|---|---|
| | | | | | 1 | 2 |
| 3 | 4 | 5 | 6 | 7 | 8 | 9 |
| 10 | 11 | 12 | 13 | 14 | 15 | 16 |
| 17 | 18 | 19 | 20 | 21 | 22 | 23 |
| 24 | 25 | 26 | 27 | 28 | 29 | 30 |

**Mai**

| So | Mo | Di | Mi | Do | Fr | Sa |
|---|---|---|---|---|---|---|
| 1 | 2 | 3 | 4 | 5 | 6 | 7 |
| 8 | 9 | 10 | 11 | 12 | 13 | 14 |
| 15 | 16 | 17 | 18 | 19 | 20 | 21 |
| 22 | 23 | 24 | 25 | 26 | 27 | 28 |
| 29 | 30 | 31 | | | | |

**Juni**

| So | Mo | Di | Mi | Do | Fr | Sa |
|---|---|---|---|---|---|---|
| | | | 1 | 2 | 3 | 4 |
| 5 | 6 | 7 | 8 | 9 | 10 | 11 |
| 12 | 13 | 14 | 15 | 16 | 17 | 18 |
| 19 | 20 | 21 | 22 | 23 | 24 | 25 |
| 26 | 27 | 28 | 29 | 30 | | |

**Juli**

| So | Mo | Di | Mi | Do | Fr | Sa |
|---|---|---|---|---|---|---|
| | | | | | 1 | 2 |
| 3 | 4 | 5 | 6 | 7 | 8 | 9 |
| 10 | 11 | 12 | 13 | 14 | 15 | 16 |
| 17 | 18 | 19 | 20 | 21 | 22 | 23 |
| 24 | 25 | 26 | 27 | 28 | 29 | 30 |
| 31 | | | | | | |

**August**

| So | Mo | Di | Mi | Do | Fr | Sa |
|---|---|---|---|---|---|---|
| | 1 | 2 | 3 | 4 | 5 | 6 |
| 7 | 8 | 9 | 10 | 11 | 12 | 13 |
| 14 | 15 | 16 | 17 | 18 | 19 | 20 |
| 21 | 22 | 23 | 24 | 25 | 26 | 27 |
| 28 | 29 | 30 | 31 | | | |

**September**

| So | Mo | Di | Mi | Do | Fr | Sa |
|---|---|---|---|---|---|---|
| | | | | 1 | 2 | 3 |
| 4 | 5 | 6 | 7 | 8 | 9 | 10 |
| 11 | 12 | 13 | 14 | 15 | 16 | 17 |
| 18 | 19 | 20 | 21 | 22 | 23 | 24 |
| 25 | 26 | 27 | 28 | 29 | 30 | |

**Oktober**

| So | Mo | Di | Mi | Do | Fr | Sa |
|---|---|---|---|---|---|---|
| | | | | | | 1 |
| 2 | 3 | 4 | 5 | 6 | 7 | 8 |
| 9 | 10 | 11 | 12 | 13 | 14 | 15 |
| 16 | 17 | 18 | 19 | 20 | 21 | 22 |
| 23 | 24 | 25 | 26 | 27 | 28 | 29 |
| 30 | 31 | | | | | |

**November**

| So | Mo | Di | Mi | Do | Fr | Sa |
|---|---|---|---|---|---|---|
| | | 1 | 2 | 3 | 4 | 5 |
| 6 | 7 | 8 | 9 | 10 | 11 | 12 |
| 13 | 14 | 15 | 16 | 17 | 18 | 19 |
| 20 | 21 | 22 | 23 | 24 | 25 | 26 |
| 27 | 28 | 29 | 30 | | | |

**Dezember**

| So | Mo | Di | Mi | Do | Fr | Sa |
|---|---|---|---|---|---|---|
| | | | | 1 | 2 | 3 |
| 4 | 5 | 6 | 7 | 8 | 9 | 10 |
| 11 | 12 | 13 | 14 | 15 | 16 | 17 |
| 18 | 19 | 20 | 21 | 22 | 23 | 24 |
| 25 | 26 | 27 | 28 | | | |

Mary Hollings

**Januar**

| So | Mo | Di | Mi | Do | Fr | Sa |
|---|---|---|---|---|---|---|
| | | | | | | 1 |
| 2 | 3 | 4 | 5 | 6 | 7 | 8 |
| 9 | 10 | 11 | 12 | 13 | 14 | 15 |
| 16 | 17 | 18 | 19 | 20 | 21 | 22 |
| 23 | 24 | 25 | 26 | 27 | 28 | 29 |
| 30 | 31 | | | | | |

**Februar**

| So | Mo | Di | Mi | Do | Fr | Sa |
|---|---|---|---|---|---|---|
| | | 1 | 2 | 3 | 4 | 5 |
| 6 | 7 | 8 | 9 | 10 | 11 | 12 |
| 13 | 14 | 15 | 16 | 17 | 18 | 19 |
| 20 | 21 | 22 | 23 | 24 | 25 | 26 |
| 27 | 28 | | | | | |

**März**

| So | Mo | Di | Mi | Do | Fr | Sa |
|---|---|---|---|---|---|---|
| | | 1 | 2 | 3 | 4 | 5 |
| 6 | 7 | 8 | 9 | 10 | 11 | 12 |
| 13 | 14 | 15 | 16 | 17 | 18 | 19 |
| 20 | 21 | 22 | 23 | 24 | 25 | 26 |
| 27 | 28 | 29 | 30 | 31 | | |

**April**

| So | Mo | Di | Mi | Do | Fr | Sa |
|---|---|---|---|---|---|---|
| | | | | | 1 | 2 |
| 3 | 4 | 5 | 6 | 7 | 8 | 9 |
| 10 | 11 | 12 | 13 | 14 | 15 | 16 |
| 17 | 18 | 19 | 20 | 21 | 22 | 23 |
| 24 | 25 | 26 | 27 | 28 | 29 | 30 |

**Mai**

| So | Mo | Di | Mi | Do | Fr | Sa |
|---|---|---|---|---|---|---|
| 1 | 2 | 3 | 4 | 5 | 6 | 7 |
| 8 | 9 | 10 | 11 | 12 | 13 | 14 |
| 15 | 16 | 17 | 18 | 19 | 20 | 21 |
| 22 | 23 | 24 | 25 | 26 | 27 | 28 |
| 29 | 30 | 31 | | | | |

**Juni**

| So | Mo | Di | Mi | Do | Fr | Sa |
|---|---|---|---|---|---|---|
| | | | 1 | 2 | 3 | 4 |
| 5 | 6 | 7 | 8 | 9 | 10 | 11 |
| 12 | 13 | 14 | 15 | 16 | 17 | 18 |
| 19 | 20 | 21 | 22 | 23 | 24 | 25 |
| 26 | 27 | 28 | 29 | 30 | | |

**Juli**

| So | Mo | Di | Mi | Do | Fr | Sa |
|---|---|---|---|---|---|---|
| | | | | | 1 | 2 |
| 3 | 4 | 5 | 6 | 7 | 8 | 9 |
| 10 | 11 | 12 | 13 | 14 | 15 | 16 |
| 17 | 18 | 19 | 20 | 21 | 22 | 23 |
| 24 | 25 | 26 | 27 | 28 | 29 | 30 |
| 31 | | | | | | |

**August**

| So | Mo | Di | Mi | Do | Fr | Sa |
|---|---|---|---|---|---|---|
| | 1 | 2 | 3 | 4 | 5 | 6 |
| 7 | 8 | 9 | 10 | 11 | 12 | 13 |
| 14 | 15 | 16 | 17 | 18 | 19 | 20 |
| 21 | 22 | 23 | 24 | 25 | 26 | 27 |
| 28 | 29 | 30 | 31 | | | |

**September**

| So | Mo | Di | Mi | Do | Fr | Sa |
|---|---|---|---|---|---|---|
| | | | | 1 | 2 | 3 |
| 4 | 5 | 6 | 7 | 8 | 9 | 10 |
| 11 | 12 | 13 | 14 | 15 | 16 | 17 |
| 18 | 19 | 20 | 21 | 22 | 23 | 24 |
| 25 | 26 | 27 | 28 | 29 | 30 | |

**Oktober**

| So | Mo | Di | Mi | Do | Fr | Sa |
|---|---|---|---|---|---|---|
| | | | | | | 1 |
| 2 | 3 | 4 | 5 | 6 | 7 | 8 |
| 9 | 10 | 11 | 12 | 13 | 14 | 15 |
| 16 | 17 | 18 | 19 | 20 | 21 | 22 |
| 23 | 24 | 25 | 26 | 27 | 28 | 29 |
| 30 | 31 | | | | | |

**November**

| So | Mo | Di | Mi | Do | Fr | Sa |
|---|---|---|---|---|---|---|
| | | 1 | 2 | 3 | 4 | 5 |
| 6 | 7 | 8 | 9 | 10 | 11 | 12 |
| 13 | 14 | 15 | 16 | 17 | 18 | 19 |
| 20 | 21 | 22 | 23 | 24 | 25 | 26 |
| 27 | 28 | 29 | 30 | | | |

**Dezember**

| So | Mo | Di | Mi | Do | Fr | Sa |
|---|---|---|---|---|---|---|
| | | | | 1 | 2 | 3 |
| 4 | 5 | 6 | 7 | 8 | 9 | 10 |
| 11 | 12 | 13 | 14 | 15 | 16 | 17 |
| 18 | 19 | 20 | 21 | 22 | 23 | 24 |
| 25 | 26 | 27 | 28 | | | |

*Janet Reilly*

**Januar**

| So | Mo | Di | Mi | Do | Fr | Sa |
|---|---|---|---|---|---|---|
| | | | | | | 1 |
| 2 | 3 | 4 | 5 | 6 | 7 | 8 |
| 9 | 10 | 11 | 12 | 13 | 14 | 15 |
| 16 | 17 | 18 | 19 | 20 | 21 | 22 |
| 23 | 24 | 25 | 26 | 27 | 28 | 29 |
| 30 | 31 | | | | | |

**Februar**

| So | Mo | Di | Mi | Do | Fr | Sa |
|---|---|---|---|---|---|---|
| | | 1 | 2 | 3 | 4 | 5 |
| 6 | 7 | 8 | 9 | 10 | 11 | 12 |
| 13 | 14 | 15 | 16 | 17 | 18 | 19 |
| 20 | 21 | 22 | 23 | 24 | 25 | 26 |
| 27 | 28 | | | | | |

**März**

| So | Mo | Di | Mi | Do | Fr | Sa |
|---|---|---|---|---|---|---|
| | | 1 | 2 | 3 | 4 | 5 |
| 6 | 7 | 8 | 9 | 10 | 11 | 12 |
| 13 | 14 | 15 | 16 | 17 | 18 | 19 |
| 20 | 21 | 22 | 23 | 24 | 25 | 26 |
| 27 | 28 | 29 | 30 | 31 | | |

**April**

| So | Mo | Di | Mi | Do | Fr | Sa |
|---|---|---|---|---|---|---|
| | | | | | 1 | 2 |
| 3 | 4 | 5 | 6 | 7 | 8 | 9 |
| 10 | 11 | 12 | 13 | 14 | 15 | 16 |
| 17 | 18 | 19 | 20 | 21 | 22 | 23 |
| 24 | 25 | 26 | 27 | 28 | 29 | 30 |

**Mai**

| So | Mo | Di | Mi | Do | Fr | Sa |
|---|---|---|---|---|---|---|
| 1 | 2 | 3 | 4 | 5 | 6 | 7 |
| 8 | 9 | 10 | 11 | 12 | 13 | 14 |
| 15 | 16 | 17 | 18 | 19 | 20 | 21 |
| 22 | 23 | 24 | 25 | 26 | 27 | 28 |
| 29 | 30 | 31 | | | | |

**Juni**

| So | Mo | Di | Mi | Do | Fr | Sa |
|---|---|---|---|---|---|---|
| | | | 1 | 2 | 3 | 4 |
| 5 | 6 | 7 | 8 | 9 | 10 | 11 |
| 12 | 13 | 14 | 15 | 16 | 17 | 18 |
| 19 | 20 | 21 | 22 | 23 | 24 | 25 |
| 26 | 27 | 28 | 29 | 30 | | |

**Juli**

| So | Mo | Di | Mi | Do | Fr | Sa |
|---|---|---|---|---|---|---|
| | | | | | 1 | 2 |
| 3 | 4 | 5 | 6 | 7 | 8 | 9 |
| 10 | 11 | 12 | 13 | 14 | 15 | 16 |
| 17 | 18 | 19 | 20 | 21 | 22 | 23 |
| 24 | 25 | 26 | 27 | 28 | 29 | 30 |
| 31 | | | | | | |

**August**

| So | Mo | Di | Mi | Do | Fr | Sa |
|---|---|---|---|---|---|---|
| | 1 | 2 | 3 | 4 | 5 | 6 |
| 7 | 8 | 9 | 10 | 11 | 12 | 13 |
| 14 | 15 | 16 | 17 | 18 | 19 | 20 |
| 21 | 22 | 23 | 24 | 25 | 26 | 27 |
| 28 | 29 | 30 | 31 | | | |

**September**

| So | Mo | Di | Mi | Do | Fr | Sa |
|---|---|---|---|---|---|---|
| | | | | 1 | 2 | 3 |
| 4 | 5 | 6 | 7 | 8 | 9 | 10 |
| 11 | 12 | 13 | 14 | 15 | 16 | 17 |
| 18 | 19 | 20 | 21 | 22 | 23 | 24 |
| 25 | 26 | 27 | 28 | 29 | 30 | |

**Oktober**

| So | Mo | Di | Mi | Do | Fr | Sa |
|---|---|---|---|---|---|---|
| | | | | | | 1 |
| 2 | 3 | 4 | 5 | 6 | 7 | 8 |
| 9 | 10 | 11 | 12 | 13 | 14 | 15 |
| 16 | 17 | 18 | 19 | 20 | 21 | 22 |
| 23 | 24 | 25 | 26 | 27 | 28 | 29 |
| 30 | 31 | | | | | |

**November**

| So | Mo | Di | Mi | Do | Fr | Sa |
|---|---|---|---|---|---|---|
| | | 1 | 2 | 3 | 4 | 5 |
| 6 | 7 | 8 | 9 | 10 | 11 | 12 |
| 13 | 14 | 15 | 16 | 17 | 18 | 19 |
| 20 | 21 | 22 | 23 | 24 | 25 | 26 |
| 27 | 28 | 29 | 30 | | | |

**Dezember**

| So | Mo | Di | Mi | Do | Fr | Sa |
|---|---|---|---|---|---|---|
| | | | | 1 | 2 | 3 |
| 4 | 5 | 6 | 7 | 8 | 9 | 10 |
| 11 | 12 | 13 | 14 | 15 | 16 | 17 |
| 18 | 19 | 20 | 21 | 22 | 23 | 24 |
| 25 | 26 | 27 | 28 | | | |

Auf einem frischen Blatt Papier schrieb sie alle neun Namen noch einmal auf und stellte so noch eine weitere Liste auf, indem sie die Kalendereintragungen für jeden Namen zugrunde legte.
Lois Carmody: 7. März, 4. April, 25. April, 9. Mai. Immer Montag nachts.
Blanca Diaz: 15. März, 12. April, 3. Mai. Dienstag nachts.
Patricia Ryan: 23. März, 20. April, 25. Mai. Mittwoch nachts.
Vivienne Chabrun: 31. März, 19. Mai, 2. Juni. Donnerstags.
Angela Ferrari: 11. April, 30. Mai und 13. Juni bei der Beschreibung desselben Mannes. Immer Montag nachts. 28. Juni bei der wilden Karte. Dienstag nachts.
Terry Cooper: 1. Mai, 19. Juni. Beide Male Sonntag nachts.
Cecily Bainbridge: 7. Mai, 4. Juni. Samstag nachts.
Mary Hollings: 10. Juni, 16. September, 7. Oktober. Freitags.
Janet Reilly: 13. September, 11. Oktober. Dienstags.
Sie brütete über der Liste.
Okay. Dieselbe Frau in derselben Nacht einer Woche. Aber was zum Henker *bedeutete* das? Seine Wahl einer Nacht für jede dieser Frauen mochte auf einer genauen Beobachtung ihrer Gewohnheiten beruhen. Vielleicht ging Vivienne Chabrun Donnerstag abends zu Versammlungen der L'Alliance des Femmes Françaises. Vielleicht spielte Lois Carmody Montag abends Tennis. Vielleicht sang Janet Reilly Dienstag abends in ihrem Chor. Wer zum Kuckuck sollte das wissen?
Sie blätterte die Kalender durch.
Vivienne Chabrun war zum erstenmal am letzten Tag im März vergewaltigt worden, das zweite Mal sieben Wochen später am 19. Mai und dann wieder zwei Wochen danach am 2. Juni. Immer Donnerstag nachts. Terry Cooper war am 1. Mai vergewaltigt worden, dann sieben Wochen später am 19. Juni, Sonntag nachts, Patricia Ryan war am 23. März vergewaltigt worden, wieder vier Wochen später am 20. April und dann nicht mehr bis zum 25. Mai, fünf Wochen nach dem Aprildatum. Mittwoch abends. Es schien kein erkennbares Schema zu geben, bis Annie die Kalender noch einmal rückwärts durchging und sich den von Lois Carmody, dem ersten der Serienopfer, genau ansah.

Lori Carmody

**Januar**

| So | Mo | Di | Mi | Do | Fr | Sa |
|---|---|---|---|---|---|---|
| | | | | | | 1 |
| 2 | 3 | 4 | 5 | 6 | 7 | 8 |
| 9 | 10 | 11 | 12 | 13 | 14 | 15 |
| 16 | 17 | 18 | 19 | 20 | 21 | 22 |
| 23 | 24 | 25 | 26 | 27 | 28 | 29 |
| 30 | 31 | | | | | |

**Juli**

| So | Mo | Di | Mi | Do | Fr | Sa |
|---|---|---|---|---|---|---|
| | | | | | 1 | 2 |
| 3 | 4 | 5 | 6 | 7 | 8 | 9 |
| 10 | 11 | 12 | 13 | 14 | 15 | 16 |
| 17 | 18 | 19 | 20 | 21 | 22 | 23 |
| 24 | 25 | 26 | 27 | 28 | 29 | 30 |
| 31 | | | | | | |

**Februar**

| So | Mo | Di | Mi | Do | Fr | Sa |
|---|---|---|---|---|---|---|
| | | 1 | 2 | 3 | 4 | 5 |
| 6 | 7 | 8 | 9 | 10 | 11 | 12 |
| 13 | 14 | 15 | 16 | 17 | 18 | 19 |
| 20 | 21 | 22 | 23 | 24 | 25 | 26 |
| 27 | 28 | | | | | |

**August**

| So | Mo | Di | Mi | Do | Fr | Sa |
|---|---|---|---|---|---|---|
| | 1 | 2 | 3 | 4 | 5 | 6 |
| 7 | 8 | 9 | 10 | 11 | 12 | 13 |
| 14 | 15 | 16 | 17 | 18 | 19 | 20 |
| 21 | 22 | 23 | 24 | 25 | 26 | 27 |
| 28 | 29 | 30 | 31 | | | |

**März**

| So | Mo | Di | Mi | Do | Fr | Sa |
|---|---|---|---|---|---|---|
| | | 1 | 2 | 3 | 4 | 5 |
| 6 | 7 | 8 | 9 | 10 | 11 | 12 |
| 13 | 14 | 15 | 16 | 17 | 18 | 19 |
| 20 | 21 | 22 | 23 | 24 | 25 | 26 |
| 27 | 28 | 29 | 30 | 31 | | |

**September**

| So | Mo | Di | Mi | Do | Fr | Sa |
|---|---|---|---|---|---|---|
| | | | | 1 | 2 | 3 |
| 4 | 5 | 6 | 7 | 8 | 9 | 10 |
| 11 | 12 | 13 | 14 | 15 | 16 | 17 |
| 18 | 19 | 20 | 21 | 22 | 23 | 24 |
| 25 | 26 | 27 | 28 | 29 | 30 | |

**April**

| So | Mo | Di | Mi | Do | Fr | Sa |
|---|---|---|---|---|---|---|
| | | | | | 1 | 2 |
| 3 | 4 | 5 | 6 | 7 | 8 | 9 |
| 10 | 11 | 12 | 13 | 14 | 15 | 16 |
| 17 | 18 | 19 | 20 | 21 | 22 | 23 |
| 24 | 25 | 26 | 27 | 28 | 29 | 30 |

**Oktober**

| So | Mo | Di | Mi | Do | Fr | Sa |
|---|---|---|---|---|---|---|
| | | | | | | 1 |
| 2 | 3 | 4 | 5 | 6 | 7 | 8 |
| 9 | 10 | 11 | 12 | 13 | 14 | 15 |
| 16 | 17 | 18 | 19 | 20 | 21 | 22 |
| 23 | 24 | 25 | 26 | 27 | 28 | 29 |
| 30 | 31 | | | | | |

**Mai**

| So | Mo | Di | Mi | Do | Fr | Sa |
|---|---|---|---|---|---|---|
| 1 | 2 | 3 | 4 | 5 | 6 | 7 |
| 8 | 9 | 10 | 11 | 12 | 13 | 14 |
| 15 | 16 | 17 | 18 | 19 | 20 | 21 |
| 22 | 23 | 24 | 25 | 26 | 27 | 28 |
| 29 | 30 | 31 | | | | |

**November**

| So | Mo | Di | Mi | Do | Fr | Sa |
|---|---|---|---|---|---|---|
| | | 1 | 2 | 3 | 4 | 5 |
| 6 | 7 | 8 | 9 | 10 | 11 | 12 |
| 13 | 14 | 15 | 16 | 17 | 18 | 19 |
| 20 | 21 | 22 | 23 | 24 | 25 | 26 |
| 27 | 28 | 29 | 30 | | | |

**Juni**

| So | Mo | Di | Mi | Do | Fr | Sa |
|---|---|---|---|---|---|---|
| | | | 1 | 2 | 3 | 4 |
| 5 | 6 | 7 | 8 | 9 | 10 | 11 |
| 12 | 13 | 14 | 15 | 16 | 17 | 18 |
| 19 | 20 | 21 | 22 | 23 | 24 | 25 |
| 26 | 27 | 28 | 29 | 30 | | |

**Dezember**

| So | Mo | Di | Mi | Do | Fr | Sa |
|---|---|---|---|---|---|---|
| | | | | 1 | 2 | 3 |
| 4 | 5 | 6 | 7 | 8 | 9 | 10 |
| 11 | 12 | 13 | 14 | 15 | 16 | 17 |
| 18 | 19 | 20 | 21 | 22 | 23 | 24 |
| 25 | 26 | 27 | 28 | | | |

Erste Vergewaltigung: Montag, 7. März.
Zweite Vergewaltigung: Vier Wochen später. Montag, 4. April.
Dritte Vergewaltigung: Drei Wochen später. Montag, 25. April.
Vierte Vergewaltigung: Zwei Wochen später. Montag, 9. Mai.
Annie sah noch einmal auf den Kalender. Vier Wochen, drei Wochen, zwei Wochen. Falle er sie danach noch einmal vergewaltigt hätte, wäre es nach einem Intervall von nur *einer* Woche gewesen?
Sie sah auf den Kalender für Angela Ferrari.
Zum erstenmal überfallen am 11. April. Vier Wochen danach wäre der 9. Mai gewesen. Nichts unter diesem Datum. Drei Wochen nach dem 9. Mai war der 30. Mai. Ja, er hatte sie am dreißigsten wieder überfallen. Und zwei Wochen danach war – ins Schwarze getroffen! Er hatte sie wieder am 13. Juni vergewaltigt.
Okay, abwarten, dachte Annie, nur ruhig Blut.
Cecily Bainbridge: Erste Vergewaltigung am Samstag, dem 7. Mai. Nächste Vergewaltigung vier Wochen später am Samstag, dem 4. Juni. Blanca Diaz, genau nach Plan: Erste Vergewaltigung am 15. März, die nächste vier Wochen später am 12. April, die danach – als er ihr die Schnittwunde beigebracht hatte – drei Wochen später am 3. Mai. Mary Hollings . . . hm, die war zäh.
Zum erstenmal vergewaltigt am Freitag, dem 10. Juni, und dann nicht mehr bis Freitag, 16. September. Annie begann, die Wochen auf dem Kalender abzuzählen. Vier Wochen nach dem 10. Juni war der 8. Juli. Drei Wochen danach war der 29. Juli. Zwei Wochen danach war der 12. August. Eine Woche danach war der 19. August. Wenn man den Zyklus wieder von vorn begann und vier Wochen vom 19. August zählte, kam man auf den 16. September, genau das Datum, an dem Mary Hollings zum zweitenmal vergewaltigt worden war. Und drei Wochen danach war der 7. Oktober, das Datum des jüngsten Überfalls auf sie.
Janet Reilly: Vergewaltigt am 13. September und dann wieder genau vier Wochen später, am 11. Oktober.
Aber wenn dies ein Schema *war* – vier Wochen, drei Wochen, zwei Wochen –, wie paßte es dann zu den anscheinend planlosen Kalendern von Vivienne Chabrun, Terry Cooper und Patricia Ryan?
Vivienne Chabrun: Erste Vergewaltigung am 31. März. Vier Wochen später war der 28. April. Kein Kreis auf ihrem Kalender für dieses Datum. Aber drei Wochen nach dem achtundzwanzigsten war der 19. Mai, und er hatte sie an diesem Tag wieder überfallen und wieder *zwei* Wochen danach, am 2. Juni!

Okay. Also dann weiter.
Terry Cooper: Zum erstenmal am 1. Mai überfallen, nichts vier Wochen später am 29. Mai, aber wieder drei Wochen danach am 19. Juni überfallen!
Komm schon, Patricia, dachte Annie und sah auf den letzten Kalender.
Patricia Ryan: Vergewaltigt am 23. März. Vier Wochen danach war der 20. April, wieder mit einem Kreis auf dem Kalender bezeichnet. Drei Wochen danach war der 11. Mai . . . nichts. Aber Moment mal. Sie war am 25. Mai wieder vergewaltigt worden, nur *zwei* Wochen nach dem 11. Mai.
Vielleicht war es egal, ob die Intervalle in der genauen Reihenfolge angeordnet waren, so lange nur . . .
War es möglich?
Versuchte er zu garantieren, daß er jede in genau angeordneten Intervallen von einer Woche bekam, ganz gleich, wie die Intervalle fielen, vorausgesetzt, er *wiederholte* keine Woche? Falls nicht, warum vergewaltigte er jede in verschiedenen Nächten, wählte aber dieselbe Nacht für dieselbe Frau? Hatte der Mistkerl für jedes seiner Opfer einen Kalender ausgearbeitet? Überfiel er sie in bestimmten Intervallen, so lange er die Wochen eins, zwei, drei, vier, wie angegeben für jede bestimmte Frau, nicht wiederholte? Wenn er eine Woche ausließ, wenn er zwei Wochen ausließ, sechs Wochen, es spielte keine Rolle. Er mußte dann nur die Wochen abzählen, um dafür zu sorgen, daß er den Zyklus wieder aufnahm.
Aber warum?
Was zum Teufel war das für ein Monster, mit dem sie es zu tun hatten?
Annie stellte einen letzten Kalender zusammen, in den sie alle Daten der mehrfachen Vergewaltigungen eintrug und überschrieb ihn mit »Sämtliche Daten«.

*Cumulative*

**Januar**

| So | Mo | Di | Mi | Do | Fr | Sa |
|---|---|---|---|---|---|---|
| | | | | | | 1 |
| 2 | 3 | 4 | 5 | 6 | 7 | 8 |
| 9 | 10 | 11 | 12 | 13 | 14 | 15 |
| 16 | 17 | 18 | 19 | 20 | 21 | 22 |
| 23 | 24 | 25 | 26 | 27 | 28 | 29 |
| 30 | 31 | | | | | |

**Februar**

| So | Mo | Di | Mi | Do | Fr | Sa |
|---|---|---|---|---|---|---|
| | | 1 | 2 | 3 | 4 | 5 |
| 6 | 7 | 8 | 9 | 10 | 11 | 12 |
| 13 | 14 | 15 | 16 | 17 | 18 | 19 |
| 20 | 21 | 22 | 23 | 24 | 25 | 26 |
| 27 | 28 | | | | | |

**März**

| So | Mo | Di | Mi | Do | Fr | Sa |
|---|---|---|---|---|---|---|
| | | 1 | 2 | 3 | 4 | 5 |
| 6 | 7 | 8 | 9 | 10 | 11 | 12 |
| 13 | 14 | 15 | 16 | 17 | 18 | 19 |
| 20 | 21 | 22 | 23 | 24 | 25 | 26 |
| 27 | 28 | 29 | 30 | 31 | | |

**April**

| So | Mo | Di | Mi | Do | Fr | Sa |
|---|---|---|---|---|---|---|
| | | | | | 1 | 2 |
| 3 | 4 | 5 | 6 | 7 | 8 | 9 |
| 10 | 11 | 12 | 13 | 14 | 15 | 16 |
| 17 | 18 | 19 | 20 | 21 | 22 | 23 |
| 24 | 25 | 26 | 27 | 28 | 29 | 30 |

**Mai**

| So | Mo | Di | Mi | Do | Fr | Sa |
|---|---|---|---|---|---|---|
| 1 | 2 | 3 | 4 | 5 | 6 | 7 |
| 8 | 9 | 10 | 11 | 12 | 13 | 14 |
| 15 | 16 | 17 | 18 | 19 | 20 | 21 |
| 22 | 23 | 24 | 25 | 26 | 27 | 28 |
| 29 | 30 | 31 | | | | |

**Juni**

| So | Mo | Di | Mi | Do | Fr | Sa |
|---|---|---|---|---|---|---|
| | | | 1 | 2 | 3 | 4 |
| 5 | 6 | 7 | 8 | 9 | 10 | 11 |
| 12 | 13 | 14 | 15 | 16 | 17 | 18 |
| 19 | 20 | 21 | 22 | 23 | 24 | 25 |
| 26 | 27 | 28 | 29 | 30 | | |

**Juli**

| So | Mo | Di | Mi | Do | Fr | Sa |
|---|---|---|---|---|---|---|
| | | | | | 1 | 2 |
| 3 | 4 | 5 | 6 | 7 | 8 | 9 |
| 10 | 11 | 12 | 13 | 14 | 15 | 16 |
| 17 | 18 | 19 | 20 | 21 | 22 | 23 |
| 24 | 25 | 26 | 27 | 28 | 29 | 30 |
| 31 | | | | | | |

**August**

| So | Mo | Di | Mi | Do | Fr | Sa |
|---|---|---|---|---|---|---|
| | 1 | 2 | 3 | 4 | 5 | 6 |
| 7 | 8 | 9 | 10 | 11 | 12 | 13 |
| 14 | 15 | 16 | 17 | 18 | 19 | 20 |
| 21 | 22 | 23 | 24 | 25 | 26 | 27 |
| 28 | 29 | 30 | 31 | | | |

**September**

| So | Mo | Di | Mi | Do | Fr | Sa |
|---|---|---|---|---|---|---|
| | | | | 1 | 2 | 3 |
| 4 | 5 | 6 | 7 | 8 | 9 | 10 |
| 11 | 12 | 13 | 14 | 15 | 16 | 17 |
| 18 | 19 | 20 | 21 | 22 | 23 | 24 |
| 25 | 26 | 27 | 28 | 29 | 30 | |

**Oktober**

| So | Mo | Di | Mi | Do | Fr | Sa |
|---|---|---|---|---|---|---|
| | | | | | | 1 |
| 2 | 3 | 4 | 5 | 6 | 7 | 8 |
| 9 | 10 | 11 | 12 | 13 | 14 | 15 |
| 16 | 17 | 18 | 19 | 20 | 21 | 22 |
| 23 | 24 | 25 | 26 | 27 | 28 | 29 |
| 30 | 31 | | | | | |

**November**

| So | Mo | Di | Mi | Do | Fr | Sa |
|---|---|---|---|---|---|---|
| | | 1 | 2 | 3 | 4 | 5 |
| 6 | 7 | 8 | 9 | 10 | 11 | 12 |
| 13 | 14 | 15 | 16 | 17 | 18 | 19 |
| 20 | 21 | 22 | 23 | 24 | 25 | 26 |
| 27 | 28 | 29 | 30 | | | |

**Dezember**

| So | Mo | Di | Mi | Do | Fr | Sa |
|---|---|---|---|---|---|---|
| | | | | 1 | 2 | 3 |
| 4 | 5 | 6 | 7 | 8 | 9 | 10 |
| 11 | 12 | 13 | 14 | 15 | 16 | 17 |
| 18 | 19 | 20 | 21 | 22 | 23 | 24 |
| 25 | 26 | 27 | 28 | | | |

Die Überfälle hatten im März begonnen, vier in diesem Monat, im Abstand von acht Tagen in aufeinanderfolgenden Nächten der Woche. Lois Carmody am 7. März. Blanca Diaz am 15. März. Patricia Ryan am 23. März. Vivienne Chabrun am 31. März.
Im April hatte er Lois Carmody am vierten wieder überfallen, Angela Ferrari als neues Opfer am elften dazugenommen, Blanca Diaz am zwölften wieder überfallen, Patricia Ryan am zwanzigsten und Lois Carmody noch einmal am fünfundzwanzigsten.
Zwei neue Opfer im Mai, Terry Cooper und Cecily Bainbridge, was insgesamt sieben Überfälle in diesem Monat ausmachte.
Noch einmal hektische Aktivität im Juni – fünf Überfälle dieses Mal, wobei Mary Hollings als neues Opfer hinzukam und Lois Carmody aus seinem Kalender herausfiel, nach insgesamt vier aufeinanderfolgenden Überfällen in einem Abstand von vier Wochen, drei Wochen und zwei Wochen.
Nichts im Juli oder August.
Oder wenigstens nichts angezeigt.
Im September hatte er Mary Hollings wieder überfallen und Janet Reilly neu in seine Liste aufgenommen.
Im Oktober – bis jetzt – nur Mary und Janet.
Warum nichts für Juli und August?
Und würde er bald wieder auf die Opfer zurückkommen, die er nur zweimal oder dreimal vergewaltigt hatte? Waren vier sein Ziel? Warum vier? Oder hatten sie noch nicht zum letzten Mal von Lois Carmody gehört?
Zu viele Fragen, dachte Annie.
Zusätzlich der einen *großen* unbeantworteten.
Warum diese *bestimmten* Frauen?
*Warum?*

In der Oktoberstille des Dienstzimmers, bei geöffneten Fenstern, die eine goldene Flut von spätem Morgenlicht hereinließen, das besser in den August gepaßt hätte, standen die vier Detectives um Meyers Schreibtisch und hörten der Tonbandkassette zu. Ollie Weeks hatte sie schon gehört, aber er spitzte dennoch so gespannt die Ohren, als versuche er, den Wortlaut auswendig zu lernen. Meyer, Carella und Hawes hörten sie zum erstenmal und versuchten, jeder für sich, sich zu erinnern, wie die Stimme des Tauben geklungen hatte.
Es waren zwei Personen auf der Kassette.
Darcy Welles und der Mann, den sie als Corey McIntyre kannten.

MCINTYRE: Das rote Licht bedeutet, daß er eingeschaltet ist, das grüne Licht bedeutet, daß er aufnimmt. So. Sie wollten gerade etwas sagen.
DARCY: Nur, daß es komisch war, wie Ihre Fragen heute mittag mich angeregt haben, nachzudenken. Ich meine, wer *erinnert* sich schon, wie es dazu kam, daß ich mich fürs Laufen interessierte? Wissen Sie, was meine Mutter gesagt hat?
MCINTYRE: Ihre Mutter?
DARCY: Ja, als ich anrief. Sie hat gesagt, ich ...
MCINTYRE: Sie haben sie in Ohio angerufen?

»Hört sich etwas nervös an hier, oder?« sagte Ollie.
»Scht«, sagte Carella.

DARCY: ... von *Sports USA* interviewt?
MCINTYRE: Hat sie sich gefreut?

»Und *wie* nervös, wenn ihr mich fragt«, sagte Ollie. »Die Kleine ruft ihre Mutter an, um ihr zu erzählen, mit wem sie zum Abendessen ...«
»Möchtest du, daß wir das anhören, oder möchtest du reden?« sagte Hawes.
»Das da ist sowieso Mist«, sagte Ollie, »dieser Teil davon. Sie redet über ihren Bruder, sie redet davon, wie toll sie sich beim Laufen fühlt ... hier, da kommt es gerade.«

DARCY: ... mich dabei so *wohl* fühle, wenn Sie wissen, was ich meine.
MCINTYRE: Ja.

»Der Kerl *weiß*, wie gut sie sich dabei fühlt«, sagte Ollie. »Weiß alles übers Laufen.«
»Würdest du bitte deinen verdammten Mund halten?« sagte Meyer.
»Das ist nur Scheiße, wo der Kellner mit den Drinks kommt und sie fragt, ob sie die Speisekarte sehen wollen ... hier hört, was ich meine, hört auch das an. Der Kerl stimmt ihr immer wieder zu, wie *gut* man sich vom Laufen fühlt. Hört mal. Immer wieder ja, ja, ja, die ganze Zeit bis zum Ende.«

DARCY: ... als würde der Schnee den ganzen Müll und den ganzen kleinlichen Krimskrams zudecken und alles sauber und weiß und rein zurücklassen. So fühle ich mich, wenn ich laufe. Als wäre das ganze Jahr über Weihnachten. Und alles weiß und weich und schön.
MCINTYRE: Ja, ich weiß. Wollen wir jetzt einen Blick auf die Speisekarte werfen? Ich schalte das mal kurz aus.

»Hier stellt er es ab«, sagte Ollie, »und er schaltet es erst später wieder ein. Aber das meiste ist einfach Fachsimpelei über Laufen, und einmal nennt sie ihn ›Mr. McIntyre‹, der, wie du sagst, zu dem Zeitpunkt in L.A. war, hm, Steve?«
»Ja«, sagte Carella.
»Ich habe eine Stelle markiert, die wir uns anhören sollten, es sei denn, ihr wollt wirklich hören, was für ein Training ein Läufer absolviert, was für mich alles Kacke ist«, sagte Ollie. »Kann ich es ein Stück vorlaufen lassen?«
Ohne eine Antwort abzuwarten, schaltete Ollie den Kassettenrekorder auf Vorlauf. Er hielt das Band ein bißchen nach der markierten Stelle an und fummelte dann an den Tasten herum, ließ das Band zurück- und vorlaufen, bis er gefunden hatte, was er wollte.
»Ja, hier ist es«, sagte er. »Hört mal.«

MCINTYRE: Also, ich kann Ihnen nicht genug danken, Darcy. Das war genau das Material, das ich gesucht habe.
DARCY: Das hoffe ich jedenfalls.
MCINTYRE: Wirklich, glauben Sie mir. Möchten Sie noch eine Tasse Kaffee?
DARCY: Nein, ich mache mich lieber auf die Socken. Wie spät ist es überhaupt?
MCINTYRE: Viertel vor zehn.

»Gibt uns die Zeit an«, sagte Ollie. »Sehr nett von ihm.«

DARCY: ... gemerkt, daß es so spät ist. Ich muß den Psychologiestoff noch einmal überfliegen.
MCINTYRE: Ich kann Sie zur Uni zurückfahren, wenn Sie wollen.

»Jetzt kommt es«, sagte Ollie.

DARCY: Nein, es geht schon . . .

MCINTYRE: Mein Auto steht gleich um die Ecke, Nähe Jefferson. Wir können zum Parkhaus rübergehen, wenn Sie wollen . . .

DARCY: Oh, klar, das ist sehr nett von Ihnen.

MCINTYRE: Dann lasse ich jetzt die Rechnung bringen.

»Er schaltet das Gerät hier ab«, sagte Ollie.

»Ist das alles?«

»Es kommt noch mehr. Aber der Kerl hat uns gerade das Parkhaus beschrieben, so daß es also ziemlich leicht zu finden sein müßte, meint ihr nicht? Gleich um die Ecke, Nähe Jefferson. Wie viele Parkhäuser . . .?«

»Wir haben schon ein Dutzend davon gefunden«, sagte Hawes.

»Aber damit dürfte es leichter werden. Habt ihr die Telefonbücher nach Corey McIntyre durchgesehen?«

»Gibt keinen in der Stadt«, sagte Carella.

»Also hat er einfach den Namen von diesem Knaben drüben im Westen benutzt, hm?«

»Sieht so aus.«

»Er wird ihn nicht mehr benutzen«, sagte Ollie.

»Was willst du damit sagen?«

»Hört mal«, sagte er und deutete auf den Kassettenrecorder. »Er muß ihn wieder eingeschaltet haben, bevor er sie umbrachte. Wollte es für immer festhalten, hm? Der Kerl muß bekloppt sein.«

Die Detectives hörten zu.

»Das ist das Klick«, sagte Ollie. »Jetzt kommt es.«

DARCY: Ob wir die Statue auch sehen können? Es sieht da drin dunkel aus.

MCINTYRE: Oh, da gibt es Lampen.

DARCY: Hätte eine Taschenlampe mitbringen sollen.

MCINTYRE: Wandalen. Aber nur ein kleines Stück weiter drin kommt ein Laternenpfahl.

»Wo, meint ihr, sind sie?« sagte Ollie.

»Scht«, sagte Meyer.

DARCY: Von *wem* ist übrigens die Statue?

MCINTYRE: Jesse Owens.

DARCY: Wirklich? Hier? Ich dachte, er käme aus Cleveland.

MCINTYRE: Sie kennen den Namen, wie?

DARCY: Klar. Er ist doch der ganzen Welt davongelaufen ... Wann war es noch?

MCINTYRE: 1936. Die Olympiade in Berlin.

DARCY: Hat sich über Hitler und seine ganzen Ariertheorien lustig gemacht.

MCINTYRE: Zehn sechs für die hundert Meter. Brach den Weltrekord über die zweihundert mit zwanzig Komma sieben und gewann *auch* die Viermal-hundert-Meter-Staffel.

DARCY: Ganz abgesehen vom Weitsprung.

MCINTYRE: Sie *kennen* ihn also.

DARCY: *Natürlich* kenne ich ihn, ich bin eine *Läuferin*.

»Jetzt kommt es«, sagte Ollie.

Geräusche von einer Rauferei, schwerer Atem. Scharren, ein dumpfer Schlag, lautes Schnappen nach Luft und noch ein Schlag und noch einer und jetzt lauteres Keuchen, krampfig, hektisch.

»Er schlägt ihr die Knochen kaputt«, sagte Ollie. »Ihr hättet sehen sollen, wie sie aussah, als wir sie fanden ...«

Und dann, plötzlich, ein scharfes Knacken.

»Was ist das?« fragte Meyer. »Hat er das Gerät abgeschaltet?«

»Nein, Sir«, sagte Ollie.

»Ich dachte, ich hätte gehört ...«

»Hast du richtig gehört. Das war, wie das Genick des Mädchens brach.«

Stille auf dem Band jetzt. Zehn Sekunden, zwanzig Sekunden. Dann das Geräusch von sich schnell bewegenden Füßen. Andere Schritte, die leiser werden. Eine Autotür, die zugeschlagen wird. Noch eine Autotür. Das Geräusch von einem Automotor, der angelassen wird. Dann, über dem Brummen des Motors, hörte man wieder McIntyres Stimme.

MCINTYRE: Hallo, Jungs, da bin ich wieder. Dies wird nicht das letzte Mal sein. Aber es ist das letzte, was ihr von Corey McIntyre hört. Das war's für heute.

Stille.

Die Detectives sahen einander an.

»Das war's?« fragte Hawes.

»Das ist alles, was sie schrieb«, sagte Ollie.

»Möchte geschnappt werden, wie?« sagte Meyer.

»Sieht so aus für mich«, sagte Ollie. »Warum würde er uns sonst das Band überlassen, mit dem sich das Parkhaus einkreisen läßt, und das uns eine Aufnahme seiner Stimme gibt, mit der wir später vergleichen können, wenn wir einen Verdächtigen haben? Was wir als erstes tun müssen . . .«
»Wir?« sagte Carella.
»Wieso, klar«, sagte Ollie. »Ich will nicht, daß junge Mädchen ihr Genick gebrochen kriegen von so einem Übergeschnappten. Ich bearbeite den Fall mit euch.«
Die Detectives sahen ihn an.
»Wir werden viel Spaß miteinander haben«, sagte Ollie.
Was sie nicht so arg beruhigend fanden.

## 9.

Die erste Nachmittagsausgabe der Boulevardzeitung der Stadt kam an diesem Morgen um halb zwölf in die Kioske. Die Schlagzeile verkündete:

**DRITTE JUNGE STUDENTIN ERMORDET**

Unter der Schlagzeile war ein Foto von Darcy Welles, die an einem Laternenpfahl im 83. Revier hing. Der kurze Text unter dem Foto lautete:

> Die neunzehnjährige Darcy Welles, Sprintstar im ersten Jahr an der Converse University, wurde heute am frühen Morgen das dritte Opfer des Aschenbahnkillers. Siehe Bericht Seite 4.

Es war gerade bei dieser Zeitung nicht ungewöhnlich, Mörder mit einem Etikett zu versehen, das die allgemeine Vorstellungskraft ansprach; ihr Vorbild war in London zu Hause, wo solche Sensationslust an der Tagesordnung war. Der Polizei wäre es anders lieber gewesen. Solche Schlagzeilen trugen nie zur Ergreifung des Mörders bei; höchstens erschwerten sie die Umstände, weil sie Spinner zu Anrufen und Briefen ermunterten, in denen sie behaupteten, der »Kindermädchenmörder« oder der »verrückte Messerstecher« oder der »Kleinkaliberkiller« zu sein oder wen die Zeitung sich sonst ausgedacht hatte. Ihr Mörder war nun getauft worden: Der Aschenbahnkiller. Einfach toll. Außer daß es ihre Aufgabe schwerer machte. Die Geschichte auf Seite 4 las sich wie ein Taschenbuchkrimi von irgendeinem Schreiberling:

> Im kalten ersten Licht der heutigen Morgendämmerung stießen Detectives vom 83. Revier in der Diamondgegend von Isola auf das dritte Opfer einer inzwischen unbestreitbar zusammenhängenden Serie von Morden. In jedem Fall war das Opfer eine junge Frau. In jedem Fall war die junge Frau ein College-Sprintstar. In jedem Fall war das Genick des Opfers gebrochen, und man fand die Opfer an einem Laternenpfahl hängend in verschiedenen verlassenen Gegenden der Stadt. Der Aschenbahnkiller treibt sein Unwesen in der Stadt, und nicht einmal die Polizei kann vermuten, wann und wo er zum nächsten Mal zuschlagen wird.

Die Geschichte berichtete weiter in allen Einzelheiten die Umstände um die vorausgegangenen Todesfälle von Marcia Schaffer und Nancy Annunziato und riet dann dem Leser, auf Seite 6 umzublättern, wo ein Lebenslauf von Darcy Welles und ein Interview mit ihren Eltern in Columbus, Ohio, standen. Der Lebenslauf war anscheinend aus den Akten der Converse University geklaut. Er skizzierte ihren schulischen Werdegang von der Grundschule über die Junior High School bis zur High School. Danach zählte er sämtliche Laufwettbewerbe, an denen sie teilgenommen hatte, und die jeweiligen Ergebnisse auf. Dem Lebenslauf war ein Foto von Darcy in Mütze und Talar bei der Abschlußfeier ihrer High School beigefügt. Eine Textzeile unter dem Foto stellte Darcy einfach als *Opfer Nummer drei: Darcy Welles* vor.

Das Interview mit ihren Eltern war um neun Uhr an diesem Morgen übers Telefon geführt worden, vermutlich unmittelbar nachdem einer, der den Polizeifunk in Diamondback abgehört hatte, die Nachricht von dem an einem Laternenpfahl hängenden Mädchen durchgegeben hatte. Der Reporter, der sowohl mit Robert Welles als auch mit seiner Frau Jessica gesprochen hatte, schrieb in seinem Interview, daß er derjenige gewesen sei, der ihnen die Nachricht vom Mord an ihrer Tochter überbracht habe und daß sie während der ersten fünf Minuten seiner Unterhaltung mit ihnen »hemmungslos geschluchzt« und »kaum zusammenhängend gesprochen« hatten. Er hatte sich rücksichtslos über sie hergemacht und ihnen eine

Beschreibung von Darcy entlockt, die sie als ein gutes fleißiges Mädchen vorstellte, die sich ganz dem Laufen verschrieben hatte, aber dennoch guter Durchschnitt in der High School und »jetzt auf dem College« war. Als ihnen ihre gerade ausgesprochenen Worte »jetzt auf dem College« bewußt geworden waren, hatten beide Eltern wieder zu weinen begonnen, »da ihnen klar wurde, daß ihre Tochter in Wirklichkeit keine Collegestudentin mehr war, daß ihre Tochter jetzt das dritte grausige Opfer des Aschenbahnkillers war«.
Darcys älterer Bruder war ein Mann namens Bosley »Buzz« Welles, der als Computerprogrammierer bei der IBM-Niederlassung in Columbus arbeitete. Sie hatte keine festen Freunde gehabt, so lange sie zu Hause gelebt hatte, aber sie war ein attraktives beliebtes Mädchen, das viele Freunde und Freundinnen hatte. Soweit Mr. und Mrs. Welles wußten, hatte sie kein festes Verhältnis, seit sie im September ihr erstes Seminar an der Converse angetreten hatte. Ihre Eltern erzählten dem Reporter, daß sie vor kurzem von der Zeitschrift *Sports USA* wegen eines Artikels, den sie über vielversprechende junge Sportlerinnen vorbereiteten, angesprochen worden war und in der Tat an dem Abend, als sie ermordet wurde, einen Termin für ein Interview hatte. Mr. und Mrs. Welles erinnerten sich nicht an den Namen des Mannes, der das Interview führen sollte. Der Reporter hatte von sich aus die Redaktion von *Sports USA* in New York angerufen, und man hatte ihm mitgeteilt, man wisse nichts von so einem Artikel.
»Ist es also möglich«, ließ sich der Reporter in dem für das Blatt lyrischen Stil aus, »daß der Aschenbahnkiller sich als ein Mann ausgibt, der für *Sports USA* arbeitet und damit das Vertrauen seiner jungen Opfer gewinnt, bevor er sie zur Schlachtbank führt?«
*Worauf du dich verlassen kannst*, dachte Ollie, als er den Artikel las. Er saß neben Carella in dem Auto, mit dem sie keine zehn Minuten vorher in Richtung Innenstadt losgefahren waren. Hawes saß hinten. Es paßte ihm nicht, daß sein gewohnter Sitzplatz von Ollie beschlagnahmt worden war, aber gleichzeitig beneidete er auch Carella nicht, der so nahe neben ihm sitzen mußte. Er bemerkte, daß Carella das Fenster auf der Fahrerseite des Wagens geöffnet hatte. Weit.
»Hört euch das an«, sagte Ollie und begann, laut zu lesen. »Wenn das tatsächlich der Fall ist . . .«
»Wenn *was* tatsächlich der Fall ist?« fragte Hawes.
»Daß sich jemand als Reporter von *Sports USA* ausgibt«, sagte Ollie und begann noch einmal, laut vorzulesen. »Wenn das tatsächlich der

Fall ist, sollten die verwirrten Polizisten dieser Stadt es zur Kenntnis nehmen. Und sie würden gut daran tun, jede junge Sportlerin an Universitäten und Colleges davor zu warnen, jemandem beim Wort zu nehmen, der sich ihnen als Reporter oder Journalist vorstellt.«

Alf Miscolo in der Schreibstube des Siebenundachtzigsten hatte bereits einen von Lieutenant Byrnes diktierten Brief mit der Maschine geschrieben und fotokopiert, um ihn von Hand in jedem College und jeder Universität in der Stadt zu verteilen. Die Detectives hatten in der Tat erwogen, ob der Brief auch an High Schools gehen sollte.

»Es geht noch weiter«, sagte Ollie. »Der Knabe hier, plötzlich fällt ihm ein, daß das hier ein Interview mit Mama und Papa sein soll und keine Geschichte, die der Polizei Ratschläge erteilt. Hört ihr? ›Mr. und Mrs. Welles schluchzten wieder, als wir unser Telefongespräch beendeten. Der Draht zwischen hier und Columbus summte von ihrem Schmerz, ein Schmerz, den Eltern überall in dieser Stadt teilen, ein Schmerz, aus dem die Worte widerzuhallen scheinen: Findet den Aschenbahnkiller.‹«

»Wie schön«, sagte Hawes.

»Auf der Seite daneben sind Bilder von den zwei andern Mädchen«, sagte Ollie, »die an den Laternenpfählen hängen wie Christbaumschmuck. Das ganze beschissene *Blatt* ist voll von Morden. Sie bringen sogar Kommentare von den Polizisten in New York, die sich mit den ›Sams-Sohn‹-Morden befaßt hatten und eine Geschichte von dem Reporter, der darüber berichtete. Sie versuchten tatsächlich, Vergleiche in den Verhaltensmustern zu ziehen. Überschrieben ist es mit ›Psycho-Ähnlichkeiten‹. Ich wundere mich, daß sie nicht Jack the Ripper ausgegraben haben. Wenn danach unser Mann jetzt nicht untertaucht, dann weiß ich auch nicht. Ich bin froh, daß die Eltern sich nicht an seinen Namen erinnert haben, an den Namen, den er dem Mädchen angegeben hat. Sonst würde sich Corey McIntyre drüben in L.A. in dem ganzen Schmierblatt breitgetreten finden.«

Ollie faltete die Zeitung zusammen und warf sie auf den Rücksitz. Sie traf Hawes' Knie und fiel auf den Boden des Autos.

»Gib ihnen Zeit«, sagte Hawes. »Sie kommen schon noch dahinter.«

»Sie wollen Polizei spielen«, sagte Ollie, »warum treten sie dann nicht bei uns ein? Wenn sie Reporter sein wollen, sollen sie gefälligst ihren Rand halten und ihre Nasen nicht in Polizeiarbeit stecken. Du bist gleich auf der Haley, weißt du das?« sagte er zu Carella.

»Ich weiß.«

»Welche Parkhäuser habt ihr schon abgeklappert?« fragte Ollie.
»Ich habe die Liste«, sagte Hawes.
»Weil dieses hier gleich um die Ecke vom Restaurant aus sein soll, in der Nähe der Jefferson.«
»Ich dachte, wir hätten alles im Umkreis von fünf Straßen abgeklappert«, sagte Hawes.
»Ja, aber vielleicht ist euch das eine entgangen, hm, Red?« sagte Ollie.
Hawes konnte es nicht leiden, wenn ihn jemand »Red« nannte. Er hatte Lefty lieber als Red. Er hatte Großer Furzender Elchbulle lieber als Red.
»Ich heiße Cotton«, sagte er nachsichtig.
»Das ist ein bekloppter Name«, sagte Ollie.
Hawes stimmte ihm insgeheim zu.
»Ich glaube, ich nenne dich ›Red‹«, sagte Ollie.
»Okay«, sagte Hawes. »Und ich nenne dich ›Phyllis‹.«
»Phyllis?« sagte Ollie. »Wie kommst du auf Phyllis? *Phyllis?* Da ist eine Lücke«, sagte er zu Carella.
»Das sehe ich«, sagte Carella.
»Nur für den Fall, daß du sie nicht gesehen hättest«, sagte Ollie. »So wie ihr Kameraden ein Parkhaus gleich um die Ecke beim Restaurant übersehen habt, wer weiß da, ob ihr Parklücken sehen könnt oder nicht?«
Carelle parkte in die Lücke ein. Er klappte die Sonnenblende mit dem daran angebrachten Hinweis, daß dies ein Polizeibeamter im Einsatz sei, nach unten, nur für den Fall, daß ein übereifriger Streifenpolizist heute noch nicht sein Soll an Strafzetteln für Falschparken erfüllt hatte. Die drei Detectives stiegen aus dem Auto aus. Carella schloß alle Türen ab. Er kannte ein paar Polizisten aus dem Einundsechzigsten, denen ihr Auto vom Bordstein weg gestohlen worden war, während sie in einem Spirituosenladen waren und einen bewaffneten Raubüberfall untersuchten.
»Und was jetzt?« sagte Ollie. »Das Restaurant ist an der Ecke Ulster und South Haley oder wie?«
»Ulster und Bowes.«
»Was wir also tun sollten«, sagte Ollie, »ist, wieder zu dem Restaurant zu gehen und es als unseren Ausgangspunkt zu nehmen. Dann gehen wir hoch bis zu der Ecke, die der Jefferson am nächsten liegt und schwärmen von dort nach links und rechts aus. Er hat gesagt, gleich um die Ecke, ja? In der Nähe der Jefferson?«

»Das hat er gesagt«, sagte Carella. »Aber gleich um die Ecke kann viel heißen.«
»Was könnte gleich um die Ecke heißen, wenn nicht gleich um die Ecke?« sagte Ollie. »Stimm's, Red? Oder habe ich recht?«
Hawes zuckte zusammen.
»Ollie«, sagte er, »ich habe es wirklich nicht gern, wenn man mich ›Red‹ nennt.«
»Also werde ich dich ›Cotton‹ nennen, gefällt dir das besser?«
»Allerdings.«
»Okay, okay. Aber wenn ich so einen bescheuerten Namen wie ›Cotton‹ hätte, würde ich fast jeden anderen Namen vorziehen, das muß ich schon sagen. Stimmt's, Stevarino? Oder habe ich recht?«
Carella sagte nichts.
Die Detectives gingen zu dem Restaurant zurück.
»Toller Schuppen«, bemerkte Ollie. »Der Typ muß ganz schön Kohle haben, bringt seine Opfer hierher, bevor er sie umlegt. Okay, jetzt bis zur Ecke. Kommt ihr mit, Freunde? Ich will euch zeigen, wie man ein Parkhaus findet.«
Das Parkhaus war nicht gleich um die Ecke.
Es war eine ganze Straße weiter von der Ecke und dann noch einmal eine halbe Straße weiter nach Norden auf die Jefferson Avenue zu. Es war eines von den Parkhäusern, die Carella und Hawes in der Nacht des Mordes an der Welles gefunden hatten. Sie hatten damals mit einem kleinen puertoricanischen Parkwächter namens Ricardo Albareda gesprochen, der sich nicht erinnern konnte, ein junges Mädchen in einem roten Kleid mit einem Mann, der einen dunkelbraunen Anzug, eine beige Krawatte und braune Schuhe trug, gesehen zu haben. Sie hatten Albareda dann dieselbe Beschreibung gegeben, die der Kellner in Marino's Hawes gegeben hatte: Einsachtundsiebzig oder einsachtzig, siebenundsiebzig Kilo, braunes Haar und braune Augen, Schnurrbart. Albareda konnte sich immer noch nicht an das Paar erinnern.
Albareda hatte jetzt wieder Dienst. Er erklärte, daß er normalerweise in der Tagschicht arbeitete, daß er aber letzte Nacht für einen Freund eingesprungen war, der krank zu Hause war. Er sagte den Detectives, daß er nicht vor zwei Uhr letzte Nacht nach Hause gekommen war und um acht an diesem Morgen wieder bei der Arbeit sein mußte. Er sagte den Detectives, daß er sehr müde sei. Er erzählte ihnen das alles mit einem ausgeprägten spanischen Akzent.
»Hör zu, Schwachkopf«, sagte Ollie vernünftig, »*das* hier ist das

verdammte Parkhaus, verstehst du Englisch? *Hier* sind sie gewesen, und ich will, daß du auf der Stelle anfängst, dich zu erinnern, oder ich trete dir in deinen kleinen Puertoricanerarsch, daß du ums ganze Karree fliegst, hast du das verstanden?«

»Wenn ich mich nicht erinnern können, können ich mich nicht erinnern«, sagte Albareda. Er zuckte mit den Schultern und sah Carella an.

»Wir haben ihn gestern nacht ausführlich verhört«, sagte Carella. »Wenn der Mann sich nicht erinnern kann, dann kann er ...«

»Das war gestern nacht«, sagte Ollie. »Und jetzt ist heute. Und das hier ist Detective Ollie Weeks«, sagte er, indem er sich nach Albareda umdrehte, »der sich nicht mit einem Nein als Antwort abspeisen läßt, es sei denn, jemand will sich in ernste Schwierigkeiten bringen, weil er auf den Bürgersteig gespuckt hat.«

»Ich nicht spucke auf keinen Bürgersteig«, sagte Albareda.

»Wenn ich dir auf den Mund schlage, Schwachkopf, dann spuckst du Blut und Zähne auf den Bürgersteig, und das ist ein Vergehen.«

»Sieh mal, Ollie ...« sagte Hawes.

»Halt dich da heraus, Red«, sagte Ollie. »Wir reden von Viertel vor zehn, so um den Dreh«, sagte er zu Albareda. »Junges Mädchen mit einem roten Kleid, ihr Bild ist heute in sämtlichen Zeitungen, sie ist gestern nacht *getötet* worden, kapierst du das, Schwachkopf? Mit einem Kerl, doppelt so alt wie sie, hat einen Schnurrbart wie du, okay, Pancho? Los, erinnere dich.«

»Ich mich nicht erinnern an einen mit Schnurrbart wie meiner«, sagte Albareda.

»Und ein junges Mädchen mit einem roten Kleid?«

»Ich mich nicht erinnern an sie.«

»Wie viele verdammte Mädchen in roten Kleidern hast du denn um Viertel vor zehn hier? Was hast du überhaupt gemacht, Albareda? Auf dem Klo gewichst, vor dem *Playboy*, daß du kein Mädchen mit einem roten Kleid gesehen hast?«

»Wir haben hier viele Mädchen, die gehen in Rot«, verteidigte sich Albareda.

»Um Viertel vor zehn gestern nacht? Da hast du hier viele Mädchen in roten Kleidern gehabt?«

»Nein, nicht letzte Nacht. Ich sag nur so.«

»Wer hat hier gestern nacht noch gearbeitet? Bist du ganz allein gewesen, du bescheuerter puertoricanischer Schwachkopf?«

»Wir sind zwei gewesen. Wir sollen eigentlich drei sein, aber ...«

»Ja, dein Amigo war zu Hause im Bett und hat sich seinen Schwanz geleckt. Wer war also noch hier?«
»Das ist es nicht, warum wir zwei da waren.«
»Warum dann?«
»Weil *anderer* Mann da sein sollte, und *der* war auch krank.«
»Eine regelrechte Epidemie, hm? Was haut euch denn alle um, Herpes? Wer war also der andere Knabe bei dir?«
»Anibal.«
»Annabelle?«
»Anibal. Anibal Perez. Er arbeitet immer Nachtschicht.«
»Die Nachtschicht, aha, Pancho. Hast du seine Nummer?«
»Si, ich hab seine Nummer.«
»Ruf ihn an. Sag ihm, er soll seinen Arsch in spätestens zehn Minuten hierher bequemen, oder ich hole ihn ab und hänge *ihn* an einen Laternenpfahl.«
»Er wohnt aber drüben in Majesta.«
»Sag ihm, er soll ein Taxi nehmen. Oder ob es ihm lieber wäre, wenn ein Streifenwagen vor seinem Haus vorfährt.«
»Ich ruf ihn an«, sagte Albareda.
Perez kam gut vierzig Minuten später an. Er sah sehr verwirrt aus. Er warf einen Blick auf Albareda, um irgendwie herauszukriegen, was los war, und dann sah er den einen an, den er für den Sympathischsten von den Polizisten hielt, einen dicken Mann wie er selbst.
»Was ist los?« fragte er.
»Warst du gestern nacht Viertel vor zehn hier?«
»Si.«
»Red Englisch«, sagte Ollie, »wir sind in Amerika. Hast du gestern nacht meine zwei Freunde hier gesehen, die Fragen gestellt haben?«
»No.«
»Er war oben, wie sie vorbeigekommen sind«, sagte Albareda.
»Sehr schlampig«, sagte Ollie zu Carella, »ihr habt nicht nachgeprüft, ob hier mehr als ein Kerl war. Okay, Pancho«, sagte er zu Perez und vergaß dabei, daß er Albareda mit demselben Namen angeredet hatte, »*jetzt* bist du unten, und *jetzt* wollen wir wissen, ob du ein junges Mädchen in einem roten Kleid gesehen hast, gestern nacht ungefähr Viertel vor zehn, mit einem Typ von etwa vierzig Jahren, braunes Haar und braune Augen, ein Schnauzbart wie dein Amigo hier.«
»Si«, sagte Perez.
»Ich hab dir gesagt, du sollst Englisch reden«, sagte Ollie. »Du hast sie gesehen?«

»Ich habe sie gesehen.«
»Junges Mädchen, neunzehn Jahre alt? Rotes Kleid?«
»Ja.«
»Der Typ ungefähr vierzig, im braunen Anzug?«
»Ja.«
»Okay, so kommen wir schon weiter«, sagte Ollie. »Was für ein Auto hat er gefahren?«
»Weiß ich nicht mehr«, sagte Perez.
»Du hast das Auto für sie vorgefahren?«
»Das war ich, ja.«
»Also was für ein Auto war es?«
»Weiß nicht mehr. Wir haben so viele Autos hier. Ich fahre sie rauf, ich fahre sie runter, was meinen Sie, wie soll ich da noch wissen, was für ein Auto das eine oder das andere war?«
»Wenn du mit mir sprichst, gewöhnst du dir diesen Ton ab, ist das klar, Pancho?«
»Ja, Sir«, sagte Perez.
»Schon besser«, sagte Ollie. »Du erinnerst dich also nicht mehr an das Auto, hm?«
»Nein.«
»War es ein großes Auto, ein kleines Auto, was für ein Auto war es?«
»Ich weiß nicht mehr.«
»Ihr seid mir ein schönes Pärchen, ihr zwei Scheißpuertoricaner«, sagte Ollie. »Wo hebt ihr eure Quittungen auf?«
»Was?«
»Eure Quittungen, eure Quittungen, wollt ihr, daß ich Spanisch spreche, oder sind das hier die Vereinigten Staaten?«
»Puerto Rico ist auch Vereinigte Staaten«, sagte Perez mit Würde.
»Das glaubst *du*«, sagte Ollie. »Wenn ein Mann herkommt und sein Auto parkt, gibt es einen Parkschein, richtig? Du trägst die Zulassungsnummer auf beide Hälften des Scheins ein, richtig? Und du reißt den unteren Teil ab und gibst ihn dem Kunden, damit er hinterher sein Auto damit abholen kann, richtig? Du folgst mir soweit? Das ist die Abholkarte, die du dem Mann gibst, der sein Auto hier parkt. Okay, du wirfst den *oberen* Teil des Parkscheins in eine Schachtel, und wenn der Mann mit *seiner* Hälfte des Scheins wiederkommt, suchst du die dazu passende, und dadurch weißt du, auf welcher Ebene du sein Auto geparkt hast. Also wo hebst du die Scheine auf, die Quittungen?«

»Oh«, sagte Perez.
»Jetzt dämmert's«, sagte Ollie. »Hast du die Quittungen irgendwo?«
»In der Kasse. Scheine von der letzten Nacht, meinen Sie?«
»Davon reden wir hier ja wohl, von letzter Nacht. Du stempelst doch die Scheine auch, oder? Mit der Zeit, wenn der Mann wiederkommt, um sein Auto abzuholen. Okay, ich möchte jeden Parkschein sehen von jedem, der ungefähr um acht hergekommen und ungefähr um Viertel vor zehn abgefahren ist. Das ist doch kein Problem, oder? Eigentlich ist es genau das, was meine Freunde hier letzte Nacht hätten tun sollen, aber besser spät als nie, richtig? Zeig mir die Scheine.«
»Die Kassiererin hat sie«, sagte Perez. »Im Büro.«
Die Kassiererin war ein schwarzes Mädchen Ende zwanzig. Sie sah auf, als die Detectives in das kleine Büro kamen. Ollie zwinkerte Carella zu und sagte dann: »Hallo, Süße.«
»Ich bin nicht *deine* Süße und auch von sonst keinem«, sagte das Mädchen.
»Du meinst, du bist nicht meine kleine Schoko-Tootsie-Maus?«
»Was soll das?« sagte sie.
»Polizei, Miss«, sagte Hawes und zeigte seine Marke. »Wir haben Grund zu der Annahme ...«
»Wir möchten Ihre Parkscheinabschnitte von letzter Nacht sehen«, sagte Ollie. »Alles, was um acht hereinkam, oder ein bißchen vor acht, und ungefähr Viertel vor zehn abfuhr.«
»Wir ordnen sie nicht so«, sagte das Mädchen. »Nach der Zeit.«
»Wie ordnet ihr sie dann?«
»Nach der Nummer auf den Scheinen.«
»Okay«, sagte Ollie, »holen Sie alle Scheine heraus, wir sehen sie selbst durch.«
»Hier?« sagte das Mädchen. »Ich habe hier zu arbeiten.«
»Wir auch«, sagte Ollie.
Die Arbeit nahm sie fast zwei Stunden in Anspruch. Sie teilten die Scheine unter sich auf, sortierten alle aus, die mit einer Ankunftszeit von halb acht oder später gestempelt waren, und gingen diese danach durch, welche eine Abfahrtszeit zwischen Viertel vor zehn und zehn Uhr hatten. Sie fanden drei Parkscheine mit drei Zulassungsnummern.
Einer der Parkscheine war beschriftet: Chev-38L4721.
Der zweite war beschriftet: Benz-604J29.

Der dritte war beschriftet: CadSav-WU3200.
»Der Rest ist geschenkt«, sagte Ollie.

Eileen Burke mochte diese Aufgabe nicht. Erstens war sie nicht gern eine andere Frau als sie selbst. Dann wohnte sie nicht gern in der Wohnung einer anderen Frau. Und schließlich paßte ihr eine Maskerade nicht, die es ihr unmöglich machte, Bert Kling zu treffen. Annie hatte ihr gesagt, sie könne Bert nicht treffen, solange sie sich als Mary Hollings ausgab. Falls der Vergewaltiger sie in Gesellschaft eines Mannes entdeckte, den er vorher noch nicht gesehen hatte, könnte er womöglich eine Falle wittern. Das durfte nicht sein. Eileen war der Köder. Wenn die Ratte etwas Ranziges an dem ausgelegten Stück Käse schnupperte, liefe sie vielleicht davon.
Marys Wohnung hatte einen Stil, den Eileen viktorianisch mit einem Schuß Peter Lorre genannt hätte. Das hieß, sie hatte eine gewisse Ähnlichkeit mit Graf Draculas Schloß, nur fehlte ihr dessen Wärme. Die Wände waren durchweg in einem Grün gestrichen, das genau die Farbe war, die man in jeder Polizeiwache in der Stadt vorfand. Die Teppiche auf den Böden im Wohnzimmer und Schlafzimmer waren abgescheuerte Orientteppiche, die besser zu flötenspielenden Schlangenbeschwörern gepaßt hätten. Die Wohnzimmervorhänge ähnelten jenen, die zu öffnen Miss Haversham in *Große Erwartungen* sich geweigert hatte, obwohl Eileen zugeben mußte, daß sie etwas weniger staubbedeckt waren. Das Durcheinander war unvorstellbar – auch wenn es Eileens eigenes war.
Das Durcheinander war beabsichtigt.
In den wenigen Tagen, die Eileen zur Orientierung mit Mary vor deren Abreise nach Long Beach verbracht hatte, war ihr allmählich klar geworden, daß die Frau eine Schlampe war. Vielleicht hatte es mit ihrer Scheidung zu tun. Oder vielleicht hatte es mit den Vergewaltigungen zu tun. So oder so war es unvorstellbar. Bei ihrem ersten Besuch in der Wohnung sah Eileen Höschen, Hemdchen, Blusen, Pullover und Hosen zu Haufen gestapelt auf Böden, Sofas, Stuhllehnen, Duschvorhangstangen und Toilettentischplatten. Socken und Strumpfhosen und Nylonstrümpfe wie ein Haufen Schlangen, denen man das Rückgrat gebrochen hatte. »Ich räume normalerweise samstags oder sonntags auf«, erklärte Mary. »Es ist sinnlos zu versuchen, die Woche über damit zu Rande zu kommen.« Eileen hatte einfach genickt. Sie war dagewesen, um die Frau *kennenzulernen,* nicht um sie zu kritisieren. Jenes erste Treffen hatte am Mitt-

woch abend, am 12. Oktober, stattgefunden. Sie hatten sich am nächsten Tag wieder getroffen, während Eileen sich mit der Wohnung und mit Marys täglichen Gepflogenheiten vertraut machte. Am vierzehnten fuhr Mary nach Kalifornien und ließ hinter sich, was der Schutt eines Riesenheeres von sehr unhygienischen Frauen zu sein schien. Am Samstag hatte Eileen das Durcheinander in Ordnung gebracht.

Das lag fünf Tage zurück.

Die Kleidungsstücke, die jetzt unordentlich in der Wohnung herumlagen, waren ihre eigenen; sie hatte sie über eine Reihe von Tagen verteilt hergebracht, meist in Einkaufstüten, damit nicht jemand, der sie vielleicht beobachtete, über Koffer mißtrauisch werden könnte. Das schmutzige Geschirr in der Spüle war Geschirr, das sie selbst benutzt hatte. Aber jetzt war erst Donnerstag, und Mary räumte die Wohnung normalerweise nicht vor Samstag oder Sonntag auf. Falls jemand sie beobachtete, wollte Eileen, daß alles so aussähe wie immer. *Falls* jemand sie beobachtete. Sie konnte nicht sicher sein. Sie hoffte, daß dem so war. Deshalb war sie hier.

Auf der Wohnzimmerseite – das Zimmer, das sich mit Miss Havershams verstaubten Vorhängen schmückte – gingen die Fenster auf die Straße zwölf Stockwerke darunter. Eileen hatte die Vorhänge aufgezogen, sobald sie eingezogen war, um besser gesehen zu werden – *falls* jemand beobachtete. Eine Beobachtung war auf der Schlafzimmerseite der Wohnung einfacher. Das Fenster dort, geschützt von Jalousien, die seit der Sintflut nicht mehr gesäubert worden waren, blickte auf einen breiten Lichthof und ein Gebäude, das gut sieben Meter weg gegenüber diesem stand. Jeder hinter jedem beliebigen Fenster oder auf dem Dach konnte bequem in die Wohnung sehen. Eileen hoffte, daß er ein Fernglas besaß. Eileen hoffte, daß er einen guten Einblick hatte, und sie hoffte außerdem, daß er bald zuschlagen würde. Am Samstag würde sie die Kleidungsstücke zusammenlesen, die sie absichtlich über die ganze Wohnung verstreut hatte, und würde sie zu den Waschmaschinen im Keller tragen. Am Sonntag würde sie von vorne anfangen, mit reinem Tisch sozusagen. Aber sie wußte nicht, wie lange sie es durchhalten würde, mitten in dieser ganzen Unordnung zu leben. Ihre eigene Wohnung war verglichen damit so spartanisch wie eine Mönchszelle.

Sie hatte sich keine halbe Stunde vorher bei Kling über die Unordnung beklagt – am Telefon natürlich. Er hatte geduldig zugehört. Er hatte ihr gesagt, er hoffe, dieser Auftrag sei bald beendet. Er hatte ihr gesagt, er vermisse sie. Er hatte gefragt, wie lange Annie vorhabe, sie in dieser Wohnung festzuhalten, mit dem Nachthemd einer anderen Frau ins Bett . . .

»Ich trage mein eigenes Nachthemd«, hatte Eileen gesagt.

»Und angenommen, er beobachtet dich?« fragte Kling. »Er sieht ein anderes Nachthemd, er denkt ›Hm, ha, das ist doch eine Schwindlerin da drin‹.«

»Mary könnte ja ein paar neue Nachthemden gekauft haben«, sagte Eileen. »Sie tut sowieso den ganzen Morgen lang nichts anderes als einkaufen. Bis Mittag. Mary steht jeden Morgen um neun auf, und Mary braucht zwei Stunden zum Duschen und Anziehen, das ist es, was Mary tut. Frag mich nicht, warum Mary zwei Stunden zum Duschen und Anziehen braucht. Ich hatte Anrufe vom Lieutenant in dringenden Fällen zu Hause, und ich war aus der Wohnung in haargenau zehn Minuten, frisch wie der Tau und geschniegelt und gebügelt.«

»Das hast du aber schön gesagt«, sagte Kling.

»Spar dir deine blöden Bemerkungen«, sagte Eileen. »Jedenfalls verläßt Mary ihre Wohnung jeden Morgen um elf Uhr, und sie kauft bis eins ein. Ich war in vier Kaufhäusern heute morgen, Bert. Ich hätte dir fast eine ganz scharfe Unterhose gekauft.«

»Warum *fast*? Ein Fast-Geschenk ist überhaupt kein Geschenk.«

»Ich dachte, wenn er mich beobachtet, wundert er sich, warum ich eine Herrenunterhose kaufe.«

»Hast du ihn schon einmal kurz zu sehen bekommen?«

»Nein. Aber ich habe das Gefühl, daß er in der Nähe ist.«

»Was für ein Gefühl?«

»Einfach ein Gefühl, halt so. Als ich beim Mittagessen saß – Mary ißt jeden Tag Punkt ein Uhr zu Mittag – das heißt, an jedem *Werktag*. An Samstagen stellt sie den Wecker nicht, sie schläft einfach so lang sie will. Sonntags auch.«

»Vielleicht schleiche ich mich am Sonntag morgen rüber, tu so, als wäre ich der Mann, der die Wasserleitung oder so was reparieren soll.«

»Guter Gedanke«, sagte Eileen. »Meine Wasserleitung kann eine Reparatur *brauchen*, glaub mir. Jedenfalls während ich heute beim Mittagessen saß . . .«

»Ja, was war da?«

»Ich hatte das Gefühl, er war da.«

»Im Restaurant?«

»Mary ißt nicht in Restaurants. Mary ißt in vegetarischen Lokalen. Ich habe mehr verdammte Bohnensprossen gegessen in der letzten Woche ...«

»Aber er war da, hm?«

»Ich *weiß* es nicht. Ich sage nur, es war so ein Gefühl. Der Laden war hauptsächlich voll von Frauen, aber es waren vielleicht sechs Kerle da, und wenigstens drei davon könnten es gewesen sein. Ich meine, nach der Beschreibung, die wir von den Opfern bekommen haben. Weiß, um die Dreißig, einsachtzig, achtzig Kilo, braunes Haar, blaue Augen, keine sichtbaren Narben und Tätowierungen.«

»Könnte jeder in der Stadt sein.«

»Als ob ich das nicht wüßte.«

Es herrschte lange Schweigen in der Leitung.

»Ich habe eine großartige Idee«, sagte Kling.

»Zu dem Vergewaltiger?«

»Nein, zu uns.«

»Ah-*ha*«, sagte sie.

»Möchtest du sie hören?«

»Klar.«

»Warum gehst du nicht unter die Dusche ...«

»Mhm.«

»Und dann ziehst du dein Nachthemd an ...«

»Mhm.«

»Und dann gehst du in dein schönes warmes Bett ...«

»*Marys* Bett, meinst du.«

»Marys Bett, stimmt. Und dann rufe ich dich wieder an. Wie klingt das?«

»Ich möchte noch nicht ins Bett gehen«, sagte Eileen. »Es ist erst zehn Uhr.«

»Und? Mary steht jeden Werktag morgen um neun Uhr auf, nicht? Außerdem habe ich nicht gesagt, du sollst *schlafen* gehen, ich habe nur gesagt, du sollst ins *Bett* gehen.«

»Aha, ich verstehe«, sagte Eileen. »Du möchtest ein obszönes Telefongespräch führen, stimmt's?«

»Na, *so* würde ich es nicht nennen«, sagte Kling.

»Wie *würdest* du es genau nennen, du schmutziger Alter?«

»Schmutzig, ja. Alt, nein. Was meinst du dazu?«

»Klar, laß mir nur eine halbe Stunde oder so.«

»Eine halbe *Stunde*? Hast du mir nicht erzählt, daß du manchmal Anrufe von deinem Lieutenant in dringenden Fällen oder so

bekommst und dann in genau zehn Minuten geduscht und dich angezogen hast? Weshalb brauchst du jetzt eine halbe Stunde?«
»Für den Fall, daß ich einen obszönen Anruf bekomme, möchte ich ein wenig Parfum auflegen«, sagte Eileen und hängte ein.
Sie war unter der Dusche, als das Telefon wieder läutete. Sie war überrascht; das sah nicht nach Bert aus, nach fünf Minuten wieder anzurufen, obwohl sie ihn gebeten hatte, ihr eine halbe Stunde Zeit zu lassen. Sie beschloß, das Telefon läuten zu lassen. Es läutete weiter. Und läutete. Und läutete. Sie kam unter der Dusche vor, schlug ein Badetuch um sich und ging zurück ins Schlafzimmer – wobei sie die Berge von Schutt umgehen mußte, die sie bei dem Versuch, Marys Lebensart vorzutäuschen, über den ganzen Fußboden verstreut hatte – und dann ins Wohnzimmer, wo das Telefon immer noch läutete. Sie nahm den Hörer ab.
»Hallo?« sagte sie.
»Eileen?«
Eine Frauenstimme.
»Ja?«
»Hier ist Mary Hollings.«
»Oh, hallo«, sagte sie. »Tut mir leid, daß ich Ihre Stimme nicht erkannt habe.«
»Ich störe doch nicht bei irgendwas?«
»Ich war gerade unter der Dusche«, sagte Eileen. »Deshalb habe ich so lange bis zum Telefon gebraucht. Rufen Sie aus Kalifornien an?«
»Ja. Es ist eine Zumutung, weiß ich, aber . . .«
»Überhaupt nicht«, sagte Eileen. »Worum geht es?«
»Also . . . ich muß eigentlich meine Miete am fünfzehnten des Monats zahlen. Und die Sache ist . . . ich habe mein kleines Scheckheft mitgenommen, um Rechnungen zu bezahlen, die mir nachgeschickt . . .«
»Sie haben bei der Post beantragt, daß sie Ihnen Ihre Briefe nachschicken?« fragte Eileen sofort.
»Hm . . . ja.«
Es herrschte Stille in der Leitung.
»Habe ich etwas falsch gemacht?« fragte Mary.
»Nein, nein, das ist gut so«, sagte Eileen.
Sie hielt es allerdings nicht für so gut. Jeden Morgen war sie, gemäß der gewohnten Übung, die Mary ihr beschrieben hatte, zum Briefkasten hinuntergegangen und war überrascht gewesen, nur drittrangige Post vorzufinden – Zeitschriften, Werbedrucksachen und so

weiter. Keine wichtige Post. Das war ihr komisch vorgekommen; auch wenn weder Freunde noch Verwandte Mary jemals einen Brief schickten, hätten doch bestimmt Rechnungen kommen müssen. Jetzt hatte sie die Antwort. Mary hatte beim Postamt beantragt, ihre Post nach Long Beach nachzusenden, zweifellos mit der Einschränkung, daß der Antrag sich nur auf Briefsendungen beziehen sollte. Aber falls der Vergewaltiger Mary beobachtet hatte, bevor sie nach Kalifornien abgereist war, ob er sie dann auch gesehen hatte, als sie zum Postamt gegangen war? Und falls er ihr nach innen gefolgt war, hatte er dann auch gesehen, wie sie die Karte mit der Nachsendeanschrift ausgefüllt hatte? Und falls ja, wußte er jetzt, daß die Frau, die in Mary Hollings Wohnung wohnte, gar nicht Mary Hollings war? Eileen gefiel das überhaupt nicht. Das Schweigen am Telefon dehnte sich.
Schließlich sagte Mary: »Ich dachte, ich hätte die Miete bezahlt, bevor ich abreiste. Ich versuche sie gewöhnlich zwei oder drei Tage, bevor sie fällig ist, zu zahlen. Ich überweise sie an diese Gesellschaft, die das Gebäude verwaltet, sie heißen Reynolds Immobilien AG.«
»Mhm«, sagte Eileen.
»Aber ich habe nur mein *kleines* Scheckheft hier, das eine, das ich immer in meiner Handtasche dabeihabe ...«
»Mhm.«
»Und normalerweise bezahle ich meine Miete mit dem *großen* Scheckheft. Dem mit drei Schecks auf einer Seite, Sie wissen, was für eins ich meine?«
»Mhm«, sagte Eileen.
»Deshalb habe ich keine Möglichkeit nachzuprüfen«, sagte Mary, »ob ich die Miete bezahlt habe oder nicht. Ich möchte nicht nach Hause kommen und entdecken, daß ich gekündigt bin oder so.«
»Also ... hm ... was weiter?« sagte Eileen.
»Ich weiß nicht recht, ob ich Sie um einen Gefallen bitten kann.«
»Klar.«
»Sie sind doch im Wohnzimmer, oder? Dort steht das Telefon, deshalb nehme ich an, daß Sie da sind.«
»Da bin ich«, sagte Eileen.
Und tröpfele deinen ganzen Orientteppich voll, dachte sie, sagte aber nichts.
»Gut, in dem Schreibtisch, wo das Telefon steht ...«
»Mhm.«
»Die untere Schublade auf der rechten Seite ...«

»Mhm.«
»Da liegt mein *großes* Scheckheft. Das ich nicht mitgenommen habe. Weil ich dachte, ich könnte alle nachgeschickten Rechnungen mit meinem *kleinen* Scheckheft bezahlen.«
»Okay«, sagte Eileen.
»Würde es Ihnen sehr viel ausmachen, das Scheckheft durchzublättern, das *große,* und nachzusehen, ob ich die Miete bezahlt habe? Falls ich sie bezahlt habe, dürfte es um den zwölften oder dreizehnten Oktober gewesen sein, so in der Gegend. Könnten Sie bitte nachsehen?«
»Klar, eine Sekunde«, sagte Eileen.
Sie öffnete die untere Schublade auf der rechten Schreibtischseite, kramte unter Aktendeckeln und losen Blättern und fand das Scheckheft.
»Ich hab's«, sagte sie, »lassen Sie mich nachsehen.«
Sie zog den Stuhl unter dem Schreibtisch vor, setzte sich, bog die Schreibtischlampe herum und schlug das Scheckheft auf.
»Zwölfter oder dreizehnter Oktober«, sagte sie.
»Ungefähr«, sagte Mary.
»Siebter Oktober«, sagte sie laut, während sie die Seiten der Kontrollabschnitte in dem Hefter umblätterte, »neunter Oktober ... wie hieß noch der Empfänger?«
»Reynolds Immobilien AG.«
»Elfter Oktober«, sagte Eileen, »zwölfter ... hier ist es. Zwölfter Oktober, Reynolds Immobilien AG, sechshundertvierzehn Dollar. Auf dem Kontrollabschnitt steht: Miete, fällig 15. 10. Ich denke, Sie haben bezahlt, Mary.«
»Bin ich erleichtert!« sagte Mary. »Ich habe mir wirklich Sorgen gemacht, daß sie das Schloß an der Tür auswechseln oder so was. Ich käme nach Hause und fände ...« Sie zögerte. »Wann, meinen Sie, könnte das sein?« fragte sie. »Meine Rückfahrt, meine ich. Haben Sie schon Glück gehabt?«
»Nicht die Bohne«, sagte Eileen.
»Weil ... meine Schwester ist ein reizender Mensch, und sie freut sich sehr, mich bei sich zu haben und alles ... aber ich bin jetzt schon fast eine Woche hier ...«
»Ja, ich weiß.«
»Und ich habe das Gefühl, ich bin schon ein bißchen länger da, als ich willkommen bin.«
»Mhm.«

»Nicht daß sie etwas zu mir gesagt hätte ...«
»Ich verstehe.«
»Aber man spürt so was allmählich, wissen Sie.«
»Ja.«
»Also ... wann, meinen Sie, sind Sie dort fertig? Ich meine, wie lange werden Sie so weitermachen? Falls er nicht auftaucht, meine ich?«
»Ich muß das mit Detective Rawles besprechen«, sagte Eileen. »Ich weiß nicht, wie lange sie plant, die Sache laufen zu lassen. Kann ich Sie irgendwann morgen erreichen?«
»Aber sicher, es eilt nicht. Ich will sagen, meine Schwester setzt mich nicht auf die Straße oder so. Ich wollte es nur gern wissen, das ist alles.«
»Ich versuche, es herauszukriegen. Und ich melde mich bei Ihnen.«
»Sie haben doch die Nummer hier in Long Beach?«
»Ja, Sie haben sie mir gegeben.«
»Also dann«, sagte Mary, »viel Glück.«
»Danke.«
»Auf Wiedersehen dann.«
»Auf Wiedersehen, Mary.«
Es klickte in der Leitung. Eileen legte den Hörer auf die Gabel und sah dann auf ihre Armbanduhr. Wenn sie sich nicht beeilte, würde sie den ersten Telefonsex ihres Lebens verpassen. Sie war auf dem Weg ins Schlafzimmer, als das Telefon wieder läutete. Sie sah noch einmal auf die Uhr. Bert? Fünfzehn Minuten zu früh? Mary noch einmal, um sie zu bitten, etwas *anderes* in ihrem Scheckheft nachzusehen? Sie ging wieder an den Schreibtisch und nahm den Hörer ab.
»Hallo?«
»Eileen?«
Sie erkannte die Stimme sofort.
»Hallo, Annie«, sagte sie. »Wie geht es Ihnen?«
»Die Frage ist, wie geht es *Ihnen*?«
»Man lebt so«, sagte Eileen. »Wo brennt's?«
»Haben Sie eine Minute Zeit?«
»Kaum«, sagte sie und sah dabei noch einmal auf die Uhr.
»Ach?« sagte Annie. »Pläne für heute nacht?«
»So ähnlich«, sagte Eileen.
Sie hielt es nicht für klug, Detective First/Grade Anne Rawles genau zu erklären, was für Pläne das waren. Die Pläne waren in Wirklichkeit auch in ihrem eigenen Kopf etwas verschwommen. Aber sie

hatte Bücher gelesen, das schon, sie hatte Bücher gelesen. Alle möglichen Fantasien tanzten durch ihren Kopf.

»Gehen Sie aus oder so was?« fragte Annie.

»Nein, heute nacht nicht. Ich war *letzte* Nacht aus. Ich war im Kino.«

»Was von ihm gemerkt?«

»Nein.«

»Waren Sie allein?«

»So allein, wie man nur sein kann«, sagte Eileen.

»Tut mir leid, aber ...«

»Klar, nicht der Rede wert. Ich hatte gerade einen Anruf von Mary Hollings, die ...«

»Aus Kalifornien?«

»Ja. Sie möchte wissen, wann ich hier ausziehe.«

»Vielleicht früher als Sie denken«, sagte Annie.

»Sie blasen die Geschichte ab?«

»Nein.«

»Was dann?«

»Ich habe hier einiges, was Sie interessieren dürfte«, sagte Annie und begann, ihr von dem Schema zu erzählen, das sie entdeckt hatte, als sie an den Computerausdrucken gearbeitet hatte. Eileen sah auf ihre Uhr. Automatisch legte sie einen Block vor sich auf dem Schreibtisch bereit und begann, Notizen zu machen, als Annie ihr von dem Vier-Wochen-, Drei-Wochen-, Zwei-Wochen-Zyklus berichtete. Während sie weiter zuhörte, schrieb sie die Daten auf, an denen Mary Hollings vergewaltigt worden war: 10. Juni, 16. September und 7. Oktober.

»Das paßt nicht zusammen«, sagte sie. »Da ist eine große Lücke zwischen Juni und September.«

»Ja, aber wenn man die Wochen abzählt – haben Sie einen Kalender dort?«

»Einen Moment«, sagte Eileen und schlug die erste Seite von Marys Scheckheft auf. »Ja, schießen Sie los.«

»Zählen Sie einfach mal die Wochen mit mir ab«, sagte Annie. »Erste Vergewaltigung, zehnter Juni. Vier Wochen danach, achter Juli. Drei Wochen danach, neunundzwanzigster Juli ... kommen Sie mit?«

»Ja?« sagte Eileen verwirrt.

»Okay. Zwei Wochen danach, zwölfter August. Eine Woche danach, neunzehnter August. Ende des Zyklus. Begreifen Sie langsam?«

»Noch nicht.«
»Dann hören Sie weiter. Vier Wochen nach dem neunzehnten August war der sechzehnte September . . . haben Sie die Daten, die ich Ihnen zu den Vergewaltigungen der Hollings gegeben habe?«
»Ja. Sechzehnter September, stimmt, hier ist es.«
»Richtig. Und wann ist die nächste?«
»Siebter Oktober.«
»Genau drei Wochen später«, sagte Annie. »Und was ist zwei Wochen danach?«
»Einundzwanzigster Oktober.«
»Morgen«, sagte Annie.
»Also glauben Sie . . .«
»Ich glaube . . . aber wer weiß, wie das Hirn dieses Monsters funktioniert? Vielleicht gibt es überhaupt kein Schema, das alles könnte Zufall sein. Aber falls es ein Schema *gibt*, dann ist Mary Hollings das einzige Opfer, das er freitags überfallen hat, und morgen ist Freitag, und zufällig ist es zwei Wochen nach dem *letzten* Mal, als sie vergewaltigt wurde.«
»Ja«, sagte Eileen.
»Was ich sagen will . . .«
»Ich habe es begriffen.«
»Ich will sagen, passen Sie morgen auf.«
»Danke.«
»Glauben Sie, Sie brauchen in diesem Fall Rückendeckung?«
»Damit verschrecken wir ihn womöglich. Ich lasse es allein darauf ankommen.«
»Eileen . . . wirklich. Passen Sie *gut* auf.«
»Okay.«
»Er hat ein Messer.«
»Weiß ich.«
»Er hat es schon benutzt . . .«
»Weiß ich.«
»Also sehen Sie sich vor. Wenn er das Messer zieht, fragen Sie nicht lange, sondern drücken Sie ab.«
»Okay.« Sie zögerte. »Wann, glauben Sie, macht er wohl seinen Auftritt?« fragte sie.
»Es ist immer nachts gewesen«, sagte Annie.
»Also habe ich den ganzen Morgen zum Einkaufen und zum Mittagessen in Vegetarierbuden und zum Museumsbesuch oder dergleichen, ja?«

Annie lachte, wurde aber gleich wieder ernst.
»Während Sie das alles tun«, sagte sie, »halten Sie die Augen nach ihm offen. Falls er morgen nacht zuschlagen will, folgt er Ihnen vielleicht.«
»Okay.«
»Und Sie wollen bestimmt keine Rückendeckung?«
Eileen war sich nicht sicher. Aber sie sagte: »Ich möchte ihn mir nicht entgehen lassen.«
»Ich spreche nicht von *Männern.* Wir können ein paar Polizistinnen dort verstecken.«
»Er könnte sie riechen. Wir sind jetzt zu nah dran, Annie.«
»Okay. Aber denken Sie an das, was ich gesagt habe. Falls er dieses Messer . . .«
»Ich habe verstanden.« Sie sah wieder auf ihre Uhr. »War's das?«
»Viel Glück«, sagte Annie und legte auf.
Zweimal gute Wünsche in derselben Nacht, dachte Eileen, als sie den Hörer wieder auf die Gabel legte. Ich werde sie brauchen, das ist verdammt sicher. Es war fast halb elf. Wenn Bert eines war, dann war er pünktlich. Sie ging wieder ins Schlafzimmer, überlegte, ob sie ein Nachthemd anziehen sollte, und entschied sich für ein Höschen statt dessen. Sie wollte gerade die Jalousie schließen, als das Telefon wieder läutete. Sie ging wieder ins Wohnzimmer zurück und nahm den Hörer ab.
»Hallo?« sagte sie.
»Schatz, ich bin's«, sagte Kling.
»Ja, Bert. Ich wollte gerade . . .«
»Hör zu, es tut mir leid, aber wir haben gerade ein paar Namen und Adressen von Kraftfahrzeughaltern im Zusammenhang mit den Erhängungen bekommen. Der Lieutenant hat mich gerade angerufen, er möchte, daß wir sie uns in drei Teams vornehmen.«
»Ach«, sagte Eileen.
»Deshalb . . . hm . . . es muß wohl warten.«
»Ja, muß es wohl«, sagte Eileen.
»Vielleicht morgen nacht«, sagte Kling.
»Vielleicht.«
»Ich muß mich beeilen, Meyer holt mich in fünf Minuten ab.«
»Okay, Lieber. Paß auf dich auf.«
»Du auch.«
Es klickte in der Leitung. Eileen legte auf und ging wieder ins Schlafzimmer. Als sie nach den Zugschnüren der Jalousien griff, ging es

ihr plötzlich durch den Kopf, daß Berts Idee sowieso nicht geklappt hätte, es gab nämlich kein Telefon im Schlafzimmer.
Mit einem Seufzer zog sie die Jalousien zu.

Von der Stelle hinter der Brüstung des gegenüberliegenden Daches, wo er mit einem Fernglas vor den Augen kauerte, sah er, wie sich die Jalousie schloß und sein Einblick in das Schlafzimmer plötzlich durch ein helles Rechteck, undurchdringlich wie eine Backsteinmauer, ersetzt wurde.
Er hatte sie seit Einbruch der Dunkelheit beobachtet. Am liebsten wäre er ihr den ganzen Tag gefolgt, aber das war unmöglich. Er war keinen Nachmittag vor vier frei, manchmal bis fünf nicht. Sogar nachts wegzukommen war schwierig, immer diese Ausreden, die er finden mußte. Wollte nicht in zu vielen Nächten weg sein, weil ihm die Nächte, die der Kalender vorschrieb, hundertprozentig sicher sein mußten. Was immer sonst zufällig auf diese Nächte fiel, lehnte er ab, tut mir leid, ich habe was anderes vor. Hier, da, irgendwo. Seine Ausreden wurden ihm abgekauft. Nicht immer ohne Fragen, aber letztlich immer geschluckt. Er war eine entschlossene Person. Die Leute hatten längst begriffen, daß es keinen Sinn hatte, ihn von einem Standpunkt, den er einmal eingenommen hatte, abbringen zu wollen.
Mary Hollings hätte das inzwischen merken können. Dreimal bereits. Morgen nacht würde das vierte Mal sein. Viermal dürfte reichen, aber fünfmal war besser. Wenn man sie fünfmal erwischte, war man ziemlich sicher, daß man sie genau da hatte, wo man sie haben wollte. Er ging mit sich zu Rate, ob er versuchen sollte, morgen nacht wieder in ihre Wohnung zu gehen. Wahrscheinlich nicht. Zu riskant. Wäre fast von der verfluchten Feuerleiter gefallen beim letztenmal, verlor den Halt, als er hinaufkletterte, zu riskant. Ging hinterher durch die Vordertür hinaus, viel sicherer, rannte die Treppe runter, kam auf die Straße hinaus, trieb sich herum, bis er den Streifenwagen ankommen sah, wußte, sie würde die Polizei holen, das hatte sie jedesmal getan.
Morgen nacht würde er versuchen, sie auf der Straße abzufangen. Es sei denn, sie ginge nicht aus. Sie war letzte Nacht ins Kino gegangen, danach nach Hause gelaufen, die beste Zeit, um sie wieder zu erwischen, aber er zog es vor, nach dem Kalender vorzugehen. Zu nachlässig, wenn er es anders machte. Wenn man einen Plan hatte, sollte man ihn befolgen. Jedenfalls waren es jetzt zu viele. Wenn

man sich nicht an den Kalender hielt, konnte man leicht aus den Augen verlieren, welche an der Reihe war, und dann wäre der ganze Plan im Eimer. Sogar wenn sich die Gelegenheit selbst anbot, wie zum Beispiel letzte Nacht, war es besser, sich zu beherrschen und dem Zwang des Kalenders zu folgen.

Sehr geschäftig heute nacht, Mrs. Mary Hollings.

Stolzierte durch die Wohnung, als würde sie darauf *warten*, daß es passierte. Vielleicht wartete sie ja. Verdammte Scheinheilige allesamt. Alle wollten dasselbe, taten aber so, als täten sie es aus anderen Gründen. Versuchten, den Akt rein zu halten, indem sie ihm eine erhabenere Bedeutung gaben. Leugneten den Geschlechtsakt an sich als Mittel zum Zweck. Kümmere dich nicht darum, wie sie Sex *wirklich* empfanden, kümmere dich nicht um die kleinen Sachen, die sie machten, wenn er sie beobachtete, vergiß das alles. Rein in ihren Gedanken, o ja, aber in ihren Herzen . . .

Das Herz war eine ganz andere Sache. Das Herz und der Schlitz zwischen ihren Beinen. Ganz gleich, was für eine gute Sache im Kopf vorgedacht wurde. Das Herz und der Schlitz, die lenkten sie in Wirklichkeit. Mary Hollings heute nacht. Zieht sich nackt aus bei offenen Jalousien. Wieviel Meter ist das Gebäude hier über den Lichthof entfernt? Gott weiß wer hätte zusehen können. Hätte nicht einmal ein Fernglas *gebraucht*, um zu sehen, was sie anbot, rotes Haar und roter Büschel, Titten wie Melonen. Mrs. Mary Hollings, die eine Politik verfocht, die Sexualität leugnete zugunsten von *Weiblichkeit*, derselben *Weiblichkeit*, die sie mit jedem Tier in der freien Natur gemein hatte. Stürzte später an der offenen Jalousie vorbei und hatte nur ein Badetuch um sich gewickelt. Kam wieder ins Schlafzimmer und zog ein Höschen an. Stand vor dem Spiegel und bewunderte sich, und dabei war die Jalousie immer noch offen. Verließ das Schlafzimmer noch einmal, um ins Wohnzimmer zu gehen – er kannte den Grundriß der Wohnung, er war darin gewesen.

In *ihr* auch.

Dreimal.

Morgen nacht würde es die Nummer vier für Mrs. Mary Hollings sein.

Morgen nacht.

## 10.

In der Nacht, als Darcy Welles ermordet wurde, hatten drei Männer ihre Autos zwischen acht und zehn Uhr in der Garage um die Ecke vom Restaurant Marino's geparkt. Lieutenant Byrnes hatte es für das beste gehalten, heute nacht alle drei zu schnappen. Falls einer von ihnen ein Mörder war, konnte morgen gar nicht schnell genug kommen. Aber selbst wenn alle drei sauber waren, erschien die Möglichkeit, sie in dieser Nacht zu Hause anzutreffen, größer, als bis morgen zu warten. Morgen war Freitag, ein Werktag. Wenn diese Männer berufstätig waren, würde ein Besuch bei ihnen zu Hause dreimal ins Leere gehen. Man würde Fragen stellen müssen, ganz gleich, wer die Tür öffnete, und weitere Besuche an ihren Arbeitsplätzen wären erforderlich. Besser, es heute nacht zu tun; wer zuerst kommt, mahlt zuerst, und außerdem, wer zögert, hat schon verspielt. So etwa waren die Gedankengänge des Lieutenants. Fünf von den Detectives, die in drei Teams arbeiten sollten, wären lieber zu Hause im Bett geblieben, als durch die ganze Stadt hinter einem Mann herzujagen, der nur *vielleicht* der tatsächliche Delinquent war. »Delinquent« war das Wort, das Ollie Weeks gebrauchte. Er war der sechste Detective, der die drei Teams zu jeweils zwei Mann vollzählig machte, und er war viel lieber draußen in der Stadt auf der Jagd, als daß er zu Hause blieb, in einer Wohnung, die, wie sogar *er* zugab, verwahrlost war. Lieutenant Byrnes war nicht hundertprozentig sicher, ob es das Richtige war, Ollie an einer potentiellen Pleite teilnehmen zu lassen. Ollie hatte eingewendet, daß die dritte Leiche oben im Dreiundachtzigsten gefunden worden war, oder etwa nicht, und deshalb habe er durchaus das Recht mitzukommen. »Außerdem«, legte er feinsinnig dar, »war ich derjenige, der die Scheißparkscheine im Parkhaus gekriegt hat, ohne die keiner bei der KFZ-Zulassung auf die Namen und Adressen gekommen wäre, also macht mal halblang, okay, Lieutenant?«

Die Männer brachen ungefähr um halb elf in verschiedene Richtungen der Stadt auf. Carella zog einen Glückstreffer; er war mit Ollie Weeks eingeteilt. Er rollte seine Augen himmelwärts, als sie die Treppe hinuntergingen, um eine neutrale Limousine anzufordern. Ollie war recht adrett gekleidet für Ollie. Er trug einen schweren buntkarierten Wollmantel und eine Jagdmütze; das Wetter, bis jetzt so mild, war rauh geworden, als die Sonne unter den Horizont gesunken war; der goldene Oktober schien vorbei zu sein. Carella, der immer noch trug, was er am Morgen angezogen hatte, fröstelte ein wenig, und er hoffte, die Limousine hätte eine funktionierende Heizung. Er irrte sich.

Der Besitzer des Mercedes-Benz mit der Zulassungsnummer 604J29 wohnte keine zehn Minuten von der Wache entfernt. Sein Name war Henry Lytell.

»Der Name kommt mir bekannt vor«, sagte Ollie. Er fuhr. Carella beugte sich neben ihm nach vorn, schlug mit dem Handballen kräftig auf die Heizung und versuchte, sie in Gang zu bringen. »Kommt er dir nicht bekannt vor? Henry Lytell?«

»Nein, überhaupt nicht«, sagte Carella. »Okay, ich geb's auf, hol's der Teufel!«

»Ihr Kameraden solltet euch ein paar neue Wagen zulegen«, sagte Ollie.

Carella knurrte, schlug den Kragen seiner Sportjacke hoch und versuchte, sich in sie zu verkriechen.

»Ich mache das so«, sagte Ollie, »ich habe immer Extrasachen im Kofferraum von meinem Wagen, falls es kalt wird oder zu regnen anfängt oder sonst was in dieser Stadt.«

»Hm«, sagte Carelle.

»Was wir hätten tun sollen, wir hätten *mein* Auto nehmen sollen statt dieser Klapperkiste. Oben im Acht-drei haben wir funkelnagelneue Autos – Mercurys und Fords. Der Lieutenant kommt jedesmal hinter, wenn wir eines zurückbringen, kontrolliert, ob wir keine Kratzer gemacht haben. Wir wissen zu leben oben im Acht-drei. Der Name kommt mir bekannt vor, Henry Lytell. Ist er nicht Schauspieler oder so was?«

»Bei mir klingelt es nicht«, sagte Carella.

»Lytell, Lytell, ich bin sicher, so heißt jemand«, sagte Ollie.

Carella sprach nicht aus, daß jemand so heißen *mußte*, da Lytell der Name von jemandem *war*. Carella dachte, er hätte an diesem Morgen seine langen Unterhosen zur Arbeit anziehen sollen.

»Der Henry funkt mir irgendwie dazwischen«, sagte Ollie. »Wie war noch die Adresse?«

»843 Holmes.«

»Wie Sherlock?«

»Genauso.«

»Wenn wir ins Schwarze treffen, teilen wir uns den Fang, ist das klar?« sagte Ollie. »Das Verdienst geht an *beide* Reviere.«

»Du bist wohl scharf auf den Commissioner?« sagte Carella.

»Ich bin zufrieden mit dem, was ich bin«, sagte Ollie. »Aber schlecht wär's natürlich nicht.«
»Frierst du nicht hier drin?« sagte Carella.
»Ich? Nein. Frierst du?«
»Ja.«
»Es soll Regen geben«, sagte Ollie.
»Wird es dann wärmer?«
»Ich sag ja nur.«
Sie waren eine Weile still.
»Hat Meyer was erzählt, was ich vom ›Polizeirevier Hill Street‹ gesagt habe?« fragte Ollie.
»Nein«, sagte Carella.
»Von der Klage gegen ›Polizeirevier Hill Street‹?«
»Nein, hat er nicht. Wer verklagt ›Polizeirevier Hill Street‹?«
»Ich meine, du und ich sollten sie verklagen.«
»Warum?«
»Meinst du nicht, Furillo klingt wie Carella?«
»Nein«, sagte Carella.
»Meinst du nicht, *Charlie* Weeks klingt wie *Ollie* Weeks?«
»Nein.«
»Was? Nein?«
»Nein. Charlie Weeks klingt wie Charlie Weeks.«
»Für mich klingen sie fast wie der gleiche Name.«
»So ähnlich wie *Howard* Hunter wie *Evan* Hunter klingt.«
»Das ist überhaupt nicht das gleiche.«
»Oder wie *Arthur* Hitler wie *Adolf* Hitler klingt.«
»Jetzt machst du Witze darüber«, sagte Ollie. »Jedenfalls wette ich, daß es keine einzige Person auf der ganzen Welt gibt, die heute Hitler heißt. Sogar in Deutschland heißt heute kein Schwein mehr Hitler. Jeder, der Hitler hieß, hat seinen Namen schon längst in was anderes geändert.«
»Warum änderst du dann nicht deinen Namen? Wenn Charlie Weeks dich stört, ändere doch deinen Namen in Ollie Jones oder sonst was.«
»Warum soll nicht Charlie Weeks *seinen* Namen in was anderes ändern?« sagte Ollie. »Warum ändert Furillo seinen Namen nicht in was anderes?«
»Ich sehe keine Verbindung zwischen Furillo und Carella«, sagte Carella.
»Warum bist du heute nacht so gereizt?«

»Ich bin nicht gereizt, ich friere.«
»Wir sind drauf und dran, einen Fang zu machen, und der Mann ist gereizt.«
»Du *weißt* nicht, ob wir drauf und dran sind, einen Fang zu machen«, sagte Carella.
»Ich spüre es in meinen Knochen«, sagte Ollie. »Wir sind da.«
Er parkte neben einem Kombiwagen, der am Randstein vor Henry Lytells Haus abgestellt war. Das Gebäude war ein sechsstöckiges Backsteinhaus, kein Pförtner. Sie traten in den kleinen Vorraum am Eingang und kontrollierten die Briefkästen.
»Lytell, H.«, sagte Ollie. »Wohnung 6B. Oberster Stock. Hoffentlich gibt es einen Aufzug. Klingt der Name nicht bekannt für dich? Lytell?«
»Nein«, sagte Carella. Es war in dem Vorraum genauso kalt, wie es im Auto gewesen war, diese feuchte, durchdringende Kälte, die sicher Regen versprach.
Ollie drückte auf den Klingelknopf in der Tafel neben den Briefkästen. Er lehnte sich gegen den Knopf. Es kam kein Summton als Antwort von der inneren Tür.
»Meinst du, es gibt hier keinen Hausmeister in dieser Absteige?« fragte er und sah auf der Tafel mit den Klingeln nach. »Kein Glück«, sagte er und drückte den Knopf neben dem Namen Nakura in der Wohnung 5A. Es summte an der inneren Tür. Ollie griff um den Türknauf und drückte die Tür auf.
»Danke Gott für die kleinen Freuden«, sagte er und ging auf den kleinen Aufzug am Ende des Korridors zu. Er drückte auf den Knopf. Die Detectives warteten. »Diese alten Häuser«, sagte Ollie, »die Aufzüge sind so langsam wie ein Nigger im August.«
»Ich möchte dir einen Rat geben«, sagte Carella.
»Und der wäre?«
»Laß dich nie mit Arthur Brown einteilen.«
»Warum? Ach so, du meinst, was ich gerade gesagt habe? Das war eine Redewendung.«
»Brown würde vielleicht nicht so denken.«
»Klar, würde er«, sagte Ollie, »er hat viel Sinn für Humor, der Brown. Was ist überhaupt falsch an dem, was ich gerade gesagt habe? Es ist eine Redensart.«
»Mir gefallen deine Redensarten nicht«, sagte Carella.
»Ist ja gut, ist ja gut«, sagte Ollie und klopfte ihm auf den Rücken. »Sei doch nicht so gereizt, Stevarino. Wir machen gleich einen Fang.«

»Und nenn' mich bitte nicht Stevarino.«

»Wie soll ich dich nennen? Furillo? Du willst, daß ich dich Furillo nenne?«

»Mein Name ist Steve.«

»Furillos Name ist *Frank*. Der Sergeant dort, der nennt ihn immer ›Francis‹. Vielleicht nenne ich dich Stephen. Möchtest du, daß ich dich ›Stephen‹ nenne, Stephen?«

»Ich möchte gern, daß du mich Steve nennst.«

»Okay, Steve. Gefällt dir ›Polizeirevier Hill Street‹, Steve?«

»Ich hab' nichts für Polizeishows übrig«, sagte Carella.

»Wo bleibt denn der Lahmarsch von Aufzug?« sagte Ollie.

»Möchtest du zu Fuß raufgehen?«

»Sechs Treppen? Ausgeschlossen.«

Der Aufzug kam schließlich an. Die Männer betraten ihn. Ollie drückte den Knopf für den sechsten Stock. Die Türen schlossen sich.

»Bei dem Tempo sind wir nächsten Dienstag oben«, sagte Ollie.

Im sechsten Stock fanden sie die Wohnung 6B auf der Seite gegenüber vom Aufzug, zwei Türen weiter.

»Geh besser auf die Seite«, sagte Ollie. »Lytell ist vielleicht derselbe, der so gern Genicke bricht.«

Seine Pistole war schon in seiner rechten Hand.

Sie flankierten die Tür, Carella von links, Ollie von rechts. Ollie drückte auf den Klingelknopf. Sie hörten innen ein Glockenspiel läuten. Sonst nichts. Ollie drückte noch einmal auf den Knopf. Wieder Glockenklang. Er legte sein Ohr an das Holz und lauschte. Nichts.

»Still wie ein Friedhof«, sagte er. »Ein Stück zurück, Steve.«

»Weshalb?«

»Ich werd' sie eintreten.«

»Das kannst du nicht machen, Ollie.«

»Wer sagt das?« sagte Ollie und hob sein rechtes Knie.

»Ollie . . .«

Ollies Bein schoß vor und landete einen plattfüßigen Tritt auf das Schloß. Das Schloß sprang auf, die Tür flog nach innen. Die Wohnung dahinter war dunkel.

»Ist da jemand?« sagte Ollie und rückte in geduckter Polizistenhaltung in die Wohnung vor, indem er seine Pistole vor sich in der Luft kreisen ließ. »Mach das Licht an«, sagte er zu Carella.

Carella tastete nach einem Lichtschalter an der Innenwand neben der Tür. Er fand ihn und knipste ihn an.

»Polizei!« schrie Ollie, offensichtlich ins Leere. »Gib mir Deckung«, sagte er zu Carella und drang weiter in die Wohnung vor. Carella hielt seine Pistole auf die Stelle vor Ollie gerichtet. Was zum Teufel *mache* ich hier? dachte er. Das ist *illegal.* Ollie schaltete das Wohnzimmerlicht an. Das Zimmer war leer. An einer Wand hing ein überdimensionales Ölgemälde eines Läufers in Trikot und Shorts, die Zahl Zehn vorn auf dem Trikot, ein Mann, der Riesenschritte machte, gestreckte Beine, ausholende Arme. Es sah aus wie ein Abklatsch von den Bildern, die dieser Typ, Carella konnte sich nicht an seinen Namen erinnern, für den *Playboy* machte. Auf beiden Seiten des Wohnzimmers waren Türen, beide geschlossen. Ohne ein Wort teilten sich die Detectives die Arbeit, Ollie nahm die Tür rechts, Carella die auf der linken Seite. Beide Zimmer waren Schlafzimmer, und in keinem von beiden war jemand.

»Stellen wir die Bude auf den Kopf«, sagte Ollie.

»Nein«, sagte Carella.

»Warum nicht?«

»Wir dürften eigentlich nicht mal hier *drin* sein«, sagte er und dachte dabei gleich an den Witz mit dem Patienten, der seinen Psychiater bat, ihm bei seinem letzten Besuch im Sprechzimmer einen Abschiedskuß zu geben. Der Psychiater sagte: »Sie *küssen?* Ich dürfte eigentlich nicht einmal mit Ihnen hier auf der Couch liegen.«

»Aber wir *sind* hier drin«, sagte Ollie. »Du *siehst* doch, daß wir hier drin sind, oder nicht?«

»Illegal«, sagte Carella.

»Steve, Steve«, sagte Ollie väterlich und schüttelte den Kopf. »Ich will dir ein kleines Märchen erzählen, hast du Märchen gern, Steve?«

»Ollie, weißt du, daß du Unfug mit dem verbotenen . . .«

»Hör dir mein Märchen an, okay?« sagte Ollie. »Zwei ehrliche, schwer schuftende Polizisten machen sich eines Nachts auf, um einen möglichen Verdächtigen zu überprüfen. Sie kommen in die Wohnung des Verdächtigen – was zufällig genau diese Wohnung ist, in der wir jetzt stehen – und rate mal, was sie vorfinden? Sie stellen fest, daß irgendein Einbrecher schon vor ihnen in die Wohnung eingedrungen ist und ein wüstes Schlachtfeld daraus gemacht hat. Als die guten, ehrlichen, schwer schuftenden Polizisten, die sie sind, machen sie über den Einbruch beim zuständigen Revier Meldung – was immer das für ein Scheißrevier sein mag – und dann gehen sie frohgemut ihres Weges. Wie hört sich das für dich an, Steve? Oder magst du keine Märchen?«

»Ich liebe Märchen«, sagte Carella. »Hier ist eins für dich, okay? Es heißt der verbotene Baum, und es . . .«
»Ah, ja, mein Junge, der verbotene Baum«, sagte Ollie und verfiel auf seine weltberühmte W.C.Fields-Masche. »Der verbotene Baum, ja, ja, hört sich entfernt bekannt an.«
»Der verbotene Baum handelt von einem Polizisten, der es versäumte, sich an die gesetzlich vorgeschriebenen Regeln zu halten, bevor er einen Eispickel in der Kanalisation suchte. Der Polizist suchte in dem Dreck der Kloake herum, und er fand diesen blutigen Eispickel, und die Fingerabdrücke eines Verdächtigen waren überall daran, aber das Wissen des Polizisten von diesem Eispickel war gesetzwidrig zustande gekommen, Ollie, und der Staatsanwalt sagte ihm, das sei die Frucht des verbotenen Baums, und der Fall wurde vor Gericht niedergeschlagen, und der Mörder gebraucht denselben Eispickel wahrscheinlich in eben dieser Minute bei hundert andern Leuten. Wie lange bist du schon Polizist, Ollie?«
»Ah, ja, die Lehre des verbotenen Baums«, sagte Ollie und war immer noch W.C.Fields.
»Wir sind ohne Haftbefehl hier«, sagte Carella, »wir haben die Tür eines Bürgers aufgebrochen, und wir sind entgegen dem Gesetz hier drin. Was bedeutet, daß jeder Beweis, den wir hier finden . . .«
»Ich begreife, worauf du hinauswillst«, sagte Ollie. »Würde es dir übrigens sehr viel ausmachen, wenn ich trotzdem ein bißchen herumschnüffle? Ohne etwas anzufassen?«
»Ollie . . .«
»Weil ich das nämlich jetzt *mache*«, sagte Ollie wieder mit seiner normalen Stimme, »und wenn du dich auf den Kopf stellst. Wir sind hier, um festzustellen, ob dieser Kerl was mit den Morden zu tun hat. Falls er *hat* . . .«
»Wir sind hier, um herauszubekommen, ob dieser Kerl sein Auto im *Parkhaus* . . .«
»Das *wissen* wir bereits! Deswegen sind wir nicht hier, Steve.«
»Wir sind hier, um mit dem Mann zu *reden*!«
»Schön, der Mann ist nicht hier, oder? Siehst du einen Mann hier? Mit wem reden wir also? Den vier Wänden?«
»Wir reden mit einem Richter, ob wir einen Durchsuchungsbefehl bekommen. Das ist der richtige . . .«
»Nein, wir reden mit dem *Terminkalender* des Mannes, um festzustellen, wo er heute abend ist, und dann gehen wir los und *finden* den Mann, und wir reden *persönlich* mit ihm.«

»Und wenn der Richter . . .«
»Ein Richter wird es gar nicht erfahren, daß wir mit dem Terminkalender des Mannes gesprochen haben, wie? Ich habe dir schon gesagt, Steve, als wir hierhergekommen sind, sind wir aufgrund eines 10–21 reingegangen, und das gebe ich über Funk durch, bevor wir hier rausgehen. In der Zwischenzeit werde ich den Schreibtisch dieses Mannes durchsuchen und nachsehen, ob er einen Terminkalender führt.«
Carella sah zu, wie Ollie durchs Zimmer zum Schreibtisch ging und die oberste Schublade aufzog.
»Siehst du?« sagte Ollie. »Wie leicht. Der Mann macht es uns leicht.«
Er drehte sich am Schreibtisch um und zeigte Carella einen Terminkalender.
»Was wir jetzt tun«, sagte Ollie, »wir schlagen den Terminkalender unter Oktober auf . . . so.«
Er schlug den Kalender auf.
»Und wir sehen am 20. Oktober nach, was das Datum von heute ist . . . na, na, sieh dir das an, Steve. Das ist ein sehr geschwätziger Kalender.«
Carella sah nach.
Unter dem sechsten Oktober, der Nacht, in der Marcia Schaffer ermordet wurde, hatte Lytell ihren Namen in seinen Kalender geschrieben und darunter den Namen ihrer Universität, Ramsey University. Unter dem dreizehnten Oktober hatte er »Nancy Annunziato« und dann »Marino's« geschrieben. Für die letzte Nacht hatte er Darcy Welles' Namen und wieder »Marino's« eingetragen.
»Siehst du das alles?« fragte Ollie.
»Ich sehe es.«
»Siehst du, was er für heute nacht eingetragen hat?«
Unter dieser Nacht hatte Lytell den Namen »Luella Scott« und –
»Sechs zu fünf, sie ist ein Nigger«, sagte Ollie.
– und das Wort »Folger« geschrieben, was nur für Folger University, oben in Riverhead, stehen konnte.
Ollie schlug den Terminkalender zu.
»Dürften eine halbe Stunde brauchen bis dahin, zwanzig Minuten, wenn wir auf die Tube drücken«, sagte er. »Ich will nur schnell diesen Einbruch, den wir entdeckt haben, durchgeben, und dann nichts wie ab – bevor er auch *ihr* das Genick bricht.«

Immer hatte Arthur Brown das Glück, Diamondback zu erwischen. Jedesmal, wenn er irgendwohin außerhalb des Reviers gehen mußte, erwischte er anscheinend Diamondback. Er dachte sich, dahinter stecke Methode von oben. Schicke deine sämtlichen schwarzen Polizisten nach Diamondback, immer wenn sie die Grenzen des Achtsieben überschreiten müssen.

Es war schwierig für einen schwarzen Polizisten oben in Diamondback. Eine ganze Menge Schwarze hier oben standen nicht so hundertprozentig auf der Seite von Gesetz und Ordnung, und wenn sie einen schwarzen Polizisten aufkreuzen sahen, dachten sie, er sei ein Verräter ihrer Sache. Brown wußte nicht, *welcher* Sache. Er vermutete, daß all die ehrlichen Taxifahrer, Geistlichen, Verkäufer, Briefträger, Stenotypistinnen, Sekretärinnen und anderen hart arbeitenden Leute hier oben sich ebenfalls fragten, welche Sache ein Polizist wie Arthur Brown in den Augen der Zuhälter, Schieber, Prostituierten, Glücksspieler, Einbrecher, bewaffneten Räuber und Taschendiebe verriet. Die einzige Sache, die *er* achtete, war der Grundsatz, der einem gebot, die bestmögliche Person zu sein, die man in einer verdorbenen Welt sein *konnte.* Diamondback, das war die verdorbene Welt, wie sie verdorbener nicht sein konnte. Er würde auf keinen Fall in Diamondback leben wollen, nicht einmal, wenn er für seinen Lebensunterhalt Toiletten putzen müßte – manchmal fühlte er sich allerdings so, als würde er genau damit seinen Lebensunterhalt verdienen.

Er hatte mit den Jahren gemerkt, daß nicht besonders viele schwarze Anwälte, Ärzte, Ingenieure oder Architekten hier oben in Diamondback wohnten – jedenfalls nicht in *diesem* Teil von Diamondback. Wenn ein Schwarzer, der es geschafft hatte, *überhaupt* beschloß, in Diamondback zu leben, dann war es in dem Randbezirk, der als Sweetloaf bekannt war. Wenn Arthur Brown in Diamondback leben müßte, meinte er, würde er wohl in Sweetloaf wohnen wollen. Der einzige Haken an Sweetloaf war, daß die Bevölkerung ausnahmslos schwarz war. Brown fand, daß es sehr schlecht war, wenn die Bevölkerung *irgendeines* Ortes ausnahmslos *irgend etwas* war. Außer vielleicht bei der Bevölkerung Chinas. Aber sogar das beunruhigte ihn ein wenig. Wie schafften es diese Menschen drüben in China nur, einen ganzen Tag durchzustehen, ohne einen zu sehen, der blondes Haar und blaue Augen hatte? Wurde es nicht langweilig, nur alle mit schwarzem Haar und braunen Augen herumlaufen zu sehen? Brown war froh, daß er nicht in China lebte. Er war auch froh, daß er nicht in Diamondback lebte. Aber da war er wieder, zehn Minuten vor elf, mitten im Herzen von Diamondback, und redete mit einem Mann, der einen Cadillac Seville mit der Zulassungsnummer WU3200 besaß.

Er und Hawes hatten beide gleich gewußt, als die Zulassungsstelle mit einer Adresse in Diamondback ankam, daß dies wahrscheinlich nicht ihr Mann war. Der Kellner im Marino's hatte den Knaben bei Darcy Welles als Weißen beschrieben. Es gab wohl einige Weiße, die hier oben wohnten, nahm Brown an, aber die waren dünn gesät. Die Chancen standen also mindestens hundert zu eins, daß der Knabe, der ihnen die Tür öffnete, schwarz wäre (was stimmte), und die Chancen, daß ein Schwarzer, der hier oben einen brandneuen Cadillac Seville fuhr, mit Rauschgift dealte oder Nutten auf den Strich schickte, standen mindestens tausend zu eins.

Willy Bartlett schickte Nutten auf den Strich.

Sie verbrachten genau fünf Minuten bei ihm, in denen er ihnen erzählte, daß er letzte Nacht in der Stadt gewesen sei, um eine »Freundin« abzusetzen, und sie wußten, daß sie sogar diese fünf Minuten verschwendeten, weil er als erstes schon die falsche Farbe hatte.

So gesehen allerdings, dachte Brown, hatte vielleicht jeder Schwarze in dieser Stadt als erstes schon die falsche Farbe.

Eileen Burke konnte nicht schlafen.

Es war elf Uhr, und sie hatte Marys Wecker schon auf neun Uhr morgens gestellt, was bedeutete, daß sie zehn Stunden zum Schlafen hätte, bis der Wecker rasselte, falls es ihr gelänge einzuschlafen, ohne an alles mögliche zu denken. Das war eine ganze Menge Schlaf. Wenn sie in Berts Bett war oder umgekehrt, kam sie im Schnitt auf sechs Stunden in der Nacht – falls sie Glück hatte. Heute nacht lag sie in Marys Bett, und sie konnte nicht schlafen, und das kam wohl daher, daß sie über so viele Dinge nachdenken mußte. Eines von diesen Dingen war Bert dort draußen, der an eine Tür klopfen mußte, hinter der vielleicht ein Killer stand. Ein anderes war die Möglichkeit, daß der Vergewaltiger an *ihre* Tür klopfen würde – Marys Tür – irgendwann morgen nacht. Weder der eine noch der andere Gedanke war dem Einschlafen förderlich.

Es war zu dumm, daß Bert heute nacht hinausgemußt hatte. Was immer er für sie am Telefon vorgehabt hatte – Eileen war ganz sicher, daß es sie in die rechte Stimmung versetzt hätte, damit sie hinterher eingeschlafen wäre. Falls es sich morgen nacht *wirklich* so abspielen würde, wie Annie erwartete, dann konnte Eileen es heute nacht gebrauchen, richtig durchzuschlafen. Der Haken war, daß die Gedanken an die kommende Nacht es schwierig machten, in dieser Nacht einzuschlafen. Eileen fragte sich immer noch, ob Annie die Daten richtig erfaßt hatte. Oder ob dieser ganze Vierwochen-, Dreiwochen- und so weiter Wirbel überhaupt einen Sinn ergab. Was ich *tun* sollte, dachte sie, wäre aufstehen und noch einmal einen Blick in den Kalender werfen. Anstatt dazuliegen und mir den Kopf zu zerbrechen, ob morgen nacht wirklich *die* Nacht sein wird.

Sie knipste die Lampe neben dem Bett an, schlug die Bettdecke zurück und schwang ihre Beine auf den Fußboden. Es war sehr kalt in der Wohnung – das war eben so im Oktober. An einem Tag schön, und am nächsten friert man sich einen ab. Sie zog ihren Bademantel über und bahnte sich dann einen Weg durch die Berge von schmutziger Wäsche auf dem Boden (ich wasche das alles am Samstag morgen, dachte sie), ging zur Schlafzimmertür und griff herum nach dem Lichtschalter für das Wohnzimmer.

Am Schreibtisch schaltete sie die kleine Lampe an und zog die oberste Schublade auf, in der Hoffnung, einen Kalender zu finden, der größer und übersichtlicher war als der vorn in Marys Scheckheft – dem *großen*, wie Mary es genannt hatte. Sie fand nichts als ein kleines Plastikkalenderkärtchen mit dem Namen und der Telefonnummer einer chemischen Reinigung, so eines, das man in die Brieftasche steckt. Außerdem war es der Kalender vom *letzten* Jahr. Sie zog die untere Schublade auf der rechten Seite des Schreibtisches auf, angelte wieder das Scheckheft heraus und schlug die vordere Seite auf.

Die Notizen, die sie während ihres Gesprächs mit Annie gemacht hatte, lagen noch auf dem Schreibtisch. Sie begann, die Daten auf dem Kalender abzuhaken, indem sie die Wochen abzählte. Annie schien also recht zu haben. Selbst wenn man die Sommerlücke berücksichtigte (wieso keine Vergewaltigungen im Juli und August? fragte sie sich), schien das Schema klar zu sein. Morgen war Freitag, der einundzwanzigste, und falls ihr Mann handelte wie erwartet, war Mary Hollings für einen erneuten Besuch fällig. Aus Neugier begann Eileen das Scheckheft durchzublättern und suchte die Kontrollabschnitte der Schecks, die Mary an den Tagen ausgeschrieben hatte, an denen sie vergewaltigt worden war.

10. Juni. Da war was los, eine Menge Rechnungen zu bezahlen, die

ganzen Einkaufsausflüge, die Mary jeden Tag machte. Kaufhäuser, über die ganze Stadt verstreut, Telefongesellschaft, Stadtwerke – Eileen zählte zehn Schecks, die allein an diesem Tag ausgestellt worden waren. Sie blätterte schnell weiter zum 16. September.
Genausoviel los, diese Dame ließ allerdings was an Rechnungen zusammenkommen, ihre Unterhaltsschecks mußten ganz schön schwergewichtig sein. Ein Scheck ausgestellt an Reynolds Immobilien GmbH (ein bißchen spät letzten Monat, wie, Mary? Deine Miete ist am fünfzehnten fällig), ein anderer auf ein Schauspielabonnement an einem Theater im Viertel unten, ein anderer an eine Organisation namens A.I.M. (bezeichnet mit BEITRAG), ein Kontrollabschnitt für einen an Albert-Reinigungen ausgestellten Scheck (die Leute, die ihr den Taschenkalender für das letzte Jahr geschenkt hatten), ein Abschnitt für einen auf die Citizen Savings Bank ausgestellten Scheck (bezeichnet mit VERLÄNGERUNG BANKSAFE), ein Scheck an American Express, ein anderer an Visa, und das war es.
Was zum Kuckuck war A.I.M.? fragte sich Eileen. Klingt wie eine Organisation, die ein Bürgerrecht auf Waffenbesitz unterstützt. *Aim*, Zielen. War Mary ein Waffennarr? Toll. Unterstütze deinen Schützenverein am Ort und mache allen kleinen Dieben in der Welt das Leben leichter. A.I.M. Association of International Murderers – Vereinigung internationaler Mörder? Allied Independent Maniacs – Vereinigte unabhängige Irre? Am I Macho – Bin ich ein Macho?
Eileen zuckte mit den Schultern.
Am 7. Oktober hatte Mary nur sechs Schecks ausgefüllt, zwei an Kaufhäuser in der Stadt (natürlich), einen an das Bowler Art Museum (wieder als BEITRAG bezeichnet), ein anderer an Raucher TV-Radio Reparaturen, einen über 5,75 Dollar, zahlbar an Lombino's Beste Pizza (Hatte sie in jener Nacht eine Pizza kommen lassen? Und den Laufburschen mit einem Scheck bezahlt?), und den letzten über einen Batzen von 1650 Dollar, zahlbar an einen gewissen Howard Moscowitz. Der Kontrollabschnitt war mit »Gerichtskosten« bezeichnet.
Was also ist A.I.M.? dachte Eileen.
Sie konnte Geheimniskrämerei nicht ausstehen.
Sie blätterte die Seiten bis zum Anfang des Scheckhefts zurück. Vielleicht hatte Mary schon früher für A.I.M. gespendet. Und vielleicht hatte sie auf den Abschnitt den vollen und zweifellos ehrenhaften Namen geschrieben. Amalgamated Indolent Masochists –

Gemischte träge Masochisten vielleicht? Oder Academy of Islamic Mosques – Akademie islamischer Moscheen? Oder wie wäre es mit Avoid Intolerant Males – Meide intolerante Männer? Oder Are Iguanas Mammals – Sind Leguane Säugetiere?
Mary hatte während des vergangenen Jahres drei Beiträge an A.I.M. überwiesen. Einhundert Dollar im Januar. Fünfzig Dollar im März. Und zuletzt fünfzig Dollar am 16. September, als sie zum zweitenmal vergewaltigt worden war. Zweifellos als Antwort auf vierteljährliche Ansuchen. Die Kontrollabschnitte enthielten keinen Hinweis, wofür das Kurzwort (wenn es tatsächlich eines war) stand. Alle waren einfach mit A.I.M.-BEITRAG bezeichnet.
Eileen gähnte.
Das hier war besser als Schafe zählen.
Das Telefonbuch von Isola lag auf dem Schreibtisch neben dem Telefon. Sie zog es zu sich her, schlug es bei den Eintragungen unter A auf und fuhr mit ihrem Finger über die Seite:
A–I Buchhandlungen AG . . .
A–I Systeme . . .
AIC Untersuchungen . . .
AID Foto . . .
AIG GmbH . . .
AIHL Zahnlabors . . .
A.I.M. . . .
Da ist es, dachte sie und schrieb die Angaben auf ein Blatt Papier:
A.I.M.
832 Hall Avenue
388–7400
Direkt hier in der Stadt, dachte sie. Vielleicht sollte ich Annie bitten, es zu überprüfen. Drei Beiträge an dieselbe Gesellschaft. Könnte wichtig sein.
Sie gähnte noch einmal.
Sie schaltete die Schreibtischlampe aus, schaltete die Wohnzimmerlampe aus und ging ins Schlafzimmer zurück. Sie legte ihren Bademantel über das Fußende des Bettes, schlüpfte unter die Bettdecke und lag eine Weile nachdenklich da. A.I.M. Schlaf, dachte sie. Einschlafen. Komm schon. Morpheus, wo bist du? A.I.M. Anyone Inviting Morpheus – Wer lädt Morpheus ein? Der Antrag ist angenommen. Sie langte nach oben, um die Nachttischlampe auszuknipsen.
Die Uhr zeigte zehn Minuten nach elf an.

Der Besitzer des Chevy Citation mit der Zulassungsnummer 38L4721 wohnte in Majesta. Meyer und Kling brauchten vierzig Minuten, um von der Wache aus hinzukommen. Kling sah auf seine Uhr, als sie das Auto vor dem Neubaukomplex parkten, in dem Frederick Sagel wohnte. Zwölf Minuten nach elf. Es war siebzehn Minuten nach elf, als sie an seine Wohnung im dritten Stock klopften. Eine Frauenstimme schrie: »Wer ist da?« Sie hörte sich verängstigt an. In dieser Stadt konnte man sich von jedem Klopfen an der Tür irgendwann nach zehn – wann man besser wissen sollte, wo seine Kinder waren – für bedroht halten.

»Polizei«, sagte Meyer. Er war abgespannt; es war ein langer Tag gewesen. Er hatte keine große Lust, hier draußen an irgendwelche Türen zu klopfen, besonders nicht, falls zufällig ein Mörder dahinterstand.

»*Wer?*« fragte die Frau ungläubig.

»Polizei«, wiederholte Meyer.

»Also ... nur eine Minute, okay?« sagte sie. Kling legte sein Ohr an die Tür. Er hörte die Frau in einer Art von Bühnenflüstern sagen: »Freddie, es sind Bullen«, und dann sagte der Mann – vermutlich Freddie, der vermutlich auch Frederick Sagel war: »Was?«

»Die Bullen, die Bullen«, sagte die Frau ungeduldig.

»Ach, du lieber Himmel, laß mich schnell was überziehen«, sagte Sagel.

»Er zieht sich an«, sagte Kling zu Meyer.

»Hm«, sagte Meyer.

Sagel – falls es Sagel *war* – trug einen Bademantel über dem Pyjama, als er die Tür aufmachte. Er war ungefähr fünfundzwanzig Jahre alt, schätzte Meyer, ein dicklicher kleiner Mann, einssiebzig oder -zweiundsiebzig groß, mit kahlem Kopf und dunkelbraunen Augen. Meyer hatte Mitleid mit ihm wegen seines kahlen Kopfes; er selbst trug sein Toupet. Aber ein Blick auf ihn – ob es Sagel war oder nicht – sagte den beiden Detectives, daß er nicht der Mann war, den der Kellner bei Marino's beschrieben hatte. Der Mann, der in der Nacht ihrer Ermordung mit Darcy Welles zusammengewesen war, war – nach den Worten des Kellners – in seinen Vierzigern, ungefähr einsachtzig groß, hatte braunes Haar und braune Augen. Dennoch stellten sie auf die entfernte Möglichkeit hin, der Kellner könnte sich geirrt haben, die Routinefragen.

»Frederick Sagel?« fragte Meyer.

»Ja?«

»Ist es gestattet, daß wir einen Moment reinkommen?« sagte Kling.
»Weshalb?« fragte Sagel.
In der Wohnung hinter ihm konnten sie eine Frau sehen – vermutlich dieselbe, die auf ihr Klopfen an der Tür geantwortet hatte und vermutlich Sagels Frau –, die einen Bademantel trug und den Schalter an einem Fernsehapparat drehte, der mit sehr geringer Lautstärke lief. Sie hatte Lockenwickler im Haar. Deshalb dachte sich Meyer, daß sie Sagels Frau und nicht seine Freundin sei.
»Wir möchten Ihnen ein paar Fragen stellen«, sagte Kling, »wenn es Ihnen recht ist.«
»Worüber?« sagte Sagel. Wie er in der Türöffnung stand, sah er aus wie ein Feuerhydrant oder wie ein empörter Engländer, der den Eingang zu seiner geheiligten Burg verteidigt.
»Darüber, wo Sie letzte Nacht waren«, sagte Meyer.
»Was?« sagte Sagel.
»Wir würden uns alle viel wohler fühlen, wenn wir reinkommen dürften«, sagte Kling.
»Tja . . . stimmt wohl«, sagte Sagel und trat auf die Seite.
Sowie die Detectives in der Wohnung waren, machte Sagels Frau auf dem Absatz kehrt, ging durch eine Tür, die aus dem Wohnzimmer führte und schloß die Tür hinter sich. Bescheidenheit, dachte Meyer.
»Tja . . . hm . . . nehmen Sie doch Platz«, sagte Sagel.
Die Detectives setzten sich nebeneinander auf das Sofa, das gegenüber dem Fernsehschirm stand. Auf der Scheibe handelten zwei Leute ein Drogengeschäft aus. Kling vermutete, daß einer von beiden ein Spitzel in der Drogenszene war. Wenn man im Fernsehen zwei Leute sah, zwischen denen Geld für Kokain hin und her ging, mußte einer von ihnen ein Spitzel in der Szene sein. Er fragte sich plötzlich, ob es Eileen damit ernst gewesen war, daß sie um eine Versetzung zur Rauschgiftabteilung bitten wollte. Er fragte sich auch, was sie in eben dieser Minute tat. Was er für heute nacht vorgehabt hatte, worum er sie hatte bitten wollen, als er sie anrief –
». . . Sie parkten Ihren Wagen in einem Parkhaus an der South Columbia?« sagte Meyer gerade. »Zwischen Garden und Jefferson – genaugenommen näher an der Jefferson?«
»Ja, richtig«, sagte Sagel und schaute verdutzt drein.
»Dort haben Sie Ihren Wagen letzte Nacht geparkt?« sagte Meyer. »Einen Chevy Citation mit der Zulassungsnummer – wie ist die Nummer, Bert?«

Kling sah in seinem Notizbuch nach.
»38L4721«, sagte er.
»Das ist die Nummer . . . denke ich«, sagte Sagel. »Ich meine, wer zum Teufel kann sich seine Autonummer merken? Hört sich aber danach an. Denke ich.«
»Und Sie haben Ihren Wagen um acht Uhr in diesem Parkhaus geparkt, ist das richtig?« sagte Meyer.
»So um acht, ja.«
»Wohin sind Sie gegangen, nachdem Sie Ihr Auto geparkt haben, Mr. Sagel?«
»In mein Büro.«
»Sie sind um acht Uhr *abends* in Ihr Büro gegangen?« fragte Kling.
»Ja, Sir.«
»Warum machen Sie das?« fragte Meyer.
»Weil ich meine Arbeit vergessen hatte.«
»Ihre Arbeit?«
»Ich bin Buchhalter. Ich habe meine Arbeit im Büro liegenlassen – aus Versehen. Das Zeug, das ich letzte Nacht durcharbeiten sollte. Ich arbeite ziemlich viel zu Hause. Wir haben einen Computer im Büro, aber ich will Ihnen die Wahrheit sagen, ich traue ihm nicht. Deshalb nehme ich also gewöhnlich die Ausdrucke mit nach Hause, und ich vergleiche sie mit meinen *eigenen* Zahlen, den Zahlen, die ich per *Hand* erstellt habe, Sie verstehen, was ich meine? Auf diese Art kann ich sicher sein.«
»Also . . . wie ich es verstehe«, sagte Meyer, »haben Sie das Auto um acht Uhr geparkt . . .«
»Das stimmt.«
»Mr. Sagel, sind Sie um zehn Uhr zum Parkhaus zurückgegangen? Um Ihr Auto abzuholen?«
»Ja, Sir.«
»Mr. Sagel, warum haben Sie zwei Stunden gebraucht, um Ihre Arbeit zu holen?«
»Habe ich nicht. Ich bin auf ein Glas eingekehrt. In der Nähe von meinem Haus, dem Haus, in dem mein Büro ist, gibt es ein Restaurant, und es hat eine gemütliche Bar. Also bin ich dort auf ein Glas eingekehrt, bevor ich mein Auto holen gegangen bin.«
»Was für ein Restaurant war das?« fragte Kling.
»Marino's heißt es«, sagte Sagel.
»Sie waren letzte Nacht im *Marino's*?« fragte Meyer.
»Ja, Sir.«

»Wie lange waren Sie dort?«

»Ich muß so um Viertel nach acht hingekommen sein, und ich denke, ich bin eine Stunde oder so geblieben. Habe ein paar Gläschen getrunken, klar? Wenn man so an der Bar sitzt. Mit dem Barkeeper rumgeblödelt. Sie wissen ja, wie das ist, wenn man an der Bar sitzt.«

»Um wieviel Uhr sind Sie vom Marino's aufgebrochen, Mr. Sagel?«

»Wie ich Ihnen gesagt habe. Viertel nach neun, halb zehn, so darum.«

»Und Sie waren um zehn am Parkhaus.«

»Ja, ungefähr zehn Uhr muß es gewesen sein.«

»Warum haben Sie so lange bis zum Parkhaus gebraucht?«

»Weiß ich auch nicht. Ich bin spazieren gegangen, habe Schaufenster betrachtet. Ich bin hoch zur Jefferson gegangen und habe Schaufenster betrachtet. Es war so eine schöne Nacht, wissen Sie.«

»Als Sie im Parkhaus waren und Ihr Auto geholt haben ...«

»Ja?«

»Ist Ihnen zufällig ein Mädchen in einem roten Kleid aufgefallen?«

»Nein, ich habe kein Mädchen in einem roten Kleid gesehen.«

»Ein großes Mädchen in einem roten Kleid. Einszweiundsiebzig oder -fünfundsiebzig ...«

»Einszweiundsiebzig ist ja nicht groß«, sagte Sagel. »*Ich* bin einszweiundsiebzig, und ich bin nicht gerade groß.«

»Schwarzes Haar und blaue Augen?«

»Nein, so eine habe ich nicht gesehen im Parkhaus.«

»Oder im Restaurant. Haben Sie sie zufällig im Restaurant gesehen?«

»Ich habe mich nicht im Restaurant umgesehen. Ich sage ja, ich habe an der Bar gesessen.«

»Mr. Sagel«, sagte Meyer, »kennen Sie jemand namens Darcy Welles?«

»Ah, jetzt begreife ich«, sagte Sagel.

»Was begreifen Sie, Mr. Sagel?«

»Darum also geht es. Okay, ich verstehe. Das Mädchen, das letzte Nacht an einen Laternenpfahl gehängt wurde, okay, ich verstehe.«

»Woher wissen Sie davon?« sagte Meyer.

»Machen Sie Witze? Es steht in sämtlichen Zeitungen. Es war auch heute abend im Fernsehen, gerade *eben* sogar, in den Elf-Uhr-Nachrichten. Ich habe im Schlafanzug die Nachrichten angesehen, als Sie Kameraden an die Tür geklopft haben. Es ging nur um Darcy Welles, das Mädchen, das am Laternenpfahl hing wie die zwei andern. Man müßte schon taub, stumm und blind sein, um nichts von diesen Mädchen, die an Laternenpfählen hängen, zu wissen. Helen!« rief er plötzlich. »Komm mal gleich rein, ja? Das ist aber spaßig, daß Ihr Kameraden glaubt, ich hätte was damit zu tun.«

In Wirklichkeit glaubten sie nicht, daß er etwas damit zu tun hätte.

Die Wahrheit hat einen bestimmten Klang, der hallt durch die Nacht wie ein Hammer, der einen Gong schlägt.

Aber sie hörten trotzdem zu, während Helen Sagel ihnen erzählte, daß ihr Mann am letzten Abend ungefähr zwanzig nach sieben die Wohnung verlassen habe, gleich nachdem sie mit dem Abendessen fertig waren, weil er seine Arbeit im Büro vergessen hatte und die Zahlen auf den Computerausdrücken kontrollieren wollte, und ungefähr um halb elf, Viertel vor elf, zurückgekommen sei, so in der Gegend, und gerochen habe, als habe er ein paar Gläschen getrunken. Er habe bis Mitternacht an seinen Zahlen gearbeitet, und dann sei er ins Bett gekommen, wo sie bereits geschlafen habe, aber er habe sie aufgeweckt, als er das Licht anmachte.

»Okay?« sagte Helen. »War's das? Kann ich jetzt wieder ins Bett gehen?«

»Ja, Ma'am, danke«, sagte Meyer.

»Mitten in der Nacht bei fremden Leuten an die Tür klopfen«, brummelte Helen und ging wieder aus dem Wohnzimmer.

»Tut mir leid«, sagte Meyer zu Sagel. »Aber wir müssen diesen Dingen nachgehen, Sie verstehen?«

»Klar doch«, sagte Sagel. »Ich hoffe, Sie schnappen ihn.«

»Wir versuchen es, Sir, danke«, sagte Meyer.

»Darf ich Sie etwas fragen?« sagte Sagel.

»Aber sicher.«

»Ist das eine Perücke, was Sie da tragen?«

»Also . . . ja, ist es«, sagte Meyer.

»Ich habe daran gedacht, mir eine zuzulegen«, sagte Sagel. »Nicht so eine wie *die*, ich meine, eine *gute*. Eine Perücke, bei der keiner merkt, daß es eine ist, Sie verstehen, was ich meine?«

»Hm . . . ja«, sagte Meyer.

»Also dann, gute Nacht«, sagte Kling. »Danke, daß Sie sich die Zeit genommen haben, Mr. Sagel.«

»Gute Nacht«, murmelte Meyer.

Er war auf dem ganzen Weg bis zur Straße still. Es war draußen

windiger als vorher, als sie in das Haus gegangen waren. Es sah aus, als wollte es jeden Augenblick anfangen zu regnen.
»Ich sehe ziemlich beschissen aus mit dem Ding, hm?« fragte Meyer.
Kling gab eine Weile keine Antwort.
»Bert?« sagte Meyer.
»Also . . . ja, Meyer, ich glaube wohl«, sagte Kling.
»Ja«, sagte Meyer.
Er zog die Perücke von seinem Kopf, ging auf die Reihe von Mülltonnen vor dem Gebäude zu, hob den Deckel von einer hoch und warf die Perücke hinein.
»Wie gewonnen, so zerronnen«, sagte er und seufzte.
Aber sein Kopf fühlte sich kälter an ohne das viele Haar darauf.
Er hoffte jedenfalls, daß es nicht anfangen würde zu regnen.

Folger Road hatte ihren Namen von der Folger University, die am unteren Ende eines breiten Boulevards lag, der bergauf und mitten durch eines der größeren Geschäftsviertel der Stadt führte. Carella versuchte einmal, einem Ortsfremden, der nur *glaubte*, er wohne in einer Stadt, zu erklären, daß man irgendeinen Ort, zum Beispiel die Innenstadt von San Diego, nehmen und mit Leichtigkeit in jeder beliebigen geschlossenen Gegend, aus denen *diese* zusammengewürfelte Stadt bestand, verschwinden lassen könne – und *diese* Stadt, das war natürlich die *einzige* Stadt auf der Welt. Na ja, Carella hatte das zurücknehmen müssen. Er war nie in London oder Paris oder Rom oder Tokio oder irgendeiner andern von diesen geschäftigen Städten gewesen, die er sich ebenfalls als richtige Städte vorstellte. Aber nur zu versuchen, diesem Knaben aus Muddy Boots, Iowa, zu erklären, daß seine ganze *Stadt* über Nacht in einer Gegend wie dem Quarter, der Lower Platform oder sogar den Ashley Heights verschwinden könnte – also das war unmöglich gewesen. Man mußte etwas von Städten verstehen. Man mußte verstehen, daß ein Stadtteil wie Folger Road mit seinen grellen Lichtern und seinen Geschäften und seinem lärmenden Verkehr und seinem Menschengewimmel *achtzehn* Städten wie Mildew, Florida, oder Broken Back, Arizona, entsprach.
Die Universität selbst hatte ungefähr die Ausdehnung einer Stadt wie Lost Souls, Montana. Von der Katholischen Kirche schon 1892 gegründet – ein schlechtes Jahr für Lizzie Borden – bestand sie damals aus mehreren massiven Steinbauten in einem Gebiet, das

immer noch von offenem Bauernland umgeben war. Der Name »Riverhead« war eine Verballhornung von »Ryerhert«, was wiederum eine Abkürzung von »Ryerhert's Farms« war. Es war einmal eine Zeit, als die Welt noch jung war und die Holländer behaglich in der Stadt saßen, da gehörte das an Isola angrenzende Land einem Grundbesitzer namens Pieter Ryerhert. Ryerhert war ein Bauer, der es mit achtundsechzig Jahren allmählich satt hatte, mit den Hühnern aufzustehen und mit den Kühen schlafen zu gehen. Als die Metropole wuchs und der Bedarf an Wohnungen jenseits der engen Grenzen Isolas zunahm, verkaufte oder vermachte Ryerhert den größten Teil seines Bodens an die aufblühende Stadt und siedelte dann nach Isola über, wo er das fröhliche Leben eines satten, reichen Bürgers führte. Ryerhert's Farms wurde einfach Ryerhert, aber das war kein besonders leicht auszusprechender Name. Als der Erste Weltkrieg in vollem Gang war und ungeachtet der Tatsache, daß Ryerhert holländisch und nicht deutsch war, begann der Name wirklich weh zu tun, und Petitionen wurden in Umlauf gebracht, ihn zu ändern, weil er zu teutonisch klang und deshalb vermutlich dort oben Hunnen frei herumliefen und belgischen Säuglingen die Hände abschnitten. 1919 wurde daraus Riverhead. Es war immer noch Riverhead, aber nicht das Riverhead, das es damals im Jahr 1892 gewesen war, als die Katholische Kirche zu dem Schluß kam, es sei eine gute Idee, mit der Bildung der Menschen dort oben im Hinterland anzufangen.

Die Universität nahm jetzt um die 50 000 Quadratmeter wertvollen Bodens ein, was, wenn man es zu gängigen Grundstückspreisen verkaufte, den Papst veranlaßt hätte, eine feierliche Messe und einen Freudentanz auf den Straßen Warschaus zu veranstalten. Der gesamte Campus war von einer hohen Steinmauer umgeben, die zweifellos die überwiegend italienisch-amerikanischen Maurer in Riverhead während eines ziemlich großen Teils des Jahrhunderts beschäftigt hatte. Vor fünfzehn Jahren hatte die Universität begonnen, Frauen aufzunehmen – etwas, was der Papst bei seinem Klerus noch nicht für richtig befunden hatte. Am Verwaltungsgebäude sprachen Carella und Ollie mit einem triefäugigen Angestellten, der die Telefonvermittlung für die Studenten bediente, und erfuhren, daß Luella Scott in der Tat eine der Studentinnen hier war und daß sie auf dem Campus in einem Wohnheim für Erstsemestrige namens Hunnicut wohnte.

Im Auto sagte Ollie, als sie über die breiten Alleen des Campus auf das Wohnheim zufuhren: »Das hört sich unanständig an, wie? Für eine katholische Schule, meine ich? Hunnicut? Für mich klingt das unanständig.«

Die Wohnheime der Folger University waren nicht gemischt. Eine Studentin, die ihre Nase in ein Lehrbuch steckte, sah von einem Schreibtisch im Vorraum auf, als die Detectives an die abgeschlossene verglaste Eingangstür klopften. Ein Schild auf dem Schreibtisch lautete auf ANMELDUNG. Ollie bedeutete ihr, sie möge die Tür aufmachen. Das Mädchen schüttelte den Kopf. Ollie zog seine Brieftasche heraus und klappte sie auf, so daß man die blau-goldene Dienstmarke des Detectives sah. Er hielt die Marke hoch an eine der Glasscheiben. Das Mädchen schüttelte noch einmal den Kopf.

»Die haben mehr Sicherheit hier, als wir in der Polizeizentrale haben«, sagte er zu Carella. Dann brüllte er so laut er konnte: »Polizei! Machen Sie die Tür auf!«

Das Mädchen stand auf, kam hinter dem Schreibtisch vor und kam zur Tür.

»Wie bitte?« sagte sie.

»Polizei, Polizei!« schrie Ollie. »Sehen Sie die Marke? Machen Sie die verdammte *Tür* auf!«

»Ich darf die Tür nicht aufmachen«, sagte das Mädchen. »Und fluchen Sie nicht.«

Sie konnten sie durch die Glasscheiben, die sie vom Innern trennten, kaum hören.

»Sehen Sie das?« brüllte Ollie und schlug die Dienstmarke an das Glas. »Wir sind Bullen! Machen Sie die Tür auf!« brüllte er. »Polizei!«

Das Mädchen beugte sich ganz nah an die Glasscheibe vor und betrachtete eingehend die Dienstmarke.

»Ich knall die kleine Hexe ab«, sagte Ollie zu Carella. »Machen Sie die Tür auf!« schrie er.

Das Mädchen schloß die Tür auf.

»Nur Studenten haben Zugang«, sagte sie steif. »Wir verschließen die Türen um zehn Uhr, man muß seinen eigenen Schlüssel haben, um nach zehn hereinzukommen.«

»Warum sitzen Sie dann hinter einem Schreibtisch, auf dem Anmeldung steht, wenn Sie keinen hereinlassen?« fragte Ollie.

»Ich *hatte* die Anmeldung«, sagte das Mädchen. »Aber mein Dienst war um zehn zu Ende. Ich habe meine Hausaufgaben gemacht. Meine Zimmergenossin läßt die ganze Zeit das Radio laufen.«

»Tun Sie doch einen Augenblick so, als *hätten* Sie noch die Anmeldung«, sagte Ollie. »Kennen Sie ein Mädchen mit dem Namen Luella Scott?«

»Ja«, sagte das Mädchen.

»Wo ist sie?«

»Dritter Stock, Zimmer zweiundsechzig«, sagte das Mädchen. »Aber sie ist im Moment nicht dort.«

»Wo ist sie?« fragte Carella.

»Sie ist in die Bibliothek gegangen.«

»Wann?«

»Sie ist ungefähr um neun Uhr hier weggegangen.«

»Wo ist die Bibliothek? Auf dem Campus hier?«

»Ja, *natürlich* auf dem Campus«, sagte das Mädchen.

»Wo?«

»Zwei Häuser weiter, am Baxter vorbei, über den Hof, noch einmal an zwei Wohnheimen vorbei, bis Sie an eine Art von kleinem Kreuzgang kommen, und gleich dahinter ist die Bibliothek.«

»War sie allein?« fragte Ollie.

»Wie bitte?«

»Als sie weggegangen ist. War sie allein?«

»Ja.«

»Komm, schnell«, sagte Ollie.

»Ich?« sagte das Mädchen, aber die Detectives waren schon draußen und rannten über den Weg.

Sie war leicht zu erkennen. Eines von den drei schwarzen Mädchen in der Mannschaft. Die anderen zwei waren höhere Semester, er wußte aus Zeitungsgeschichten, die er in der öffentlichen Bibliothek herausgesucht hatte, wie sie aussahen. Luella Scott war die Neue. Mageres kleines Ding, sah aus, als würde sie schon nach ein paar Schritten nach Luft schnappen, aber, oho, sie war schnell, rannte wie der Wind, schnell, schnell. Auch klug. War diesen Herbst ins College gekommen, als sie erst siebzehn war. Das gefiel ihm, daß sie siebzehn war. Die Zeitungen würden sich richtig daraufstürzen bei einem siebzehnjährigen Mädchen.

Die gesamte Berichterstattung heute.

Er hatte fast gewonnenes Spiel.

Das hier dürfte genügen.

Mit Luella Scott dürfte es genügen.

Von der Stelle, wo er stand, unter dem alten Ahorn, dessen gelb werdende Blätter im frischen Wind raschelten, konnte er die

erleuchteten Fenster des Bibliotheksgebäudes sehen, aber er konnte nirgendwo drinnen Luella entdecken. Es gab nur einen Eingang zur Bibliothek, und sie war kurz nach neun Uhr hineingegangen, er war ihr vom Heim hierher gefolgt, keine großen Sicherheitsvorkehrungen auf diesem Campus außer der hohen Steinmauer, man sollte annehmen, sie wären vorsichtiger bei einer so großen Zahl von Studentinnen, wo überall in der Stadt Vergewaltiger herumliefen. War kurz nach neun hineingegangen, konnte nicht irgendwo sonst herausgekommen sein, weil es keinen anderen Ausgang gab. Mußte genau hier herauskommen, wo er wartete.
Er sah auf seine Armbanduhr.
Fast halb zwölf.
Warum brauchte sie so lang?
Schön, sie studierte vermutlich sehr eifrig. Man kommt nicht mit siebzehn aufs College, wenn man kein Arbeitstier ist. Man konnte noch so gescheit sein, aber wenn man nicht die ganzen Bücher durchackerte, hatte das nichts zu sagen. Gescheites Mädchen, Luella Scott, aber er wünschte auch, sie würde die letzte sein. Er hoffte, dieses Mal würde seinen Zweck erfüllen. Er wollte nicht hineinspazieren und sich freiwillig stellen, sie würden ihn für verrückt halten oder so was. *Klar, Mister, Sie haben vier Mädchen umgebracht, toll, Mister, jetzt gehen Sie mal schön und setzen sich wieder vor den Fernseher, okay?*
Die würde er mitten entzwei schlagen, wenn er nicht aufpaßte. Das magere kleine Ding.
Sie über den Laternenpfahl hochzuziehen, dürfte leicht sein. Konnte nicht mehr als neunzig Pfund wiegen, die hier. Wo nahm sie nur die Kraft her, so zu *rennen,* wie sie es brachte? Gott, war sie schnell!
Er sah zum Himmel auf.
Er hoffte, es würde nicht anfangen zu regnen.
Doch Regen hatte auch seine Vorteile. Nicht so viele Menschen draußen auf der Straße, wenn es regnete, dann kann man sein Geschäft ohne Störung erledigen. Dieser Kerl letzte Nacht, als er Darcy aus dem Park trug. Er dachte, damit wäre es geschafft, als der alte Scheißer ihn sah. Hoffte, er würde zur Polizei gehen, wenn er in den Morgenzeitungen darüber las – *He, hören Sie, ich habe diesen Kerl gesehen, wie er ein totes Mädchen gestern nacht aus dem Bridge Street Park getragen hat, ich wette, es war der Kerl, der das Mädchen an einen Laternenpfahl gehängt hat.* Die Bullen hätten ihm wahrscheinlich nicht geglaubt, auch wenn er tatsächlich hinge-

gangen wäre, um zu melden, was er gesehen hatte. *Klar, Mister, gehen Sie wieder in den Park und schlafen sich aus, okay?* Oder vielleicht *war* er hingegangen, hatte ihnen gesagt, was er gesehen hatte, und die Bullen spielten es herunter, sagten den Zeitungen, sie hätten keine Spuren, während sie gleichzeitig das Netz um ihn zusammenzogen. Er hoffte es. Er hoffte, sie würden endlich ihre Ärsche in Bewegung setzen und ihn *schnappen.* Er konnte es kaum abwarten, die Zeitungen zu lesen, wenn sie ihn endlich geschnappt hätten. Oh, Klasse!

Der Aschenbahnmörder.

*Den* Namen würden sie schon bald ändern, darauf konnte man wetten.

Blitz.

Blitz wieder in sämtlichen Zeitungen.

Eine kräftige Bö schüttelte die Äste über ihm und ließ die Blätter als goldenen Schauer auf den Boden trudeln. Die Blätter raschelten vom Wind getrieben über den Weg, der an der Treppe zur Bibliothek vorbeilief. Wo zum Teufel *bist* du? dachte er. Er hatte vor, ihr nur ein kurzes Stück auf dem Weg zurück zum Wohnheim zu folgen und sie auf dem dunklen Abschnitt des Weges, bevor er wieder auf den Innenhof mündete, zu überfallen. Dunkel war es dort, konnte nicht besser passen. Konnte es nicht noch einmal mit Corey McIntyre riskieren, es ihnen *zu* leicht machen, sie würden denken, er sei verrückt. Konnte die Zeitungen nicht schreiben lassen, er sei verrückt. Das war das eine –

Eine der Bibliothekstüren ging auf.

Luella kam auf die breite flache obere Stufe heraus, ihre Arme mit Büchern bepackt. Sie sah zu mager aus, um die ganzen Bücher tragen zu können. Er wäre am liebsten zu ihr gegangen, um sie zu fragen, ob er ihr die Bücher tragen helfen könne. Sie zog jetzt einen langen Wollschal fester um ihren Hals und schlug den Kragen ihres Matrosenmantels hoch, ein mageres kleines Mädchen in einem großen Matrosenmantel, der wahrscheinlich ihrem Bruder oder sonst einem gehörte, einem in der Familie, der Seemann war, es gab ja eine Menge schwarze Burschen, die sich derzeit zur Marine meldeten. Er versuchte sich zu erinnern, ob seine Nachforschungen irgendwas erbracht hatten, daß ihr Bruder Seemann war? Nichts in den Geschichten, die er gelesen hatte, nichts, woran er sich erinnern konnte. Allerdings vergaß man auch leicht etwas. Man denke nur daran, wie leicht sie ihn vergessen hatten.

Sie kam jetzt die Treppe herunter.
Sie hustete. Hatte wahrscheinlich eine Erkältung. Schlimm für eine Läuferin, sie sollte besser auf sich aufpassen, so ein mageres kleines Ding wie sie.
Sie ging an dem Baum vorbei.
Der Wind frischte wieder auf.
Sie hatte ihn nicht gesehen.
Er wartete, bis sie gut fünfzig Meter vor ihm war, und dann ging er im gleichen Tempo hinter ihr her. Er war froh über das Rascheln der Blätter, die der Wind über den Weg wehte; sie überdeckten jeden Laut, den seine Turnschuhe machten.

»Wie, hat sie gesagt, hieß das Wohnheim noch?« fragte Ollie.
»Baxter«, sagte Carella.
»Und wo stehen die Namen? Wie soll man ein Haus vom andern unterscheiden?«
»Sie hat gesagt, das zweite Wohnheim hier runter.«
»Und woran siehst du den Unterschied zwischen einem Wohnheim und einem anderen Gebäude?«
»Ich glaube, das hier ist Baxter«, sagte Carella.
»Und wo ist dann der Innenhof? Alles sieht hier gleich aus. Idiotisches College, sieht wie ein Kloster aus.«
»Dort ist es«, sagte Carella. »Gerade vor uns.«

Sie war jetzt durch den Kreuzgang, ohne daß sie seine Gegenwart hinter sich bemerkt hätte, die Blätter wirbelten über den Pfad und wurden zerfetzt und schmutzig wieder hochgeweht. Vor ihr lag ein Wegabschnitt, der an seinem östlichen Ende von einem einzelnen Laternenpfahl beleuchtet wurde, dunkel, bis er auf den Innenhof mündete, wo ein weiterer Laternenpfahl stand. Er wußte, daß sie schnell war, er würde sie sich schnappen müssen, bevor sie losrannte, er wollte sie nicht entkommen lassen. Sie war schnell, ja – aber er war schneller. Er wartete, bis sie unter dem Laternenpfahl vorbeigegangen war, und dann lief er aus dem Stand los, seine Schuhe hämmerten auf das Pflaster, die Blätter zerstoben wie in plötzlicher Panik. Sie hörte ihn, aber es war zu spät. Als sie sich umdrehen wollte, stürzte er sich auf sie.
Die Überraschung war vollkommen, ihre Augen weit aufgerissen vor Schreck, ihr Kinn fiel herunter, ein Schrei wollte aus ihrer Kehle – er preßte seine Hand auf ihren Mund.

Sie biß ihn.
Er zog seine Hand zurück.
Der Schrei brach aus ihr und zerriß die Nacht.

Sie waren durch den Innenhof gekommen und betraten jetzt den Weg an seinem westlichen Ende, dunkel hinter dem Laternenpfahl, als sie den Schrei hörten. Ollies Pistole war in seiner Hand, noch bevor Carella nach seinem Halfter griff. Beide Männer begannen zu laufen.

Vor sich sahen sie die Gestalten in der Dunkelheit ringen, der Mann über das Mädchen gebeugt, das Mädchen nach ihm tretend und boxend, während er versuchte, ihren Rücken zu sich zu drehen. Der Wind war jetzt stärker, rüttelte an den Ästen der Bäume, die den Weg säumten, blies Blätter durch die Luft wie Dämonen mit feurigem Schweif.

»Polizei!« schrie Ollie und feuerte über seinen Kopf.

Der Mann drehte sich um.

Sie konnten sein Gesicht in der Dunkelheit nicht erkennen, sie konnten nur die Bewegung seiner Drehung sehen. Carella dachte einen Moment, er würde das Mädchen als Deckung benutzen, indem er sie von hinten hielt – einen Arm hatte er unter ihrem durchgeschoben, die rechte Hand auf ihren Nacken gedrückt –, aber statt dessen ließ er sie plötzlich los und rannte weg.

»Das Mädchen!« sagte Carella eilig und begann, ihn zu verfolgen. Er hatte sagen wollen: »Sieh nach, ob das Mädchen in Ordnung ist«, oder »Kümmere dich um das Mädchen«, aber der Mann war weg wie der Wind, der überall die Blätter abriß in der Nacht, und während Carella an dem Mädchen vorbeirannte, das jetzt auf dem Weg lag, sah er nicht einmal zurück, um sich zu vergewissern, ob Ollie ihn verstanden hatte.

So angestrengt war er nicht mehr gerannt, seit er als Junge in der High School gewesen war. Laufen war nicht sein Sport; er hatte als rechter Fänger in der Baseballmannschaft seiner Schule gespielt, und richtig gerannt war er nur, um hohe Flugbälle zu erwischen oder mit einem lockeren Sprint um die Nummer Drei das Mal zu erreichen. Das war lange her; nur im Fernsehen und im Kino jagten Polizisten wirklich durch die ganze Stadt und versuchten, einen flüchtigen Verdächtigen zu schnappen.

Der Mann vor ihm war zu schnell.

Carella feuerte seine Pistole in die Dunkelheit ab, und das Mündungsfeuer und der nachfolgende Knall – wie Blitz und Donner in der Nacht – fielen mit einem Regenguß zusammen, der so unerwartet wie heftig kam, als habe sein Druck auf den Abzug als Auslösemechanismus gedient, die Hebelwirkung, die irgendwo oben einen Spülkasten geöffnet hatte. Der Regen ertränkte alles. Er prasselte auf den Weg, und die Bäume bogen sich über ihm und taten sich mit dem Wind zusammen, um einen vielfarbigen Schauer von Wasser und welkenden Blättern regnen zu lassen. Er stampfte durch den Regen und die fallenden Blätter, nach Luft schnappend, während sein Herz in der Brust zu taumeln schien, er war sicher, daß er Lytell verlieren würde – falls dies Lytell *war* –, wußte, daß der Mann einfach zu schnell für ihn war.

Und dann sah er Lytell vor sich an Vorsprung verlieren auf dem nassen Laub unter seinen Füßen, während seine Arme ausschlugen, um das Gleichgewicht zu halten, als die Füße unter ihm wegrutschten. Er fiel auf den Weg, seine linke Schulter schlug auf dem Asphalt auf, doch fing die Laubdecke die Wucht des Aufpralls etwas auf. Er kam gerade wieder auf die Beine, als Carella ihn einholte.

»Polizei«, sagte Carella außer Atem. »Keine Bewegung.«

Lytell lächelte.

»Warum haben Sie so lange gebraucht?« sagte er.

## 11.

Es regnete immer noch, als der Mann von der Staatsanwaltschaft im 87. Revier eintraf. Er kam erst um sechs Uhr am nächsten Morgen hin, und bis dahin hatten Ollie und Carella – diesmal mit einem richterlichen Haussuchungsbefehl bewaffnet – schon Henry Lytells Räumlichkeiten in 843 Holmes Street durchsucht. Mehrere Gegenstände, die sie in der Wohnung gefunden hatten, lagen in Lieutenant Byrnes' Büro auf dem Schreibtisch, als der Stellvertretende Staatsanwalt ankam. Ein Stenograf notierte die Anwesenden: Lieutenant Byrnes, die Detectives Carella und Weeks und der Stellvertretende Staatsanwalt Ralph Jenkins. Der Stenograf hielt auch das Datum fest, Freitag, der 21. Oktober, und die Zeit, zu der das Verhör stattfand, 6:05 Uhr. Jenkins unterrichtete Lytell über seine Rechte. Lytell sagte, er habe verstanden und stellte außerdem fest, er wünsche nicht, daß sein eigener Anwalt während der Vernehmung anwesend sei. Jenkins begann das Frage-und-Antwort-Spiel.

Frage: Wollen Sie mir bitte Ihren vollen Namen sagen?
Antwort: Henry Lewis Lytell.
F: Und Ihre Adresse, Mr. Ly . . .
A: Sie kennen mich wahrscheinlich als Blitz Lytell. So nannten mich die Reporter immer. Damals.
F: Ja. Mr. Lytell, sagen Sie mir bitte Ihre Adresse?
A: 843 Holmes Street.
F: Hier in Isola?
A: Ja, Sir.
F: Sind Sie beschäftigt, Mr. Lytell?
A: Ja, Sir.
F: Was für eine Arbeit ist das?
A: Sie verstehen doch, daß ich *Läufer* bin. Ich meine, das ist es, was ich *bin*. Wie ich meinen Lebensunterhalt verdiene, hat nichts damit zu tun, was ich wirklich *bin*.
F: Wie *verdienen* Sie Ihren Lebensunterhalt, Mr. Lytell?
A: Ich bin Rechercheur.
F: Für wen? Was für eine Art von Recherchen?
A: Freischaffender Rechercheur. Für Werbeagenturen, Schriftsteller, jeden, der Informationen über ein beliebiges Thema braucht.
F: Und diesen Beruf betreiben Sie wo?
A: Zu Hause. Ich arbeite von meiner Wohnung aus.
F: Legen Sie selbst Ihre Arbeitszeit fest, Mr. Lytell?
A: Ja. Das ist das einzige Gute an dem Job, die Freiheit, die er mir läßt. Um andere Dinge zu tun. Ich versuche, jeden Tag zu laufen, wenigstens . . .
F: Mr. Lytell, können Sie mir sagen, wo Sie in der Nacht des 6. Oktober waren und was Sie taten? Das war Donnerstag nacht, vor zwei Wochen.
A: Ja. Sir. Ich war bei einer Läuferin von der Ramsey University. Ein Mädchen aus der Läufermannschaft.
F: Ihr Name bitte.
A: Marcia Schaffer.
F: Wenn Sie sagen, Sie waren bei . . .
A: Ich war zuerst bei ihr in der Wohnung, wo ich mich als ein Mann namens Corey McIntyre von der Zeitschrift *Sports USA* vorstellte. Dann . . .
F: Sie sagten Miss Schaffer, Sie seien jemand namens Corey McIntyre?
A: Ja, Sir.

F: Wie kamen Sie auf diesen Namen?

A: Ich hatte ihn aus dem Impressum der Zeitschrift.

F: Und Miss Schaffer glaubte Ihnen, daß Sie ein Mann von der Zeitschrift seien?

A: Ich hatte eine Ausweiskarte.

F: Woher hatten Sie die Ausweiskarte?

A: Ich habe sie gemacht. Ich arbeitete früher bei einer Werbeagentur. Das war vor, oh, acht, neun Jahren, als der ganze Trubel sich allmählich legte. Ich habe eine Menge in der künstlerischen Abteilung gelernt, ich weiß, wie man solche Sachen macht.

F: Was für Sachen?

A: Eine Ausweiskarte, die amtlich aussieht. Mit Folie überzogen.

F: Sie haben in der künstlerischen Abteilung einer Werbeagentur gearbeitet?

A: Nein, nein. Aber ich habe den Atelierleiter gekannt, ich war immer mit ihm zusammen. Ich habe direkt mit einem von den Assistenten im Atelier zusammengearbeitet, wissen Sie. Versuchte, Werbekampagnen, die mit Sport zu tun haben, auszudenken, verstehen Sie. Deshalb bin ich in erster Linie eingestellt worden. Wegen meiner sportlichen Kenntnisse.

F: Wenn ich recht verstehe, arbeiteten Sie also vor acht oder neun Jahren in einer Werbeagentur . . .

A: Ja.

F: Wann haben Sie angefangen, unabhängig Recherchierarbeiten zu erledigen, Mr. Lytell?

A: Vor drei Jahren.

F: Und das ist seitdem Ihre Beschäftigung?

A: Laufen ist, was ich *wirklich* tue.

F: Ja, aber um Ihren Lebensunterhalt zu verdienen . . .

A: Ja, ich erledige Recherchierarbeiten.

F: Um auf die Nacht des sechsten Oktober zurückzukommen. Sie gingen in Miss Schaffers Wohnung und stellten sich als Angestellter von *Sports USA* . . .

A: Als *Reporter* von *Sports USA*.

F: Als Reporter, ja. Und was dann?

A: Ich sagte ihr, daß wir einen Artikel über vielversprechende junge Läufer vorbereiten.

F: Und sie hat Ihnen das abgenommen?

A: Na ja, ich weiß alles über Laufen, das bin ich nämlich, ein Läufer. Also wußte ich natürlich, wovon ich redete. Ja, sie glaubte mir.

F: Und was dann?
A: Ich fragte sie, ob sie Lust hätte, mit mir zu Abend zu essen. Um das Interview zu machen.
F: Haben Sie tatsächlich mit Miss Schaffer in jener Nacht zu Abend gegessen?
A: Ja. In einem Fischrestaurant in der Nähe ihrer Wohnung. Es gibt viele gute Restaurants in der Gegend, wir haben auf gut Glück eines ausgesucht.
F: Um welche Zeit war das, Mr. Lytell?
A: Früh. Sechs Uhr, glaube ich. Früh.
F: Sie haben sie um sechs Uhr zum Abendessen ausgeführt?
A: Ja. Damit ich das Interview machen konnte. Sie war sehr aufgeregt wegen des Interviews.
F: Was passierte dann?
A: Was wollen Sie von mir hören?
F: Was immer Sie sagen wollen. Erzählen Sie mir, was nach dem Essen geschah.
A: Ich tötete sie. Ich habe das den Detectives hier schon erzählt.
F: Wo töteten Sie sie?
A: In meiner Wohnung. Ich sagte ihr, ich wollte das Interview fortsetzen, und ich schlug vor, es bei einem Cognac in meiner Wohnung zu Ende zu bringen. Sie sagte, sie wollte keinen Cognac – sie war im Training, wissen Sie, Läufer haben sehr strenge Trainingsvorschriften –, aber sie sagte, wenn ich ein Cola oder so was hätte, wäre es prima.
F: Um wieviel Uhr kamen Sie in Ihre Wohnung?
A: Halb acht?
F: Und was passierte dann?
A: Sie stand – ich glaube, sie betrachtete ein Gemälde, das ich im Wohnzimmer an der Wand hängen habe, es ist ein Gemälde von einem Läufer – und ich trat hinter sie und setzte einen Doppelnelson an. Ich habe früher ein bißchen Ringen gemacht, bevor ich mich fürs Laufen interessierte. Das kann man nicht vergleichen, wissen Sie. Ringen ist eine mühselige Form eines Kampfes, Mann gegen Mann, wogegen Laufen . . .
F: Sie töteten sie, indem Sie einen Doppelnelson anlegten?
A: Ja. Um ihr Genick zu brechen.
F: Um wieviel Uhr war das, Mr. Lytell?
A: Kurz vor acht, schätze ich.
F: Lieutenant Byrnes, die Schätzung des Polizeiarztes betreffend die

postmortale Zeit legt den Zeitpunkt des Todes auf ungefähr 7:00 abends, nicht wahr?

A: (Byrnes) Ja, Sir.

F: Mr. Lytell, was haben Sie dann gemacht?

A: Ich habe eine Weile ferngesehen.

F: Sie . . .

A: Ich wollte warten, bis die Straßen leer waren. Damit ich sie zum Auto runtertragen konnte. Der Strick war schon im Kofferraum, ich hatte ihn schon vorher an diesem Tag in den Kofferraum gelegt.

F: Wie lange haben Sie ferngesehen?

A: Bis etwa zwei Uhr morgens.

F: Und dann?

A: Ich trug sie zum Auto runter. Ich kontrollierte erst die Straße vom Fenster aus, mein Wohnzimmer geht auf die Straße. Ich sah keinen in der Nähe, also trug ich sie runter und lehnte sie auf den Vordersitz. Sie sah aus, als schliefe sie. Ich meine, wie sie da im Auto saß.

F: Was taten Sie dann?

A: Ich fuhr sie hier hoch.

F: Mit hier hoch . . .

A: Die Gegend hier oben.

F: Warum hier oben?

A: Ich habe das nicht besonders ausgesucht. Ich hielt Ausschau nach einem verlassenen Ort. Ich fand diese Baustelle mit einer Zeile von leerstehenden Häusern auf der anderen Straßenseite, und ich dachte, es wäre ein guter Platz.

F: Ein guter Platz wofür?

A: Sie aufzuhängen.

F: Warum haben Sie sie aufgehängt, Mr. Lytell?

A: Es schien mir passend.

F: Passend?

A: Ja.

F: Wozu?

A: Einfach passend.

F: Mr. Lytell . . . haben Sie auch eine junge Frau namens Nancy Annunziato getötet?

A: Ja, Sir.

F: Können Sie mir das genau beschreiben?

A: Es war das gleiche wie bei der ersten. Ich sagte ihr, ich sei bei *Sports USA*, ich führte sie zum Essen aus, ich . . .

F: Wann war das, Mr. Lytell?

A: In der Nacht des dreizehnten Oktober. Ich traf sie zum Abendessen im Marino's, das ist ein Restaurant in der Innenstadt, sehr gemütlich. Sie wohnte ganz da draußen in Calm's Point, wissen Sie, es war ihr recht, mich im Restaurant zu treffen. Acht Uhr. Ich bestellte den Tisch für acht Uhr. Wir brachten den größten Teil des Interviews beim Essen hinter uns, und dann gingen wir in meine Wohnung, genauso wie bei der letzten, wie bei der Schaffer. Wir redeten einiges mehr – sie redete wie ein Buch, Nancy – und dann ... ich ... hm ... Sie wissen ja.

F: Sie töteten sie.

A: Ja. Ich tat es wieder mit einem Doppelnelson.

F: Um wieviel Uhr war das?

A: Halb elf, elf.

F: Lieutenant Byrnes, deckt sich das mit der Schätzung des Polizeiarztes?

A: (Byrnes) Ja, Sir.

F: Was haben Sie dann gemacht, Mr. Lytell?

A: Das gleiche wie bei der anderen. Brachte sie zum Auto runter, fuhr herum und suchte nach einem einsamen Ort, um sie aufzuhängen. Ich wollte es nicht noch einmal hier oben tun. Ich hatte schon versucht, den Detectives hier oben zu helfen ...

F: Ihnen zu helfen?

A: Ja. Indem ich ihnen Marcias Handtasche schickte. Ich nahm allerdings erst die Schlüssel heraus. Ich warf die Schlüssel zu ihrer Wohnung weg.

F: Warum machten Sie das?

A: Um ihnen zu helfen.

F: Wobei zu helfen?

A: Na ja, einfach zu helfen.

F: Sie dachten, daß Sie die Schlüssel wegwerfen, würde ihnen ...

A: Nein, nein, *das* habe ich getan, damit es nicht *zu* leicht für sie wäre. Was ich meine, war, daß ich ihnen die Handtasche schickte. Damit sie sie identifizieren konnten, verstehen Sie?

F: Warum wollten Sie ihnen helfen?

A: Na ja, einfach so. Aber anscheinend ... entschuldigen Sie, Gentlemen ... anscheinend kamen sie sehr langsam damit weiter, nicht wahr? Also wollte ich Nancys Leiche nicht auch noch hier oben aufhängen, ich dachte, ich versuche mein Glück in einem anderen Revier.

F: Lieutenant Byrnes, wo wurde das zweite Opfer gefunden?
A: (Byrnes) In West Riverhead, Sir. Hundertstes Revier.
F: Ist das der Ort, an den Sie Nancy Annunziato gebracht haben, Mr. Lytell?
A: Wird schon stimmen. Ich meine, ich wußte nicht die Nummer des Reviers oder so. Es ist jedenfalls in Riverhead, wo die ganzen ausgebrannten Häuser sind. In *diesem* Teil von Riverhead.
F: West Riverhead.
A: So heißt es wohl.
F: Mr. Lytell, haben Sie Nancy Annunziatos Leiche an einen Laternenpfahl in West Riverhead gehängt?
A: Ja.
F: Um wieviel Uhr war das?
A: Irgendwann mitten in der Nacht.
F: Können Sie ungefähr die Zeit angeben?
A: Drei Uhr morgens? Ich schätze, so da herum.
F: Lieutenant Byrnes, wissen Sie vielleicht, wann das hundertste Revier eine Meldung von der Entdeckung erhielt?
A: (Byrnes) Steve?
A: (Carella) Detective Broughan registrierte den Anruf um 6:04 morgens.
A: (Lytell) Ich ließ ihre Brieftasche unter dem Laternenpfahl liegen.
F: Warum machten Sie das?
A: Um ihnen da herauszuhelfen, wissen Sie. Ich hoffte, die Polizisten dort wären vielleicht ein bißchen gewitzter als die in diesem Revier, wenn Sie entschuldigen.
F: Warum wollten Sie, daß die Polizisten gewitzt wären?
A: Na, Sie wissen schon.
F: Nein, ich weiß nicht. Können Sie mir das erklären?
A: Sie ein bißchen unterstützen, wissen Sie?
F: Warum lächeln Sie, Mr. Lytell?
A: Ich weiß nicht.
F: Merken Sie, daß Sie lächeln?
A: Ich glaube wohl, daß ich lächle.
F: Erzählen Sie mir von Darcy Welles. Haben Sie sie auch getötet?
A: Ja.
F: Wann?
A: Mittwoch nacht.
F: Am neunzehnten Oktober?
A: Das war vermutlich das Datum.

F: Also da ist ein Kalender, und da ist Mittwoch nacht. War es der neunzehnte Oktober?

A: Ja, der neunzehnte Oktober.

F: Können Sie mir davon erzählen?

A: Sehen Sie, ich kann die ganze Nacht hier weiterreden, aber das Wichtige . . .

F: Ja, was ist das Wichtige, Mr. Lytell?

A: Ich tötete sie genauso wie die andern, okay? Ganz genauso. Das Restaurant, das Interview . . . na ja, nicht ganz. Ich nahm Darcy nicht in meine Wohnung mit. Es wurde mir allmählich etwas mulmig dabei, ich hatte Angst, es könnte mich einer sehen und . . .

F: Aber Sie erzählten uns vorhin, daß Sie den Polizisten helfen wollten, Sie wollten, daß die Polizisten . . .

A: Sicher, ja. Aber ich wollte nicht, daß meine Nachbarn denken, ich belästige junge Mädchen oder so. Deshalb brachte ich sie in diesen Park weiter oben, in den Bridge Street Park.

F: Und töteten sie dort?

A: Ja.

F: Wieder mit einem Doppelnelson?

A: Ja.

F: Und wohin brachten Sie *sie* danach, Mr. Lytell?

A: Nach Diamondback. Ich hatte dort *wirklich* Angst, muß ich Ihnen sagen. Alle sind *schwarz* dort oben, wissen Sie. Aber es klappte gut. Ich bekam sie gut an den Laternenpfahl.

F: Um wieviel Uhr war das, Mr. Lytell?

A: Oh, ich weiß nicht. Zwanzig vor elf, Viertel vor elf?

F: Mr. Lytell, versuchten Sie, letzte Nacht ein Mädchen namens Luella Scott zu töten?

A: Ja, Sir. Ich versuchte, sie zu töten.

F: Wenn Ihr Versuch erfolgreich gewesen wäre, hätten Sie später auch Miss Scott aufgehängt?

A: Ja, Sir, das war mein Plan.

F: Warum?

A: Ich verstehe Ihre Frage nicht.

F: Warum Sie diese Mädchen *aufhängten*, Mr. Lytell. Was war der Zweck davon?

A: Um sie sichtbar zu machen.

F: Sichtbar?

A: Um die Aufmerksamkeit auf sie zu lenken.

F: Warum wollten Sie die Aufmerksamkeit auf sie lenken?

A: Na, Sie wissen doch.
F: Ich weiß nichts.
A: Damit jeder es merkt.
F: Was merkt?
A: Von denen.
F: *Was* von denen?
A: Daß sie von derselben Person ermordet wurden.
F: Sie.
A: Ja.
F: Sie wollten, daß jeder wüßte, daß *Sie* sie ermordet hatten?
A: Nein, nein.
F: Was *wollten* Sie dann also, was jeder wissen sollte?
A: Ich weiß nicht, *was* sie gern wissen sollten, verdammt noch mal!
F: Mr. Lytell, ich versuche zu begreifen . . .
A: Was zum Teufel begreifen Sie denn nicht? Ich habe Ihnen schon gesagt . . .
F: Ja, aber diese Mädchen aufzuhängen . . .
A: Das war die Absicht.
F: *Was* war die Absicht?
A: Himmel, ich weiß nicht, wie ich es noch deutlicher machen kann.
F: Sie sagen, Sie hängten sie auf, um die Aufmerksamkeit auf sie zu lenken . . .
A: Ja.
F: . . . damit jeder merkte, daß sie von derselben Person ermordet wurden.
A: Ja.
F: *Warum*, Mr. Lytell?
A: Sind wir hier jetzt fertig? Denn wenn wir . . .
F: Wir haben Ihnen vorher gesagt, daß Sie aufhören können, wann immer Sie wollen. Sie müssen uns nur sagen, daß Sie keine weiteren Fragen mehr beantworten wollen.
A: Ich habe nichts dagegen, Fragen zu beantworten. Es ist nur so, daß Sie die *falschen* Fragen stellen.
F: Welche Fragen möchten Sie lieber von mir gestellt bekommen, Mr. Lytell?
A: Wie wäre es mit dem *Gold*, das da rumliegt? Interessiert Sie *das* denn überhaupt nicht?
F: Mit dem Gold meinen Sie diese Medaillen, die die Detectives Weeks und Carella in Ihrer Wohnung gefunden haben?
A: Ich weiß nicht, wer sie dort gefunden hat.

F: Aber es sind doch Ihre?

A: Na, wem, glauben Sie, sollen sie sonst gehören?

F: Das sind olympische Medaillen, nicht wahr?

A: Olympische *Gold*medaillen. Sie haben da keine Bronze vor sich, Mister.

F: Haben Sie diese Medaillen gewonnen, Mr. Lytell?

A: Hören Sie mal, machen Sie sich nicht lächerlich. Haben Sie auf dem Mars gelebt?

F: Wie bitte?

A: Wie alt sind Sie übrigens?

F: Ich bin siebenunddreißig, Sir.

A: Also wo waren Sie vor fünfzehn Jahren. Da waren Sie zweiundzwanzig Jahre alt, habe ich recht? Haben Sie nicht ferngesehen? Haben Sie nicht gemerkt, was in der Welt *los* war?

F: Sie haben diese Medaillen vor fünfzehn Jahren gewonnen, wollen Sie das sagen?

A: Hört euch den Knaben an, wie? Drei Goldmedaillen, und er tut, als wäre es nie gewesen!

F: Ich bin kein Sportfan, Mr. Lytell. Vielleicht können Sie mir ein bißchen mehr davon erzählen.

A: Klar, das ist ja der ganze Ärger. Die Menschen vergessen, das ist das Problem. Drei Goldmedaillen – ich war in der Johnny-Carson-Show, Herrgott. Blitz Lytell, so hat er mich vorgestellt, Blitz Lytell. So haben sie mich genannt. So haben mich die Reporter, die über die Spiele berichteten, genannt. Ich war auf dem Titelblatt von jeder wichtigen Sportzeitschrift in diesem Land, ich konnte nirgendwo hingehen, ohne daß die Leute mich auf der Straße anhielten. »Hallo, Blitz!« »Wie geht's, Blitz?« Ich war *berühmt*.
Wir haben etwas Lustiges gemacht, Johnny und ich, wo wir einen Wettlauf spielten, wissen Sie, nur einen kurzen Sprint über die Bühne, und er machte diese berühmte Aufnahme von sich, Johnny, seine Aufnahme, kennen Sie seine Aufnahme? Weil ich halb über die Bühne war, bevor er auch nur den Startschuß gehört hatte. Die Reaktionszeit ist sehr wichtig, wissen Sie. Jesse Owens bevorzugte eine enge Starthaltung, er setzte seinen vorderen Startblock zwanzig Zentimeter hinter die Linie, den hinteren Block dreißig Zentimeter dahinter. Man muß die Blöcke so setzen, wie man es für richtig hält, das ist eine persönliche Sache. Bobby Morrow – er gewann dreimal Gold bei den Spielen von 1956 –, er setzte seinen vorderen Block einen halben Meter hin-

ter die Linie und seinen hinteren Block fünfunddreißig Zentimeter dahinter. Das ist ganz unterschiedlich. Der erste Knabe, der den Hundertmeterlauf in glatten zehn Sekunden lief – das war Armin Hary –, er setzte seine Blöcke bei achtundfünfzig und vierundachtzig Zentimetern. Man muß aus den Startblöcken explodieren – das ist ein verbreiteter Ausdruck, den man ständig beim Laufen hört, man *explodiert* aus den Blöcken. Sich einfach schnell in Bewegung setzen, damit gewinnt man keine Rennen. Man muß aus diesen Blöcken explodieren wie eine Rakete, die aus einem Silo kommt.

Als ich das dreifache Gold gewann – das war vor fünfzehn Jahren, ich war erst vierundzwanzig Jahre alt, Mann, ich war weg wie der *Blitz* . . . na ja, daher kam ja mein Spitzname. Blitz. Wenn man vom Explodieren redet! Es war Blitz und Donner, *bumm*, aus den Blöcken und nicht mehr zu bremsen! Ha, Mann, *drei* Goldmedaillen! Die hundert Meter, die zweihundert und die Staffel! Ich war Schlußmann in der Staffel. Beim Wechsel waren wir fünf Meter hinter Italien, lagen an dritter Stelle im Rennen! Jimmy kam wirklich schnell heran, Mann, der lief, aber ich war bereit zu explodieren, in derselben Sekunde, in der ich den Stab bekam! *Bumm!* Ich rannte die letzten hundert Meter in achtsechs! Unglaublich! Ich machte die verlorenen Meter gut und zog an allen vorbei! Mann, ich habe alles gewonnen zu meiner Zeit. Zählen Sie nur auf, ich habe sie alle gewonnen. High School, College, Amateurliga, Nationaler Studentensportbund, Freundschaftsrennen, olympische Ausscheidungen – alles, zählen Sie selbst.

Wissen Sie, was es bedeutet, ein Gewinner zu sein? Wissen Sie, was es heißt, der *Beste* bei einer Sache zu sein? Haben Sie denn eine Vorstellung, was das heißt? Wissen Sie denn *überhaupt* etwas von dem reinen Überschwang des Gefühls, wenn man rennt, um zu *gewinnen?* Wenn man dort losrennt, will man den anderen Burschen nicht nur *schlagen*, man will ihn *umbringen*, verstehen Sie, was ich meine? Sie wollen ihn in Grund und Boden rennen, Sie wollen, daß er hinter Ihnen zusammenbricht und sich die Därme herauskotzt, Sie wollen ihm zeigen, daß er seinen Meister gefunden hat, Mann, und daß er unterlegen ist, *verloren* hat! Sie gehen hinaus, Sie sind hinter der Startlinie, und die ganze Welt verengt sich auf diese Bahn, die ganze Welt wird zu diesem Rasen oder dieser Asche, und Sie jagen im Geist schon wie der Blitz darüber, Sie spüren schon das Band, bevor das Rennen überhaupt begonnen hat. Und Sie veranstalten Ihr Tänzchen in den Schuhen, Ihre Schuhe kitzeln die Asche oder den Rasen, tap-tap-tap, und Sie hören die Pfeife des Starters, und Sie machen Ihr kleines Spielchen weiter, saugen in riesengroßen Schlucken Sauerstoff ein, und alles in Ihnen fängt an zu sieden, ist bereit überzukochen, bereit zu explodieren, wenn man den Ruf zu den Plätzen hört, sich in die Blöcke kauert, auf den Startschuß wartet – und das Gold.

Aber sie vergessen, nicht wahr? Sie vergessen, was man getan hat, wer man war. Die ganzen Werbespots, die ich gemacht habe – lieber Gott, das Geld ist in Strömen geflossen, *alle* wollten ihre Produkte von Blitz Lytell gepriesen haben. Scheiße, ich wurde von William Morris unter Vertrag genommen, haben Sie jemals von William Morris gehört? Das ist eine Talentagentur in New York und L. A., sie haben überall in der Welt Büros, sie wollten mich zum *Filmstar* machen! War auch auf dem verdammt richtigen Weg dazu, die ganzen Werbespots, man konnte den Fernseher nicht einschalten, ohne mich auf der Scheibe zu sehen, mit einem Produkt in der Hand, Blitz Lytell – »Sie glauben, *ich* bin schnell? Warten Sie, bis Sie gesehen haben, wie schnell dieser Apparat rasiert« – das ganze Zeug, alles von Orangensaft bis zu Vitaminkapseln, ich war überall auf der Mattscheibe, ich war ein Begriff im Haushalt, Blitz Lytell. Aber dann . . . wissen Sie . . . irgendwie zerbricht es. Die Angebote kommen nicht mehr, sie erzählten mir etwas von Übersättigung, sie sagten mir, die Leute hätten sich an mein Gesicht auf dem Bildschirm zu sehr gewöhnt. Und plötzlich ist man kein Filmstar, man ist nicht einmal Fernsehverkäufer, man ist einfach wieder Henry Lewis Lytell, und kein Mensch weiß, wer zum Teufel das ist.

Sie vergessen.

Man . . . man möchte sie erinnern, verstehen Sie, was ich meine? Man möchte sie erinnern.

F: Haben Sie deshalb die Morde begangen, Mr. Lytell. Um sie zu erinnern?

A: Nein, nein.

F: Haben Sie deshalb diese jungen Frauen aufgehängt? Um eine Sensation zu erzeugen, die . . .

A: Nein, nein. Aber nein.

F: . . . die Leute daran *erinnern* würde, daß es Sie noch gibt?

A: Ich bin das schnellste menschliche Wesen auf der *Erde!*
F: Ist das der Grund?
A: Das schnellste menschliche Wesen.

Die Detectives starrten ihn jetzt alle an. Lytell betrachtete die drei Goldmedaillen auf Lieutenant Byrnes' Schreibtisch. Der Stellvertretende Staatsanwalt Jenkins hob eine Medaille hoch, hielt sie in der offenen Hand und starrte sie nachdenklich an. Als er Lytell wieder anschaute, schien dieser in Träumereien versunken, hörte vielleicht den fernen Schuß einer Startpistole, das Gebrüll eines vollen Stadions, während er über die Aschenbahn stürmte.
»Möchten Sie dem noch etwas hinzufügen?« fragte Jenkins.
Lytell schüttelte den Kopf.
»Etwas, das Sie ändern oder streichen möchten?«
Lytell schüttelte noch einmal den Kopf.
Jenkins sah den Stenografen an.
»Das war's dann«, sagte er.

Um elf Uhr an diesem Morgen rief Eileen bei Annie Rawles an, um zu fragen, wie sie kommende Nacht vorgehen sollte. Ob sie zu Hause bleiben oder ausgehen sollte? Es regnete immer noch; der Regen könnte ihren Mann von seinem Vorhaben abbringen. Annie war der Ansicht, er würde nicht noch einmal versuchen, in die Wohnung zu kommen. Er wußte bestimmt, daß die letzte Vergewaltigung der Polizei gemeldet worden war, und er konnte nicht das mögliche Risiko eingehen, daß die Wohnung ständig überwacht wurde. Annie glaubte, er würde versuchen, Eileen auf der Straße zu überfallen, wenn er könnte, und es mit der Wohnung nur als letztem Ausweg versuchen.
»Sie wollen also, daß ich ausgehe, hm?« fragte Eileen. »Im Regen.«
»Soll heute abend noch schlechter werden«, sagte Annie. »Bis jetzt hat es sich zu einem schönen stetigen Nieseln eingeregnet.«
»Was ist so schön an einem stetigen Nieseln?« fragte Eileen.
»Besser als Blitz und Donner, oder nicht?«
»Ist *das* etwa angesagt?«
»Nach der Wettervorhersage.«
»Ich habe Angst vorm Blitz«, sagte Eileen.
»Tragen Sie Schuhe mit Gummisohlen.«
»Klar. Wohin, meinen Sie, soll ich gehen? Wieder in einen Film? Ich war Mittwoch abend im Kino.«

»Und eine Disco?«

»Paßt nicht zu Mary.«

»Er könnte es für komisch halten, zwei Filme in derselben Woche. Warum gehen Sie nicht zu einem zeitigen Abendessen aus? Wenn er so darauf aus ist, sich über Sie herzumachen, wie wir meinen, schlägt er vielleicht zu, sobald es dunkel wird.«

»Haben Sie jemals versucht, sich mit vollem Magen vergewaltigen zu lassen?« sagte Eileen.

Annie lachte.

»Melden Sie sich später wieder, okay?« sagte sie. »Lassen Sie mich wissen, was Sie vorhaben.«

»Mach ich«, sagte Eileen.

»War's das?«

»Eines noch. Was ist A.I.M.?«

»Das soll ein Rätsel sein, stimmt's?«

»Nein, das ist etwas, wofür Mary dreimal dieses Jahr gespendet hat. Insgesamt zweihundert Dollar, jeweils in ihrem Scheckheft als Beitrag bezeichnet. Ich habe gedacht . . . falls es irgendeine Art von verrücktem Revolverclub ist . . .«

»Ja, ich verstehe. Lassen Sie es mich in den Computer geben, okay?«

»Sie haben ein Büro hier in der Stadt«, sagte Eileen. »Sie rufen mich wieder an, ja? Ich bin neugierig.«

Annie meldete sich kurz vor ein Uhr wieder bei ihr.

»Also«, sagte sie, »Sie wollen die Liste hören?«

»Nur zu.«

»Sie ist lang.«

»Ich kann sowieso vor halb sieben nirgendwo hingehen.«

»So? Was haben Sie beschlossen?«

»Abendessen in einem Lokal mit dem Namen Ocho Rios, drei Straßen von hier. Mexikanische Kneipe.«

»Essen Sie gern mexikanisch?«

»Ich finde es gut, weil es nur drei Straßen von hier ist. Das heißt, ich kann zu Fuß gehen. Ein Taxi könnte ihn verscheuchen. Ich sage Ihnen, Annie, ich hoffe, er bringt es auf der Straße, ich will nicht, daß er hier in die Wohnung kommt. Mehr Bewegungsfreiheit draußen, verstehen Sie?«

»Wie Sie wollen.«

»Ich gehe das Gelände heute nachmittag ab und präge es mir gut ein. Ich möchte nicht, daß er aus irgendeinem Durchgang, von dem ich nichts weiß, herausstürzt.«

»Gut«, sagte Annie. »Hier ist das A.I.M.-Zeug, die Liste ist ellenlang, machen Sie sich erst gar keine Mühe mitzuschreiben. Was wir haben . . . hören Sie zu? Wir haben eine Organisation Accuracy in Media – Genauigkeit der Medien und eine andere namens Advance in Medicine – Fortschritt in der Medizin. Wir haben das American Institute for Microminiaturization – Amerikanisches Institut für Mikroverkleinerung und das Asian Institute of Management – Asiatisches Managementinstitut. Wir haben das American Indian Movement – die Bewegung amerikanischer Indianer, das American Institute of Musicology – Amerikanisches Musikwissenschaftliches Institut, die Association for the Integration of Management – Gesellschaft für die Integration des Managements, das Australian Institute of Management – Australisches Managementinstitut . . .«

»Die gibt es *wirklich* alle?«

»Allen Ernstes. Plus das Australian Institute of Metals – Australisches Metallinstitut, das American Institute of Man – Amerikanisches Institut des Menschen und eine Organisation mit dem Namen Adventure In Movement for the Handicapped – Bewegungshilfe für Behinderte.«

»Welche davon ist in der Hall Avenue?« fragte Eileen.

»Das habe ich bis zuletzt aufgehoben. 832 Hall, ist das die Adresse, die Sie haben?«

»Ja.«

»Okay, das ist etwas unter dem Namen Against Infant Murder – Gegen Kindesmord.«

»Gegen Kindesmord, was?«

»Ja. 832 Hall Avenue.«

»Was ist das? Irgendeine Antiabtreibungsgruppe?«

»Sie haben es nicht als solche definiert, als ich anrief. Sie sagten, sie schützen einfach das Leben.«

»Aha. Irgendeine Verbindung mit Recht auf Leben?«

»Keine, die ich erkennen könnte. Sie sind ausschließlich in dieser Stadt aktiv.«

Es blieb lange still in der Leitung.

»Glauben Sie, daß auch eine von den *anderen* Opfern Beiträge an die Gruppe geleistet hat?« fragte Eileen.

»Ich will heute nachmittag mit allen sprechen, entweder am Telefon oder persönlich. Falls sich herausstellt, daß sie es *getan* haben . . .«

»Ja, es könnte eine Spur sein.«
»Es könnte mehr als das sein. Alle Opfer waren Katholiken, wissen Sie.«
»Das wußte ich *nicht.*«
»Doch. Und Katholiken sollen keine künstlichen Mittel zur Geburtenkontrolle verwenden.«
»Nur die Zählmethode, stimmt. *Manche* Katholiken.«
»Die meisten, glaube ich. Sind Sie katholisch?«
»Das müssen Sie fragen? Bei einem Namen wie Burke?«
»Wie machen *Sie* es?«
»Ich nehme die Pille.«
»Ich auch.«
»Woran denken Sie, Annie?«
»Ich weiß es noch nicht, ich möchte erst sehen, was bei den anderen Opfern herauskommt. Aber wenn alle *wirklich* für A.I.M. gespendet haben . . .«
»Mhm«, sagte Eileen.
Es war wieder lange still in der Leitung.
»Ich hoffe fast . . .«
»Ja?«
»Ich hoffe, sie haben nicht«, sagte Annie. »Ich hoffe, Mary Hollings war die einzige, eine wilde Karte.«
»Warum?«
»Weil es andernfalls verdammt teuflisch wäre«, sagte Annie.

Teddys Termin bei dem Rechtsanwaltbüro war um drei Uhr an diesem Nachmittag. Sie kam zwanzig Minuten vor drei an und wartete unten bis zehn vor, weil sie nicht durch ihr frühes Erscheinen zu interessiert erscheinen wollte. Sie wollte die Stelle wirklich; die Stelle klang wie geschaffen für sie. Sie hatte sich, in ihren eigenen Augen, dezent, aber nicht langweilig angezogen, denn sie trug ein schickes Kostüm über einer Bluse mit Halstuch, eine mit dem genoppten braunen Stoff des Kostüms farblich abgestimmte Strumpfhose, braune Schuhe mit schmalen hohen Absätzen. Nach dem naßkalten Nieselregen draußen war die Halle des Gebäudes zum Ersticken heiß, und deshalb zog sie ihren Regenmantel aus, bevor sie zum Aufzug ging. Auf die Sekunde pünktlich um 3:00 Uhr stand sie vor der Empfangsdame bei Franklin, Logan, Gibson und Knowles und zeigte den Brief, den sie von Phillip Logan erhalten hatte. Die Empfangsdame sagte ihr, Mr. Logan würde sie gleich empfangen. Um zehn Minuten nach drei nahm die Empfangsdame den Telefonhörer auf – es mußte gesummt haben, aber Teddy hatte nichts gehört – und sagte dann, Mr. Logan würde sie jetzt empfangen. Teddy las es von den Lippen des Mädchens ab und nickte.

»Durch den Flur, dann erste Tür rechts«, sagte das Mädchen.

Teddy ging über den Flur und klopfte an die Tür.

Sie wartete ein paar Sekunden, um Logan Zeit zu lassen, drinnen »Herein« gesagt zu haben, dann drehte sie den Türknopf und trat in das Büro. Das Büro war geräumig und mit einem großen Schreibtisch, mehreren Sesseln, einem Couchtisch und Bücherregalen an drei Wänden möbliert. Die vierte Wand bestand fast ganz aus Glas, was eine herrliche Aussicht auf die aufragenden Hochhäuser der Stadt bot. Regenwasser lief über die Glasscheiben. Eine Schirmlampe warf einen gedämpften gelben Schein auf die Schreibtischplatte.

Logan erhob sich hinter seinem Schreibtisch, als sie das Zimmer betrat. Er war ein großer Mann und trug einen dunkelblauen Anzug, ein weißes Hemd und eine gestreifte Krawatte. Seine Augen waren eine Nuance heller als der Anzug. Sein Haar war angegraut. Teddy schätzte, daß er etwas über fünfzig war.

»Ah, Miss Carella«, sagte er, »wie nett, daß Sie hergekommen sind. Bitte nehmen Sie Platz.«

Sie setzte sich auf einen der Sessel, die vor dem Schreibtisch standen. Er nahm wieder hinter dem Schreibtisch Platz und lächelte sie an. Seine Augen sahen sie warm und herzlich an.

»Ich nehme an, Sie können . . . hm . . . von meinen Lippen lesen«, sagte er. »Ihr Brief . . .«

Sie nickte.

»Es war sehr aufrichtig von Ihnen, Ihre Behinderung im voraus zu schildern«, sagte Logan. »In Ihrem Brief, meine ich. Sehr offen und ehrlich.«

Teddy nickte wieder, obwohl das Wort *Behinderung* schmerzte.

»Sie sind . . . hm . . . Sie verstehen doch, was ich sage?«

Sie nickte und deutete dann auf den Schreibblock und den Stift auf seinem Schreibtisch.

»Wie?« sagte er. »Oh. Ja, *natürlich*, wie dumm von mir.«

Er reichte ihr den Block und den Stift über den Tisch.

Auf den Block schrieb sie: *Ich kann Sie ausgezeichnet verstehen.*

Er nahm den Block wieder, las, was sie geschrieben hatte, und sagte: »Wunderbar, gut.« Er zögerte: »Hm . . . vielleicht sollten wir den

Sessel herumrücken«, sagte er, »meinen Sie nicht auch? Dann brauchen wir das nicht hin und her zu reichen.«
Er erhob sich schnell und kam herum, wo sie saß. Teddy stand auf, und er schob den Sessel näher an den Schreibtisch heran und stellte ihn seitlich daneben. Sie setzte sich wieder und legte ihren Regenmantel auf dem Schoß zusammen.
»So, das ist besser«, sagte er. »Jetzt können wir ein bißchen bequemer miteinander reden. Oh, entschuldigen Sie, habe ich Ihnen den Rücken zugewandt? Haben Sie alles verstanden?«
Teddy nickte und lächelte.
»Das ist alles ganz neu für mich, verstehen Sie«, sagte er. »So. Wo sollen wir anfangen? Sie verstehen gewiß, daß diese Arbeit eine versierte Schreibkraft verlangt . . . Ich entnehme Ihrem Brief, daß Sie sechzig Wörter in der Minute schaffen . . .«
*Ich bin zur Zeit etwas eingerostet*, schrieb Teddy auf den Block.
»Na, das kommt ja alles wieder, nicht? Es ist wie mit dem Rollschuhlaufen, denke ich.«
Teddy nickte, obwohl sie nicht meinte, daß Schreibmaschineschreiben wie Rollschuhlaufen war.
»Und Sie nehmen doch auch ein Stenogramm auf . . .«
Sie nickte wieder.
»Und das Ablegen ist natürlich Routinesache, deshalb kommen Sie sicher damit zurecht.«
Sie sah ihn erwartungsvoll an.
»Wir mögen attraktive Menschen in unseren Büros, Miss Carella«, sagte Logan und lächelte. »Sie sind eine sehr schöne Frau.«
Sie bedankte sich mit einem Nicken – bescheiden, hoffte sie – und schrieb dann: *Ich bin* Mrs. *Carella.*
»Natürlich, verzeihen Sie«, sagte er. »Theodora, nicht wahr?«
Sie schrieb: *Die meisten Leute nennen mich Teddy.*
»Teddy? Das ist hübsch. Teddy. Das paßt zu Ihnen. Sie sind außerordentlich schön, Teddy. Ich nehme an, Sie haben das schon tausendmal gehört . . .«
Sie schüttelte den Kopf.
». . . aber ich meine, die meisten Komplimente lassen sich immer wieder sagen, nicht wahr? Außerordentlich schön«, sagte er, und seine Augen begegneten ihren. Er sah sie länger an, als ihr angenehm war. Sie senkte ihre Augen auf den Schreibblock. Als sie wieder aufsah, starrte er sie immer noch an. Sie setzte sich auf dem Sessel zurecht. Er beobachtete sie immer noch.

»Also«, sagte er. »Die Arbeitszeit geht von neun bis fünf, die Stunde wird mit zweieinviertel Dollar als Anfangslohn bezahlt, können Sie Montagmorgen anfangen? Oder brauchen Sie noch etwas Zeit, um private Dinge zu regeln?«
Ihre Augen wurden groß. Sie hatte keinen Augenblick geglaubt, es würde so einfach gehen. Sie war sprachlos, wörtlich genommen, aber auch sprachlos darüber hinaus – als sei ihr Kopf plötzlich leer, ihre Fähigkeit, sich mitzuteilen, irgendwo in ihrem Kopf eingefroren.
»Sie *wollen* die Stelle, ja?« sagte er und lächelte wieder.
Oh, ja, dachte sie, oh Gott, *ja*! Sie nickte, ihre Augen leuchteten auf vor Freude, ihre Hände begannen unbewußt, ihre Dankbarkeit mitzuteilen, und fielen dann, wortlos, in ihren Schoß, als ihr bewußt wurde, daß er unmöglich etwas davon herauslesen konnte.
»Paßt Montag morgen gut?« fragte er.
Sie nickte bejahend.
»Also abgemacht«, sagte er, »ich freue mich darauf, Sie dann hier zu sehen.«
Er beugte sich zu ihr hin.
»Ich bin sicher, daß wir prächtig miteinander auskommen«, sagte er, und plötzlich, ohne Warnung, schob er seine Hand unter ihren Rock. Sie saß kerzengerade da, mit weit aufgerissenen Augen, im Moment zu schockiert, um sich zu regen. Seine Finger preßten sich fester auf ihren Oberschenkel.
»Meinen Sie nicht auch, Miss Car . . .«
Sie gab ihm eine kräftige Ohrfeige, so fest sie konnte, und stand dann sofort von ihrem Sessel auf und ging auf ihn zu, ihre Zähne entblößt, ihre Hand ausholend, um ihn noch einmal zu schlagen. Er rieb seine Backe, seine blauen Augen sahen verletzt aus und ein wenig bestürzt. Worte wallten in ihr hoch, Worte, die sie nicht sprechen konnte. Sie stand zitternd vor Zorn da, ihre Hand immer noch erhoben, um zuzuschlagen.
»Das war's dann«, sagte er und lächelte.
Sie wollte sich von ihm abwenden, weil ihr die Tränen aus den Augen quollen, als sie sah, daß sich noch mehr Worte auf seinen Lippen bildeten.
»Sie haben es sich selbst verdorben, stummes Dummerchen.«
Und die letzten Worte schmerzten sie mehr, als er wohl wissen konnte, die letzten Worte durchbohrten sie wie ein Dolch.
Sie weinte immer noch, als sie aus dem Gebäude in den strömenden Regen trat.

Annie hatte drei der Opfer nicht telefonisch erreichen können, aber die fünf, die sie sprechen konnte, sagten ihr, daß sie Spender für A.I.M. gewesen waren. Sie verbrachte den Rest des Nachmittags damit, es bei den Adressen, die sie von den übrigen Opfern hatte, zu versuchen. Zwei von ihnen waren noch nicht zu Hause, als sie hinkam, aber Angela Ferrari berichtete ihr, daß sie Lebensschutzorganisationen unterstützte und nicht nur für A.I.M. gespendet hatte, sondern auch für Recht auf Leben. Es war fast sechs Uhr, als sie an Janet Reillys Türglocke läutete. Janet war das letzte Opfer der Serienvergewaltigungen gewesen und – mit erst neunzehn – das jüngste von allen. Als Collegestudentin wohnte sie noch zu Hause bei ihren Eltern und war gerade von einer Versammlung des Newman Club zurückgekommen, als Annie kam.
Ihre Eltern freuten sich nicht über Annies Besuch. Sie waren beide berufstätig, und sie waren kurz vor ihrer Tochter nach Hause gekommen, nur um ein paar Minuten später der Frau vom Sexualverbrechen die Tür zu öffnen. Ihre Tochter war am 13. September zum erstenmal vergewaltigt worden. Sie dachten, sie habe damals soviel Entsetzliches durchgemacht, daß es ein Leben lang reichte, doch es war ihr noch einmal am 11. Oktober passiert, das Entsetzen nun noch gesteigert, die Angst nun ein ständiger Begleiter. Sie wollten nicht, daß sie noch weitere Fragen seitens der Polizei beantwortete. Sie wollten nur in Ruhe gelassen werden. Sie hätten Annie fast die Tür vor der Nase zugeschlagen, bis sie versprach, dies würde die letzte Frage sein.
Janet Reilly beantwortete die Frage mit Ja.
Sie hatte tatsächlich eine kleine Spende für eine Lebensschutzorganisation namens A.I.M. geleistet.
Annie verließ die Wohnung zehn Minuten nach sechs. Von einem Münztelefon an der Ecke versuchte sie, Vivienne Chabrun zu erreichen, das einzige Opfer, mit dem sie noch nicht gesprochen hatte. Wieder nahm niemand in ihrer Wohnung ab. Sie wußte allerdings jetzt mit Sicherheit, daß acht der neun Opfer Beiträge in wechselnder Höhe an A.I.M. geleistet hatten, und das schien ihr eine wertvolle Auskunft für Eileen zu sein. Sie warf die Münze noch einmal ein und wählte die Nummer von Mary Hollings' Wohnung. Sie ließ das Telefon zehnmal läuten. Es nahm keiner ab.
Eileen war schon auf dem Weg zum Abendessen.

Ein Musikant zog von Tisch zu Tisch, klimperte auf seiner Gitarre und sang mexikanische Lieder. Als er an Eileens Tisch kam, spielte er »Cielito Lindo« für sie, recht optimistisch, dachte sie; der Himmel draußen war dicht verhangen gewesen mit drohenden schwarzen Wolken, als sie das Restaurant betreten hatte. Der Regen hatte am Nachmittag ganz aufgehört, aber die Wolken hatten sich gegen Abend wieder verdichtet und türmten sich droben mächtig und unheilvoll auf. Um Viertel nach sechs, als sie die Wohnung verlassen hatte, um hierher zu Fuß zu gehen, konnte sie schon den fernen Klang des Donners im Nachbarstaat jenseits des Flusses hören.

Sie trank gerade einen Kaffee – die Wanduhr stand auf zwanzig nach sieben –, als der erste grelle Blitz kam und den zugezogenen Vorhang am Fenster zur Straße erleuchtete. Das folgende Dröhnen des Donners war markerschütternd; sie zog vorbeugend die Schultern hoch, und trotzdem erschrak sie durch die Lautstärke. Danach kam der Regen, mit entfesselter Wut, verstärkt von einem heftigen Sturm, der den Regen an das Fenster trommeln und auf den Bürgersteig draußen prasseln ließ. Sie zündete eine Zigarette an und rauchte, während sie ihren Kaffee zu Ende trank. Es war fast halb sieben, als sie ihre Rechnung bezahlte und zur Garderobe ging, um Regenmantel und Schirm, die sie dort abgegeben hatte, zu holen.

Der Regenmantel gehörte Mary. Er lag ein bißchen zu eng an, aber sie dachte, er würde ihn vielleicht wiedererkennen, und falls es anfangen würde zu regnen – das war inzwischen der Fall, und wie! – könnte die Sicht schlecht sein; sie wollte ihn nicht abschütteln, weil er sie nicht *sehen* konnte. Der Schirm gehörte ebenfalls Mary, ein zierliches kleines rotkariertes Ding, das recht schick war, aber nicht viel Schutz bot, besonders nicht gegen das, was draußen gerade wütete. Die Gummistiefel gehörten Eileen. Gummi mit geschmeidigem Schaft. Sie hatte sie gerade deshalb gewählt, weil das Oberteil weich war. An ihre Fesseln im rechten Stiefel war ein Halfter geknüpft, das eine leichte Browning .380 Automatic enthielt, ihre Reserve. Ihre Dienstpistole war eine .38 Detective's Special, und sie trug sie in einer Umhängetasche, die sie über die linke Schulter gehängt hatte, damit sie mit der rechten Hand bequem hinlangen konnte.

Sie gab dem Mädchen an der Garderobe einen Dollar Trinkgeld (und überlegte dabei, ob es nicht zuviel war), zog den Regenmantel über, hängte die Tasche um und trat dann hinaus in den kleinen Vorraum. Ein Paar Glastüren, mit dem Wort *Ocho* auf der einen und *Rios* auf der anderen eingraviert, führten auf die Straße draußen, die jetzt vom Regen gepeitscht wurde. Ein Blitz zuckte, als sie eine der Türen aufstieß. Sie ging rückwärts wieder hinein, wartete, bis das Donnergrollen leiser wurde, und trat dann, während sie den Schirm aufspannte, in den Regen hinaus.

Ein Windstoß riß ihr fast den Schirm aus der Hand. Sie stellte sich gegen den Wind, kämpfte gegen ihn, verhinderte, daß der Wind den Schirm umstülpte. Indem sie ihn schräg vor Gesicht und Schultern hielt und ihn als Schild benutzte, um damit dem wütenden Regen Herr zu werden, marschierte sie auf die Ecke zu. Die Strecke, die sie am Nachmittag abgesteckt hatte, würde sie eine Straße weiter nach Westen führen, auf eine hell beleuchtete Hauptstraße – jetzt wie ausgestorben wegen des Unwetters – und dann zwei Straßen weiter nach Norden, auf weniger gut beleuchteten Straßen, zu Marys Wohnung. Sie rechnete nicht damit, daß er sie überfallen würde, solange sie auf der Hauptstraße war. Aber auf diesem Weg über zwei Straßen weg zu der Wohnung . . .

Sie wünschte plötzlich, sie hätte um Rückendeckung gebeten.

Dumm, die Sache so anzugehen.

Und doch, wenn sie ihre Beschützer zum Beispiel auf der anderen Straßenseite postiert hätte, die eine zwanzig Schritt vor ihr gehend, die andere zwanzig Schritt hinter ihr, dann hätte er sie doch todsicher entdeckt, oder nicht? Drei Frauen, die im Regen spazierengehen im klassischen Dreiecksmuster? Hätte er sicher entdeckt. Oder angenommen, sie hätte sie in einem der dunklen Torwege oder schmalen Durchgänge entlang der Strecke, die sie diesen Nachmittag abgegangen war, postiert, und angenommen, er hätte dieselbe Strecke überprüft und zwei Ladys in Eingängen sich herumdrücken gesehen – es gab nicht viele Nutten hier oben und schon gar keine in den Seitenstraßen, wo überhaupt nichts los war –, nein, er würde es merken, er würde wegrennen, sie würden ihn verlieren. Besser ohne jede Rükkendeckung. Und dennoch wünschte sie, sie hätte eine Deckung.

Sie holte tief Luft, als sie um die Ecke von der Hauptstraße abbog.

Die Abstände zwischen den Straßenkreuzungen würden nun größer sein.

Seitenstraßen kommen einem immer länger vor als Hauptstraßen. Vielleicht doppelt so lang. Jede Menge Gelegenheiten für ihn. Zwei lange Straßenzüge.

Es regnete in die weichen Schäfte der Stiefel hinein. Sie konnte die Reservepistole im rechten Stiefel spüren, den Kolben, der kalt auf dem Nylon ihrer Strumpfhose lag. Sie trug einen Schlüpfer *unter* der Strumpfhose, ein großartiger Schutz gegen ein Messer, o ja, klar, ein großartiger starker Keuschheitsgürtel, den er im Handumdrehen aufschlitzen konnte. Sie hielt den Schirm jetzt mit beiden Händen und versuchte zu verhindern, daß er ihr vom Wind fortgetragen wurde. Sie fragte sich plötzlich, ob sie das verflixte Ding nicht einfach wegwerfen sollte, ob sie ihre rechte Hand nicht auf den Kolben ihrer .38er in der Tasche legen sollte – *Wenn er das Messer zieht, fragen Sie nicht lange, sondern drücken Sie einfach ab.* Annies Rat. Nicht, daß sie ihn nötig gehabt hätte.

Ein Durchgang, der jetzt auf ihrer rechten Seite kam. Schmaler Zwischenraum zwischen zwei Gebäuden, zugebaut mit Mülltonnen, als sie diesen Nachmittag vorbeigegangen war. *Zu* eng für die Aktion? Der Kerl war nicht auf *Tanz* aus, er war auf *Vergewaltigung* aus, und die Breite des Durchgangs bot dafür anscheinend nicht genügend Raum. Jemals auf dem Deckel einer Mülltonne vergewaltigt worden? fragte sie sich selbst. *Fragen Sie nicht lange, drücken Sie einfach ab.* Dunkler Eingang in dem Gebäude nach dem Durchgang. Licht im nächsten Haus und im übernächsten. Laternenpfahl an der Ecke. Der Himmel wurde plötzlich von einem Blitzstrahl zerrissen. Donner rollte durch die Nacht. Ein Windstoß schlug den Schirm nach außen um. Sie warf ihn in die Mülltonne an der Ecke und spürte den Regen nun direkt auf ihren ungeschützten Kopf klatschen. Hätte einen Hut aufsetzen sollen, dachte sie. Oder so ein Plastikding, das man unterm Kinn bindet. Ihre Hand fand den Kolben der .38er in ihrer Umhängetasche.

Sie überquerte die Straße.

Noch ein Laternenpfahl an der Ecke gegenüber.

Dunkelheit dahinter.

Gleich würde ein Durchgang kommen, wußte sie. Breiter als der erste gewesen war, mindestens so breit wie ein Auto. Schöne Stelle für einen Tango. Viel Platz. Ihre Hand umfaßte den Pistolenkolben fester. Nichts. Niemand im Durchgang zu sehen, keine Schritte hinter sich, nachdem sie vorbeigegangen war. Erleuchtete Gebäude vor ihr jetzt, die urgemütlich warm aussahen im Regen. Noch ein Durchgang ein Stück weiter vorn, zwei Häuser vor Marys Wohnung. Und wenn sie sich geirrt hatten? Wenn er heute nacht *nicht* zuschlagen wollte? Sie ging weiter, ihre Hand auf dem Pistolengriff. Sie machte einen Bogen um eine Pfütze auf dem Bürgersteig. Es blitzte wieder, sie zuckte zusammen, und es donnerte, und sie zuckte wieder zusammen. Ging jetzt am einzigen noch übrigen Durchgang vorbei, der dunkel und breit war, aber nicht so breit wie der vorige. Mülltonnen. Eine struppige nasse Katze, die auf einer Tonne saß und in den strömenden Regen blinzelte. Die Katze hätte einen Satz gemacht, wenn jemand drin gewesen wäre, nicht? Sie ging gerade am Durchgang vorbei, als er sie packte.

Er packte sie von hinten, indem er seinen linken Arm um ihren Hals legte und ihre Füße unter ihr wegriß. Sie fiel rückwärts gegen ihn, während ihre rechte Hand schon ihre Pistole aus der Tasche zerrte. Die Katze schrie gellend, sprang von der Mülltonne, schoß unter ihren Füßen durch und war wie der Blitz im Regen draußen.

»Hallo, Mary«, flüsterte er, und sie zog die Pistole heraus.

»Das ist ein Messer, Mary«, sagte er, und seine rechte Hand kam plötzlich hoch, und sie spürte die scharfe Spitze der Klinge auf ihren Rippen, direkt unter ihrem Herzen.

»Laß die Pistole einfach fallen, Mary«, sagte er. »Du hast die Pistole immer noch, wie Mary? Genauso wie beim letzten Mal. Na schön, laß sie fallen, hübsch artig, laß sie auf den Boden fallen, Mary.«

Er drängte sie mit dem Messer. Die Spitze stach auf den leichten Regenmantel, stach auf den dünnen Stoff der Bluse darunter, stach auf ihre Rippen. Sein linker Arm war immer noch um ihren Hals geschlungen und hielt sie fest in der Beuge seines Ellbogens. Die Pistole war noch in ihrer Hand, aber er war hinter ihr, und sie war machtlos in seinem Griff, und der Druck der Messerklinge war jetzt stärker.

»Los!« sagte er drängend, und sie ließ die Pistole fallen.

Sie fiel scheppernd auf den Boden des Durchgangs. Ein Blitz zerfetzte die Nacht. Es folgte ein fürchterlicher Donnerschlag. Er zerrte sie tiefer in den Durchgang, in die Dunkelheit, an den Mülleimern vorbei an die Stelle, wo eine Laderampe etwa einen Meter über dem Boden aus der Wand ragte. Er warf sie auf die Rampe, und ihre Hand fuhr sofort in den Schaft ihres weichen Gummistiefels und tastete nach dem Griff des Brownings.

»Zwing mich nicht, dich zu schneiden«, sagte er.

Sie riß die Pistole aus dem Halfter.

Sie brachte sie hoch in Schußstellung, als er sie schnitt.

Sie ließ die Waffe sofort fallen, und ihre Hand tastete über ihr Gesicht, wo ein plötzliches Feuer seine Spur über ihre Wange zog. Ihre Hand war naß, als sie sich löste, und sie dachte zuerst, es sei der Regen, aber das Nasse war klebrig und dick, und sie wußte, daß es

Blut war – er hatte sie in die Wange geschnitten, sie blutete aus der Wange! Und plötzlich wurde sie von einer solchen Angst überschwemmt, wie sie es noch nie in ihrem Leben erlebt hatte.
»Schön brav«, sagte er.
Es blitzte wieder, danach Donner. Das Messer war jetzt unter ihrem Kleid, sie wagte nicht, sich zu regen, er kratzte mit dem Messer am Nylon der Strumpfhose, spießte es auf, riß daran; sie zuckte darunter zusammen, verkrampfte sich vor Entsetzen, fürchtete sich vor dem Messer, hatte Angst, er würde es noch einmal gebrauchen, an einer Stelle, an der sie noch viel verletzlicher war. Die Spitze der Klinge verfing sich im Stoff, blieb hängen. Sie hörte, wie das Nylon riß, das Knistern des Messers, als es die Strumpfhose am Zwickel und über dem Schlüpfer auftrennte. Er lachte, als er merkte, daß sie auch einen Schlüpfer anhatte.
»Hast auf eine Vergewaltigung gewartet?« fragte er und lachte immer noch, und dann schlitzte er auch den Schlüpfer auf, und jetzt war sie der Nachtkälte ausgesetzt, mit gespreizten Beinen und zitternd, während der Regen ihr ins Gesicht schlug und sich dort mit dem Blut vermischte, das Blut von ihrer Wange abwusch, die wie Feuer brannte, wo die klaffende Wunde darüberlief, und ihre Augen waren weit aufgerissen vor Angst, als er das kalte Messer flach auf ihre Vagina drückte und sagte: »Willst du, daß ich dich da auch schneide, Mary?«
Sie schüttelte den Kopf, *nein, bitte*. Murmelte die Worte zusammenhanglos. Sagte sie dann schließlich laut: »Nein, bitte«, und zitterte unter ihm, während er sich zwischen ihre Beine schob und das Messer wieder an ihre Kehle hielt. »Bitte«, sagte sie. »Schneiden Sie . . . nicht noch einmal. Bitte.«
»Möchtest statt dessen lieber gebumst werden?« fragte er.
Sie schüttelte wieder den Kopf. *Nein!* dachte sie. Aber sie sagte statt dessen: »Schneiden Sie nicht noch einmal.«
»Du möchtest lieber gebumst werden, stimmt's, Mary?«
*Nein!* dachte sie. »Ja«, sagte sie. *Schneiden Sie nicht*, dachte sie. *Bitte*.
»Sag es, Mary.«
»Schneiden Sie mich nicht«, sagte sie.
»*Sag* es, Mary!«
»Bumsen Sie mich . . . lieber«, sagte sie.
»Du möchtest ein Baby von mir, nicht wahr, Mary?«
*Oh, Gott, nein*, dachte sie, *oh, Gott, das ist es*! »Ja«, sagte sie, »ich möchte ein Baby von Ihnen.«
»Und wie du das willst«, sagte er und lachte.

Blitze zerrissen die Nacht ganz in der Nähe. Donner dröhnte in dem Durchgang, unmittelbar über ihr, mit lautem Echo.
Sie wußte über alles Bescheid, was man tun mußte, wußte, daß man es auf die Augen absehen mußte, daß man die Augäpfel auskratzen mußte, um den Hund blind zu machen, sie wußte alles. Sie wußte, was zu tun war, wenn er sie zwingen würde, ihn zu blasen, wußte genau Bescheid, wie sie seine Eier streicheln und ihn in den Mund nehmen mußte, und wie sie ihm dann kräftig in den Schwanz beißen und gleichzeitig fest die Eier quetschen mußte, wußte genau Bescheid, wie man einen Vergewaltiger dazu brachte, daß er laut aufschrie vor Schmerz in der Nacht. Aber sie spürte ein Messer an ihrer Kehle.
Die Spitze der scharfen Klinge war in der Höhlung ihres Halses, wo ein winziger Puls wild klopfte. Er hatte ihr Gesicht zerschnitten, sie konnte immer noch spüren, wie das Blut langsam und stetig aus der Schnittwunde sickerte, wie es wie Feuer brannte, über die ganze Länge des Schnittes von einem Ende zum anderen. Der Regen trommelte auf ihr Gesicht und ihre Beine, ihr Rock war hochgeschoben über die Oberschenkel, der kalte nasse Beton war unter ihr, die rostige Eisentür hinter ihr. Und dann – plötzlich – fühlte sie da unten seinen harten Stoß gegen ihre abweisenden Lippen und dachte, er würde sie zerreißen durch die Wucht, mit der er in sie eindrang, würde sie auftrennen, als wäre es mit dem Messer, das immer noch an ihrer Kehle war, bereit zu schneiden.
Sie zitterte vor Angst und Scham und hilfloser Verzweiflung, ließ seine Stöße über sich ergehen, schluchzte jetzt, bettelte immer wieder, er möge aufhören, hatte Angst zu schreien, damit das Messer nicht in das Fleisch an ihrer Kehle stach, so gewiß, wie er selbst das Fleisch da unten durchbohrte. Und als er krampfhaft zuckte – wobei die Messerspitze an ihrer Kehle zitterte – und dann einige Sekunden lang reglos auf ihr lag, konnte sie nichts anderes denken als *Es ist vorbei, er ist fertig*, und die Scham überschwemmte sie wieder, ein Gefühl äußerster Erniedrigung, die sein Eindringen verursacht hatte, und sie schluchzte noch heftiger. Und ihr wurde in diesem Augenblick klar, daß dies keine diensttuende Polizistin war, in diesem dunklen Durchgang, mit zerfetzter Unterwäsche, gespreizten Beinen, dem Sperma eines Fremden in sich. Nein. Das war ein eingeschüchtertes *Opfer*, eine hilflose geschändete *Frau*. Und sie schloß die Augen vor dem Regen und den Tränen und der Qual.
»*Jetzt* kannst du ja deine Abtreibung haben«, sagte er.

Er rollte von ihr weg.
Sie fragte sich, wo ihre Pistole war. Ihre Pistolen.
Sie hörte ihn aus dem Durchgang rennen im prasselnden Regen.
Sie lag da in ihren Schmerzen, oben und unten, die Augen fest geschlossen.
Sie lag da eine lange Weile. Dann taumelte sie aus dem Durchgang und fand die nächste Notrufsäule und rief bei der Kripo an.
Und wurde ohnmächtig, als es wieder blitzte, und hörte den folgenden Donnerschlag nicht.

## 12.

Annie machte sich mit grimmigen Gedanken an die Arbeit.
Als sie erfuhr, was Eileen in der vergangenen Nacht passiert war, und sich vorstellte, wie sie übel zugerichtet und blutend in jenem regennaßen Durchgang lag, wußte sie nur das eine, daß diesem Mistkerl Einhalt geboten werden mußte, und sie betete zu Gott, daß sie ihn nicht einfach abknallen würde, ohne nach seinem Namen zu fragen, wenn sie ihn schnappte. Sie wußte nicht, was Teddy Carella gestern nachmittag in Philip Logans Büro widerfahren war; sie kannte nicht einmal Steve Carella richtig, wußte nur, daß er der wie ein Chinese aussehende Detective war, der an einem der Schreibtische gesessen hatte, als sie zum erstenmal in das Dienstzimmer des 87. Reviers gekommen war. Aber hätte sie beide gekannt, hätte sie gewußt, daß Teddy gestern ihre eigene Feuertaufe durchgemacht hatte, dann hätte sie darin nur eine etwas weniger harte Behandlung dessen gesehen, was Eileen geschehen war.
Der Anruf von Sergeant Murchison war genau zehn Minuten vor acht durchgekommen, fünf Minuten, nachdem ein Funkstreifenwagen vom Siebenundachtzigsten geantwortet und Eileen bewußtlos auf dem Bürgersteig unter der Notrufsäule gefunden hatte. Annie hatte schweigend zugehört, während Murchison ihr die Nachricht durchgab. Sie dankte ihm, zog ihren Regenmantel an und ging auf die Straße hinaus, wo Blitz und Donner abgezogen waren, der Regen aber noch anhielt. Bis sie zum Krankenhaus kam, war Eileens Wange bereits mit zwölf Stichen genäht worden. Der Notfallarzt berichtete, Eileen habe eine Beruhigungsspritze bekommen und schlafe nun; sie hatten vor, sie über Nacht zur Beobachtung dazubehalten, weil sie in einem Schockzustand gewesen war, als sie sie aufgenommen hatten.

Er erlaubte es Annie nicht, sie zu besuchen, obwohl sie versuchte, ihren Dienstgrad in die Waagschale zu werfen. Annie ging nach Hause, rief auf die entfernte Möglichkeit hin, es könnte jemand dort sein, bei A.I.M. an – es warf fast zehn Uhr mittlerweile –, fand keinen vor und suchte dann die Privatnummer von Polly Floyd heraus, der Leiterin von A.I.M., mit der sie gestern telefonisch gesprochen hatte. Es kam niemand ans Telefon. Sie versuchte es immer wieder bis Mitternacht. Immer noch keine Antwort. Sie warf sich die ganze Nacht unruhig von einer Seite auf die andere und wartete auf den Morgen.
Wieder reagierte niemand, als sie um 9:00 Uhr das A.I.M.-Büro anrief. Sie versuchte es um neun Uhr fünfzehn wieder und um neun Uhr dreißig noch einmal, und dann wählte sie Polly Floyds Privatnummer. Das Telefon läutete mehrmals. Annie zählte bis zwölf und wollte gerade auflegen, als Polly endlich abnahm. Annie teilte ihr mit, sie möge ins Büro kommen. Polly sagte, das Büro sei samstags geschlossen. Annie sagte ihr, sie solle es aufschließen. Polly sagte, das sei unmöglich. Annie wies sie an, das Büro aufzumachen und bis elf Uhr das gesamte Personal dort zu versammeln. Polly sagte, sie habe durchaus nicht die Absicht, dergleichen zu tun. Annie holte tief Luft. »Miss Floyd«, sagte sie, »ich habe eine Polizistin im Krankenhaus, die letzte Nacht mit einer Schnittwunde, die zwölf Stiche notwendig machte, dort eingeliefert wurde. Ich kann mir den ganzen Weg durch die Stadt machen und einen Richter um einen Durchsuchungsbefehl bitten, aber ich muß Ihnen sagen, Miss Floyd, daß ich äußerst ungemütlich sein werde, wenn ich mir diese ganze Mühe machen muß. Was ich vorschlage . . .«
»Wollen Sie mich zwingen?« sagte Polly.
»Ja«, sagte Annie.
»Ich sehe zu, daß ich das Personal für Sie zusammentrommle.«
»Danke«, sagte Annie und legte auf.
Die Büroräume von A.I.M. befanden sich in 832 Hall Avenue, über einer Buchhandlung, die vor der Schließung stand. Das Gebäude war sechs Stockwerke hoch, und das A.I.M.-Büro befand sich auf der dritten Etage. Annie kam kurz vor elf dort an. Der kleine Empfangsbereich hinter der Milchglastür sah aus wie Räumlichkeiten, in denen ein heruntergekommener Privatdetektiv hätte zu Hause sein können, wären da nicht die Plakate an allen vier Wänden gewesen. Die Plakate waren vergrößerte Fotografien, die Fötusse in verschiedenen Entwicklungsstadien zeigten. Oben über jedem Foto standen

die Worte Against Infant Murder – Gegen Kindesmord, in roten Buchstaben und so gedruckt, daß sie wie tropfendes Blut aussahen. Polly Floyd ähnelte selbst einem Fötus in einem fortgeschrittenen Entwicklungsstadium, eine winzige Person, mit rosa Gesicht, rosa Händen, kurzem blondem Haar und einem Mund, der aussah, als sei er nie geküßt worden und habe auch nie geküßt werden *wollen*. Na ja, vielleicht lag Annie in diesem Punkt nicht richtig; die Frau war gestern um Mitternacht nicht ans Telefon gekommen, und es hatte eine Ewigkeit gedauert, bis sie um neun Uhr dreißig an diesem Morgen rangegangen war.

Polly Floyd kochte vor Wut, als Annie hereinkam. Sie begann sich sofort über Polizeistaaten zu beklagen und daß ehrliche Leute gezwungen ...

»Es tut mir leid«, sagte Annie, hörte sich aber gar nicht danach an. »Aber wie ich Ihnen schon am Telefon sagte, ist es eine ziemlich dringende Sache.«

»Was hat Ihr *Polizist* mit *uns* zu tun?« fragte Polly. »Wenn einer sich mit dem Messer ...«

»Eine«, sagte Annie.

»Auch dann, was ...?«

»Wo ist Ihr Personal?« fragte Annie schroff. Sie standen allein in dem kleinen Empfangszimmer mit seinen Bildern von Fötussen. Polly hatte ihren Mantel noch nicht abgelegt. Sicher rechnete sie mit einem kurzen Gespräch.

»Sie warten in meinem Büro«, sagte sie.

»Wie viele Mitarbeiter?«

»Vier.«

»Mit Ihnen?«

»Außer mir.«

»Sind Männer darunter?«

»Einer.«

»Ich möchte ihn sehen«, sagte Annie.

Ihn *sehen*, das wollte sie als allerestes.

Sie hatte vor einer halben Stunde, bevor sie aus der Wohnung ging, noch einmal im Krankenhaus angerufen, um sich nach Eileens Befinden zu erkundigen und nach Möglichkeit mit ihr zu sprechen. Als Eileen in ihrem Zimmer das Gespräch annahm, hörte sie sich schläfrig an, aber sie sagte Annie, sie fühle sich ganz gut – unter den gegebenen Umständen. Ihre Beschreibung des Mannes, der sie überfallen hatte, deckte sich genau mit der Beschreibung, die die frühe-

ren Opfer gegeben hatten: weiß, um die Dreißig, einsachtzig groß, achtzig Kilo. Braunes Haar und blaue Augen, keine sichtbaren Narben oder Tätowierungen.
Der Mann, der in Polly Floyds Büro wartete, war ein magerer Schwarzer in den Sechzigern, einszweiundsiebzig groß, mit braunen Augen hinter einer Schildpattbrille und einem Kranz von weißem Haar um seinen ansonsten kahlen Kopf.
Es warteten drei weitere Personen in dem Zimmer, alle drei Frauen. Annie forderte sie auf, Platz zu nehmen.
Polly blieb in der Tür stehen, verärgert wegen dieses Einfalls in die Büroräume von A.I.M. und erst recht verärgert wegen der selbstverständlichen Inbesitznahme ihres eigenen privaten *Büros*.
Annie fragte das versammelte Personal, ob ihnen einer der folgenden Namen vertraut wäre, und las sie dann vor: Lois Carmody, Terry Cooper, Patricia Ryan, Vivienne Chabrun, Angela Ferrari, Cecily Bainbridge, Blanca Diaz, Mary Hollings und Janet Reilly.
Alle im Zimmer bestätigten, daß die Namen vertraut klangen.
»Sie sind alle irgendwann Spender für A.I.M. gewesen«, sagte Annie. »Das ist doch richtig?«
Keiner vom Personal wußte, ob ihnen die Namen aus diesem Grund vertraut vorkamen.
»Wie viele Spender *haben* Sie?« fragte Annie.
Alle Mitarbeiter sahen Polly Floyd an.
»Es tut mir leid, aber das geht nur *uns* an«, sagte Polly. Sie stand immer noch in der Tür. Sie hatte ihren Regenmantel noch nicht ausgezogen. Ihre Arme waren über der Brust gekreuzt.
»Haben Sie eine Kartei Ihrer Spender?« fragte Annie sie.
»Ja, aber die Kartei ist vertraulich.«
»Wer hat Zugang zu dieser Kartei?« fragte Annie.
»Wir alle. Jeder vom Personal.«
»Aber Sie sagen, die Kartei ist vertraulich.«
»Der Einblick ist auf das Personal beschränkt«, sagte Polly.
»Also«, sagte der Schwarze mit dem weißen Haarkranz, »das ist nicht ganz ...«
»Auf jeden Fall«, unterbrach ihn Polly, »ist die Liste nicht für polizeiliche Untersuchungen zugänglich.«
Annie wandte sich dem Mann zu.
»Ich habe Ihren Namen, glaube ich, nicht verstanden, Sir«, sagte sie.
»Eleazar Fitch«, sagte er.
»Ich mag biblische Namen«, sagte Annie und lächelte.

»Mein Vater hieß Elijah«, sagte Fitch und erwiderte das Lächeln.
»Was wollten Sie sagen, Mr. Fitch, von dieser Kartei . . .?«
»Was *immer* Sie da untersuchen«, mischte Polly sich ein, »wir sind nicht an Verwicklungen interessiert.«
»Verwicklungen?« sagte Annie.
»Verwicklungen, ja. Wir wollen nicht, daß A.I.M. auf irgendeine Weise mit dem Niederstechen einer Polizistin in Verbindung gebracht wird.«
»Was zufällig ein Kapitalverbrechen dritter Ordnung ist«, sagte Annie, »strafbar mit drei bis fünfzehn Jahren Gefängnis. Vergewaltigung andererseits . . .«
»Vergewaltigung?« sagte Polly, und ihr rosa Gesicht wurde weiß.
»Vergewaltigung, Miss Floyd, ist ein Kapitalverbrechen *zweiter* Ordnung, und man kann fünfundzwanzig dafür bekommen. Diese Polizeibeamtin wurde letzte Nacht vergewaltigt. Mit dem Messer verletzt *und* vergewaltigt, Miss Floyd. Wir haben allen Grund zu der Annahme, daß der Angreifer auch für die Vergewaltigungen von neun *anderen* Frauen verantwortlich ist, von denen acht Spender bei A.I.M. waren. Was ich wissen möchte . . .«
»Ich bin sicher, daß ihre Geschenke an A.I.M. nicht das geringste . . .«
»Wie können Sie da so sicher sein?« fragte Fitch.
Polly Floyd wurde wieder rosa. Fitch fixierte sie eine Weile, und dann sah er Annie wieder an.
»Wir verkaufen unsere Adressenkartei«, sagte er.
»An wen?« sagte Annie sofort.
»An jede vertrauenswürdige Organisation, die . . .«
»Polly, Sie *wissen*, daß das nicht stimmt«, unterbrach Fitch sie und wandte sich wieder an Annie. »Wir überlassen jedem, der eine ansehnliche Spende macht, die Kartei.«
»Was halten Sie für ansehnlich?« fragte Annie.
»Alles über hundert Dollar.«
»Wenn ich Ihnen also hundert Dollar schicke und Ihre Adressenkartei anfordere . . .«
»Bekommen Sie sie postwendend.«
»Vorausgesetzt«, sagte Polly, »Sie teilen uns *auch* mit, wie Sie die Kartei *verwenden* wollen.«
»Stimmt das, Mr. Fitch?«
»Wir schicken sie an jeden, der an der Lebensschutzbewegung interessiert ist«, sagte Fitch. »Drücken Sie ein ernsthaftes Interesse an

der Bewegung aus, erbitten Sie die Adressenkartei, und schicken Sie uns einen Scheck über hundert Dollar. Das ist alles.«

»Aha«, sagte Annie.

»Wir sind nicht Recht auf Leben, müssen Sie wissen«, verteidigte sich Polly. »Wir haben keine riesigen Körperschaften oder Treuhandfonds, aus denen uns Spenden zufließen. Wir sind neu, wir haben erst vor zwei Jahren angefangen, wir müssen unsere Bemühungen mit allen Mitteln unterstützen, die möglich und moralisch sind. Es ist kein Unrecht, wenn man interessierten Spendern eine Adressenkartei zukommen läßt. Man kann für *alles* eine Adressenkartei kaufen oder leihen!«

»Wie viele Adressenlisten haben Sie seit Anfang des Jahres ausgegeben?« fragte Annie.

»Ich habe keine Ahnung«, sagte Polly.

»Nicht mehr als zehn«, sagte Fitch.

»Alle hier in der Stadt?«

»Die meisten. Einige waren von außerhalb.«

»Wie viele in der Stadt?«

»Weiß ich nicht, ich müßte in den Akten nachsehen.«

»Sie haben die Namen und Adressen in den Akten?«

»Ja, doch.«

»Ich möchte sie sehen, bitte.«

»Wenn ich Ihnen diese Namen gebe, bedeutet das, daß man in die Privatsphäre von Menschen eindringt, die vielleicht nicht *wünschen*, daß man in ihre Privatsphäre eindringt«, sagte Polly.

Annie sah sie an. Sie sprach nicht aus, daß es womöglich *ebenfalls* ein Eindringen in die Privatsphäre einer Person war, die vielleicht nicht wünschte, daß man in ihre Privatsphäre eindrang, wenn man einer Frau sagte, was sie hinsichtlich ihrer eigenen Schwangerschaft tun oder nicht tun könnte.

Sie sagte nur: »Ich glaube, ich muß mir doch noch die gerichtliche Verfügung besorgen.«

»Geben Sie ihr die Namen«, sagte Polly.

Eileen saß aufrecht im Bett, ihre Hände flach auf der Decke, als Kling das Zimmer betrat. Ihr Kopf war von ihm weggewandt. Am Fenster, das eine graue Ansicht von Häusern draußen einrahmte, rannen Regentropfen ab.

»Hallo«, sagte er.

Als sie sich nach der Tür umdrehte, sah er den Verband auf ihrer

linken Wange. Ein dickes Polster von Mullschichten, die mit Heftpflaster bedeckt waren. Sie hatte geweint; die Partie um ihre Augen war rot und verquollen. Sie lächelte und hob zum Gruß eine Hand von der Decke. Die Hand fiel wieder herunter, schlaff, weiß auf der weißen Decke.
»Hallo«, sagte sie.
Er kam ans Bett. Er küßte sie auf die Wange, die nicht verbunden war.
»Alles in Ordnung«, fragte er.
»Ja, prima«, sagte sie.
»Ich habe gerade mit dem Arzt gesprochen, er sagt, sie entlassen dich heute im Laufe des Tages.«
»Gut«, sagte sie.
Er wußte nicht, was er sonst sagen sollte. Er wußte, was ihr passiert war. Er wußte nichts zu sagen.
»Schöne Polizistin, wie?« sagte sie. »Laß mir von ihm vor Schreck meine zwei Pistolen abjagen, laß mich ...« Sie wandte ihr Gesicht wieder ab. Regen rann über die Fensterscheiben.
»Er hat mich vergewaltigt, Bert.«
»Ich weiß.«
»Was ...?« Die Worte blieben ihr im Hals stecken. »Was fühlst du dabei?«
»Ich möchte ihn umbringen«, sagte Kling.
»Klar, aber ... was ... was fühlst du bei dem Gedanken, daß ich vergewaltigt worden bin?«
Er schaute sie verwirrt an. Ihr Kopf war immer noch von ihm weggewandt, als wolle sie versuchen, den Verband auf ihrer Wange und durch ihn die Größe der Wunde, das Zeugnis ihrer Kapitulation, zu verbergen.
»Daß ich mich von ihm vergewaltigen ließ«, sagte sie.
»Du hast ihn *nichts* tun *lassen.*«
»Ich bin Polizistin«, sagte sie.
»Liebes ...«
»Ich hätte doch ...« Sie schüttelte den Kopf. »Ich hatte zuviel Angst, Bert«, sagte sie. Ihre Stimme war sehr leise.
»Ich habe auch schon Angst gehabt«, sagte er.
»Ich hatte Angst, er würde mich umbringen.«
Sie drehte sich um und sah ihn an.
Ihre Augen begegneten sich. Tränen stiegen in ihren Augen hoch. Sie blinzelte sie fort.

»Ein Polizist *sollte* keine solche Angst bekommen, Bert. Ein Polizist sollte . . . sollte . . . Ich warf meine *Pistole* weg! In dem Moment, als er mir das Messer auf die Rippen drückte, geriet ich in Panik, Bert, ich warf meine *Pistole* weg! Ich hatte sie in der Hand, aber ich warf sie weg!«

»Ich hätte das gleiche getan . . .«

»Ich hatte noch einen Ersatz in meinem Stiefel. Einen kleinen Browning. Ich langte in meinen Stiefel, ich hatte die Pistole in meiner Hand, schußbereit, als er . . . er . . . mich schnitt.«

Kling schwieg.

»Ich hätte nicht gedacht, daß es so weh tut, Bert. Geschnitten zu werden. Man schneidet sich mal selbst, wenn man die Beine oder die Achselhöhlen rasiert, es sticht einen Augenblick, aber das war mein *Gesicht*, Bert, er schnitt in mein *Gesicht*, und wie das *weh* getan hat, o Gott! Ich bin keine Schönheit, das weiß ich, aber ich habe nur das eine Gesicht, und als er . . .«

»Du bist wunderbar«, sagte er.

»Nicht mehr«, sagte sie und wandte sich wieder von ihm ab. »Es war, als ich – als er mich schnitt und ich die zweite Pistole fallen ließ – das war der Augenblick, als mir klar war, daß ich . . . daß ich . . . alles tun würde, was er von mir wollte. Ich *ließ* ihn mich vergewaltigen, Bert. Ich *ließ* ihn es tun.«

»Sonst wärst du tot«, sagte Kling.

»So erbärmlich hilflos«, sagte sie und schüttelte noch einmal den Kopf.

Er sagte nichts.

»Also dann . . .« Ihre Stimme blieb wieder stecken. »Ich vermute, du wirst dich immer fragen, ob ich es geradezu wollte, hm?«

»Hör auf«, sagte er.

»Ist es nicht genau das, was Männer angeblich überlegen, wenn ihre Frauen oder ihre Freundinnen vergewaltigt . . .«

»Du *hast* es gewollt«, sagte Kling. »Deshalb warst du draußen, das war deine Aufgabe. Du hast deine Arbeit getan, Eileen, und du bist verletzt worden. Und das ist . . .«

»Ich bin auch *vergewaltigt* worden!« sagte sie und sah ihn mit blitzenden Augen an.

»Das gehörte ja zu der Verletzung«, sagte er.

»Nein!« sagte sie. »*Du* bist bei der Arbeit verletzt worden, aber niemand hat dich jemals danach *vergewaltigt*! Das ist ein Unterschied, Bert.«

»Ich verstehe den Unterschied«, sagte er.
»Ich bin da nicht so sicher«, sagte sie. »Dann würdest du es verstehen, dann würdest du mir nicht den ganzen ›Pflichterfüllungs‹-Mist erzählen!«
»Eileen . . .«
»Er hat keine *Polizistin* vergewaltigt, er hat eine *Frau* vergewaltigt! Er hat *mich* vergewaltigt, Bert! *Weil* ich eine Frau bin.«
»Das weiß ich.«
»Nein, das weißt du *nicht*«, sagte sie. »Wie *könntest* du es wissen? Du bist ein Mann, und Männer werden nicht vergewaltigt.«
»Männer werden vergewaltigt«, sagte er leise.
»Wo?« sagte sie. »Im Gefängnis? Nur weil keine Frauen zur Hand sind.«
»Männer werden vergewaltigt«, sagte er noch einmal, führte es aber nicht weiter aus.
Sie sah ihn an. Der Schmerz in seinen Augen war so tief wie der Schmerz, den sie letzte Nacht gespürt hatte, als das Messer über ihr Gesicht gefahren war. Sie sah ihm immer noch prüfend in die Augen, erkundete sein Gesicht. Ihr Zorn verrauchte. Das war Bert, der hier bei ihr saß, das war nicht irgendein verschwommener Feind namens MANN, das war Bert Kling – und *er* war schließlich nicht der Mann, der sie vergewaltigt hatte.
»Entschuldige«, sagte sie.
»Ist schon gut.«
»Ich sollte es wirklich nicht an dir auslassen.«
»An wem sonst?« sagte er und lächelte.
»Entschuldige«, sagte sie. »Wirklich.«
Sie suchte seine Hand. Er nahm ihre Hand mit beiden Händen.
»Ich hätte nie gedacht, daß mir das passieren könnte«, sagte sie. »Nie in Millionen Jahren. Ich hatte Angst da auf der Straße, man hat immer ein bißchen Angst . . .«
»Ja«, sagte er.
»Aber ich dachte nie, *das* könnte passieren. Weißt du noch, wie ich immer Jux gemacht habe mit meinen Vergewaltigungsfantasien?«
»Ja.«
»Es ist nur eine Fantasie, wenn es nicht *wirklich* ist«, sagte sie. »Ich dachte immer . . . ich glaube, ich dachte . . . ich meine, ich hatte *Angst*, Bert, auch mit Rückendeckung hatte ich Angst. Aber nicht davor, *vergewaltigt* zu werden. Verletzt vielleicht, aber nicht *vergewaltigt*. Ich war Polizist, wie könnte denn ein Polizist . . .?«

»Du bist immer noch Polizist«, sagte er.
»Das kannst du mir glauben«, sagte sie. »Weißt du noch, was ich dir gesagt habe? Daß ich mich durch die Arbeit als Lockvogel erniedrigt fühle? Daß ich vielleicht um eine Versetzung bitten werde?«
»Ich erinnere mich.«
»Also jetzt müßten sie mich mit Dynamit aus diesem Job feuern.«
»Gut«, sagte er und küßte ihre Hand.
»Weil ich meine... muß denn nicht *irgend jemand* draußen sein? Um dafür zu sorgen, daß das keiner *anderen* Frau passiert? Ich meine, es muß *irgend jemand* draußen sein, oder nicht?«
»Bestimmt«, sagte er. »Du.«
»Ja, ich«, sagte sie und seufzte tief.
Er hielt ihre Hand an seine Wange.
Sie waren ziemlich lange still.
Sie wandte beinahe ihr Gesicht wieder ab.
Statt dessen hielt sie seinen Blick fest und sagte: »Wirst du...?«
Ihre Stimme blieb wieder in ihrer Kehle stecken.
»Wirst du mich mit einer Narbe genauso lieben?«

Manchmal hat man Glück und ist gleich beim ersten Versuch aus dem Schneider.
Es waren keine zehn Nachfragen nach Adressenkarteien eingegangen, wie Eleazar Fitch vermutet hatte, sondern nur acht. Drei von ihnen kamen von außerhalb, von Personen, die selbständige lokale Lebensschutzgruppen gründen wollten und die Organisationshilfe von früheren Spendern suchten. Fünf von ihnen waren aus der Stadt: Eine Gruppe, die eine strenge Überwachung der Bücher in Bibliotheksregalen unterstützte, hatte um die Adressenkartei gebeten; eine Gruppe, die dagegen war, daß junge Mädchen ohne Zustimmung der Eltern sich über Geburtenkontrolle beraten ließen, hatte ebenfalls die Spenderliste von A.I.M. bestellt; eine Gruppe, die gegen Euthanasie auftrat, hatte hundert Dollar gespendet und um die Liste gebeten; eine Organisation, die sich der Verabschiedung des geänderten Gleichberechtigungsgesetzes widersetzte, hatte auf ähnliche Art die Liste erbeten. Nur eine von den Anfragen war von einer Einzelperson gekommen. Sein Brief an A.I.M. erklärte, daß er einen Artikel für eine Zeitschrift mit dem Namen Unser Recht vorbereite und daran interessiert sei, Kontakt mit Förderern von A.I.M. aufzunehmen, wobei er beabsichtige, sie über ihre Meinung zum Lebensschutz zu befragen.

Sein Name war Arthur Haines.
Heute war Samstag. Annie war zuversichtlich, daß Arthur Haines zu Hause sein würde, wenn sie ihn besuchte. Die Adresse, an die die Kartei geschickt worden war, gehörte zu einem Komplex von Terrassenwohnungen in einem Wohnbezirk von Majesta. Es regnete immer noch leicht, als sie hinkam. Die Gehwege draußen waren mit nassem Laub bedeckt. In vielen Wohnungen brannte Licht, obwohl es noch nicht ein Uhr mittags war. Sie fand die Adresse – eine Erdgeschoßwohnung in einem dreistöckigen Backsteingebäude – und läutete an der Tür. Die Vorhänge im Wohnzimmer waren aufgezogen. Von ihrem Standort vor der Haustür konnte sie verstohlen ins Zimmer sehen. Zwei kleine Mädchen – sie schätzte sie auf acht und sechs Jahre – saßen auf dem Fußboden und sahen einen Zeichentrickfilm auf der Mattscheibe an. Die ältere von beiden stupste die jüngere Schwester an, als sie die Türklingel hörte, und forderte sie offenbar auf, an die Tür zu gehen. Das jüngere Mädchen zog ein Gesicht, stand auf und kam in der Wohnung nach vorn, verschwand dabei aber aus Annies Sicht. Von irgendwoher drinnen, vielleicht aus der Küche, rief eine Frauenstimme: »Kann eins von euch Kindern mal an die Tür gehen, bitte?«
»Ich bin *hier*, Mama!« antwortete das jüngere Mädchen, das jetzt direkt hinter der Tür stand. »Wer ist da?« fragte es.
»Eine Polizeibeamtin«, sagte Annie.
Annie wartete. Sie konnte drinnen Stimmen hören, das kleine Mädchen sagte seiner Mutter, die *Polizei* sei an der Tür, die Mutter sagte der Tochter, sie solle wieder hineingehen und fernsehen.
Direkt hinter der Tür sagte die Frau dann: »Ja, bitte, wer ist da?«
»Polizei«, sagte Annie. »Würden Sie bitte aufmachen?«
Die Frau, die die Tür aufmachte, war hochschwanger, möglicherweise sogar kurz vor der Entbindung. Es war fast ein Uhr mittags, aber sie trug immer noch einen Bademantel über einem Nachthemd, und sie sah so angeschwollen aus, wie man es sich stärker nicht vorstellen konnte. Ihr riesiger Bauch begann irgendwo unter ihren Brüsten und türmte sich vor, ein gigantischer Zeppelin von Frau mit einem Puppengesicht und einem Mund wie ein Amorbogen, kein Lippenstift darauf, kein Make-up auf ihren Augen oder dem Gesicht.
»Ja?« sagte sie.
»Ich suche Arthur Haines«, sagte Annie. »Ist er hier?«
»Ich bin Lois Haines, seine Frau. Worum geht es bitte?«

»Ich möchte mit ihm sprechen«, sagte Annie.
»Worüber?« sagte Lois.
Sie stand in der Tür wie ein angriffslustiger Elefant, mit gerunzelter Stirn, offenbar verärgert über diesen unerwünschten Besuch an einem regnerischen Samstag.
»Ich möchte ihm ein paar Fragen stellen«, sagte Annie.
»Worüber?« fragte Lois hartnäckig.
»Ma'am, darf ich bitte hereinkommen?«
»Lassen Sie mich Ihre Dienstmarke sehen.«
Annie machte ihre Handtasche auf und nahm das Lederband heraus, an das ihre Marke geheftet war. Lois betrachtete sie eingehend und sagte dann: »Na gut, aber es wäre mir lieber, Sie würden mir sagen ...«
»Wer ist da, Schatz?« rief eine Männerstimme.
Hinter Lois, die immer noch in der Tür stand und den Eintritt verwehrte, mit eckigen Schultern jetzt und einem angriffslustig vorgestreckten Bauch, konnte Annie einen großen dunkelhaarigen Mann aus dem hinteren Zimmer der Wohnung kommen sehen. Lois trat nur ein bißchen auf die Seite, als sie sich nach ihm umdrehte, und Annie konnte ihn gut betrachten, während er näherkam: Um die Dreißig, schätzte sie. Mühelos einsachtzig groß. Achtzig Kilo, wenn es hoch kam. Braunes Haar und blaue Augen.
»Diese Frau möchte zu dir«, sagte Lois. »Sie sagt, sie ist Polizist.«
Das Wort »Polizist« amüsierte Annie, aber sie lächelte nicht. Sie war zu sehr damit beschäftigt, Haines zu beobachten, als er jetzt in den kleinen Vorraum kam, ein freundliches Lächeln auf seinem Gesicht.
»Also dann treten Sie ein«, sagte er. »Was hast du nur, Lo? Weißt du nicht, daß es draußen regnet? Kommen Sie herein, kommen Sie«, sagte er und streckte seine Hand aus, während seine Frau auf die Seite trat. »Worum geht es, Officer?« sagte er, als er Annie die Hand gab. »Habe ich unvorschriftsmäßig geparkt? Ich dachte, die Regelung, versetzt zu parken, gilt an Wochenenden nicht.«
»Ich weiß nicht, wo Sie parken«, sagte Annie. »Ich bin nicht wegen Ihres Autos hier, Mr. Haines.«
Die drei standen jetzt ungemütlich eingeengt in dem kleinen Vorraum, dessen Tür wegen des Regens geschlossen war, und die zwei kleinen Mädchen ließen sich von dem Zeichentrickfilm ablenken und wandten ihre Aufmerksamkeit der Besucherin zu, die gesagt hatte, sie sei von der Polizei. Sie hatten noch nie eine leibhaftige Polizistin gesehen. Sie sah nicht einmal nach Polizei aus. Sie trug

einen Regenmantel und eine Brille, die vom Regen draußen verspritzt war. Sie hatte eine Ledertasche über ihrer linken Schulter hängen. Sie trug Straßenschuhe mit flachen Absätzen. Die kleinen Mädchen dachten, sie sehe wie ihre Tante Josie in Maine aus. Ihre Tante Josie war Sozialarbeiterin.
»Schön, worum geht es dann?« fragte Haines. »Was können wir für Sie tun?«
»Können wir uns irgendwo ungestört unterhalten?« fragte Annie mit einem Blick auf die Kinder.
»Sicher, gehen wir in die Küche«, sagte Haines. »Schatz, steht noch Kaffee auf dem Herd? Hätten Sie was gegen eine Tasse Kaffee, Miss . . . Entschuldigung, ich habe Ihren Namen nicht verstanden.«
»Detective Anne Rawles«, sagte Annie.
»Gut, treten Sie näher«, sagte Haines.
Sie gingen in die Küche. Annie und Haines setzten sich an den Küchentisch. Als Lois zum Herd ging, sagte Annie: »Danke, Mrs. Haines, ich mag keinen Kaffee.«
»Frisch überbrüht heute morgen«, sagte Lois.
»Danke, nein. Mr. Haines«, sagte Annie, »haben Sie an eine Organisation mit dem Namen A.I.M. geschrieben und eine Kartei ihrer Spender angefordert?«
»So, ja, das habe ich«, sagte Haines und sah überrascht aus. Seine Frau stand am Herd und beobachtete ihn.
»Wie wollten Sie die Kartei verwenden?« fragte Annie.
»Ich bereitete einen Aufsatz über die Verhaltensweisen und Haltungen von Personen vor, die den Lebensschutz unterstützen.«
»Für eine Zeitschrift, stimmt das?«
»Ja.«
»Sind Sie Schriftsteller, Mr. Haines?«
»Nein, ich bin Lehrer.«
»Wo unterrichten Sie, Mr. Haines?«
»An der Oak-Ridge-Mittelschule.«
»Hier in Majesta?«
»Ja, nur eine Meile von hier.«
»Schreiben Sie häufig Artikel für Zeitschriften, Mr. Haines?«
»Na ja . . .«, sagte er und warf einen Blick auf seine Frau, als überlege er, ob er lügen solle oder nicht. Sie beobachtete ihn immer noch gespannt. »Nein«, sagte er, »nicht regelmäßig.«
»Aber Sie dachten, Sie würden gern diesen besonderen Artikel schreiben . . .«

»Ja. Mir gefällt die Zeitschrift, ich weiß nicht, ob Sie sie jemals gesehen haben. Sie heißt *Unser Recht*, und sie wird von einer gemeinnützigen Gesellschaft in . . .«

»Also haben Sie hundert Dollar für A.I.M. gespendet und deren Adressenkartei erbeten, stimmt das?«

»Ja.«

»Du hast jemandem hundert *Dollar* gegeben?« sagte Lois.

»Ja, Liebling, ich habe dir doch davon erzählt.«

»Nein, hast du nicht«, sagte sie. »Hundert *Dollar*?« Sie schüttelte staunend den Kopf.

»Mit wieviel haben Sie für diesen Artikel, den Sie schrieben, gerechnet?« fragte Annie.

»Oh, ich weiß nicht, was sie zahlen«, sagte Haines.

»Wußte man bei der Zeitschrift, daß Sie diesen Artikel schrieben?«

»Eigentlich nicht. Ich hatte vor, ihn zu schreiben und dann einfach vorzulegen.«

»Ihn an sie zu schicken.«

»Ja.«

»In der Hoffnung, sie würden ihn annehmen.«

»Ja.«

»Haben Sie denn den Artikel tatsächlich geschrieben, Mr. Haines?«

»Hm . . . nein . . . ich bin nie dazu gekommen. Wissen Sie, ich bin stark mit außerplanmäßigen Aktivitäten an der Schule belastet. Ich unterrichte Englisch, und ich bin beratende Lehrkraft für die Schülerzeitung, und ich bin auch Berater des Theaterclubs und des Debattierclubs, deshalb geht es gelegentlich ein bißchen hektisch zu. Ich werde aber noch dazukommen.«

»Haben Sie schon zu Personen aus der Adressenkartei, die A.I.M. Ihnen zur Verfügung gestellt hat, Kontakt aufgenommen?«

»Nein, noch nicht«, sagte Haines. »Kommt aber noch. Wie ich sagte, wenn ich etwas freie Zeit finde . . .«

»*Wovon*, hast du gesagt, handelt der Artikel?« fragte Lois.

»Hm . . . Lebensschutz«, sagte Haines. »Die Bewegung. Die Ziele und Verhaltensweisen von . . . hm . . . Frauen, die . . . hm . . .«

»Seit wann bist du auf einmal so ein großer Lebensschützer?« fragte Lois.

»Na ja, es ist eine Sache, die mich interessiert«, sagte Haines.
Seine Frau sah ihn an.

»Schon seit langem«, sagte er und räusperte sich.
»Das ist mir neu, bei dem ganzen Theater, das du *deswegen* gemacht hast«, sagte Lois und umklammerte ihren Bauch, als sei er eine überreife Wassermelone.
»Lois . . .«
»Ist mir *völlig* neu«, sagte sie und rollte ihre Augen. »Sie hätten ihn hören sollen, als ich ihm sagte, ich sei wieder schwanger«, sagte sie zu Annie.
Annie beobachtete ihn.
»Ich bin sicher, daß das Miss Rawles nicht im geringsten interessiert«, sagte Rawles. »Um die Wahrheit zu sagen, Miss Rawles – oder soll ich Sie mit Detective Rawles anreden?«
»Beides ist mir recht«, sagte Annie.
»Also, Miss Rawles, ich möchte gern wissen, ob Sie mir sagen können, warum Sie hier sind. Hat mein Brief an A.I.M. zu irgendwelchen Schwierigkeiten geführt? Eine harmlose Bestellung einer Adressenkartei kann doch bestimmt . . .«
»Ich kann immer noch nicht darüber wegkommen, daß du hundert *Dollar* für eine Adressenkartei bezahlt hast«, sagte Lois.
»Es war ein steuerlich absetzbarer Beitrag«, sagte Haines.
»An eine Lebens*schutz*organisation?« sagte Lois und schüttelte den Kopf. »Ich kann es nicht glauben.« Sie wandte sich an Annie und sagte: »Da lebt man zehn Jahre mit einem Mann und kennt ihn *immer* noch nicht richtig, was?«
»Wohl nicht«, sagte Annie. »Mr. Haines, wissen Sie, ob die folgenden Namen in der Adressenkartei waren, die Sie von A.I.M. erhalten haben?« Sie schlug ihr Notizbuch auf und begann vorzulesen: »Lois Carmody, Blanca Diaz, Patricia Ryan . . .«
»Nein, ich kenne keinen von diesen Namen.«
»Ich habe nicht gefragt, ob Sie sie *kennen*, Mr. Haines. Ich habe gefragt, ob sie in der Kartei waren, die Sie von A.I.M. bekommen haben.«
»Ich müßte in der Kartei nachsehen«, sagte Haines. »Falls ich sie überhaupt *finde*.«
»Vivienne Chabrun?« sagte Annie. »Angela Ferrari? Terry Cooper . . .«
»Nein, ich kenne keine von diesen Personen.«
»Cecily Bainbridge, Mary Hollings, Janet Reilly?«
»Nein«, sagte Haines.
»Eileen Burke?«

Er sah einen Augenblick verwirrt aus.
»Nein« sagte er. »Keine davon.«
»Mr. Haines«, sagte Annie, langsam und mit Bedacht, »können Sie mir sagen, wo Sie gestern abend zwischen sieben Uhr dreißig und acht Uhr waren?«
»In der Schule«, sagte Haines. »Die Kinder drucken die Zeitung Freitag abend. Dort war ich. Im Zeitungsbüro an der Oak-Ridge-Mittel . . .«
»Um wieviel Uhr sind Sie gestern abend hier weggegangen, Mr. Haines?«
»Also in Wirklichkeit bin ich gar nicht nach Hause gekommen. Ich hatte einige Arbeiten zu korrigieren, und ich ging, glaube ich, vom Lehrerzimmer direkt in das Zeitungsbüro. Um mich mit den Kindern zu treffen.«
»Um wieviel Uhr war das, Mr. Haines? Als Sie sich mit den Kindern trafen?«
»Oh, vier Uhr. Halb fünf. Sie strengen sich an, die Kinder, ich bin wirklich stolz auf die Zeitung. Sie heißt die Oak Ridge . . .«
»Um wieviel Uhr sind Sie letzte Nacht nach Hause gekommen, Mr. Haines?«
»Also es dauert nur zehn Minuten bis hier. Es ist nur eine Meile immer geradeaus. Genau gesagt, eine Meile und drei Zehntel.«
»Um wieviel Uhr sind Sie also nach Hause gekommen?«
»Acht Uhr? War es nicht so um acht, Lo?«
»Es war näher an zehn«, sagte Lois. »Ich war schon im Bett.«
»Ja, so in der Gegend«, sagte Haines. »Irgendwann zwischen acht und zehn.«
»Es war genau zehn Minuten vor zehn«, sagte Lois. »Ich habe auf die Uhr gesehen, als ich dich hereinkommen hörte.«
»Also waren Sie im Zeitungsbüro der Schule . . .«
»Ja, das stimmt.«
»Von vier Uhr gestern nachmittag . . .«
»Na ja, eher halb fünf. Ich würde sagen, es war halb fünf.«
»Von halb fünf bis zwanzig vor zehn. Sie sagten, man braucht zehn Minuten bis hier, und Sie kamen um zehn vor zehn nach Hause . . .«
»Na ja, wenn Lois das so genau weiß. Ich dachte, es wäre näher an acht gewesen. Als ich nach Hause kam, meine ich.«
»Das sind fast fünf Stunden«, sagte Annie. »Es dauert wohl lange, eine Zeitung zu drucken.«

»Also das ist ganz verschieden.«
»Und Sie sagen, Sie haben die ganze Zeit mit den Kindern gearbeitet?«
»Ja.«
»Den Kindern von der Zeitungsgruppe.«
»Ja.«
»Darf ich bitte ihre Namen haben, Mr. Haines?«
»Wozu?«
»Ich möchte mit ihnen sprechen.«
»Warum?«
»Ich möchte gern wissen, ob Sie wirklich *waren*, wo Sie *behaupten*, gestern abend gewesen zu sein.«
»Ich . . . verstehe nicht, warum Sie es für nötig halten, zu kontrollieren, wo ich mich aufgehalten habe«, sagte er. »Ich weiß *immer* noch nicht, was Sie hier suchen. Wie die Dinge liegen . . .«
»Mr. Haines, waren Sie gestern abend in Isola? In der Nachbarschaft von 1840 Laramie Crescent zwischen sieben Uhr dreißig und . . .«
»Ich sagte Ihnen, ich war . . .«
»Waren Sie, um es genauer zu sagen, in einem Durchgang . . .«
»Das ist doch absurd.«
». . . zwei Türen von 1840 Laramie Crescent entfernt . . .«
»Ich war . . .«
». . . und verletzten mit einem Messer eine Frau, die Sie für Mary Hollings hielten, und vergewaltigten sie?«
»Ich kenne niemand mit dem Namen . . .«
»Die sie *vorher* am zehnten Juni, am sechzehnten September und am siebten Oktober vergewaltigt haben?«
In der Küche herrschte Stille. Haines sah seine Frau an.
»Ich war gestern abend in der Schule«, sagte er zu ihr.
»Dann geben Sie mir die Namen der Kinder«, sagte Annie.
»Ich war in der verdammten *Schule!*« schrie Haines.
»Ich habe heute morgen dein Hemd gewaschen«, sagte Lois leise. Sie starrte ihn unverwandt an. »Es war Blut an der Manschette.« Sie senkte ihre Augen. »Ich mußte kaltes Wasser nehmen, um das Blut herauszubekommen.«
Eines von den kleinen Mädchen tauchte in der Tür zur Küche auf.
»Was ist denn los?« fragte es mit großen Augen.
»Mr. Haines«, sagte Annie, »ich muß Sie bitten, mit mir zu kommen.«
»Was ist denn los?« fragte das kleine Mädchen noch einmal.

Sie möchten wissen, warum, sprach er auf Band, ich will Ihnen *sagen*, warum. Ich habe nichts zu verbergen, nichts, dessen ich mich schämen müßte. Wenn mehr Leute auf die gleiche Art für etwas einträten, wie ich es tat, würden wir nicht von diesen verdammten Gruppen überschwemmt, die anderen ihre hirnrissigen Meinungen aufzwingen wollen. Mit ihnen verglichen, habe ich niemanden verletzt. Wenn man an alle Menschen denkt, die *sie* verletzten, bin ich praktisch ein Heiliger. Wem habe ich weh getan, können Sie mir das sagen? Ich spreche nicht von den beiden, die ich mit dem Messer verletzen mußte, das war zu meinem Schutz, das war eine Art Selbstverteidigung. Aber keiner von den anderen geschah etwas, ich versuchte nur, ihnen zu zeigen, wie irrig ihre Haltung ist. Wie es manchmal *unumgänglich* ist, eine Abtreibung vorzunehmen. Etwas, das ihnen anscheinend nicht in ihre Dickschädel will. Ich wollte ihnen das endgültig beweisen. Ich wollte, daß sie von einem Vergewaltiger schwanger würden. Ich wollte, daß sie zu Abtreibungen *gezwungen* würden – würden *Sie* das Kind eines Vergewaltigers austragen? Würden *Sie* das Kind eines Vergewaltigers zur Welt bringen? Ganz sicher nicht. Und ich war sicher, sie würden es auch nicht tun, und deshalb dachte ich es so aus, daß sie früher oder später schwanger werden *mußten*. Wenn ich sie oft genug vergewaltigte, mußten sie schwanger werden. Die Chancen standen vielleicht sechzig zu vierzig, daß sie schwanger würden.
So einfach war das.
Soll ich Ihnen was sagen? Keins von meinen Kindern war geplant. Die beiden Mädchen, die Sie sehen? Beide Unfälle. Das eine, das meine Frau jetzt erwartet, ein Unfall. Sie ist katholisch, sie verwendet kein Mittel außer der Zählmethode. Sie denken, sie müßte mittlerweile wissen, daß die verdammte Sache nicht funktioniert – ein Kind sechzehn Monate nach unserer Heirat, ein zweites zwei Jahre später.
Man sollte doch eigentlich aus Erfahrung *lernen*, nicht wahr? Ich versuchte immer wieder, es ihr beizubringen. Nimm die Pille, laß dir eine Spirale einsetzen, laß *mich* ein Kondom benutzen. Nein, nein. Gegen die Vorschrift der Kirche, wissen Sie. Die Zählmethode, sonst nichts. Oder Enthaltsamkeit. Tolle Auswahl, wie? Zählen oder bleiben lassen. Ich bin einunddreißig Jahre alt, ich habe Kinder, seit ich dreiundzwanzig war, das ist doch klasse, wie? Und jetzt wieder eins unterwegs. Sie sagte es mir im Februar. Wir werden noch ein Kleines bekommen, Schatz. Klasse. Wirklich klasse. Das war genau,

was ich brauchte, noch ein Kind. Ich bat sie, eine Abtreibung vorzunehmen. Man hätte meinen können, ich hätte sie gebeten, sich zu ertränken. Eine Abtreibung? Bist du übergeschnappt? Eine *Abtreibung*? Abtreibungen sind legal, sagte ich ihr. Wir sind nicht mehr im Mittelalter, sagte ich ihr. Man muß eine Schwangerschaft nicht durchstehen, wenn das Kind eine Last für einen sein wird. Man braucht es einfach nicht mehr. Sie sagte, die Kirche sei gegen Abtreibungen. Sie sagte, sogar viele Menschen, die *nicht* katholisch sind, verurteilten die Abtreibung und setzten sich mit aller Kraft dafür ein, das Gesetz zu ändern. Sie sagte, der verdammte Präsident der Vereinigten *Staaten* verurteile die Abtreibung! Ich sagte ihr, der Präsident verdient auch nicht zwanzigtausend im Jahr, ich sagte ihr, der Präsident muß sich auch kein Bein ausreißen, um eine Familie zu kleiden und zu ernähren und unterzubringen, ich sagte ihr, der Präsident sei nicht *ich*, Arthur Haines, der nicht noch mehr Kinder *wollte*! Ich bin einunddreißig Jahre alt, ich werde fast fünfzig sein, wenn dieses neue gerade aufs College kommt. Sie sagte mir, das sei eben zu dumm, wir bekämen nun mal noch ein Kind, also solle ich mich auch an den Gedanken gewöhnen.
Ich gewöhnte mich an den Gedanken, das schon. Nicht an *ihren* Gedanken allerdings. An *meinen*. Ein Plan, über den ich schon lange nachgedacht hatte. Mach dich an diese verfluchten Frauen draußen, die schreien »Keine Abtreibung, keine Abtreibung«, bring sie in eine Lage, wo sie eine Abtreibung machen lassen müssen, krieg es raus, wie sie dabei empfinden, wenn es sie selbst betrifft. Ich schrieb an Recht auf Leben und versuchte, von ihnen eine Adressenkartei zu bekommen, aber sie teilten mir mit, ich müsse mein Ersuchen auf Geschäftspapier machen, und ich müsse ihnen sagen, wie ich die Kartei verwenden wolle. Nun, das konnte ich nicht. Ich meine, wie hätte ich *das* tun können? Also konzentrierte ich mich auf diese hiesige Gruppe A.I.M. – Gegen Kindesmord, wie gefällt ihnen *dieser* Name? – und ich erzählte ihnen, ich schriebe einen Zeitschriftenartikel im Sinne des Lebensschutzes, und ich möchte mit Frauen Kontakt aufnehmen, die diese Bewegung unterstützten, damit ich ihre innersten Gefühle in dieser Angelegenheit herausfinden könnte, den ganzen Mist, und sie schrieben zurück, sie könnten die Adressenkartei an keinen schicken, der nicht zuvor wenigstens hundert Dollar zur Unterstützung der Organisation gespendet habe. Ich dachte mir, hundert Dollar seien ein ziemlich kleiner Preis für das, was ich zu tun plante, was ich nach meiner Überzeugung tun mußte.

Die Adressenkartei sagte mir nichts über ihre Religionsgemeinschaft. Sie mußten Katholiken sein, verstehen Sie. Ich meine, falls eine Frau protestantisch oder was auch immer war, konnte sie eine Lebensschutzgruppe unterstützen und gleichzeitig eine Spirale tragen, verstehen Sie, was ich meine. Ich meine, der Plan war, sie *schwanger* zu machen. Wenn ich mich an eine Baptistin heranmachte oder was auch immer, eine Hindu, Sie verstehen, was ich meine, würde ich meine ganze Zeit und Energie für nichts verschwenden, wenn sie zufällig die Pille nahm oder eine Spirale drinhatte, es wäre nur Zeitverschwendung. Also folgte ich ihnen – ich kümmerte mich nicht um eine, die einen Namen wie Kaplowitz oder Cohen hatte, weil ich da auf Anhieb wußte, daß sie Jüdin war –, und ich bekam ziemlich schnell heraus, wer Sonntag morgens in eine katholische Kirche ging und wer nicht. Ich sonderte die Katholiken aus. Ich sonderte alle Katholiken aus, die Beiträge an A.I.M. geleistet hatten. Die Katholiken waren mein Ziel. Ich wollte ihnen erstens zeigen, daß man sich die Zählmethode an den Hut stecken konnte, und ich wollte ihnen *zweitens* zeigen, daß sie völlig falsch lagen, was die Abtreibung betraf, falls sie eine Abtreibung haben *mußten*, würden sie eine machen lassen, ganz klar, und möglichst schnell.
Es war reiner Zufall, daß die erste Lois hieß.
Ich meine, meine Frau heißt zufällig Lois, aber das war nicht der Grund, warum ich Lois Carmody aussuchte. Ich meine, das traf sich einfach so. Lois Carmody – das war eben *zufällig* ihr Name. Sie wohnte einigermaßen in der Nähe, ich wollte bei den ersten Malen nicht zu weit von zu Hause weg sein, ich wollte nicht hundert Entschuldigungen machen müssen. Ich meine, ich entwickelte es allmählich weiter, nicht jede auf der Liste wohnte nur eine halbe Stunde von hier, ich mußte einleuchtende Entschuldigungen für mein Wegbleiben finden, verstehen Sie? Ich entwickelte es weiter. Damit ich keine Probleme zu Hause bekommen würde. Ich hatte ohnehin *genug* Ärger, glauben Sie mir, aber sie wußte eigentlich nie, was ich tat, meine Frau – sie beschuldigte mich einmal, ein Verhältnis zu haben, stellen Sie sich das mal vor. Das ist doch ganz schön komisch, meinen Sie nicht? Ein Verhältnis? Ich meine, wenn man sich an den Buchstaben halten wollte, dann hätte ich eine *Menge* Verhältnisse. Gut, als sie mich damals beschuldigte, waren es noch nicht so viele, das war vor den Sommerferien. Ich habe Juli und August frei, wir fahren normalerweise hinauf nach Maine, um die Sommermonate bei ihren Eltern dort zu verbringen. Ich kann es

nicht ausstehen, aber was für einen Urlaub könnte ich mir *sonst* leisten? Jedenfalls war es im Juni, als sie mich beschuldigte, ein Verhältnis zu haben. Ich nahm mir Mary und dann Janet erst vor, als die Schule wieder angefangen hatte.
Ich erwischte eine von ihnen beim ersten Mal draußen.
Sie steht nicht auf Ihrer Namenliste, ich vermute, Sie suchten nur nach Wiederholungen, ja? Ich meine, nach Frauen, die mehr als einmal vergewaltigt wurden. Es ist erstaunlich, wie Sie an mich gerieten. Wirklich erstaunlich! Bei euch muß man wohl sehr hart arbeiten. Jedenfalls kriegte ich diese Frau – ihr Name war Joanna Little, sie ist in der Adressenkartei, aber nicht auf der Liste, die Sie mir vorgelesen haben – ich bekam sie zum ersten Mal, zum *einzigen* Mal, wie sich herausstellte, im März, sie war eine von den frühen. Ich plante, sie wieder zu erwischen – es funktioniert nur, wenn man den Kalender beachtet und sie nach einem genauen Schema bekommt –, aber als nächstes merke ich, als ich ihr wieder folge, daß sie dick und kugelrund spazierengeht! Ich erwischte sie beim ersten Mal *draußen*! So kann es auch passieren. Und dann weiß ich, daß sie eine Abtreibung vornehmen ließ, weil ich ihr an einem Samstag zur Klinik folgte, und auf Wiedersehen, Bauch, alles futsch. Ich hatte getan, was ich tun *wollte*, verstehen Sie? Es *funktionierte*. Ich machte sie schwanger und zwang sie, abtreiben zu lassen. Schöne Katholikin! Schöne Lebensschutzunterstützerin! Schaffte sich das Baby vom Hals, wie sie es mit einem alten Paar Socken gemacht hätte. Ich ging an diesem Abend aus, um mich zu betrinken. Kam stockbesoffen nach Hause, Lois regte sich fürchterlich auf, zum *Teufel* mit Lois, spuckt Kinder aus wie vom Fließband. Aber das war einfach Glück, daß ich Joanna beim ersten Mal erwischt habe. Ich wußte, daß es bloß Glück war.
Was man tun muß, sehen Sie, das ist der Kalender, den man erstellen muß, und man muß sorgfältig jedesmal festhalten, wann man sie kriegt. Ich meine, man muß es im voraus aufzeichnen. Man muß sie nach der Periode bekommen, klar. Hören Sie, ich weiß genau Bescheid über die Zählmethode, ich bin ein *Experte* für die Zählmethode. Der Menstruationszyklus einer Frau – ich kümmere mich nicht darum, ob es achtundzwanzig Tage sind oder dreißig Tage oder was weiß ich –, die Frau beginnt am zwölften Tag ihres Zyklus, das Ei auszustoßen.Das sind die entscheidenden Tage, der zwölfte, der dreizehnte und der vierzehnte Tag. Man kann das ein wenig ausdehnen, man kann sagen, vom elften Tag bis zum fünfzehnten Tag oder

in manchen Fällen sogar bis zum sechzehnten Tag. Aber ich stellte mir vor, der elfte und der fünfzehnte Tag seien die äußeren Grenzen. Das Ei hält ungefähr zwölf Stunden und das Sperma ungefähr vierundzwanzig Stunden – wenn auch manche Ärzte sagen, das Sperma kann sogar zweiundsiebzig halten. Wenn man jedoch kein Risiko eingehen wollte, mußte man davon ausgehen, daß vom elften bis zum fünfzehnten Tag ihres Menstruationszyklus die beste Zeit war. Da war die Möglichkeit am größten, daß sie schwanger würden – wenn sie ovulierten, verstehen Sie.

Nun, ich konnte ja nicht einfach auf diese Frauen zugehen und sie fragen, wann sie ihre letzte Periode gehabt hatten. Ich meine, das kam nicht in Frage. Es waren *Fremde*, ich *kannte* sie nicht. Es war nicht das gleiche wie mit einer Ehefrau oder Freundin, da lebt man mit ihnen und schläft mit ihnen, und man weiß, wann sie etwa ihre Periode haben werden, es war überhaupt nicht das gleiche. Diese waren völlige *Fremde*, verstehen Sie? Also mußte ich selbst herausfinden, wann sie reif sein würden, und was ich machte – hier, werfen Sie einen Blick auf den Kalender.

Nehmen wir – gut, nehmen wir August zum Beispiel, was ein leichter Monat ist, weil der erste zufällig auf einen Montag fällt. Ich war im August weg, ich war oben in Maine. Ich nehme das nur als Beispiel. Aber . . . also hier. Im August ist der erste ein Montag. Sagen wir außerdem, um es einfach zu machen, daß dies *auch* zufällig der erste Tag des Menstruationszyklus dieser speziellen Frau ist. Gut, ich vergewaltige sie an diesem Montag abend. Der nächste Montag abend ist der achte, was der achte Tag ihres Zyklus ist, ich mache es einfach für Sie, damit Sie folgen können. Der Montag danach ist der fünfzehnte. Klar? Ich erwische sie am fünfzehnten Tag, was einer der Tage ist, an denen sie ovuliert. Gut. In einem Fall wie diesem würde ich nicht einmal versuchen müssen, sie ein viertes oder fünftes Mal zu bekommen. Aber wenn man es nach dem Kalender ausführt, meine ich, dann muß es klappen, daß man sie früher oder später erwischt.

Im August zum Beispiel wäre der zweiundzwanzigste der zweiundzwanzigste Tag ihres Zyklus gewesen. Der nächste Montag ist der neunundzwanzigste, was bei manchen Frauen der Anfang eines neuen Zyklus sein könnte, das ist unterschiedlich. Sagen wir also, der Zyklus fängt am Montag, dem neunundzwanzigsten August, von vorne an. Wenn wir jetzt in den September gehen . . . so, hier ist der nächste Montag der fünfte. Das ist jetzt der *achte* Tag ihres

Zyklus. Der nächste Montag ist der zwölfte, was zufällig der *fünfzehnte* Tag ihres Zyklus ist, da haben wir es also wieder – Treffer! Ich stellte mir vor, es sei narrensicher. Ich meine, wenn man sie nach einem sorgfältig ausgedachten Plan bekam, *mußten* sie früher oder später schwanger werden. Und wenn sie nicht das Kind eines Vergewaltigers austragen wollten, mußten sie *auch* eine Abtreibung machen lassen.
So einfach war das.
Ich tat das, um diesen Menschen zu zeigen, wie unrecht sie hatten. Um ihnen zu zeigen, daß sie ihren Willen nicht einfach anderen aufzwingen können.
Um ihnen die Tatsache klarzumachen, daß dies eine Demokratie ist und daß in einer Demokratie die Freiheit der Entscheidung für den einzelnen und für die Gesamtheit besteht.

Annie las die Abschrift, die nach Haines' Geständnis getippt worden war.
Sie las sie noch einmal.
Haines glaubte, das Recht habe unrecht.
Das Recht glaubte, es habe recht.
Annie dachte, *beide* hätten unrecht.
Sie überlegte manchmal, was passieren würde, wenn die Menschen andere Menschen einfach in Ruhe ließen.

Der Wind und der Regen hatten aufgehört.
Im Grover Park, auf der anderen Straßenseite gegenüber dem 87. Revier, waren die Bäume kahl, der Boden war mit abgestorbenen Blättern bedeckt.
»Na ja«, sagte Meyer, »wenigstens hat der Regen aufgehört.«
Sie dachten alle daran, daß der Winter vor der Tür stand.
Die Gefühle waren gemischt in der Wache an jenem Samstag nachmittag. Sie wußten alle, was Eileen Burke passiert war. Sie wußten ferner, daß Annie Rawles den Vergewaltiger gefaßt hatte. Aber sie wußten nicht, wie Kling sich fühlte oder wie behutsam sie auf Zehenspitzen um ihn herum gehen mußten, als die Sache von Eileens Vergewaltigung schließlich bekannt wurde. Er war jetzt im Krankenhaus. Er war an diesem Morgen in aller Frühe dort gewesen, und er war jetzt wieder dort, und deshalb hatten sie noch Zeit, mit sich zu Rate zu gehen und zu überlegen, wie sie auf ihn zugehen sollten. Man ging nicht einfach zu jemandem, dessen Freundin ver-

gewaltigt worden war und sagte: »Hallo, Bert, der Regen hat scheint's aufgehört, ich habe gehört, Eileen ist vergewaltigt worden.« Es gab Möglichkeiten, damit zurechtzukommen, das war ihnen klar, aber sie hatten sich immer noch nicht ausgedacht, wie sie es angehen sollten.

Bis Ollie Weeks anrief.

»He, Stevarino, wie geht's, wie steht's?« sagte er ins Telefon.

»Ganz gut«, sagte Carella. »Und dir?«

»Oh, bestens, bestens, die übliche Scheiße hier oben«, sagte Ollie. »Ich muß dir was sagen, Kumpel, ich denke ernsthaft daran, mich ins Acht-sieben versetzen zu lassen. Ich arbeite wirklich gern mit euch Kameraden zusammen.«

Carella sagte nichts.

»Hast du die Zeitungen heute gelesen?« fragte Ollie.

»Nein«, sagte Carella.

»Voll von unserem Schwachkopf von Aschenbahnkiller«, sagte Ollie. »Alle Schlagzeilen schreien ›Der Blitz schlägt zweimal zu‹. Ich schätze, er hat bekommen, was er wollte, wie? Er ist wieder rundum berühmt.«

»Wenn das Ruhm ist«, sagte Carella.

»Ja, gut, wer kennt sich bei diesen Bekloppten aus?« sagte Ollie und fügte dann ganz beiläufig hinzu: »Ich habe gehört, Klings Mädchen hat sich letzte Nacht ficken lassen.«

In der Leitung dehnte sich eine Stille, endlos wie Sibirien.

Schließlich sagte Carella: »Ollie, sag das nie wieder!«

»Was?« sagte Ollie.

»Was du gerade gesagt hast. Laß diese Worte nie mehr über deine Lippen kommen, Ollie, hörst du? Wiederhole sie vor keinem Menschen auf der Welt. Nicht einmal vor deiner Mutter. Ist das . . .?«

»Meine Mutter ist tot«, sagte Ollie.

»Ist das klar?« sagte Carella.

»Was ist denn groß dabei?« sagte Ollie.

»Was groß dabei ist, ist, daß sie eine von *uns* ist«, sagte Carella.

»Sie ist also Polizistin, das ist es. Was ist da . . .?«

»Nein, Ollie«, sagte Carella. »Sie gehört zu *uns*. Hast du das kapiert, Ollie?«

»Ja, ja, ich hab's kapiert, nur ruhig Blut, ja? Meine Lippen sind versiegelt.«

»Das hoffe ich«, sagte Carella.

»Junge, bist du ein Miesepeter heute«, sagte Ollie. »Ruf mich an, wenn du besser gelaunt bist, okay?«
»Klar«, sagte Carella.
»Ciao, Landsmann«, sagte Ollie und hängte ein.
Carella legte den Hörer vorsichtig auf die Gabel.
Er dachte, wenn Kling litt, dann litten sie alle. Es war wirklich so einfach.
»Das Beste an Blitz ist«, sagte Hawes, »daß er nicht der Taube war.«
»Ich hatte auch Angst, er könnte es sein«, sagte Meyer.
»Ich auch«, sagte Carella.
»Sah dem Stil des Mannes auch ähnlich«, sagte Brown.
»Jemand Lust auf Kaffee?« fragte Meyer.
»War auch so schlimm genug«, sagte Hawes.
»Hätte schlimmer kommen können«, sagte Brown.
»Hätte *wirklich* der Taube sein können«, sagte Carella.
Miscolo kam über den Gang von der Schreibstube her, schob sich durch das Trenngitter und ging direkt auf Carellas Schreibtisch zu.
»Genau der Mann, den wir sehen wollen«, sagte Meyer. »Hast du gerade einen Kaffee in der Schreibstube aufgesetzt?«
»Ich dachte, ihr mögt meinen Kaffee nicht«, sagte Miscolo.
»Wir *lieben* deinen Kaffee«, sagte Brown.
»Geht über die Straße in den Imbiß, wenn ihr Kaffee wollt«, sagte Miscolo.
»Wird kalt draußen«, sagte Hawes.
»Ich kann keine Schönwetterkaffeetrinker brauchen«, sagte Miscolo. »Das hier ist für dich, Steve. Der Sergeant hat es vor ein paar Minuten raufgeschickt.« Er warf einen einfachen weißen Umschlag auf den Schreibtisch. »Kein Absender darauf.«
Carella betrachtete die Vorderseite des Umschlags. Er war an ihn beim 87. Revier adressiert. Der Umschlag war in Isola abgestempelt.
»Mach ihn auf«, sagte Miscolo. »Ich sterbe vor Neugier.«
»Weiß Teddy, daß du eine Freundin hast, die dir hierher schreibt?« fragte Hawes und zwinkerte Meyer zu.
Carella schlitzte den Umschlag auf.
»Was hast du eigentlich mit deinem Staubwedel gemacht?« fragte Brown Meyer. »Du könntest ihn brauchen bei dem Wetter, das wir kriegen.«
Carella faltete das einzelne Blatt Papier auseinander, das in dem Umschlag gewesen war. Er betrachtete es. Meyer merkte, daß sein Gesicht plötzlich weiß wurde.

»Was ist denn los?« sagte er.
Im Dienstzimmer war es plötzlich still. Die Männer versammelten sich um Carellas Schreibtisch, wo Carella das Blatt Papier in der Hand hielt. Es schien Hawes, daß seine Hand ein wenig zitterte. Sie betrachteten alle das Blatt Papier:

»Acht schwarze Pferde«, sagte Meyer.
»Der Taube«, sagte Brown.
Er war wieder da.

**Krimi** Knaur

Ralph McInerny

# Mörder lesen kein Brevier

Das ist doch der Gipfel – meint Marie Murkin, Haushälterin des katholischen Pfarrers Roger Dowling in Fox River, Illinois: Erst werden die Traktätchen aus der Kirche gestohlen, dann Geld, kurz darauf hausgemachte Marmelade und zwei Schweinekoteletts aus der Pfarrküche, und dann liegt auch noch eine Leiche in einem abgestellten Lieferwagen gleich beim Pfarrgarten. Und im letzten Punkt gibt Roger Dowling ihr recht: Mord ist wirklich der Gipfel.
Aber es kommt noch schlimmer. Die Mordwaffe, mit der inzwischen ein zweites Opfer erschossen worden ist, taucht auf Roger Dowlings Schreibtisch auf. Und zumindest eine Spur führt unübersehbar in den Altenkreis der Kirchengemeinde, wo eine exzentrische alte Dame schon seit langem Unfrieden stiftet …

Band 4944, 208 Seiten, ISBN 3-426-04944-9

Krimi

Knaur

Peter Zeindler

## Die Ringe des Saturns

Konrad Sembritzki ist Antiquar im friedlich-verschlafenen Bern, ein Mann, der nach vielen Jahren der Agententätigkeit für den BND seine Ruhe haben will – dazu sein Reitpferd und sein Hobby, die Astrologie.
Aber noch einmal ruft der Chef des BND nach seinem altvertrauten Ostblockexperten. Sembritzki soll nach Prag fahren und sein dortiges Agentennetz wieder flicken – er wird gebraucht. Sechs »Häuser« – sechs Planeten. Und alle wie vom Erdboden verschluckt. Bis auf »Saturn«.
»Saturn« ist alt und müde geworden wie sein einstiger Auftraggeber Sembritzki. Aber ein neues Netz ist entstanden, »Die Ringe des Saturns«, von dem der BND – unter einem neuen Chef in Gefahr, zum Machtmittel der Kriegstreiber in Ost und West zu werden – zum Glück nichts ahnt.
Hat Sembritzki überhaupt noch die Wahl, sich einer Entwicklung zu widersetzen, die festgeschrieben scheint – sogar in den von ihm so geliebten Sternen?

Band 4947, 304 Seiten, ISBN 3-426-04947-3